巴黎圖書館

The Paris Library

珍娜・史嘉琳・查爾斯—著

楊沐希—譯

台灣版序

親愛的讀者：

Bonjour de Paris!來自巴黎的問候！我很興奮能夠與台灣的愛書人連上線。我花了十年時間研究、打造時間軸，聯絡書裡真實角色的後代，訪問他們。我希望你跟我書寫的時候一樣，喜歡這些圖書館員的故事。

本書開頭處在歐洲緊繃的時刻。一九三九年春天，空氣中充斥著焦慮的氛圍，大家不曉得會發生什麼事。今天，法國人因為Covid-19剛結束第三次封城，我們也覺得同樣焦慮，不曉得世界重新開放後會發生什麼事。

此時與彼時，書本都提供了慰藉。如同芮德女士所言：「只有書能夠提供神秘的感官經驗，讓我們以他人的視角看待事物。圖書館就是文化之間的書籍橋梁。」書本是橋梁。我是住在法國的美國人，正在寫信給台灣的讀者。書寫的文字的確能夠連結我們。

我在蒙大拿州的大平原長大。包圍我們的全是小麥田。我窺探外面世界的管道是一位鄰居，她是來自法國的「戰爭新娘」，還有我外婆的拼圖，上面是歐洲城堡的照片。每個禮拜，我的母親都會開車去外婆家，外婆不會開車，媽媽接送她去商店採買，也會去圖書館。在這些行程裡，我明白書本跟食物一樣能夠滋養每個人，而且圖書館就是通往世界的窗口。

雖然我的小說開頭是在巴黎，但故事構想來自我還是蒙大拿小女孩的時候。我喜歡跟我的戰爭新娘鄰居相處。她輕快的腔調讓英語聽起來更美，我也喜歡向她學習法文詞彙。我當時還很小，但我已經知道克勞汀非常勇敢，放下了她的朋友、家人、國家，甚至也放下了她的語言。我的第一本書《奧德薩的月光》就是在寫電郵新娘。我內心對生命的旅程非常感興趣，以及我們如何面對挑戰與改變。生命裡的女人對我有所啟發（我寫下的每一個字裡都有媽媽的影子），學習全新語言與風俗習慣的掙扎也影響了我不少。

一九九八年，我來到法國擔任教學助理，為時「一年」。我只有一年的合約，這意味著我的法國同事都把我當成很快就會離開的異國訪客，他們甚至懶得深入了解我。我很難交朋友，於是我開始去巴黎美國圖書館擔任志工，那裡的讀者來自六十個國家。我之後成了該圖書館的專案經理，這座圖書館就是小說的場景。我的同事跟我分享巴黎被占領時期，英勇的圖書館員如何反抗納粹。我研究了桃樂絲．芮德。（這名字是不是很適合圖書館員？Reeder跟英文裡「讀者」的reader發音類似！）當我挖到她長達十五頁的「機密」報告時，我雞皮疙瘩都爬起來了。我曉得這個故事可以寫成一部小說，於是我坐下來動筆。當你讀這本小說的時候，我希望你也能體會我當時讀芮德女士文字所產生的情緒。她的勇氣啟發了我，希望也能讓你有所感觸。

我希望讀者能夠明白朋友的重要。對我來說，本書的骨幹是瑪格麗特與歐蒂兒的友誼，以及歐蒂兒與莉莉的忘年之交。我們會花很多時間在愛情上，但友情其實也同樣需要努力。我希望讀者能夠喜歡桃樂絲．芮德，且欣賞戰時這些勇敢的圖書館員面對納粹，還讓圖書館持續開放。歷史的書頁上有太多女人的故事遭到抹去，向她們致敬非常重要。最後，我希望這本書能夠啟發讀者藉由聆聽，更加認識某位家庭成員、朋友或鄰居。每個人都有豐富、有趣的內在生活，也樂意分享。

我希望你會喜歡與《巴黎圖書館》共度的時光。

展讀愉快！Bonne lecture!

珍娜・史嘉琳・查爾斯

Photo Associated Press

AMERICAN LIBRARY IN PARIS

9, Rue de Téhéran (8e)

Tel. : Carnot 28 - 10 (Open daily 1.30 to 7 p.m.)

Accessible by Metros : **Miromesnil-Villiers**
Autobus : **AB, AH, AS, B, S, U, D, 15, 16, 17, 28, 33, 36, 37, 38**

ALL READING ROOMS ARE FREE

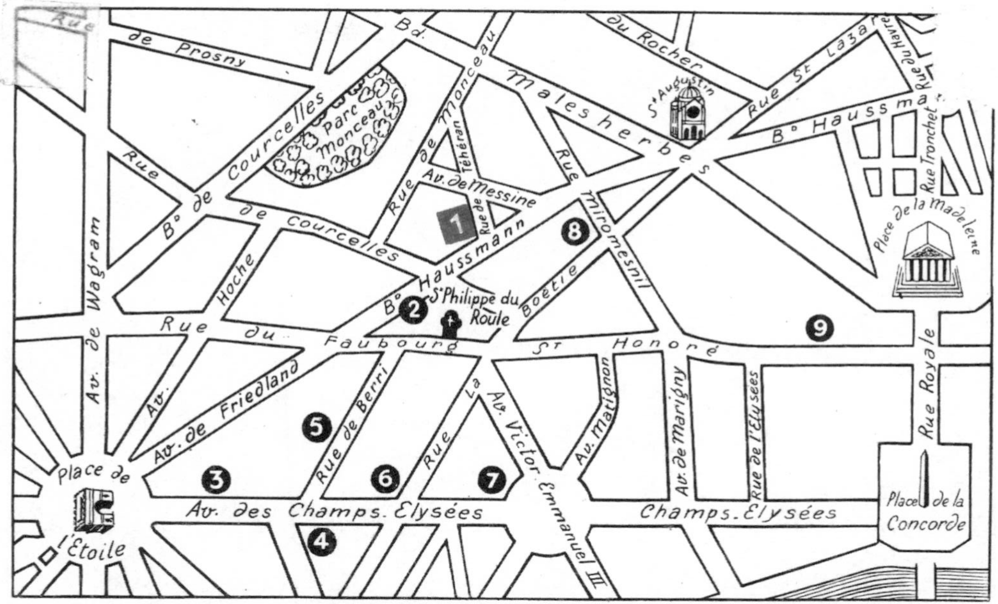

1 **American Library,** 9, Rue de Téhéran.

2 **Cie Nationale des Radiateurs,** 149, Boulevard Haussmann.

3 **[illegible]gentale** (Mineral Water), 120, Avenue des Champs-Élysées.

[illegible]**quet's** Bar-Restaurant, 99, Avenue des Champs-Élysées.

[illegible] **New York Herald,** 21, Rue de Berri.

6 **French Information Center,** 52, Avenue des Champs-Élysées.

7 **Figaro** (Newspaper), 14, Rond-Point [illegible] Champs-Élysées.

8 **Revillon** (Furs), 40-42, Rue La Boétie.

9 **Rebattet** (Tea-Room - Confectionery - I[illegible]), 10-12, Rue du Faubourg-Saint-Honoré.

From The American Library in Paris Institutional Archive, File F2.1

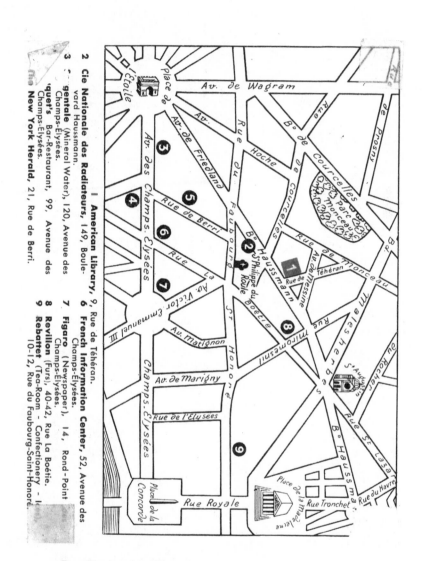

獻給我的父母

第一章・歐蒂兒

巴黎，一九三九年二月

數字如同星星，在我腦海裡飄浮，八二三，嶄新人生的關鍵數字，八二二，希望的星座，八四一。半夜在我的臥房裡，早上要去買可頌麵包的路上，一集又一集就這樣交織在我面前，八一〇、八四〇、八九〇。它們象徵著自由與未來[1]。除了數字分類，我也研究過圖書館的歷史，一路追溯到一五〇〇年代。當英格蘭的亨利八世忙著砍掉老婆腦袋時，我們的法蘭索瓦一世則用方法管理他的圖書館，向學者開放。他的皇家藏書便是法國國家圖書館（Bibliothèque Nationale）的濫觴。如今，我坐在臥室書桌前，替巴黎美國圖書館的工作面試做準備，最後一次翻閱筆記：圖書館建於一九二〇年間，巴黎首座向公眾開放的圖書館，訂閱的讀者來自超過三十個國家，其中四分之一是法國本地人。我迅速查閱這些歷史與數字，希望它們能夠讓我符合館長女士的條件。

我徒步過去，從我們家所在、燻得黑黑的羅馬街出發，跨過火車頭還在咳嗽噴煙的聖拉扎爾火車站（Saint-Lazare train station）。風吹打我的頭髮，我將縷縷鬈髮塞進軟圓帽

1. 譯註：這些數字為杜威分類法編號，八二三代表英國小說，八二二為英國戲劇，八四一為法國詩。八一〇為美國文學，八四〇為拉丁文學及語言，八九〇為其他語言及文學。

下。我可以看到遠處聖奧古斯汀教堂（Saint-Augustin Church）黑檀色的圓頂。宗教類，二〇〇。舊約，二二一，新約呢？我等著，但數字沒有自己出現。我緊張到開始忘記簡單的事實了。我從皮包裡抽出筆記本，啊，對，二二五，我就知道。

我在圖書館學校最喜歡的課程就是杜威十進位圖書分類法。一八七三年由美國圖書館館員麥威爾．杜威（Melvil Dewey）發想，用十個大類將圖書館書籍按照內容分類上架。所有的主題都有編號，讓讀者在圖書館裡可以找到任何書籍。舉例來說，媽媽以她的六四八為榮（家政），爸爸不會承認，但他真的很喜歡七八五（室內樂）。我的雙胞胎哥哥比較像是六三六點八的人，我則比較偏好六三六點七（分別是貓跟狗）。

我抵達大街，不過一個街廓的空間，巴黎就甩下她的工人階級披風，穿上貂皮大衣。粗糙的煤礦氣味消失，取而代之的是討喜的蜂蜜茉莉香氣，擦著這種香味的女人在窗邊歡快展示起蓮娜．麗姿（Nina Ricci）的洋裝，或基斯拉夫（Kislav）的綠色皮手套。更前面一點，我繞過在店門口販售縐縐樂譜的樂手，經過藍色大門的巴洛克式建築，在街角轉進窄窄的小街。這段路我嫻熟於心。

我愛巴黎這座充滿秘密的城市。如同書籍封面，或皮裝，或布裝，巴黎的每扇門都通往意料之外的世界。庭院裡可能有多輛腳踏車打出來的結，或是手持掃把武裝起來的矮胖門房。至於圖書館呢？巨大的木門會開啟一座秘密花園。一側是整牆的牽牛花，另一邊則是草坪，鋪著卵石的白色步道通往磚石大樓。在並列搖曳的法國及美國國旗下，我穿過門檻，將外套掛在不怎麼牢固的衣帽架上。深吸世界上最美好的味道，發霉書本的苔蘚味加上銳利的報紙油墨味，我覺得自己彷彿回到了家。

距離面試還有幾分鐘，我繞過借書櫃檯，這兒總會有和藹可親的館員聽讀者講話（「巴黎最像樣的牛排在哪裡？」穿著牛仔靴的新讀者問。「書根本沒看完，我為什麼要付罰款？」壞脾氣的西蒙太太質問道）。我走進舒適閱覽室的寧靜之中。

坐在落地窗旁桌邊的柯恩教授正在讀報，髮髻上還插著一根瀟灑的孔雀羽毛；普萊斯—瓊斯先生一邊抽菸斗，一邊若有所思看著《時代雜誌》。通常我會打招呼，但面試讓我緊張，我只能躲進我最喜歡的書架分類裡，尋求庇護。我喜歡窩進故事之中，有些故事跟時間本身一樣古老，有些則是上個月才出版。

我想我也許該替哥哥借本小說。夜裡，他不停踱步的聲音會吵醒我。如果雷米不是在寫文章提倡法國理當協助因西班牙內戰而出逃的難民，就是在強調希特勒會以奪取捷克斯洛伐克大片領土的手段占領歐洲。天底下能讓雷米暫時忘卻煩惱（應該說替別人煩惱）的就是一本好書了。

我用手指滑過一冊冊書脊，選了一本，隨手翻開一段。我從來不會以開頭評斷一本書，這很像我參與過的第一次與最後一次約會，我跟對方都笑得太燦爛。不，我會翻開中間一頁，這是作者不會刻意賣弄之處。我讀了起來：「生命中有光有暗，妳就是其中一盞光明，光明之中的光明。」Oui. Merci.（對，謝謝），史托克先生。如果可以，我也想對雷米講同樣的話。

現在我耽擱了時間。我連忙跑去借閱櫃檯，簽了借書卡，將《德古拉》（*Dracula*）放進包包。館長已經在等我了。她跟平常一樣，將栗子色的頭髮紮成一個包頭，手裡拿著一枝銀色的筆。

大家都認識芮德女士。她在報紙上撰寫文章，在廣播裡大放異彩，邀請大家來圖書館，學生、老師、軍人、外地人、法國人，來者不拒。她堅持每個人在這裡都能找到屬於自己的一塊方寸。

「我是歐蒂兒．蘇榭，抱歉遲到了。我提早到，但我翻開書本就……」

「閱讀很危險。」芮德女士露出心領神會的微笑。「咱們去我的辦公室吧。」

我跟著她穿過閱覽室，身穿俐落西裝的讀者放下報紙，仔細望向這位赫赫有名的館長。她走上迴旋樓梯，前往神聖「工作人員專用」區域的走道，通往她那充滿咖啡香的辦公室。一面牆上掛著一張巨大的城市空拍圖，街廓如同棋盤，跟巴黎蜿蜒的巷道大相逕庭。

注意到我的目光，她說：「那是華盛頓特區，我之前在國會圖書館（Library of Congress）工作。」她示意要我就座，她坐在她的位置上，桌上堆滿文件，有些想從文件盒裡爬出來，打洞機夾了幾張。桌角上是一部黑色的閃亮電話。芮德女士旁邊的椅子上則堆著一疊書。我偷偷看到伊薩克．狄尼森（Isak Dinesen）與伊迪絲．華頓（Edith Wharton）的小說。書籤，應該說是一條亮眼的絲帶，夾在這兩本書中，呼喚邀請館長回來。

芮德女士是怎麼樣的讀者？跟我不一樣，她不會讓書本平攤，書頁朝下這樣擺著，她一定會用書籤。她不會把書本堆在床下。她一次會同時讀四、五本書。搭公車跨越巴黎時，包包裡一定會塞一本，這是好朋友會向她請益的書。還有一本是誰也不知道的書，是週日落雨午後的秘密享受——

「妳最喜歡的作者是誰？」芮德女士問。

妳最喜歡的作者是誰？這是難以回答的問題，怎麼可能只選一個作者？事實上，我跟我的卡洛琳阿姨發明了各種類別——已故作家、在世作家、外國作家、法國作家等等，這樣才能逃避選擇的問題。我回想起剛剛在閱覽室碰觸的那些書籍、觸動我的書籍。我喜歡美國思想家愛默生（Ralph Waldo Emerson）的思考方式：**雖然身邊沒有別人，但閱讀寫作時，我不是孤單一人。**珍．奧斯汀也是如此。雖然這位女作家是十九世紀的人，今日許多女性卻面臨跟她同樣的問題：結婚對象左右了她們的未來。三個月前，我告訴父母，我不需要丈夫時，爸爸哼了一聲，然後每個星期天邀請不同的下屬來家裡吃午飯。就像媽媽綑綁、撒上巴西里香芹的火雞一樣，爸爸用盤子一一端上每位相親對象：「馬克從來沒有請過假，得流感的時候，他也乖乖上工！」

「妳閱讀吧？」

爸爸經常抱怨我的嘴巴動得比腦子快。在這挫敗感閃現的瞬間，我回答起芮德女士的第一個問題。

「我最喜歡的已故作家是杜斯妥也夫斯基（Dostoevsky），我喜歡他筆下的拉斯科利尼科夫（Raskolnikov）。世界上不是只有他想打別人的頭。」

靜默。

我為什麼不能講點正常的答案？好比說，非裔美國文學的重要人物、哈林文藝復興時期（Harlem Renaissance）代表作家柔拉．涅爾．賀絲頓（Zora Neale Hurston）？她是我最喜歡的在世作家啊！

「很榮幸認識妳。」我開始往門口移動，曉得面試已經劃下句點。

我的手碰觸到陶瓷門把，卻聽到芮德女士說：「『無須多想，直直奔向生命；不要害怕，洪水會將你沖往岸邊，讓你再次安然站起。』」

這是《罪與罰》裡我最愛的一段話。八九一點七三。我轉過身去。

「多數面試者都說他們最喜歡的是莎士比亞。」她說。

「他是杜威系統裡唯一一位有自己專屬編號的作家。」

「還有幾個人說《簡愛》。」

這是很正常的回答。我為什麼不說夏綠蒂．勃朗特（Charlotte Brontë）？或他們家隨便一個姊妹都好？「我也喜歡《簡愛》。勃朗特三姊妹的分類號都是八二三點八。」

「但我喜歡妳的答案。」

「是嗎？」

「妳說出內心的真實感受，而不是妳以為我會想聽的答案。」

這倒是真的。

「別害怕與眾不同。」芮德女士靠向前。她平穩的目光充滿智慧，望上我的雙眼。「妳為什麼想來這裡工作？」

我不能告訴她真正的答案，聽起來太糟糕了。「我背得出杜威十進位圖書分類法，在圖書館學校各科都是A。」

她看了看我的應徵文件。「妳的成績的確令人刮目相看，但妳還沒回答我的問題。」

「我是這裡的讀者。我喜歡英文——」

「這我看得出來。」她說，語氣裡帶有一點失望。「謝謝妳撥冗過來。無論結果如何，我們會在幾週內通知。我送妳出去。」

回到庭院，我無奈嘆了口氣。也許我該坦承自己為什麼想要這份工作的原因。

「歐蒂兒，怎麼了？」柯恩教授問。我愛死她那只能站著聽的美國圖書館英語文學系列講座。她披著招牌的紫色披肩，讓《貝武夫》（*Beowulf*）這種令人卻步的書平易近人，她的講座很活潑，還有淘氣的幽默作為點綴。過往的醜聞疑雲如同她尾波散發出來的紫丁香香水氣調。他們說教授女士來自米蘭，原是首席芭蕾舞女伶，但放棄星途（和笨拙的丈夫），與情人共赴剛果共和國首都布拉薩（Brazzaville）。回到巴黎時，她孤身一人，進入索邦大學讀書，就跟西蒙·波娃（Simone de Beauvoir）一樣，通過了l'agrégation（進階教職認證考試），這是幾乎不可能考得過的政府考試，通過之後就能教授最高等的教育課程。

「歐蒂兒？」

「我在工作面試上出糗了。」

「像妳這樣聰明的年輕女孩？妳有沒有告訴芮德女士，我的講座，妳一堂也沒缺席過？真希望我的學生都這麼死忠！」

「我沒想到要提這個。」

「把妳想說的統統寫在感謝函中。」

「她才不會選我。」

「生命就是大幹一架。想要什麼，自己爭取。」

「不曉得耶……」

「哎啊，我清楚得很。」柯恩教授說：「妳以為索邦那些老派男人隨隨便便就雇用我？我費了九牛二虎之力才說服他們，女人同樣能教授大學課程。」

我抬起頭。之前我只注意到教授的紫色披肩，這一刻，我看到她剛毅的雙眼。

「固執不是壞事。」她繼續說：「雖然我爸會抱怨我總是講最後一句話的人。」

「我爸也是。他都說我『死不讓步』。」

「把這態度拿出來用。」

她說得對。在我最愛的書裡，女主角都不會放棄。

柯恩教授要我把想法訴諸文字，很有道理。寫作比面對面開口簡單多了。必要時，我可以刪掉重寫一百遍。

「教授說得對……」我告訴她。

「我當然對！我會跟館長說妳在我的課堂上總提出最棒的問題，而且妳會堅持到底。」她甩上披肩，大步走進圖書館。

我的感覺並不重要，巴黎美國圖書館裡的人總能接住我，平復我的心情。這座圖書館不只是磚頭與書本，其中凝合一切的是裡頭在乎、關心我的人。我在別的圖書館也待過，坐在他們堅硬的木椅上，聽著他們禮貌的「Bonjour, Mademoiselle. Au revoir, Mademoiselle.」（小姐，早安。小姐，再見。）這些圖書館沒有問題，只是少了真正社群共同體的同志情誼。巴黎美國圖書館則感覺像家。

「歐蒂兒，等等！」開口的是普萊斯—瓊斯先生，他是退休的英國外交官，打著變形蟲圖樣的領結，他跟著劉海灰藍不齊的編目人騰布爾太太過來。柯恩教授一定告訴他們我覺得心灰意冷。

「妳不會輸。」他不怎麼自然地拍拍我的背。「妳會贏得館長的心。就寫一封信，列出妳所有的論點，跟值得高薪的外交官一樣。」

「不要太寵溺人家！」騰布爾太太對他說。然後轉頭面向我，說：「在我長大的溫尼伯（Winnipeg），我們會善用逆境，形塑我們的樣子。就算冬天零下四十度，妳也不會聽到我們的一聲怨言，我們不像美國人……」她想起自己跑來外頭的原因，也就是不能錯過對人下指導棋的機會，她因此用一根瘦瘦的手指指著我。「硬起來，不接受『不』這個答案！」

我笑了笑，我發現所謂的家就是藏不住秘密的地方，但笑容依舊掛在臉上。這已經很了不起了。

回到臥室，我不再緊張，我提筆寫下這封信。

親愛的芮德女士：

感謝妳與我討論這份工作。能夠參加面試，我已經受寵若驚。這座圖書館對我的意義遠大過巴黎其他所在。小時候，我的卡洛琳阿姨會帶我去「聽故事時間」。多虧她，我才研讀英語，愛上圖書館。雖然阿姨已經不在我們身邊，我卻還能在巴黎美國圖書館找到她。攤開一本書，翻開書末小信封，期待借閱紀錄卡上有她的名字。跟她讀同一本書會讓我覺得她依舊在身邊。

這座圖書館是我的避風港。我永遠能在書架角落找到一個屬於自己的空間來閱讀、來作夢。我想確保每個人都能有這種機會，特別是自覺異於常人，需要家這種地方的人。

我簽上名字，結束這次面試。

第二章・莉莉

蒙大拿弗羅伊德，一九八三年

她是古斯塔夫森太太，就住在隔壁。大家私底下都叫她戰爭新娘，但我看來，她不像什麼新娘。首先，她從不穿白色的衣服，而且，她很老了。比我爸媽還老。大家都知道新娘需要一個新郎，但她先生早就死了。雖然她能流利說法文與英文，但她通常都不跟任何人講話。她從一九四五年就住在這裡，但大家都覺得她看起來總像異鄉人。

她是弗羅伊德唯一的戰爭新娘，就跟史坦奇非爾德醫生是這裡唯一的醫生一樣。我有時會偷看她家客廳，桌椅看起來都充滿異國氣息，就像娃娃屋裡的家具一樣精巧，還有雕刻的胡桃木椅腳、桌腳。我也會偷瞥她的信箱，裡頭會有打芝加哥遠道而來的信件，收件人是歐蒂兒・古斯塔夫森女士。相較我所聽過的人名，好比說翠貝卡或蒂芬妮，「歐蒂兒」似乎也很異國。大家說她來自法國。我想多了解她一點，便研究起百科全書上的巴黎條目。我探索了聖母院（Notre-Dame）的灰色滴水石獸及拿破崙的凱旋門（Arch of Triumph）。不過，我讀到的一切都無法解釋我的疑問——為什麼古斯塔夫森太太如此與眾不同？

她跟弗羅伊德的其他老太太都不一樣。她們都跟鵪鶉一樣短短胖胖，穿著笨拙的運動衫、無聊的鞋子，都是消沉的灰色。其他老太太會戴著髮捲去雜貨店買東西，但古斯塔夫森太太總會穿星期天上教堂的好衣服，打摺裙、高跟鞋，而她只是出門倒個垃圾而已。紅色皮帶會凸顯她的腰身，紅色皮帶永遠不缺席。她會擦亮色的口紅，連上教堂也不放過。其他老太太會在她戴著遮住雙眼的鐘形帽、大步走向教堂前方長椅座位時說：「她肯定自以為高人一等。」別人都不會戴帽子。多數教區居民會坐在後面，不希望引起上帝或牧師的注意。

那天早上，馬洛尼牧師要我們替波音七四七上的兩百六十九位乘客祈禱，這架飛機遭到蘇聯K-8號核動力潛艇飛彈擊落。電視上的雷根總統告訴我們這輛飛機當時正從阿拉斯加的安克拉治飛往南韓首爾。隨著教堂鐘聲響起，他的話語在我耳邊響起：「哀痛、震驚、憤怒……蘇聯侵犯了人權的每一項概念……我們不該驚訝這種反人類的暴行……」他似乎是在說，蘇聯會謀殺任何人，包括孩童。

就算是在蒙大拿，冷戰也讓我們膽寒。在馬姆斯卓空軍基地（Malmstrom Air Force Base）服務的華特叔叔說義勇兵洲際彈道飛彈就跟馬鈴薯一樣種在我們的土地上，核子彈頭躺在圓形混凝土地窖裡，耐著性子等著天國降臨。他吹噓說義勇兵飛彈比之前摧毀廣島的核彈還具殺傷力。他說飛彈會追蹤飛彈，所以蘇聯的武器可能會繞過華盛頓特區，打向我們。為了回應，我們的義勇兵飛彈會翱翔天際，在比我洗臉刷牙準備去上學還要短的時間內打中莫斯科。

彌撒過後，會眾就走到對街的廳堂去喝咖啡、吃甜甜圈，接受八卦的洗禮。我跟媽媽排在領點心的隊伍裡，爸爸跟其他的男人聚在檯子上的滲濾式咖啡壺旁，他們圍繞著銀行總裁艾弗斯先生。爸爸一個禮拜工作六天，希望能夠成為他的副總裁。

「蘇聯甚至不讓任何人去尋找屍體。真是不信上帝的混蛋。」

「甘迺迪當總統的時候，軍費開支比今天高出七成。」

「我們根本是坐以待斃的標靶。」

我聽著又沒有在聽，永無止境、繃緊神經的冷戰，這些陰鬱的對話就是我們禮拜天的配樂。我忙著在盤子上堆甜甜圈，花了一分鐘才發現媽媽氣喘吁吁。她通常發作都有理由：「農人在收割，空氣裡的飛塵讓我氣喘發作」或是「馬洛尼牧師的焚香搞得跟薰什麼一樣」，但這次她只有拉住我的前臂，什麼也沒說。我帶著她走向最近的桌子，讓她坐在古斯塔夫森太太旁邊。媽媽整個人陷入金屬椅子之中，把我拉到她身邊。

我想去找爸爸。

「我沒事，別大驚小怪。」媽媽刻意用公事公辦的口氣說話。

「飛機上那些人真是悲劇。」艾弗斯太太在桌子對面說。

「所以我才按兵不動。」梅朵太太說：「到處亂跑只會惹麻煩。」

「很多無辜的人死了。」我說：「雷根總統說有位議員死了。」

「少一個不勞而獲的傢伙。」梅朵太太將最後一枚甜甜圈塞進棕黃色的牙齒間。

「講這種話很不厚道。人民有安然下機、不被擊落的權利。」我說。

古斯塔夫森太太與我目光交錯。她點點頭，彷彿我的想法很了不起一樣。雖然我很習慣觀察她，但這是她第一次注意到我。

「表達妳的立場，這樣很勇敢。」她說。

我聳聳肩。「人不該刻薄。」

「我非常同意。」她說。

在我能夠繼續回應前，艾弗斯先生怒吼著說：「冷戰已經打了快四十年，我們不可能贏的。」

大家點頭，表示同意。

「他們就是冷血的殺人兇手。」他繼續說。

「你認識俄國人嗎？」古斯塔夫森太太問他。「一起工作過？哎啊，我認識，而你完全無法察覺到他們跟我們哪裡不一樣。」

整個廳堂頓時安靜下來。她是在哪裡認識敵人的？還跟對方一起「工作」過？

在弗羅伊德，我們幾乎都了解每個人的大小事。我們曉得誰喝太多及背後的原因，我們曉得誰逃漏稅、背叛老婆偷吃，我們曉得誰跟北達科他州邁諾特的男人過著罪惡的未婚同居生活。唯一的秘密就是古斯塔夫森太太。沒有人曉得她父母姓啥名誰，或她的父親是做什麼的。沒有人曉得她在戰時是如何邂逅巴克．古斯塔夫森的，或她用何種方式說服他甩掉高中女朋友，轉而跟她結婚。她身邊充滿流言蜚語，但這些話語都沒有留下來。她的眼中充滿哀傷，但那是失落還是懊悔？而且，住過巴黎的人，怎麼可能在這無聊的田園小地方安頓下來？

我是「第一排愛舉手」的學生。瑪麗．露易絲坐我後面，在桌面塗鴉。今天黑板前的漢森老師正努力引發咱們這班七年級同學對《撒克遜英雄傳》（*Ivanhoe*）的興趣，瑪麗．露易絲低聲地說「撒個屁英雄傳」。走道對面的羅比正用黝黑的手指轉著鉛筆。他的頭髮跟我一樣是咖啡色的，看起來卻像羽毛。他已經可以開車了，因為他要幫爸媽運作物。他把鉛筆拿到嘴邊，粉紅色的橡皮擦碰觸他的上嘴唇。我可以永遠盯著他的嘴角。

法式接吻，法國吐司，法國薯條，所有的好東西都是法國來的。就我所知，法國的四季豆吃起來比美國的好吃。法國歌曲也比只在小鎮收音機電臺播放的鄉村音樂好聽多了。「反芻的母牛離開我，去找更年輕的小公牛，我的人生就此分崩離析。」法國人可能也更了解愛吧。

我想翱翔在機場跑道上，或時尚伸展臺。我想在百老匯表演，一窺鐵幕後面的世界。我想體驗法文在我舌尖流轉的感覺。我認識的人裡，世界比弗羅伊德大的人就只有古斯塔夫森太太。

雖然我們是鄰居，但感覺她住得有幾光年遠。每年萬聖節，媽媽都會警告：「戰爭新娘的陽臺燈沒亮，這代表她不希望你們小孩子去敲她的門。」我跟瑪麗．露易絲出去賣女童軍餅乾時，她媽也說：「那老太婆很小氣，所以不用拜訪她。」

我與古斯塔夫森太太的對話讓我大膽起來。我需要的是一份適合的作業，這樣我就能訪問她。

漢森老師一如往常指定我們寫《撒克遜英雄傳》的讀書報告。課後，我去她的座位找她，問她我能不能寫另一份跟國家有關的報告。

「就這麼一次。」她說：「我期待看妳寫法國的報告。」

我滿腦子都是這個計畫，所以當我去廁所的時候，我忘了先檢查隔間底下以及大門旁邊的置物櫃。當然啦，我上完廁所後，蒂芬妮．艾弗斯跟她的夥伴聚在洗手臺旁邊，她正在鏡子前面梳理她那小麥稻穗般金黃色的頭髮。

「沖水馬桶壞掉了。」她說：「有大便。」

實在很不文明，但當我望向自己的鏡中倒影時，我看到的只有大便般的咖啡色頭髮。我站在隔間旁邊，曉得我只要過去洗手，蒂芬妮就會把我推向水龍頭，害我濕透。若我不洗手，他們就會跟老師講。他們就是這樣對梅希的，然後整整一個月都沒有人要坐在「尿尿手」旁邊。廁所四重奏雙手環胸等著我過去。

廁所門鉸鍊發出聲響，漢森老師探進頭來。「蒂芬妮，妳又來廁所囉？妳是不是膀胱不好啊？」

幾個女孩出去了，看我的目光彷彿是在說「這一切還沒完」。我清楚得很。

打游擊的樂觀主義者媽媽會要我看光明的一面。至少艾弗瑞老頭只有一個女兒。而且已經禮拜五了。

通常禮拜五我爸媽會在家舉行晚餐派對（媽媽烤肋排，凱凱帶沙拉，蘇．鮑伯會烤反轉鳳梨蛋糕），晚上我就會去瑪麗．露易絲家過夜。不過，今晚我留在自己的房間，想著要問古斯塔夫森太太的問題。大人用餐時，歡笑從飯廳流瀉過來。安靜下來的時候，我曉得這就跟英國的大爺大媽一樣，女人迴避，這樣男人才能輕鬆坐在椅子上分享他們不想讓太太聽的話題。

女性洗碗的時候，我聽到媽媽的另一種聲音，這是她用來面對朋友用的。跟她們在一起，她似乎比較開心。真好笑，明明是同一個人，感覺卻像另一個人。這讓我想到我對媽媽也是有不了解的地方，但她沒有像古斯塔夫森太太那麼神秘。

我在書桌前寫下浮現腦海的問題——斷頭臺最後一次砍頭是什麼時候？法國也有耶和華

見證人嗎？為什麼大家都說妳丈夫是偷來的？現在他死了，妳為什麼還留在這裡？我實在太專心，完全沒注意到媽媽站在我身後，直到她用溫暖的手搭上我的肩。

「妳今天不想去瑪麗·露易絲家過夜嗎？」

「我在寫功課。」

「禮拜五晚上寫功課呢。」她不敢相信。「今天學校不好過嗎？」每天學校都不好過，但我現在不想談蒂芬妮·艾弗斯。媽媽從身後拿出一份鞋盒大小的禮物。「我替妳準備的。」

「謝謝！」我撕開包裝紙，看到一件鉤針毛衣背心。

我把背心套在T恤外頭，媽媽拉著腰的位置，對尺寸很滿意。「真好看。這綠色能夠帶出妳眼睛的斑紋。」

光看一眼鏡子就證實我看起來像個呆子。如果我穿這件毛衣上學，蒂芬妮·艾弗斯會生吞我。

「很……很棒。」我告訴媽媽，太遲了。

她用微笑掩飾受傷的心情。「所以妳在忙什麼？」

我解釋起我必須寫一份法國的報告，所以我必須訪問古斯塔夫森太太。

「噢，親愛的，我不確定我們該去打擾她。」

「只有幾個問題。我們可以邀請她來家裡嗎？」

「我想應該可以吧。妳想問什麼？」

我比了比我的報告。

媽媽望向我的問題列表，大大嘆了口氣，說：「妳知道，她不回去可能是有原因的。」

星期六下午，我急忙跑過古斯塔夫森太太老舊的雪佛蘭，跑上她那有點搖晃的陽臺階梯，按下門鈴。叮咚，叮咚，叮咚。沒人應門。我又按了一次。還是沒人應，所以我拉了拉大門，竟然開了，我說：「有人嗎？」然後走進去。

靜悄悄的。

「有人在家嗎？」我問。

客廳毫無動靜，書本覆蓋牆面。大型景窗下方有一排蕨類植物。立體音響跟深深的冷凍庫一樣大，連屍體都放得進去。我翻起她收藏的唱片，柴可夫斯基、巴哈，還是柴可夫斯基。

古斯塔夫森太太從走廊出現，彷彿剛從午睡中醒來一樣。雖然她一個人在家，她還是穿著洋裝，繫了她的紅腰帶。只穿襪子的雙腳讓她看起來好脆弱。我忽然想到，我從來沒有見過朋友把車停在她家前面，從來沒聽說她當寄宿家庭。孤獨是什麼樣子？看她就知道了。

她站在我面前幾公分的位置，瞪我的神情彷彿活捉了想要偷她天鵝湖唱片的盜賊。

「妳要幹嘛？」

妳知道一些事情，我也想知道這些事情。

她雙手環胸。「怎樣？」

「我要寫妳的報告，我是說，妳國家的報告。也許妳可以來我們家，這樣我才能訪問妳。」

她嘴角微微下沉。她沒有回話。

靜默讓我緊張。「這裡看起來好像圖書館。」我比了比她的書架，上頭滿是我不認識的名字——斯戴爾夫人（Madame de Staël）、《包法利夫人》（*Madame Bovary*）、西蒙·波娃。

也許這主意很爛。我轉身想走。

「什麼時候？」她問。

我轉回去。「現在怎麼樣？」

「我正在忙別的事情。」她急切地說，彷彿她是總統，需要回去治理臥房大事一樣。

「我要寫報告。」我提醒她，因為學校就排在上帝、美國及橄欖球後面。

古斯塔夫森太太穿上高跟鞋，抓了鑰匙。我跟著她走上陽臺，她鎖起家門。全弗羅伊德就只有她會鎖門。

我們穿過草坪時，她問：「妳都會亂闖別人家喔？」

我聳聳肩。「別人通常都會來應門。」

在我們家飯廳，她雙手交握，然後將手軟軟地放在身體兩側。她目光掃過地毯、窗邊座位、牆上全家福。她雙唇微微顫動，彷彿是在說「這裡是不是很棒？」就跟其他老太太一樣，然後她又雙唇緊閉。

「歡迎。」媽媽一邊說，一邊把一盤巧克力豆豆餅乾放在桌上。

我示意請鄰居就座。媽媽在我跟她的盤子前擺了馬克杯，古斯塔夫森太太面前則是她的茶杯。這故事我很清楚。多年前，艾弗斯太太去英國參加「城堡之旅」，爸爸給她錢，請她替媽媽買漂亮的茶杯套組回來，結果瓷器很貴，艾弗斯太太最後只買回來一只杯子跟一個碟子。她擔心瓷器會摔破，所以在橫渡大西洋的的飛機上，她一直抱著這組茶杯。在我心裡，這有著精緻藍色花朵的纖細小茶杯來自更好的地方，更高級的地方，就跟古斯塔夫森太太一樣。

媽媽倒了茶。我打破沉默。「巴黎最棒的是什麼？那裡真的是全世界最美的城市嗎？在那邊長大的感覺如何？」

古斯塔夫森太太沒有立刻回答問題。

「希望我們沒有打擾妳。」媽媽對她說。

「我上次接受這樣的訪問是在法國面試工作的時候。」

「妳那時緊張嗎？」我問。

「緊張，但我為了準備，死背了好幾本書的內容。」

「有用嗎？」

她哀傷地笑了笑。「總是有些沒辦法事先準備的問題。」

「莉莉不會問這種問題的。」媽媽嘴上對古斯塔夫森太太這樣說，但實際上是在警告我。

「巴黎最棒的是什麼？那是一座屬於讀者的城市。」我們的鄰居如是說。

她說在朋友家裡，書本跟家具同樣重要。她的夏天就在巴黎翠綠的公園裡閱讀度過，然後，她跟杜樂麗花園裡的棕櫚盆栽一樣，一結霜就要放進溫室裡，她的冬天也是在圖書館室內度過的，就窩在窗邊，懷裡捧著一本書。

「妳喜歡閱讀？」對我來說，看英文課指派的古典作品根本是在折磨人。

「我活著就是為了閱讀。」她說：「多數的書都是在講歷史及當代事件。」

這話聽起來的有趣程度差不多跟看著雪融化一樣。「妳在我這年齡的時候呢？」

「我喜歡《秘密花園》那種小說，我的雙胞胎哥哥則喜歡看新聞。」

雙胞胎！我想問他叫什麼名字，但她接著繼續說下去。她說，文學與食物同樣讓巴黎人陶醉其中。已經超過四十多年，但她依然記得她第一天上班時，爸爸替她買的甜食，那是一種叫做費南雪（financier）的蛋糕。她閉上雙眼，她說奶油杏仁粉讓她的口腔彷彿天堂。她的媽媽則喜歡歐培拉蛋糕（opéras），包裹在外頭的是苦苦的巧克力，裡頭則是一層一層泡了咖啡的蛋糕。費—南—雪、歐—培—拉。我品嘗這些甜點的名字，喜歡它們在我舌間的感覺。

「巴黎是一個會跟妳對話的城市。」她繼續說：「這座城市哼著自己的歌。夏天的時候，巴黎人會打開窗戶，聽到鄰居彈鋼琴的聲音，聽到洗牌的聲音，聽到某人轉調收音機的沙沙聲。總會聽到孩子歡笑，總會聽到人家吵架，總會聽到在廣場演奏的單簧管樂手。」

「聽起來好棒。」媽媽夢幻地說。

通常，星期天上完教堂後，古斯塔夫森太太會垂頭喪氣的，禮拜一的時候，她的眼神會像綠洲酒吧的霓虹燈——沒插電。不過，此時此刻，她雙眼明亮。她提到巴黎，充滿銳角的臉部線條就柔和起來，她的聲音也是。真不曉得她為何離開。

我的下一個問題讓媽媽嚇了一跳。「戰時的生活怎麼樣？」

「很辛苦。」古斯塔夫森太太的手指緊握茶杯。空襲警報響起，她的家人就會躲進地窖。食物配給，一個人一個月才吃得到一顆雞蛋。每個人都瘦到她覺得他們要消失了。街上，納粹會強迫巴黎人穿過隨機檢查哨。他們就跟狼一樣成群結隊出現。一般民眾遭到逮捕，沒有理由，或微不足道的理由，像是宵禁時間過後還出門這種理由。

宵禁不是青少年的問題嗎？瑪麗・露易絲的姊姊安潔兒就有宵禁。我問：「妳最想念巴黎的什麼？」

「家人與朋友。」古斯塔夫森太太說，咖啡色的雙眼哀愁了起來。「理解我的人。我想念說法語，感覺像在自己家。」

我不曉得該接什麼話。靜默爬進飯廳，我跟媽媽因此侷促不安，但我們的鄰居似乎不受影響，她啜飲最後一點茶。

媽媽注意到古斯塔夫森太太的空杯，她連忙起身。「我來燒水。」

前往廚房的半路上，媽媽忽然停下腳步。她腳步蹣跚，一手伸向前，想要拉住櫃子。在我還沒想到要採取行動前，古斯塔夫森太太就跳起身來，攬住媽媽的腰，送她回椅子上。我在媽媽身邊彎著腰。她滿臉通紅，呼吸又緩又淺，彷彿空氣無法進到她的肺裡去一樣。

「我沒事。」她說：「我起來得太快了。我就知道。」

「之前有這樣過嗎？」古斯塔夫森太太問。

媽媽望向我，我回到自己座位上，假裝要拍掉什麼餅乾屑。

「有幾次。」她坦承。

古斯塔夫森太太打電話給史坦奇非爾德醫生。弗羅伊德的大人都這麼說：「在城裡，打電話叫醫生，無論你病得多重，他不會來就是不會來。在這，電話響兩聲秘書就會接，十分鐘內史坦奇就會抵達你家。」他在附近三個郡裡接生，我們之中很多居民這輩子第一次肌膚接觸的就是他那雙長了斑的溫暖大手。

他敲了敲門，提著黑皮大包走進來。

「不需要煩勞醫生跑這一趟。」媽媽驚慌地說。如果我打噴嚏，她就會帶我去看醫生，但她從來沒有替她的氣喘掛過號。

「這讓我來評斷。」他溫柔地撥開她的頭髮，把聽診器貼在她後背。「深呼吸。」她吸氣。

「如果這是妳的深呼吸……」史坦奇又量起她的血壓，他皺起眉頭。他說數字很高，於是開了點藥。

也許媽媽說那只是氣喘的時候，她是搞錯了。

晚餐過後，瑪麗．露易絲跟我趴在地毯上做我們的報告。她問：「古斯塔夫森太太說什麼？」

「她說戰爭很危險。」

「危險？怎樣危險？」

「到處都是敵人。」我想像古斯塔夫森太太出門工作，街上全是骯髒的大野狼。有些嚎叫，有些作勢要咬她的高跟鞋。而她繼續前進，說不定她不會重複走一樣的路。

「所以她得偷偷摸摸的？」

「我猜是吧。」

「如果她是秘密間諜，會不會很酷？」

「超酷。」我想像她用發霉的書本夾帶訊息。

「說到秘密。」她放下鉛筆。「我今天抽了一根安潔兒的菸。」

「妳自己抽？才怪。」她沒說話。「才怪。」我又說了一次。

「跟蒂芬妮一起抽的。」

她的話語有如重擊。「如果妳抽菸，我就不跟妳講話了。」我屏住呼吸。我們都十二歲，但瑪麗．露易絲總是比較成熟。因為她姊安潔兒，她曉得保險套跟大罐裝啤酒派對。爸媽不讓我化妝，瑪麗．露易絲就借我化妝品。她比我壯，比我快，我覺得她快從我身邊跑開了。

「反正我也不喜歡那味道。」她說。

在接下來幾週裡，媽媽沒了胃口，衣服鬆垮垮。藥物沒起作用。爸爸帶她去看專科醫生，新的醫生說只是壓力大。她累到無法煮飯，所以爸爸做三明治。感恩節的時候，我們在廚房流理檯旁吃著烤起司三明治。我們望向房間門口，希望媽媽感覺好到可以加入我們。

他清了清嗓。「學校怎麼樣？」

我成績都是A，沒有交男朋友，蒂芬妮．艾弗斯想把瑪麗．露易絲搶走。「很好。」

「很好？」

「其他女孩都能化妝，為什麼我不行？」

「像妳這種漂亮女孩不需要在臉上塗那些油膩膩的玩意兒。」爸說的話我大多沒有聽進去。我沒聽到他的擔憂，我沒聽到他說我漂亮。我只有聽到明確的「不行」。

「但，爸——」

「希望妳別拿這個煩妳媽。」

這是我們第一千次，一起轉頭望向臥室門口。

我跟瑪麗．露易絲將背包甩上肩，從學校返家。我們在第一街稍作停留，摸摸德國牧羊犬「噴噴」，然後經過弗萊切斯夫妻家，他們家院子裡有四十七個陶瓷小矮人，他們婚後每年會多放一個。到了轉角那塊地，梅朵太太猛然拉開蕾絲窗簾。如果我們沒有走人行道，直接踩過她的草坪，她就會打電話跟我們父母抱怨。

弗羅伊德的人都在同一間雜貨店購物，喝同一座井的水。我們有相同的過往，重複著一樣的故事。梅朵太太在丈夫剷雪暴斃前，脾氣沒有這麼差。戰後，巴克．古斯塔夫森完全變了個人。我們讀同一份報紙，我們仰賴同一位醫生。出門要去這裡或那裡，沿著骯髒的小路開車，我們看著田地裡的滾滾駛過的聯合收割機，收割機的前方割斷小麥。空氣聞起來清新、率真。我們的嘴裡與鼻腔裡都是乾草的細軟氣味，收割的飛塵打進我們的血液之中。

「我們搬去大城市吧。」瑪麗．露易絲瞪看梅朵太太。「去一個沒有人曉得我們出身背景的地方。」

「在那裡我們愛幹嘛就可以幹嘛。」我加油添醋地說：「譬如在教堂裡尖叫。」

「甚至不要上教堂。」

這話讓我們愣了下來，這概念太龐大，需要一點時間消化，經過前往我家的最後一個街廓時，我們一語不發。我在街上就看到媽媽站在窗邊，窗上的倒影讓她看起來跟鬼一樣蒼白。

瑪麗．露易絲回家了，我繼續朝著信箱前進，站在歷經風霜的杆子旁邊，還沒準備好要進家門。媽媽以前會烤餅乾，跟朋友在廚房流理檯旁邊聊天。有時，她會接我放學，我們會開車去梅迪森湖保護區（Medicine Lake Refuge），這是她最喜歡的觀鳥地點。坐在旅行車裡，我跟她望著同一個方向，道路在我們面前延伸下去，充滿各種可能。要跟她說我與蒂芬妮．艾弗斯的摩擦或考試考壞了都很輕鬆。我也可以跟她說開心的事情，就像體育課時，羅比當隊長，他連男生都還沒選，第一個隊員就選我。我每次出局的時候，其他人都會酸溜溜地抱怨起來，但羅比站在我這邊，對我說：「下次妳會表現得更好。」

媽媽知道我所有的事情。

梅迪森湖這裡總共有兩百七十種鳥。我們穿過及膝的雜草，媽媽脖子上掛著圓筒式望眼鏡。「也許老鷹比較有王者風範。」她說：「笛鴴名字最好聽。不過，我最喜歡的還是知更鳥。」

我開她玩笑，說她一路開車大老遠過來，看的卻是在我們家前面草坪就有的鳥。

「知更鳥很優雅。」她告訴我：「是個好兆頭，提醒我們，特別的東西就在眼前。」

她緊緊抱住我。

但現在，她一個人在家，幾乎沒有精神開口，面對我的時候也一樣。

忽然間，古斯塔夫森太太出來拿信，我跨過分隔我們兩家之間的咖啡色條狀草坪。她把一封信放在懷裡。

「誰寫來的？」

「我在芝加哥的朋友露西安。我們互相通信長達幾十年。我們是一起搭船過來的，從諾曼第到紐約，三個禮拜，令人難以忘懷。」她看著我，問：「一切都還好嗎？」

「我很好。」大家都曉得這個規則：不要讓人注意到你，沒有人喜歡炫耀鬼。做禮拜的時候別轉頭，就算背後有炸彈爆炸也不行。人家問你好不好，就算你哀傷也害怕，還是要說「好」。

「妳想進屋嗎？」她問。

我把背包重重扔在她的書架前面。書本從上擺到下，但只有三張小小的拍立得照片。我們家照片比書多（《聖經》、媽媽的田野調查指南、在車庫拍賣買的一套百科全書）。

第一張照片是一位年輕的海軍陸戰隊隊員。他有古斯塔夫森太太的眼睛。她走到我身邊，說：「這是我兒子馬克，他死在越南。」有次，我在教堂發節目單，幾位太太就聚在聖水盆附近。古斯塔夫森太太才進來，艾弗斯太太就壓低聲音說：「明天就是馬克的忌日了。」還搖搖頭。

梅朵太太則說：「天底下沒有比白髮人送黑髮人還慘的了。我們應該要送花——」

「妳們應該不要繼續八卦了。」古斯塔夫森太太尖銳地說：「至少在彌撒的時候。」她們用顫抖的手指沾了沾聖水，迅速比劃出十字架，然後躲進長椅上。

我用手撫摸照片相框，說：「我很遺憾。」

「我也是。」

她語氣裡的哀傷讓我很尷尬。沒有人來拜訪過她，丈夫那邊的家人沒有，她自己法國的家人也沒有。如果她愛過的人都死了呢？她大概不希望我來這裡挖出她失去的一切。我立刻想拎背包走人。

「想吃餅乾嗎？」她問。

進了廚房，我抓起盤子裡最大的兩塊餅乾，狼吞虎嚥吃掉，她都還沒碰她的餅乾。甜滋滋的餅乾又薄又脆，捲起來的形狀像迷你望遠鏡。

她才剛烤完第一批，所以，接下來這個小時，我幫忙把剩下的捲起來。我很感謝她沒有多發表對媽媽狀況的評論。沒有「妳媽怎麼沒來家長教師聯誼會？請轉告她，大家都希望她吃胖一點」，也沒有「天底下沒有一頓香烤豬裡脊治不好的問題」。緘默無語從來沒有讓人感覺這麼好過。

「這種餅乾叫什麼？」我一邊問又抓起另一捲。

「法文叫Cigarettes russes，也就是俄羅斯香菸的意思。」

共產黨餅乾？我把餅乾放回盤子上。「誰教妳做的？」

「我送書的時候跟一位女性友人學的。」

「為什麼她不自己去借書？」

「戰時她不能去圖書館。」

在我能繼續追問原因前，有人大力敲門。

「古斯塔夫森太太？」

是老爸，這意味著已經到了六點的晚餐時間，我麻煩大了。我拍拍嘴上的餅乾屑，準

備好要解釋狀況。時光飛逝，我必須留下來幫忙結束──

古斯塔夫森太太開門，我期待龍捲風老爸的傾盆大雨。

他雙眼圓睜，領帶歪斜。「我要送布蘭達去醫院。」他告訴古斯塔夫森太太：「可以麻煩妳顧一下莉莉嗎？」

我想向他道歉，但他不等任何人開口就奪門而出。

第三章·歐蒂兒

巴黎，一九三九年二月

聖奧古斯汀教堂的陰影籠罩在媽媽、雷米還有我身上，我們正要從另一場無聊的週日禮拜啟程回家。從教堂薰香的壓迫中解放，我用力吸聞冰冷的強風，鬆了口氣，終於逃離牧師陰鬱的佈道。

媽媽帶領我們沿著人行道前進，經過雷米第二喜歡的書店，經過麵包店，心碎的烘焙師傅烤焦了麵包，然後跨進我們家大樓的門檻。

「今天是誰？皮耶還是保羅？」她煩躁地說：「無論是誰，他再一會兒就會到了。歐蒂兒，妳不准板著一張臉。爸爸當然希望認識這些人……不是所有人都在他的轄區工作。其中一個可能是最適合妳的對象。」

又是一場與不疑有他警察的午餐。男人對我展現出興趣的時候，我會覺得尷尬，他對我沒興趣，我也會覺得丟臉。

「還有，去換件罩衫！真不敢相信妳穿這件褪色的衣服上教堂。人家會怎麼想？」她說完就急忙進廚房查看烤肉的狀況了。

我在門廊鍍金缺角的鏡子前把赭紅色的髮辮重新綁好。雷米在凌亂的鬈髮上梳抹起髮蠟。對法國家庭來說，週日午餐跟彌撒本身一樣神聖，而媽媽堅持我們拿出最體面的自己。

「杜威分類法會把這頓午餐歸類在哪裡？」雷米問。

「簡單，八四一，亞瑟・蘭波（Arthur Rimbaud）的散文詩《地獄季節》（*A Season in Hell*）。」

他大笑起來。

「爸爸至今邀請多少下屬來家裡過？」

「十四位。」他說：「我敢說他們都不敢拒絕他。」

「你為什麼不用經歷這種折磨？」

「因為沒有人在乎男人什麼時候結婚。」他露出淘氣的笑容，伸手抽走我的圍巾，然後將刺刺的羊毛巾包在頭上，還跟媽媽一樣，把結打在下巴下方。「Ma fille（我的女兒），女人在架上的保存期限很短。」

我咯咯笑了出來。他永遠都知道要怎麼逗我開心。

「妳要去的方向。」他繼續用媽媽尖銳的聲音說話：「妳會永遠待在架上！」

「如果我得到這份工作的話，那就是圖書館的書架。」

「等到妳得到這份工作。」

「不曉得耶……」

雷米解開圍巾。「妳有圖書館學校的文憑，操著一口流利的英語，妳在實習的時候表現也呱呱叫。我對妳有信心，妳要對自己有信心。」

敲門聲傳來。我們開門，看到一位身穿厚呢短大衣的金髮警察。我振作起來，上禮拜的小警察是用油膩的臉頰磨蹭我的臉來打招呼。

「我是保羅。」這人說。他的臉幾乎沒有碰到我。「很高興見到兩位。」他一邊說，一邊握起雷米的手。「我聽說兩位很多好事。」

感覺他是認真的，但我實在不敢相信爸爸會說我們什麼好話。我們只聽說過雷米令人沮喪的成績（但他是法律課程裡最會辯論的人！），還有我缺乏的家事能力（「床上堆滿書，妳這樣是怎麼睡覺？」）。

「我期待今天已經盼了整個禮拜。」這位年輕人告訴媽媽。

「吃頓家常便飯有益身心健康。」她說：「我們很歡迎你來。」

爸爸催促客人坐在壁爐旁的扶手椅上，然後送上開胃酒（男士喝苦艾酒，女士喝雪利酒）。媽媽從她鍾愛的蕨類植物旁邊座位連忙起身進廚房，查看女傭有沒有按照她的吩咐做事，此時，爸爸從他的路易十五風格軟墊椅上主持大局，他掃把形狀的鬍子將武斷之言掃出他的嘴。「誰需要這些失業的chômeurs intellectuels（知識分子）？我說，就讓這些失業知識分子在礦坑一邊勞動，一邊構思他們的文章。其他國家如何分辨遊手好閒的聰明人跟遊手好閒的呆瓜？就是工作繳的稅！」每個週末，上門的追求者會換，但爸爸長篇大論的大道理卻千篇一律。

我再次解釋起來：「沒有人逼你支持藝術家跟作家。你可以選擇一般的郵票，或那些額外增加小額加蓋加值的郵票。」

坐在我旁邊沙發上的雷米雙手環胸。我懂他在想什麼：**妳何苦呢？**

「我沒聽說這種不一樣的郵票。」爸爸的手下說：「下次我寫信回家，我就要用這種郵票。」

也許他沒有其他候選人那麼糟。

爸爸轉頭面向保羅。「我們的同事在邊界附近的拘留營很辛苦。大量難民湧入，很快法國境內的西班牙人就會超過西班牙了。」

「他們在打內戰。」雷米說：「他們需要協助。」

「他們跑來咱們國內就挺自動的！」

「不然無辜的平民該怎麼辦呢？」保羅問爸爸。「待在家裡，等著被宰嗎？」

就這麼一次，爸爸沒有回話。我打量起這位客人。不是在想他那刺刺立起的短髮，不是在想那雙與制服相同顏色的眼睛，而是他的人格特質，他也能無所畏懼地穩重堅持自己的信念。

「在這麼多政治動盪中，只有一件事是確定的，那就是馬上要打仗了。」雷米說。

「亂講！」爸爸說：「幾百萬經費投注在維安建設上，加上馬奇諾防線，法國安全得很。」

我想像馬奇諾防線是一條大水溝，就在法國、義大利、瑞士、德國的邊界上，只要部隊想要進犯，這條防線就會一口吞掉他們。

「咱們非得聊戰爭嗎？」媽媽問：「禮拜天還講這讓人不悅的話題！雷米，你怎麼不跟我們聊聊你上的那些課？」

「我兒子想從法學院輟學。」爸爸告訴保羅。「我有可靠來源，曉得他會蹺課。」

我爬梳腦袋，想要找點話來說。保羅卻搶在我之前開口，他面向雷米。「輟學之後你想做什麼？」

我只希望問這問題的人是爸爸。

「競選公職。」雷米回答：「試著改變現狀。」

爸爸翻了個白眼。

「或是成為公園護林員，逃避這腐敗的世界。」雷米說。

「你跟我的工作是保護人與生意的安全。」爸爸對保羅說：「他會保護松果跟熊糞。」

「我們的森林跟羅浮宮一樣重要。」保羅說。

這話同樣讓爸爸無言以對。我望向雷米，想知道他對保羅有什麼看法，但他轉頭望向窗戶，讓心思前往遠方，我們在漫長的週日午餐上很容易這樣。這次，我決定留在當下。我想聽聽保羅有什麼話好說。

「午餐聞起來好香！」我希望把爸爸的注意力從雷米身上移開。

「對。」保羅興致勃勃地說：「我已經好幾個月沒吃到家常菜了。」

「如果你輟學，你要怎麼幫你的難民？」爸爸繼續這個話題。「你必須有些基礎才行啊。」

「湯應該好了……」媽媽緊張地撿起蕨類植物乾掉的葉子。

雷米一語不發，繞過她，朝飯廳走去。

「你不想工作。」爸爸拉開嗓門說：「但每次吃飯都跑第一！」

他就是不肯閉嘴，就算當著客人的面也一樣。跟平常一樣，今天喝馬鈴薯韭蔥湯，保羅稱讚起媽媽這滑順濃郁的濃湯，她咕噥著說這份食譜很棒。爸爸湯匙刮起磁盤的聲音暗示著第一道菜的結束。媽媽微微開口，彷彿想要請他輕聲點，但她從來不會斥責爸爸。

女傭送上迷迭香馬鈴薯泥及烤豬裡脊。我瞇眼看著壁爐架上的時鐘。通常午餐都很難熬，但我發現現在已經兩點了。

「妳也還在讀書嗎？」保羅問我。

「不，我已經完成學業，剛去應徵美國圖書館的工作。」

他微笑起來。「我不會介意在那麼漂亮也寧靜的地方工作。」

爸爸黑色的雙眼點起興致。「保羅，如果你在第八區不滿意，為什麼不調來我轄區？我們開了一個警佐的職缺，正在尋覓適合人選。」

「謝謝長官，但我很滿意目前的單位。」保羅的目光始終沒有離開過我的臉。「非常滿意。」

忽然間世界上彷彿只剩我跟他。**他向後靠在椅背上，接著，深邃的雙眼望向她，也許他看到了她動搖的瞬間，她衝動地想要投入他懷裡，傾訴她心底壓抑的秘密。**

「女孩工作。」爸爸沒好氣地說：「妳難道不能找間講法語的圖書館嗎？」

我不捨地拋下保羅與狄更斯《艱難時世》（*Hard Times*）的柔情戲碼。「爸爸，美國人不只用字母排列，他們用的數字叫做杜威十進位圖書分類——」

「用數字分類文字？我敢打賭這是什麼資本家搞出來的把戲，因為他們只在乎數字，不在乎文字！咱們現在做事的方法有啥不對？」

「芮德女士說與眾不同沒關係。」

「外國人！鬼才曉得妳還要跟哪些人打交道！」

「給他們一個機會，你也許會驚訝——」

「妳才是要驚訝的人。」他用叉子指著我。「在公眾場合工作很辛苦。怎麼說呢？昨天我接到電話，一名參議員因為強行闖入民宅遭到逮捕。一位小老太太發現他暈倒在自家地板上。這無賴醒來後，一直喊些不入流的話語，直到他開始嘔吐。咱們向他問話前，還得先替他沖洗一番。他以為那是他情婦住的地方，但鑰匙開不了門，所以他沿著棚架爬進窗戶。相信我，妳不會想跟一般大眾有什麼交集，然後別讓我講起折磨國家的那個人渣。」

然後他又發作了，抱怨起外國人、政客及自以為是的女人。我哀號起來，雷米用穿著襪子的腳摩擦我的腳。這小小的舉動安慰了我，我感覺到肩膀的緊張鬆懈了下來。我們小時候就發明出腳碰腳這秘密行為來支持彼此。面對父親的暴怒——「雷米，你這禮拜戴這蠢帽子去學校兩次！我真該把這鬼東西釘在你腦袋上」，我曉得最好不要用溫柔的話語安慰我的哥哥，上次我安慰他，爸爸就說：「站在他那邊？我真該把你們兩個扔出去！」

「他們會雇用美國人，不會用妳。」爸爸做出結論。

真希望我能證明這位什麼都懂的警察局長錯了。真希望他能尊重我的選擇，而不是告訴我，我該要什麼。

「四分之一的圖書館讀者是巴黎人。」我反駁道：「他們需要會講法文的工作人員。」

「人家會怎麼想？」媽媽焦躁地說：「他們會說爸爸沒有好好照顧妳。」

「現在很多女孩都出去工作了。」雷米說。

「歐蒂兒用不著工作。」爸爸說。

「但歐蒂兒想工作。」我低聲地說。

「咱們別吵了。」媽媽將巧克力慕斯挖進小小的水晶碗裡。甜點夢幻又濃郁，強制吸引我們的注意力，讓我們得出共識，那就是，天底下最美味的慕斯出自媽媽之手。

下午三點，保羅起身。「謝謝你們招待的午餐。抱歉我必須告辭，我要去值班了。」

我們送他到門口。爸爸向他握手，說：「考慮我的提議。」

我想謝謝保羅替雷米還有我說話，但爸爸在場，我沒有開口。保羅靠向前，我屏住呼吸，直到他在我面前停住。

「希望妳順利得到那份工作。」他壓低聲音說。

他向我吻別的時候，嘴唇在我臉上很輕柔，讓我好奇與他接吻會是什麼感覺。想像我們的吻，我心跳加速，就跟我第一次讀E. M.佛斯特（Edward Morgan Forster）的《窗外有藍天》（*A Room with a View*）一樣。一幕幕都讓我揪心不已，等著最適合彼此的喬治與露西相互傾訴他們不羈的愛，在無人的廣場相擁。真希望我能快速翻開人生的書頁，看看我是否能夠再次見到保羅。

我走到窗邊，看著他迅速抵達街道。

我聽到身後的父親倒餐後酒的聲音。星期日的午餐是他們每週一次能夠允許自己回到大戰恐怖回憶的時候。媽媽喝了幾口，作夢般喚起死於戰爭的鄰居，彷彿每一口都是她玫瑰念珠上的珠子。對爸爸來說，軍團的勝利感覺卻像戰敗，因為他的許多同袍都命喪沙場。

雷米加入我在窗邊的行列，他拉著媽媽的蕨類植物，說：「我們又嚇跑另一個追求者了。」

「你是說爸爸又嚇跑人家了。」

「他真是要逼瘋我，心胸如此狹窄。他完全不曉得外頭發生什麼事。」

我通常都會站在雷米這邊，但今天我希望爸爸是對的。「戰爭……你說的是真的嗎？」

「恐怕如此。」他說：「苦日子就要來了。」

苦日子，八二三，英國小說。

「西班牙的平民死於非命，猶太人在德國遭到迫害。」他繼續說，對著指間的葉子皺眉。「而我卻受困於課堂上。」

「你所發表的文章讓人注意到難民的困境。你替他們募捐物資，全家都動起來了。你讓我驕傲。」

「這樣還不夠。」

「現在，你要專注在你的課堂上。你名列前茅，現在能夠畢業運氣就很好了。」

「我已經受夠研究理論上的法律案件了。他們現在就需要幫忙。政客毫無作為，我不能在家枯坐，必須有人採取行動。」

「你必須畢業。」

「有沒有文憑根本沒差。」

「爸爸不是全錯。」我溫柔地說：「你必須先完成已經開始的事情。」

「我是想告訴妳——」

「請告訴我，你還沒做什麼衝動的事情。」他將所有積蓄捐給難民法治基金。他沒讓媽媽知道，就把她食物櫃裡的食物送給窮人，直到裡頭只剩幾顆麵粉。我跟媽媽搶在爸爸到家前趕去市場買菜做晚餐，免得爸爸發現，斥責雷米。

「妳以前都懂的。」他大步走向自己的房間，甩上房門。

他的指控讓我畏縮。我想大喊，你以前都沒這麼衝動！但我知道爭執不會有什麼結果。等他冷靜下來我再試試看。現在我想忘記爸爸、保羅，甚至是雷米。我從書架上抽出狄更斯的《艱難時世》。

第四章·莉莉

蒙大拿弗羅伊德，一九八四年一月

我跟爸爸站在媽媽的醫院病床旁邊。她想微笑，但她嘴角顫抖，嘴唇毫無血色，她緩緩眨眼。她身邊的機器發出嗶嗶聲。我為什麼放學不直接回家？說不定如果我直接回家，媽媽現在就不會進醫院了。

我閉上眼睛，帶她遠離這碗吃了一半的綠色果凍，遠離醫院消毒水味，前往湖邊。我跟她吸著沼澤的氣味，拖著泥濘的雙腳前進，她的臉因為太陽的溫暖而容光煥發。她在野草裡看到了什麼，走近發現是好幾個飲料易開罐。她從防風外套口袋裡抽出塑膠袋，將垃圾裝起來。我只想享受這一刻，我會說：「媽，拜託，不要撿垃圾啦。」但她不會理我。離開時讓環境變得比我們抵達時更好，這點對她來說非常重要。

史坦奇非爾德醫生讓我回到這一刻。他解釋起專科醫生的診斷：心電圖顯示媽媽發作過幾次無聲的心臟病，因此造成大規模的傷害。我不曉得我們怎麼會從媽媽堅信她只是呼吸不順，走到她有心臟病這一步。感覺這是一條筆直漫長的路，一路都沒有警告標語，沒有「小心落石」，沒有「側風危險」。我們怎麼走到這一步？媽媽必須留在這裡多久？

晚餐時，爸爸加熱了索爾斯伯利漢堡排的冷凍晚餐，搬出電視晚餐的小餐盤。他說這樣我們才可以邊吃邊看新聞，但我曉得這樣祖父級的播報員葛拉罕·布魯斯特才會負責替我們開口講話。今晚，他訪問了憂思科學家聯盟（Union of Concerned Scientists）成員，問他核戰爆發會發生什麼事。

「媽會好起來嗎？」我問爸爸。

「不知道，她看起來沒有那麼累了。」

超過兩百二十五噸的煙塵會進入空中，這位麻省理工學院的物理學家說。

「她什麼時候可以回家？」

「親愛的，但願我們知道，但史坦奇沒有說。我希望她很快就能回家。」

煙與煙煤會遮蓋太陽，引發冰河時期。

「我好怕。」

「吃點東西吧。」爸爸說。

科學家說，無論現在狀況有多糟，以後都可能更慘。

我用叉子把肉排翻來翻去。我的肚子似乎變硬，成了一顆大石頭，而這顆大石頭緩慢跳動起來，有如困惑的心臟。

晚餐後，爸爸消失進他的書房。我用手指扭著電話線，打電話給瑪麗·露易絲。她家占線。如果不是她姐在約會，那就是瑪麗·露易絲在講電話。我望了一眼，確定爸爸不在附近，然後撥起五八九六。希望羅比在家。「喂？」他接起電話，問：「喂？有人嗎？」希望我能開口，但我不知道該說什麼。我掛掉電話，但沒有立刻離開，他的聲音，低沉醇厚，讓我覺得沒有那麼寂寞了。

我從我的臥室窗口舉頭望明月，月亮也看著我。風颳過銳利的樹枝。我小時候，害怕暴風雨，媽媽會假裝我的床是一艘小船，而強風是海浪，大海在我們家草坪起伏捲浪，送我們去遠方。少了她，風就只是風，一路席捲吹過，前往更好的地方。

十天後，媽媽回家了，她陷進床舖裡。爸爸泡了一杯洋甘菊茶。我躺在她旁邊的檸檬黃編織毯下。她聞起來有象牙肥皂的味道。冰柱從屋頂吊掛下來，大雪束縛著電話線。大大的天空很藍，我們的世界一片雪白。

「我們今天好幸運。」她比向窗邊。「好多鷹。」

有時牠們會高高翱翔在對街的草地上，有時牠們會放低姿態，尋找老鼠。媽媽說鳥比電視好看。

「我懷孕的時候，妳爸跟我湊在窗邊座位上看知更鳥（robin）。我喜歡牠們亮眼的胸膛，那是春天保證到來的象徵，但你爸不喜歡牠們吃蟲的樣子。我跟他說，你把那個想成義大利麵麵條就好了。」

「噁！」

「妳差點就叫羅萍（Robin）了。妳出生後，我跟護士說要叫妳羅萍，雖然我曉得妳爸比較喜歡莉莉（Lily），因為我們買這間房子的時候，鈴蘭（lily of the valley）正在綻放。然後我看到妳，妳的小手指握住他的小指頭，讓我想到小小的花朵。他低下頭親吻妳的肚子。他看妳的眼神……充滿了愛，我就改變心意了。」她很常講這個故事，但今天不曉得因為什麼原因，她又說：「爸爸工作不是為了他自己。他希望我們有安全感。他成長的時候家裡很窮，他生怕自己會失去一切。妳明白嗎？」

「一點點。」

「人很笨拙，他們不見得永遠曉得該做什麼、該說什麼。不要因為這樣就埋怨他們，妳永遠不曉得一個人心裡怎麼想。」

人很笨拙，不要因此埋怨他們。妳永遠不曉得一個人心裡怎麼想。她是什麼意思？她在講她自己嗎？還是在講老爸？我聽瑪麗・露易絲的媽媽說我爸自以為是華爾街證券交易員，還說他只愛錢，不愛人。

「爸經歷了很多。」我說。

「噢，親愛的，可惜小嬰兒沒有印象人家是怎麼呵護他們的。妳爸抱了妳一整夜。」

她說，爸爸是鷹，沉著又勇敢。我知道鷹，無論雌雄，都會輪流孵蛋。

「人類有家庭。」她繼續說：「那鵝呢？」

我聳聳肩。

「我們說一群鵝（a gaggle of geese）。」

「那麻雀呢？」

「一群麻雀（a host of sparrows）。」

「鷹呢？」

「一窩鷹（a cast）。」

就跟鳥類的電視節目一樣。我笑了起來。

「妳知道他們怎麼說渡鴉嗎？一片刻薄的渡鴉（An unkindness of ravens）。」

聽起來太蠢了，怎麼可能？我搜索她的臉，看看是不是開玩笑，但她似乎是認真的。

「那烏鴉呢？」

「一狗票烏鴉（a murder of crows）。」

「一狗票烏鴉。」我複誦道。

感覺像過往的美好時光，一切都好好的。我緊抱著她，好緊好緊，希望一切都能永遠這樣下去。我們一起在這溫暖室內的黃銅床框大床上。

到了早上，我跟爸爸與媽媽一起站在廚房流理檯旁邊。他說一天不上學不會怎樣。

「我不需要保姆！」媽說。

「史坦奇說妳不該出院。」爸說。

我們一語不發，吃著培根與煎蛋。吃完早餐，她把我們趕出家門。我在學校滿腦子都是她，至少在醫院的時候，她不是自己一個人。數學課的時候，蒂芬妮·艾弗斯踢我的椅子，她說：「嘿，笨蛋。古丹老師問妳問題呢。」我抬起頭，但老師繼續講下去了。放學鐘聲響起，我急忙回家。我可以從外頭看見爸媽坐在窗邊座位。我繞去後門，低調從廚房進屋。

「史坦奇建議找護士幫忙。」我聽見爸爸這麼說。

「拜託！我好得很。」

「找人來家裡幫忙不是很好嗎？我覺得莉莉會輕鬆一點。」

他說得對，我的確會覺得輕鬆一點。

「你想找誰？」媽問。

「蘇・鮑伯？」

聽到瑪麗・露易絲她媽的名字讓我豎起耳朵。

「我不想讓朋友看到我這模樣。」媽說。

「只是一個提議而已。」爸退縮了。

也許古斯塔夫森太太可以幫忙。我敲響她家大門，這次我等她來應門。

「媽沒有好。」我告訴她。

「我很遺憾聽到這個消息。」

「我們需要有人來家裡幫忙，她才不會太累。妳願意——」

「莉莉？」我聽到老爸在身後開口。「妳在幹嘛？我們要待在妳媽身邊。」

「我想我可以幫忙。」古斯塔夫森太太說。

「不用。」爸爸說：「我們可以的。」

她看看爸爸，又看看我，說：「讓我來做晚餐，我拿點東西過去。」她進屋，回來時抱著一大堆蔬菜，還有一罐鮮奶油。

到了我們家流理檯，她削起馬鈴薯，皮薄到都是透明的。

「妳要煮什麼？」

「韭蔥馬鈴薯湯。」

「韭蔥是啥？」

「在蒙大拿東部，韭蔥是最令人忽視的蔬菜。」

她切掉韭蔥長滿彎曲細根的底部，然後劃開白色的主體。聞起來像柔弱的洋蔥。她切碎韭蔥，將碎片刮進平底鍋裡，韭蔥浸在冒著泡泡的奶油中，另一鍋正在煮馬鈴薯。然後她用料理機將韭蔥與馬鈴薯打成泥，然後加入很多鮮奶油，最後將白色的濃湯盛碗。

「晚餐好囉！」我喊著。

爸爸陪媽媽走過來，他的雙手擺在她的腰附近，就跟醫院護工一樣。之前我爸媽接吻的時候，我都會翻白眼，但我現在只希望他們回到之前那樣肉麻兮兮的狀態。

禱告完，我低頭面對我的碗，挖了一湯匙進嘴裡。湯喝起來絲滑柔順，很美味。我想快點吃，但濃湯很燙。

「濃湯可以讓我們學習耐性。」古斯塔夫森太太如是說。她把湯匙送進嘴裡時，脊椎是打直的。我也稍微坐直一點。

「真好喝。」媽媽說。

「這是我兒子的最愛。」古斯塔夫森太太眼裡的光芒一度黯淡。「只需幾樣食材就能做出健康的一餐，但工業化的食品公司讓美國人以為煮飯很花時間。你們只喝罐頭裡的清湯，但奶油炒過的韭蔥明明就是天上的美味。經歷過匱乏讓我更感恩。戰時，我媽最想念的是糖，我卻想念奶油。」

「那時食物短缺嗎？」爸問。

「好的食物都缺。我不確定哪種『戰爭美食』比較可怕，長棍麵包加木屑進去烤，因為我們沒有麵粉，還是大頭菜加清水煮的湯，一點味道都沒有。領肉、奶製品、水果、多數蔬菜都要排隊排到天荒地老，但小販卻送不出大頭菜。等到我來到蒙大拿，你們曉得我婆婆在每一道燉菜裡都會加什麼嗎？就是大頭菜！」

我們都笑了。她天南地北都能聊，逗我們笑，讓我們從降臨我們家的尷尬靜默間休息一下。她起身要走時，媽媽說：「歐蒂兒，謝謝妳。」

我們的鄰居看起來很吃驚。真不曉得是不是因為她不習慣聽到人家叫她本名，最後，她才說：「我的榮幸。」

瑪麗·露易絲跟我放學到家的時候，我們聽到爸媽房間傳來笑聲。歐蒂兒脫掉高跟鞋，將搖椅搬到床邊。媽媽剛洗完頭，還上過捲子，她擦了跟歐蒂兒同樣的磚紅色口紅，看起來很美。

「什麼這麼好笑？」瑪麗·露易絲問媽媽。

「歐蒂兒（Odile）告訴我，她丈夫那邊的家人沒辦法好好唸她的名字。」

「他們都叫我『磨難』（Ordeal）！」

「婚姻就是，無論好壞，無論姻親有多瘋狂，都要繼續下去。」媽媽如是說，她們都笑了。

我跟瑪麗·露易絲回房讀書的時候，我們聽到媽媽問：「如果妳不介意的話，我想請問，妳跟妳丈夫是在哪裡認識的？」

「在巴黎的醫院。在那個年代，軍人必須請求上級允許才能結婚。巴克的長官不同意，巴克就向這位少校挑戰克里比奇紙牌遊戲，如果巴克贏了，我們就能結婚，如果他輸，他就要連續一個月清便盆。」

「他心意已決！」

交談變成低語，所以我跟瑪麗．露易絲靠向房門。

「他那時都沒跟我說。」歐蒂兒繼續說：「我剛到的時候，發生了一樁醜聞。我想回去法國，但沒錢買回去的票。我以為人會原諒……是說我不需要他們的原諒啦！」

「什麼醜聞？」瑪麗．露易絲低聲地說：「她是那種大腿舞女郎嗎？所以大家才不跟她講話？」

「是她不跟大家講話。」我氣噗噗地說。

媽媽冬眠了整個冬天。放學後，我會躺在她旁邊，跟她聊起我一天的生活。她會點點頭，但不會睜開眼睛。爸爸總是隨時待命，準備好用她最喜歡的瓷杯送上洋甘菊茶。史坦奇非爾德醫生開了更多藥，但媽媽沒有感覺好一點。

「她為什麼不能起來？」爸問他。我們三個人站在前門。「稍微費點力她就累得不得了。」

「她的心臟承受太多傷害。」史坦奇說：「她沒有太多時間了。」

「幾個月？」爸問。

「幾個禮拜。」史坦奇說。

真相逼近，爸爸用手環抱著我。

爸媽認為課業很重要，不能落後，但爸爸請了長假照顧媽媽，一直待在她身邊。

「你這是要我窒息！」我聽到媽媽對他說。他們沒有吵過架，但他現在似乎做什麼都不對。媽媽一激動就呼吸困難。爸爸怕她狀況惡化，只好回去工作，天亮就出門，天黑才回家。他不想打擾媽媽，只能睡在沙發上。晚上家裡靜悄悄的時候，我會聽到媽媽哀號。她每一次刺耳的呼吸、每一陣咳嗽、每一聲嘆息都會讓我心驚膽跳。我縮在床上，不敢去看她是否無恙。

我把媽媽刺耳呼吸的事情告訴歐蒂兒後，我感覺好一點了。歐蒂兒曉得該怎麼辦。她甚至搬了一張小床到媽媽床邊，整夜待在這裡。媽媽提出抗議，歐蒂兒卻向她保證，這一點也不麻煩，因為：「我跟很多軍人睡過。」

「歐蒂兒！」媽媽驚呼，目光扭向我。

「是戰時在醫院病房陪伴他們。」

晚上九點，後門開了，爸爸到家了。歐蒂兒從小床低調前往廚房。我跟在她身後躡手躡腳過去，我貼在走廊的鑲板上。

「太太需要你，女兒也需要你。」歐蒂兒說。

「布蘭達說，看到我這麼痛苦，會讓她覺得自己已經死了。」

「所以她才不讓朋友來看她？」

「她受不了淚水，就算是為她而哭也不行。她不要別人的同情。我想待在她身邊，但我猜現在還是讓她保有她想要的距離比較好。」

「你不會想要留下遺憾的。」古斯塔夫森太太的口氣從尖銳變得溫柔，就跟媽媽一樣。

「如果這我能做主就好了。」

走廊盡頭傳來媽媽的咳嗽聲。她醒了嗎？她需要我嗎？我跑向她的房間。我忽然覺得很害怕，我站在她的床腳。我身後的爸爸說：「布蘭達？親愛的？」

歐蒂兒把我推向媽媽，但我拒絕，我的肩膀用力抵著她的雙掌。媽媽伸手。我怕到不敢牽她的手，我又怕到不敢不牽她的手。她擁抱我，但她懷裡的我僵硬不已。

「沒有時間了。」她低聲地說：「沒有多少時間了。要勇敢……」

我想告訴她我會的，但恐懼偷走了我的聲音。過了好久，她把我往後推，望著我的臉。我困在媽媽哀傷的目光之中，我想起她說的話：嬰孩睡在愛裡。一群鵝，一狗票烏鴉。人很笨拙，他們不曉得該做什麼、該說什麼。不要因為這樣就埋怨他們，妳永遠不曉得一個人心裡怎麼想。我希望妳是羅萍，但妳是莉莉。噢，莉莉。

第五章・歐蒂兒

巴黎，一九三九年三月

我跟雷米進門的時候，媽媽說：「芮德女士來電，她想見妳。」

我轉向雷米，他的雙眼反照出我眼裡盤旋的希望與鬆了口氣。

「妳確定出去工作是好主意？」媽媽問我。

「當然。」我擁抱她。

雷米把他的綠色書包交給我，說：「祈求好運，順便裝妳要帶回家的書。」

我急忙趕去圖書館，免得芮德女士改變心意，我奔跑穿過庭院，衝上螺旋階梯，然後滑壘停在她辦公室的門口，她正在裡頭審閱文件，手裡握著銀色的筆。她目光疲憊，口紅褪光，看起來累壞了。已經過了傍晚七點，她示意要我坐下。

「我正在檢視最後的預算。」她解釋道，圖書館作為私人機構，不能接受政府資金，從買書到支付暖氣的費用，一切只能仰賴信託管理人及捐贈者。

「但妳不用煩惱這個。」她闔上文件夾。「柯恩教授對妳讚不絕口，我對妳印象也很深刻。咱們來談工作吧。事實是，我們之前雇用的人因為各種原因都待不下去，所以我們請新進員工要簽兩年的合約。」

「他們為什麼待不下去？」

「有人是外國人，法國離家太遠。其他人發現面對大眾太辛苦。如妳在信裡寫的一樣，這座圖書館就是避風港，而工作人員必須認真工作確保這裡能夠一直成為大家的避風港。」

「我相信我辦得到。」

「薪水很普通。這成問題嗎？」

「完全不成問題。」

「還有一件事，週末的時候員工要輪流值班。」

再也不用做彌撒，再也不用面對追求者？「我想要禮拜天值班！」

「妳得到這份工作了。」她嚴肅地說。

我跳了起來。「真的？」

「真的。」

「謝謝，我不會讓妳失望的！」

她淘氣地使了個眼色。「別打讀者的頭喔！」

我大笑起來。「無法遵守的諾言我是不會輕易許諾的。」

「妳明天開始工作。」她說，然後回去面對她的預算。

我跑了出去，希望能在雷米出門搞政治遊行前攔截到他，結果我在人行道上撞見他。

「你來了！」

「結果如何？」他問：「妳進去超久。」

「才二十分鐘。」
「一樣久啦。」他咕噥著說。
「我得到工作了！」
「就跟妳說了！」
「我以為你去遊行了。」我說。
「有比遊行更重要的事。」
「你是主席，他們需要你。」
他輕輕踩了我一腳，說：「而我需要妳。沒有toi（妳），就沒有moi（我）。」
到家後，我進了客廳，媽媽正在替我織圍巾。
「怎麼樣？」她把毛衣針放去一旁。
「我是圖書館員了！」我將她拉起，跟她在房裡跳起華爾滋。一、二、三。書本、獨立、幸福快樂。
「恭喜了，我的女兒。」她說：「我發誓我會讓爸爸改變想法的。」
我決定要替工作做好準備，我回房查看杜威十進位圖書分類法的筆記。昨天，我在盧森堡公園（Luxembourg Gardens）看到五九八（鳥）。總有一天，我會學四六九（葡萄牙文）……愛是幾號？如果我有自己專屬的編號，那會是多少？
我想到卡洛琳阿姨，一開始就是她向我介紹杜威十進位系統的。我小時候最喜歡坐在她懷裡，度過「聽故事時間」！幾年後，我九歲，她就向我說明卡片目錄（card catalog）怎麼使用，小抽屜組成的奇特木頭櫃子，每個櫃子上有一個字母。

「妳在裡面會找到宇宙的各種秘密。」卡洛琳阿姨打開N的抽屜，展示出好多好多卡片紙。「每一張都有啟開整個世界的資訊。妳要不要看看？我敢說妳會找到好東西。」

我望進去。翻起卡片，剛好翻到一種甜食。「牛軋糖（Nougat）！」

她教我如何找到下一個線索，索書號碼（call number）會引導我們找到那一區、那一層、那本書。尋寶！卡洛琳阿姨腰細得不得了，但腦子無敵大。她跟媽媽一樣，眼睛都是長春花的藍紫色，但媽媽的眼睛後來褪色成爸爸襯衫的深藍色，卡洛琳阿姨的眼睛卻閃著生命的光芒。她是一位雜食讀者，舉凡科學、數學、歷史、戲劇、詩文，每一種文字她都婪吞下肚。她的書架裝不下，所以她化妝臺上有粉紅色的刷子、朵樂希．帕克（Dorothy Parker）、睫毛膏跟蒙田（Montaigne）。她的雕飾衣櫃擺著賀拉斯（Horace）、高跟鞋、襪子還有史坦貝克（Steinbeck）。她對書本的愛及對我的愛如同她擦在耳後的嬌蘭一千零一夜（Shalimar）香水琥珀般的氣味一樣，彌漫我整個人。卡洛琳阿姨的回憶提醒了我，我為什麼**需要**這份工作。

上工的第一天，感覺比面試還要緊張。要是我讓芮德女士失望怎麼辦？要是有人問了我無法解答的問題怎麼辦？要是卡洛琳阿姨還在我們身邊就好了。我會告訴她，我上班的第一天千萬不要來圖書館，但她還是會來。捧著重重的雪萊（Shelley）與布萊克（Blake）詩集，她會對我使起眼色，我就會想起她的話，緊張自然消失，她說的會是「答案就在眼前，我們只需尋找即可。」

「員工介紹。」館長簡短地說，讓我認識波利斯．奈榭夫，高雅有禮的俄裔法國人，也是館員組長，他跟平常一樣穿著藍色西裝、打了領帶，無懈可擊。在借書櫃檯，讀者會在他面前乖乖排隊，就跟在教區牧師面前領聖餐一樣，只為了跟波利斯講到幾句話。他綠色雙眼的光芒從來不會黯淡，就算是在聽讀者長篇大論的故事時也不會。他曉得該去哪裡買最好的衣服（「我在巴詩威百貨公司（Bazar de l'Hôtel de Ville）的兄弟不會讓你誤入歧途。」），他也曉得買馬的時候該如何挑選。嚴肅的騰布爾太太說他是有一馬廄純種馬的貴族。普萊斯—瓊斯先生則說波利斯曾在俄羅斯當過兵。圖書館裡的流言跟書一樣多。

波利斯最有名的就是他的「圖書療法」（bibliotherapy）。他曉得哪些書能夠圓滿一顆破碎的心，夏天該讀什麼書，想要冒險、逃離現實的時候，又有什麼選擇。我第一次在失去卡洛琳阿姨後回到圖書館，差不多是距今十年前的事了，高高的書架似乎要包圍我。書脊上凸起的書名不像以往一樣對我開口。我發現自己掛著眼淚，望向一片模糊的書本。

波利斯看起來很擔心的樣子，他走了過來，說：「阿姨沒跟妳一起來？我們好久沒見到她了。」

「她不會回來了。」

他從書架上選出一本書。「這是一個講述家人與失落的故事，以及我們該怎麼留住快樂的時光，就算很難過也沒關係。」

我不畏懼風暴，因為我正在學習如何掌舵自己的船。

《小婦人》（*Little Women*）至今還是其中一本我最愛的書。

「波利斯一開始在這邊當雜役，有點像圖書館的學徒，他對這裡瞭若指掌。」芮德女士說。

他向我握手。「妳是我們的讀者。」

我點點頭，很高興他認得我。在我開口前，芮德女士把我輕輕趕進閱覽室，我們朝在窗邊寫作的女人走去。灰色的頭髮框住她的臉，黑色的眼鏡掛在鼻尖。她面前桌上擺了好幾本英國伊莉莎白時代的書。芮德女士介紹起這位信託董事，克拉拉·德錢布倫伯爵夫人（Countess Clara de Chambrun）。我曉得她是誰。我最近才剛看完她的小說《靈魂遊戲》（*Playing with Souls*）。伯爵夫人，也是活生生的作家！

「又在研究下一本寫莎士比亞的書囉？」館長問：「妳怎麼不去我辦公室？」

「我不用特殊待遇！我跟大家一樣都是讀者。」

伯爵夫人的腔調顯然不是法國人，但也不是英國人講話的口音。美國也有伯爵夫人嗎？這個謎得改天再解了。館長帶我去期刊室，我的崗位就在這裡。一路上，她向我介紹她的秘書弗利卡特小姐（瑞士法國人）、簿記員魏德小姐（英國人），還有上架員彼得·奧斯汀諾夫（美國人）。

我環視起長長的層架，這裡擺了十五份日報，還有三百多份期刊，這些刊物來自美國、英國、法國、德國，甚至還有日本這麼遠的國度。芮德女士告訴我，我也要負責公告欄、圖書館通訊報，還有巴黎美國圖書館在《先驅報》上的專欄。我驚慌了，想想我怎麼可能辦得到這麼多事。

「妳知道。」她說：「我一開始也做這個職位，看看我現在成了什麼。」

我們享受了短暫的親密時刻，看著讀者閱讀，他們低著頭，虔誠地捧著手中的書。

普萊斯－瓊斯先生走了過來。他讓我想到綁著漂亮領結的活潑鶴鳥。跟他一起過來的是一個看起來像海象的男人，這人有濃密的白鬍子。

「兩位好，請見見咱們最新的員工。」芮德女士說完就轉頭回辦公室了。

「謝謝你的建議，要我寫信力爭。」我告訴普萊斯－瓊斯先生。

「真高興妳得到這份工作。」他說，領結上下移動。他比了比他的朋友，說：「這位是不懷好意的記者傑菲．德奈西亞（Geoffrey de Nerciat）。他覺得圖書館的《先驅報》是他的私人財產。」

「老男孩，又在散播謠言囉？」德奈西亞先生說：「你們這些外交官就會這招。」

「我是歐蒂兒．蘇榭，圖書館員兼裁判。」我打趣地說。

「妳的哨子呢？」普萊斯－瓊斯先生問：「跟我們在一起，妳會需要哨子。」

「我們的爭執根本是傳奇。」德奈西亞先生吹噓道：「能夠吼得比我們大聲的只有伯爵夫人。」

「這是她想辦法打斷我們，堅持要我們帶著各自不同意見去外頭的時候，我們才知道的。」這位法國人望向克拉拉．德錢布倫。

「別嚇我了！還以為她要捏我耳朵呢。」

德奈西亞先生笑了笑。「這位好小姐可以捏著我的耳朵去任何她想去的地方。」

「真不曉得她丈夫會不會同意這種事呢。」

「人家還是將軍哩！我還是小心為上。」

他們又吵了起來，我拿起日報，熟悉一下雜誌。沒多久，我就迷失在目錄裡，滿腦子都是歷史、時尚、時事事件。
「小姐？歐蒂兒？」
我身陷在工作的迷霧之中，根本沒有聽到。
「不好意思，這位小姐？」
我感覺到有人碰觸我的前臂，抬起頭，是保羅。
他穿著腳踏車巡警的制服，看起來非常瀟灑，這種警察叫做les hirondelles（燕子）。他的深藍色斗篷強調了他寬壯的胸膛。他一定是一下班就過來。
我有次在公園裡看書，那天風好大，風把我的書頁吹得亂七八糟，我連看到哪裡都搞不清楚。保羅讓我的心臟跳得像那些亂飛的紙頁。
然後，可怕的念頭浮上心頭：是爸爸派他來的嗎？「你來這幹嘛？」我質問道。
「我不是因為妳才來的。」
「我想也不是。」我撒謊。
「很多觀光客會跟警察問路，我需要能夠提升英文能力的書。」
「是我父親告訴你，我得到這份工作了？」
「我聽到他抱怨起自以為是的女人。」
「跟著線索走就對了。」我酸溜溜地說：「他很快就會升你為探長了，你想要的就是這個吧。」
「妳完全不曉得我想要什麼。」他從信差包裡拿出一束香氣撲鼻的花。「祝妳工作第一天順利。」

我該向他道謝，各吻他臉頰一下，但我覺得很不好意思，所以我把鼻子埋進花朵之中。我最喜歡的花，水仙花乘載了春天的希望。

「要我幫你找幾本書嗎？」

「自己找就是練習英文的機會。」他拿出借書證：「我打算在這裡待一會兒。」

保羅走進參考書室，我在走廊上晃來晃去。他的借書證是新辦的。說不定他是因為我才來的。經過了一個早上，多數讀者都耐心等待我幫他們尋找刊物，只有一位先生沒好氣地抱怨起來：「為什麼大家都找不到《先驅報》？」之後，我在德奈西亞先生公事包底下找到縐縐的報紙。

一陣騷亂讓我走出期刊室，前往借書櫃檯，有位面紅耳赤的女人正對著波利斯揮舞著一本書，她提高嗓門說圖書館不該出借「不道德」的書。波利斯不願審查藏書，她就氣沖沖地走了。

「別這麼詫異。」他對我說：「這種戲碼至少一週上演一次。總是有人以為我們的工作是守護道德。」

「只是好奇，她在講的是哪本書？」

「詹姆斯．法雷爾（James T. Farrell）以斯塔茲．朗尼根（Studs Lonigan）為主角的小說。」

「我要記得讀一讀。」

他大笑起來，我看著他，實在忍不住，現在我有了同事，感覺古怪又美好。

「我有東西要給妳。」他說。

「真的嗎？」我期待他替我選了一本小說。結果，他給我一張紙條，上頭列了七十本書，我要找出這些書，打包寄給住在巴黎以外的讀者。我看看手錶，已經兩點了。我忙到連午餐也忘記吃，現在吃也太晚了。從伊迪絲．華頓的《夏日雲煙》（*Summer*），到紀堯姆．阿波利奈爾（Guillaume Apollinaire）的《醇酒集》（*Alcools*），這趟尋寶讓我三層樓上上下下跑來跑去。傍晚六點，我的腳跟腦袋一樣痛。我這輩子從來沒有這麼累過，就連期末考週都沒有這樣。我認識了二十個人，卻連一個名字也記不得。講了一整天英文，回答了幾十個問題，好比說，**法國人真的會吃蛙腿嗎？那其他的部分拿去做什麼了？我可以去檔案區嗎？洗手間在哪？妞兒，妳說什麼？講大聲點！**下班的時候，語言已經背棄了我，就好像打開一本小說，紙頁淨是空白一樣。

我抓著洩了氣的水仙花，走進涼寒的夜色中。霜覆蓋在小徑的卵石上，走起來很滑。我雙腳的水泡隱隱作痛。走回家的路程不只十五分鐘，感覺有十五年那麼久。我跛行前進，半路在昏暗的路燈下，黑色車輛緩緩駛來。爸爸下了車，打開副駕駛座的門。

「噢，爸爸，merci（謝謝）。」能說回法文讓我鬆了口氣，我坐上車，這是我自從吃過早餐以來，第一次坐下。

「餓了嗎？」他交給我一個聖奧諾雷蛋糕（Honoré pastry）的盒子。我打開盒子，享受起費南雪蛋糕的奶油香氣，然後才咬了一口。蛋糕在我口中解體，我閉上眼睛，緩緩咀嚼。

「Ça va（如何）？」他問。「工作第一天，妳已經累壞了。妳沒犯頭疼吧？」

「爸爸，我很好。」

「在妳這年紀。」他口氣溫柔了起來。「我跟媽媽才剛從戰爭中存活下來，正在哀悼失去的親朋好友。妳才二十歲，我們希望妳享受妳的青春年華，找個帥哥，參加舞會，別在什麼書本工廠當奴隸，蹉跎青春。」

「爸爸，拜託今晚別說這些……」我這輩子，爸爸媽媽對於戰爭的話題總是在我身邊迴盪，坦克車、壕溝、芥子氣、斷手斷腳的士兵。

「行，咱們聊點別的。我現在知道妳禮拜天也要工作，所以我約了一個年輕人禮拜三來家裡吃晚餐。這小伙子說他會讀書！」

第六章・歐蒂兒

每天早上圖書館對外開放之前，我都會造訪不同的部門。禮拜一，我跟會計部有約，大家都知道簿記員魏德小姐腦袋清楚，還做得一手美味司康。她靠在帳簿上，我看到她咖啡色的髮髻上插了三枝鉛筆。她先解釋每一筆的經費支出，從煤炭、柴火到書籍、沾黏書封的白膠，然後我問能不能訪問她。我對於芮德女士指派給我的每月圖書館通訊報有個想法，除了平常的學術評論及最常出借書籍列表外，我還想加入讀者、工作人員比較個人的內容。

「妳是哪種讀者？」我問，手裡拿著筆記本。

「我在學校就喜歡數學。數字永遠比人更有道理。所以我最喜歡的書是古時候希臘人寫的，畢達哥拉斯還有赫拉克利特（Heraclitus）。我們至今還用他們的研究與理論。」

「我不像波利斯跟芮德女士，我不擅長面對大眾。」她順手把第四枝鉛筆插進髮髻裡。「但我希望我在這裡還是能有小小的貢獻。在超過十年的時間裡，我的書本，也就是簿記本裡，都是慷慨解囊的捐贈人，及長時間工作、學富五車的工作人員，大家寫字都寫橫的，只有我要填垂直表格。」

訪問她像是目睹玫瑰綻放，她整個人打開了，她臉頰上的花瓣因為熱情而變成粉紅色。「謝謝妳。」我說，很高興我選擇了她。「讀者會喜歡妳的答案。而我等不及要找赫拉克利特的書來看了。」

我也很喜歡認識我的同事。星期二，我去找上架員彼得，全館只有他夠高足以碰到最上面的層架。他用分類編號整理推車上的書，等我擺好兩本書時，他已經上架十本了。他的體態有如精壯的拳擊手，但當「穩重」的芙洛太太提著嗓子，在好幾個書架外喊起「彼得親愛的，噢，彼得」的時候，他就會躲進衣帽間，不願面對這位愛慕他的讀者。

禮拜三，我去兒童閱覽室，低矮的層架貼著牆壁，壁爐前面有好幾張小小的桌椅。雖然我從來沒有見過兒童區的館員慕莉葉·朱貝，但我覺得我認識她，因為我借的每一本書，借書卡上都有她整齊的簽名。光是上禮拜，她就搶先我借了美國作家薇拉·凱瑟（Willa Cather）的《我的安東妮亞》（*My Ántonia*）、英國作家瑪莉亞·艾吉渥茲（Maria Edgeworth）的《貝琳達》（*Belinda*），以及《非洲人歐勞達伊奎諾，或名古斯塔弗斯·法沙的生活記趣》（*The Interesting Narrative of the Life of Olaudah Equiano, Or Gustavus Vassa, The African*）。根據她所讀的書，我想像她應該是白髮老太太。結果，我卻發現跟我年紀相仿的女孩，正用熱情的紫羅蘭色雙眼觀察我。加上她繞在頭上的黑色髮辮，她的身高也不會超過一百五十公分。

「朱貝小姐？」我問。

她要我叫她「小小」，大家都這樣叫她，因為之前有位來自德州的讀者，看了她一眼就說：「哎呀，妳這個小巧玲瓏的小東西！」她說她很想認識我，因為她也注意到她最喜歡的書上都有我的名字。

「我們是閱讀伴侶。」她的語氣果斷得像是在講「天是藍的」或「巴黎是全世界最棒的城市」一樣。我對靈魂伴侶存疑，但相信閱讀伴侶，兩個人可以透過對閱讀的熱情深繫在一起。

她推薦了《卡拉馬助夫兄弟》（*The Brothers Karamazov*）。「我讀完的時候還哭了。」她的語氣充滿情感。「一開始是因為我很高興我終於讀完了，再來就是因為這個故事好感人，最後是因為我再也不會有初次探索這個故事的感覺了。」

「杜斯妥也夫斯基是我最愛的已故作家。」我說。

「我也是。妳最喜歡的在世作家是誰？」

「柔拉．涅爾．賀絲頓。我第一次看《他們眼望上蒼》（*Their Eyes Were Watching God*）的時候，我狼吞虎嚥啃食文字，一章一章急著讀下去。我必須知道後面的發展，珍妮會不會嫁給不對的人？茶凱哥能不能活出珍妮的期盼？然後，到了最後幾頁，我開始擔心我鍾愛的這個世界就要畫下句點。我還沒準備好要道別。我讀得很慢，為的是享受每一幕。」

她點點頭。「我也是，只是想讓每一頁盡可能撐久一點。」

「這書我四天就讀完了，但一直擺到借書期限的兩週到了才拿來還。還書那天，我把書放在櫃檯，但手指始終不肯離開封面，還沒準備好要放下它。波利斯又推薦我其他三本賀絲頓女士的書。」

「那幾本我也狼吞虎嚥讀完了，就跟巧克力蛋糕一樣，跟愛一樣。我好關切這些角色，他們彷彿是活生生的人。我覺得自己好像認識珍妮，哪天她就會走進圖書館，邀請我去喝咖啡。」

「我對最愛的角色也會有這種感覺。」小小說。

一位母親走過來。「我兒子選了這幾本……」她拿起兩本故事書。「但它們似乎都……翻得破破爛爛的了。」

「它們得到很多關愛。」小小說：「如果妳要的話，『最新到館』的架子上有很多新書。」

小小用嘴型告訴我「回去工作啦」，然後就帶她去展示架。我望向參考書室，希望可以看到保羅，但他不在裡頭。

我失望地回到自己的辦公桌，一名讀者在那點著鞋尖，想看她的《哈潑時尚》（*Harper's Bazaar*）。西蒙太太沒好氣地說：「妳去哪兒啦？」

我把最新一期雜誌交給她時，刊物還包在咖啡色的包裝紙裡，她態度放軟，向我透露，在家，她什麼都要等別人的。她一邊搖晃嘴裡的假牙，一邊跟我解釋，她所擁有的一切——貂皮大衣來自過世的阿姨，假牙原本屬於她婆婆，這些東西之前都不是她的。不過，在圖書館裡，她卻是第一個享受這些時尚的人，雖然雜誌裡印的精品她什麼也買不起。「也穿不下。」她哀痛地說，她胖嘟嘟的手比了比矮胖的身材。她坐到柯恩教授旁邊。

西蒙太太望了望波利斯，說：「他們說一九一七年俄國革命的時候，他的家產都沒了。他不得不來法國重新開始。跟乞丐一樣，身上一毛錢也沒有。」

「無論他狀況如何，他還是王子般尊貴的人。」教授說。

「他老婆是公主，應該說曾經是公主。現在她只是收銀員。有錢有勢也只是過眼雲煙！」

「說這話的人一輩子沒有自己賺過錢呢。」

克拉拉·德錢布倫拿著報紙經過。西蒙太太竊笑地說：「說到尊貴，咱們還有來自俄亥俄州的公爵夫人呢。」

「妳今天是帽子裡的蜜蜂，講話帶刺耶。克拉拉是傑出的信託董事，很會募款。要不是她，咱們今天也不會坐在這裡。既然妳這麼喜歡時尚，我就直說了，冷嘲熱諷在誰身上都不好看。」

第七章・瑪格麗特

巴黎，一九三九年三月

瑪格麗特緊張地拍了拍她的晨光珍珠項鍊，她在美國圖書館門檻上猶豫了起來。這裡靜得跟大教堂一樣，她不確定自己該不該進去。瑪格麗特顯然不是美國人，她對書本也不感興趣，但在巴黎待了四個月之後，她渴望任何形式的英文。法文是充滿鼻音的泥沼，她在商店、美髮店、麵包店不得不踏進去。這些地方的人都不講英文。她只能比起手語，用一根手指比起她要一個可頌麵包。她點頭，表示她懂，她聳肩，表示她不懂。

到了家，她丈夫羅倫斯負責講話。保母照顧克莉絲汀娜，傑瑪森會跟在倫敦一樣的效率照顧公寓。沒有人需要她。瑪格麗特幾乎不開口。

她覺得自己應該要喜歡巴黎。高級時裝、精美內衣、香水，但一個人逛街購物根本沒意思。她試穿漂亮衣服的時候，沒有朋友欣賞她的身材。瑪格麗特最想要的莫過於媽媽的意見，這件長袍的顏色適合她嗎？她該跟羅倫斯傾心長談，還是放任他去？巴黎讓瑪格麗特最驚訝的不是珍・浪凡（Jeanne Lanvin）的漂亮洋裝，或女人戴在頭上的時髦帽子，而是她有多想念自己的母親。

瑪格麗特對陌生的幣值也不了解。而商店的女孩竟然騙了她！她去買長襪，店員用迂迴複雜的語言告訴她，七十五法郎是一隻，而不是一雙。結果，排在後面的巴黎人買了一樣的長襪，卻只付一半的錢。瑪格麗特無法回嘴，無法堅持。她只能跺腳，這舉動讓女店員咯咯笑了起來。她購買的笑話非常昂貴。

她不再出門，不再嘗試。她在公寓踱步，或蜷起來，在她那些名牌晚禮服下面掉眼淚，明明她就在全世界最棒的城市，結果她卻慘成這樣，太荒謬了。她是怎麼跟朋友吹噓的！**我馬上就會去浪漫之都的！嗚啦啦！法國男人會跟我調情！嗚啦啦！香檳！巧克力！你們一定要來！**真相如此，她好尷尬！要她告訴她的朋友？除非先去死！是說他們沒有打電話，也沒有寫信來啦。瑪格麗特離開倫敦後，就從他們世界的地表下陷消失了。

這天早上，領事的太太突然造訪，她人很好，就是有點邋遢。傑瑪森宣布她到了，瑪格麗特才衝去鏡子前面。她不記得自己上次洗頭是何時，她雙眼泛紅。看到自己這可悲的模樣，她覺得丟臉，應該請管家拒絕戴維斯太太過來的，但她很想要朋友，這是第一個來拜訪的人。她將髒髒的晨袍脫下，換上精明幹練的象牙白洋裝。領事的太太只看了瑪格麗特一眼，就強調她今天下午一定要去巴黎圖書館一趟。於是，她現在就在這裡。

這裡有一股輕鬆的同志情誼，她之前都沒見過。女人不會問：「妳丈夫是做什麼的？」她們反而想知道「妳在讀什麼？」瑪格麗特嘆了口氣，但令人欣喜的對話裡並沒有她。

「歡迎來到圖書館。」

館員的洋裝看起來很呆板，但她很漂亮，頭髮用黑色緞帶往後紮起。她眼裡的光芒如同瑪嬌莉．辛普森第二任老公在他們結婚三週年送她的寶石一樣，閃閃發光。是說羅倫斯再也不送瑪格麗特那種珠寶了。

「需要幫妳找書嗎？」

瑪格麗特咬著自己僵硬的上唇，希望就這麼一次，她能說出自己要什麼。結果，她卻說：「妳有書適合我的女兒嗎？她四歲。」

館員歪著頭，問：「《小羊貝拉》（*Bella the Goat*）怎麼樣？」

「妳不曉得，能夠找到一個講英語的地方，我鬆了多大口氣。巴黎好外國。」瑪格麗特停頓了一下，這話實在不對。她所說的一切都不對。「當然，我明白，在巴黎，我才是外國人。」

「妳在這裡會適應得很好的。」館員安撫她說：「我們有很多來自英國與加拿大的讀者。」

「太好了。妳們有剛好適合我的東西嗎？」

「桃樂西・惠波（Dorothy Whipple）的小說？我最喜歡的是《小修道院》（*The Priory*）。」

事實上，瑪格麗特想問的是雜誌。自從一八八〇年過世，筆名為喬治・艾利略（George Eliot）的女作家瑪麗・安・伊凡斯（Mary Ann Evans）完成學業後，瑪格麗特就再也沒有打開過任何一本書了，基本上就是從來沒有的意思。

「還是《派小姐活一天算一天》（*Miss Pettigrew Lives for a Day*）[2]，這是成人版的灰姑娘故事。」

瑪格麗特可以接受童話故事。

「如果妳不懂法文，我們有很好的文法書。我看看喔……」

這樣的矚目讓瑪格麗特感動。在大使活動上，大家與瑪格麗特閒聊時，都是一隻眼睛看著她，另一隻眼睛注意會場的動靜。他們一見到重要人士出現，就會中斷與她的對話。

「如果妳要，我們也有《風尚》雜誌。」圖書館員補充說道。

她看起來有點失望，所以瑪格麗特說：「我借書就好。」

館員又熱情地閃起光澤。「我們去找書吧。對了，我是歐蒂兒。」

「我是瑪格麗特。」

不過，她們沒有朝書架前進，歐蒂兒爬上了階梯。

瑪格麗特跟在後頭，她們穿過「工作人員專用」的門，她問：「我們要去哪裡？」

「妳等等就會知道了。」

在小小的休息室裡，歐蒂兒在桌上擺了兩副不搭的茶杯，還有一盤原味司康。館員將茶壺擺上加熱板的時候，瑪格麗特用手指撫摸起一顆司康粗糙的外皮，這司康就像她媽媽做的一模一樣。沒錯，巴黎滿街都是美食，而她吃過許多精緻到誇張的甜點。不過，瑪格麗特還是渴望一些熟悉的口味。

歐蒂兒坐了下來，示意要瑪格麗特坐在她旁邊的位置上。「Raconte，這是法文的『告訴我』。」

這是瑪格麗特抵達巴黎第一次覺得開心，她覺得自己到家了。

2. 譯註：本書後來改編成電影《B咖妙管家》。

第八章・歐蒂兒

l'heure bleue（華燈初上），白天與夜晚之間的魔幻時刻降臨。隨著讀者一一借書、離開圖書館回家，寧靜的大網一一籠罩著桌子跟椅子。我喜歡這時的圖書館，一切安靜祥和，感覺只屬於我。

在厚厚的皮裝冊子上，我協助波利斯清算今天有多少讀者光臨（兩百八十七位），出借多少書（九百三十六本），順便聊起圖書館的生活細節（又有一名孕婦暈倒了，她正讀到《新手媽媽》〔*Prospective Mother*〕的四十三頁）。

「很晚了。」他說：「妳不用留下來。」

「我想留。」

波利斯比了比空蕩的閱覽室，他優雅的手上滿是紙張的割痕。「真是天堂，對不對？」於是我們的夜晚芭蕾就此展開，這支舞碼在過去這個月排練到完美。他會確定窗戶上鎖，拉上窗簾，我則調暗燈光，提醒參考書室裡文風不動的幾位學者，圖書館即將關閉。我們靜靜把椅子排好。還有問題要討論，還有任務要指派，但那一切都可以等到明天再說。經過排解疑難雜症的一整天，寧靜是我們的獎勵。真不曉得西蒙太太說的是不是真的，波利斯真的是貴族嗎？不曉得他信不信得過我，能夠跟我分享分享他的生命故事。

輪到我趕讀者了，所以我到處走。漫步在一排排非文學類書籍間，我看到白天從沒注意過的書名（這天傍晚，我發現《如何用紙袋燒水》）。我在參考書室的書架間瞥見最棒的發現——保羅。他正在找英文文法書。

他在我臉上左右各吻一下，我想品嘗他的氣味。他的皮膚聞起來有菸草味，煙燻的味道就像我最愛的正山小種紅茶。我猜我該退開，但書本是寵溺我們的長輩。

「要關門了嗎？」他說：「抱歉讓妳耽擱了。」

「沒問題的。」耽擱，讓我跟你耽擱在一起。

「我來好幾次了。」

「是嗎？」

「但妳都忙著招呼其他讀者。」

我們之間只有幾公分的距離，但感覺好遠。我靠上前，他的嘴唇擦上我的嘴。我用手指輕輕掠過他的臉頰。如果昨天有人說我們會在書架邊接吻，我肯定會說這傢伙吸了太多強力膠的煙。不過，這柔情的碰撞卻讓人覺得完美，再適合不過。

我在書上讀過烈火濃情——《安娜．卡列尼娜》裡的安娜與佛倫斯基、《簡愛》裡的簡與羅徹斯特先生，然後感覺過其中令人顫動的感官激情，應該說我以為我感覺過。不過，沒有任何一本書上的段落能夠傳達這個吻所帶來的歡愉。

聽到沿著拼花地板走過來的高跟鞋腳步聲，我跟保羅立刻向彼此退開。雖然我們幾乎沒有肢體碰觸，但我的每一寸皮膚、血液、骨頭，我身上的每一個部分都還能感覺得到他。

「妳在這啊。」芮德女士看看我又望向保羅。

「謝謝妳，呃，蘇榭小姐。」他說：「現在我曉得該去哪裡找，呃，過去分詞的書了。」他拿起文法書，然後逃離現場。

館長的嘴角因為興味微微揚起。「魏德小姐在等妳。」

「魏德小姐？」

「今天發薪水。」

當然！發薪水。我怎麼會忘！

「妳第一個月的薪水，想要怎麼花？」

「怎麼花？」我的腦袋是一團糨糊。

「當然啦，妳會想把大部分的錢存起來，有一點儲蓄很重要，但同樣重要的是紀念這一天，也許買個小禮物送給一路鼓勵妳的人。」

「這主意太貼心了。」真希望是我自己想到的。「妳感謝了誰？」

「我媽媽還有我最好的朋友，我買了一堆小說送他們。」她說：「現在別再讓魏德小姐等了。」

我去心情大好的簿記員座位找她。她今天的髮髻上只有兩枝鉛筆。「妳說得沒錯，那個希臘哲學家赫拉克利特。我喜歡他說『人不能踏入同一條河兩次』。」

「我們能仰賴的就只有改變這件事而已。」她附和道。

她點起我的薪水。我每次回答一個問題，每次尷尬掙扎，每天講的英文，每晚為了要能推薦讀者讀物的閱讀，每一塊法郎都象徵了我的成功。我知道我熱愛我的工作，但其中的挑戰也讓我意外。

我把紙鈔塞進口袋裡。這才是我想工作的真正原因：金錢等於穩定。我拒絕跟卡洛琳阿姨一樣潦倒、孑然一身。

隔天下午，我去銀行把薪水存起來，只留了幾法郎當零用錢。接著，我去車站買了兩張前往楓丹白露（Fontainebleau）的車票，這是要謝謝雷米始終不離不棄的支持。相較於音樂與書本，他更喜歡走進樹林。我想在晚餐時給他這份禮物，但他只吃了幾口就離席了。

「他現在都吃很少。」媽媽沒好氣地說：「他是不是不喜歡我煮的東西了？」

爸爸握住她豐滿的手，說：「這頓飯很美味。」

「最近你也寧可在外頭吃。」她尖銳地說。

「好啦，歐坦絲。」他哄著她。

「妳怎麼不去看看雷米怎麼了？」媽媽對我說。

他坐在書桌前，面前散落一堆文件紙張。我把票交給他，以為他會立刻出發，但他只是心不在焉地吻了我的臉頰一下。他愈來愈……遠。就算他跟我們在一起，他的心思也不在這裡。我想他。他現在沒有多說什麼，但他也沒有繼續寫他的傳單。

「你今天有去上課嗎？」

「讀法律還有什麼用？已經沒有人尊重法律了。德國入侵奧地利……日本軍人襲擊中國……世界發瘋了，但沒人在意。」

某種程度上來說，他是對的，但讀者間的小口角對我來說比遠在天邊的戰爭衝突還要真實。我想起最近在圖書館上演的爭執戲碼，我拿起一張紙，擺在頸子上，說：「這位是打著變形蟲圖樣領結的普萊斯—瓊斯先生。」我又把紙張移到嘴邊，說：「這位是有毛毛海象鬍子的德奈西亞先生。」

領結：重新武裝是必經之路！我們必須準備打仗。

鬍子：我們要的是和平，不是更多的槍。

領結：鴕鳥！別再把腦袋埋在沙子裡了。

鬍子：鴕鳥總比蠢蛋好，在世界大戰裡——

領結：不知道你為什麼開口閉口都是戰爭！唯一不變的就只有你那蠢髮型而已。

雷米笑了。

「如果你覺得這好笑，那你該來圖書館看現場演出。」

「我趕著要把這篇文章寫完。」

「來嘛。」我哄著他。「你會發現大家其實都很關心這些議題。」

星期四是「聽故事時間」，我一個禮拜裡最喜歡的活動。我喜歡看著小小孩沉浸在故事當中，就跟我與卡洛琳阿姨來的時候一樣。我過來的時候，還偷看了看參考書室，期待看見保羅，但他不在。八二三，伊麗莎白．鮑文（Elizabeth Bowen）的《心之死》（*The Death of the Heart*）。我告訴自己，他不可能每天都來圖書館。想起我們的吻，我伸手碰觸我的嘴唇，也許不久之後就能見到他？

到了兒童閱覽室，我朝壁爐前進，幾位母親聚在那邊，大多一起聊天，但有一位媽媽單獨站在旁邊。

「妳好。」她一邊說，一邊把玩珍珠項鍊。「很高興再次見面。」

是那個寂寞的英國女人。她叫瑪歌？不，瑪格麗特。

「《小修道院》非常精采。」她繼續說：「我好喜歡那本書，所以我又借了另外三本惠波女士的書。我以前不愛閱讀，但我現在決定，我每天都會跟女兒一起讀點書。」

「令嬡是哪位？」我問。

瑪格麗特指著一位金髮女孩，她就座在波利斯的小女兒艾蓮旁邊。兩個女孩繪聲繪影地聊起天，等著小小隨時開始說故事。我瞇著雙眼望向門口的時鐘，訝異看到雷米走了進來。他繞過孩童，走到我旁邊。

「真高興你來了。」我對他說。

「看過妳的獨角戲後，我怎麼能不來？我想花點時間跟妳一起待在妳最喜歡的地方。我們這陣子都這麼忙……」

「重點是你現在來了就好。」

小小坐在一張凳子上，翻起書頁。她清清嗓子，全場安靜下來。二十個小傢伙朝她移動。小小讀《小鼠波波》（*Miss Maisy*）的時候，語調深沉，目光讓觀眾著迷。一個受到吸引的男孩伸手碰觸她在芭蕾舞軟鞋上波濤洶湧的裙子。

我望向雷米，發現小小又收編另一名崇拜者了，他的目光從來沒有從她臉上移開過。小小講完時，雷米率先鼓掌，其他人才跟進。

「所以，這位就是妳的『閱讀伴侶』」他說：「她真的跟妳一樣讀這麼多書喔？」

「大概有過之而無不及。」

「她很有才華。」他說。

「她讓角色栩栩如生。」

「不，她變成了這些角色。」他走向小小。我跟過去。

「Vous êtes magnifique（您真是太厲害了）。」他說。

「謝謝。」她低聲地說，目光望向地板。

我想帶他去見普萊斯－瓊斯先生跟德奈西亞先生，我拉拉他的袖子，但他似乎沒有注意到。

「妳一定累了。」他對她說：「想去喝點檸檬汁嗎？」

這是我第一次看到他直接向女生進攻。我至少有六個同學是因為想認識他才跟我做朋友的。每次我介紹他跟女生認識，他總是很客氣，會聽對方講話，但從來不會主動展開對話。

希望小小接受他的邀請。她提早下班不會怎麼樣的，就這麼一次。

小小勾起他的手臂。他在瞬間閉上眼睛，道了一句無聲的「感謝」，然後跟著她離開圖書館。我覺得自己遭到遺忘，但我告訴自己，雷米會喜歡她是很自然的事情。他們不是故意要撇下我。

波利斯輕敲我的後背，說：「好消息是我們要捐書了。」

「那壞消息呢？」

「超過三百本，妳要負責整理。」

他把清單交給我，看著這些書名，我從「覺得自己好可憐的國度」走了出來。好吧，雷米的造訪最後跟我預期的狀況不太一樣。總會有下次的。

「我一開始聽說圖書館會送幾千本書給大學的時候，覺得超敬佩。當然，那是在我要負責打包之前的事了！」我打趣地說。

波利斯大笑。「妳來總比我來好。」

後面的房間裡堆滿空箱跟亂七八糟的書。「旅途平安。」我對放進箱子裡的精裝書說，這些書會前往伊朗的德黑蘭美國學校，另一箱則要去義大利的海員教會，第三箱、第四箱、第五箱會一起前往土耳其。我感覺自己已經忙了幾個小時，結果我一看時鐘，才過了十分鐘。這個下午可漫長、可寂寞囉。

傳來一陣敲門聲。「我問櫃檯的先生妳去哪兒了，他就叫我上來找妳。」瑪格麗特說。

「我歡迎陪伴，可以請妳幫忙嗎？」我說，然後注意到她粉紅色的絲綢洋裝。如果她留下來，她的衣服就會沾上灰塵，再說，穿高級時裝的女人是不用出力的。

「有何不可？反正我也沒別的事好做。」

我提議她可以去找她女兒，但她卻說克莉絲汀娜似乎跟艾蓮還有艾蓮的爸爸交朋友了，看起來很開心的樣子。我教她如何找出每本書該去的目的地。她在箱子之間優雅行動，細心封上每個箱子。她還對每個箱子低聲地說：「Bon voyage（一路順風）。」

我望著她。

「跟書講話，妳一定覺得我瘋了吧？」她說。

「完全不會。」

「我在學校學過法文，現在只記得Bon voyage。我媽說得對，我該認真一點。」

「現在還不遲！我可以教妳幾個用法。Bon vent代表『一切順利』，我們會在祝福對方好運平安的時候說。bon courage則是有努力、加油，也有好運的意思。」

「Bon courage!」她對化學手冊說。

「Bon vent!」我對高等數學說。

我們一邊笑，一邊祝福這些書。「妳怎麼會來巴黎？」

「我丈夫是英國大使館的專員。」

「好棒的生活圈。」

「一點都不棒的生活圈。」她面露難色。「噢，拜託別告訴別人我這樣說。妳看得出來我為什麼不是外交官吧？」

瑪格麗特忽然不好意思，她連忙整起書來。

「妳一定出席很多光鮮亮麗的活動。」我說，希望她能跟我聊聊派對的事。

「昨天在荷蘭大使官邸有場茶會，但我現在開心多了。」

「怎麼可能？妳一定會認識來自世界各地的人。」

「他們關心的是我丈夫，對我沒興趣。」淚水從她上了腮紅的臉頰滴落。「我好想我媽，好想跟我的朋友喝茶。」

我不曉得該怎麼辦。芮德女士說巴黎的外國人經常會想家，工作人員要想辦法緩解他們的寂寞。

「我不是故意要哭的。」瑪格麗特輕拭淚水。「我媽都說我是『漏水的茶壺』。」

「她很快就會說妳是la Parisienne（巴黎女人）了。」我蓋上最後一箱的蓋子。「妳真的幫了大忙。」

「是嗎？」

「妳該來當志工。」

「我沒有受過任何訓練，要是出錯怎麼辦？」

「這是圖書館，又不是在開刀！就算妳把書放錯位置，也不會有人因此死掉！」

「不曉得耶……」

「妳會交到新朋友，我來教妳法文。」

我送瑪格麗特到庭院，她的女兒正跟艾蓮一起玩。暮色的昏暗籠罩整個巴黎，爬上牆面，翻過草坪，經過盆子裡的藤蔓，朝圖書館前進。黑暗如此靠近，閱覽室裡的燈則會耀眼亮起。我跟瑪格麗特透過窗戶看到西蒙太太偷偷摸摸東張西望，然後從包包裡抱出一隻貴賓犬。她把狗狗放在大腿上，她跟柯恩教授摸起牠的肚腩。她們沉浸在自己的快樂之中，沒有注意到波利斯跟他的太太安娜就在角落，臉貼著臉。他們兩人沒有其他肢體接觸，卻散發著充滿柔情的愛意。騰布爾太太手指擱在嘴邊前面，示意要學生安靜點。可憐的上架員彼得躲進書架之中，想要躲過把他當獵物追捕的已婚太太。我們的簿記員看著他，用手掩著嘴巴按捺笑聲。

瑪格麗特看著這一幕幕場景，雙眼露出嚮往的神情。有個感覺告訴我，她需要圖書館。有個感覺告訴我，圖書館需要她。在積灰的書本之間，我們的對話有如塞納河的流水，流暢自在。我真的好希望瑪格麗特能夠加入我們這個大家庭。

第九章·歐蒂兒

巴黎，一九三九年六月到七月

本週是期末考週，座位都是滿的，但焦點只有一個。格羅尚先生戴著他的橘色大耳罩，大咧咧坐在閱覽室中央位置。我跟波利斯雙手環胸，看著這位仁兄。波利斯問我：「咱們這不常光臨的常客又在搞什麼了？」

「『叫我以實瑪利』。」格羅尚開始大聲朗讀《白鯨記》（*Moby-Dick*）。「『多年前，別管到底多少年，當時我口袋空空，岸上沒有足以讓我感興趣之事物，我想我就揚帆出海，見識水上的世界⋯⋯』」

當波利斯指著空椅，邀請他去那邊小聲讀書的時候，這位先生說：「跟那些擦香水的猶太人坐在一起，我寧可去死。」

芮德女士前來，雙唇緊抿，皺起眉頭。這是我頭一回見到她動怒。格羅尚退了一步。瑞德女士簡短地說：「我等等再來處理你。」館長對著幾位年輕女孩，也就是索邦大學的學生道歉，承諾她們可以安靜讀書，不受打擾。之後，她警告格羅尚先生，說：「在圖書館裡不准有這種言論。」

「我只是說出別人心裡的話。」他咕噥著說。

「考慮一下再開口。」她說。

「別對我頤指氣使！」這位先生揮起手來，差點打到她。

波利斯拉著格羅尚先生的手臂，送他出門。波利斯雖然穿著毛線背心、打了領帶，卻精熟保全的角色，真令人意外。

「我還想念那段『我靈魂裡又濕又下著小雨的十一月』！」

「什麼靈魂？哪來的靈魂？」波利斯說。

「放開我——」

「你不是受害者。」波利斯一邊說，一邊逼格羅尚先生出去。「你讓別人很不愉快，冒犯了很多人。再多說一個字，你就再也不要來圖書館。」

芮德女士安撫因為衝突而不舒服的讀者，我決定去看看波利斯。我在庭院遠處發現他，那邊有緋紅的玫瑰花，園丁把花當成自己的孩子一樣，對它們講話。波利斯靠在牆邊，指間捏著一根吉坦（Gitane）香菸。

「還好嗎？」

他沒有回話，我也靠在牆上，我們看著香菸的煙氣裊裊揚起。

「革命之後，我被迫告別自己的國家。」他說：「離開很痛苦，但我哥哥相信來到這裡，就是生活在更好、更文明的地方。法國不是智慧啟蒙的國家嗎？俄國有很多人死在反猶太人的騷亂當中。我們的鄰居遭到殺害，就因為他是猶太人。所以當我聽到那種言論的時候……」

「我很遺憾。」

「我猜憎恨到處都有。」他長吸起香菸，然後吐出煙氣，彷彿是在嘆息。「就連我們的圖書館也不例外。」

爸爸說得沒錯，面對大眾的工作真的很累。搭公車回家路上，我打開我最忠實的朋友，八一三，《他們眼望上蒼》，然後轉頭望向車窗，想要捕捉微弱的光線。**她知道別人沒有告訴過她的事。舉例來說，樹與風的話語。她常常對掉下來的種子說：「啊，希望你落在柔軟的泥土上。」因為她會在種子間聽到這種對話。她也知道這個世界就是一匹駿馬在藍色的乙太草原上奔馳。她曉得上帝每天晚上都會拆掉舊世界，在太陽升起時，打造出全新的世界。看著世界以太陽的型態，從灰色的粉塵中再起，實在太美好了。熟悉的人事物辜負了她，所以她靠在柵欄上，望著通往遠方的道路。**公車在紅燈前緊急煞車，我跌出書中的世界。

我們在哪？我尋找熟悉的地標，看到爸爸的警察局，這是一座巨大陰森的建築。我離家很遠，也許如果爸爸還沒下班，我可以搭他的車回家。我在街上尋找他的車，結果卻看到了他，紳士帽在眉頭壓得低低的，還攬著一名女子。也許他是在安慰犯罪事件的受害者，遭到搶劫的商店女老闆之類的。我注意到他們身後的建築是諾曼第飯店。不，她可能是櫃檯小姐或女僕。爸爸對她說的話露出笑容，然後吻她，不是吻她的臉頰，而是直接吻在嘴唇上。

他怎麼能這樣對媽媽？這個妓女頭髮稀疏，顴骨跟門把一樣突出，根本沒有媽媽漂亮。所幸綠燈了，公車駛過卵石道路，帶我離開。

我覺得想吐，到站就下車了。走回家的路上，我想搞清楚剛剛到底看了什麼。這種事發生多久了？媽媽做了什麼，遭到這種對待？她沒做好什麼？我爬梳起一頁頁的記憶。一天晚餐時，媽媽說爸爸最近都寧可在「外頭吃」。她指的是外遇嗎？

到了門廳，我放下書包，喚起雷米。他正在讀《人鼠之間》（*Of Mice and Men*）。我說：「史坦貝克可以等一等。」我們前往我們的秘密基地，遠離爸媽，遠離世界，就在我的床底下，連燈光都照不太到的地方。雷米走在前面，然後是我，快步走在拼花地板上。回到童年，感覺真不錯，回到沒有人能夠找得到我們的地方。

我上氣不接下氣，連忙開口：「爸爸跟一個女人在一起，不是媽媽。」

「妳是在訝異什麼？」

他不痛不癢的反應跟爸爸與妓女在一起同樣重傷我的心。「你知道了？你為什麼不說？」

「我們不是什麼事都要告訴彼此。」

從什麼時候開始的？

「重要的男人都會有情婦。」他繼續說：「這是身分地位的象徵，就跟金錶一樣。」

雷米真的相信這樣？保羅也是嗎？爸爸的外遇感覺像是一種背叛，不只是背叛媽媽，也背叛了我們家。雷米怎麼會看不見這點？我望過去，卻無法看出他的表情。我不曉得他在想什麼。我不曉得該怎麼想。我的手指緊緊握著床墊邊緣。

「小小說長大某種程度就是理解父母也有自己的生活，自己的慾望。」他做出結論。

小小說。

我記得上一次我跟雷米互看不順眼的時候。那是我們即將九歲的夏天，他因為肺病臥床，媽媽用芥末敷料塗滿他的胸口，以減輕充血的症狀。我每天陪他，讀書給他聽，看著他打瞌睡，只有禮拜天例外，因為我跟媽媽還有卡洛琳阿姨、黎奧內爾姨丈要一起去做彌撒。我喜歡姨丈，因為他總說他希望能有一個跟我一樣的女兒。這話會讓卡洛琳阿姨掉眼淚，而媽媽總說他們很快就會得到祝福，生下一個孩子。不過，一直自稱自己說什麼中什麼的媽媽，終究會發現她這次只說對了一半。

當姨丈不參加彌撒時，阿姨會想盡各種辦法找理由，什麼他得了流感啦，他要帶客戶去加萊啦，沒人發現事有蹊蹺。最後一次，我們離開教堂的時候，媽媽甚至說：「我很高興只有我們女生來。」

我在前面蹦蹦跳跳，期待有甜食可以吃。

「我很慶幸妳這麼想。」卡洛琳阿姨說：「我有一件事要說。」讓我停下腳步的是她語氣裡的荊棘。我不敢回頭，我不希望媽媽指責我偷聽。「黎奧內爾最近很疏遠。」卡洛琳阿姨繼續說。

「疏遠？」

「我覺得他在外面有別人了。我問他，他坦承他有情婦。」

「這個世界就是這樣。」媽媽說：「我比較訝異的是他居然老實告訴妳。」

她的口氣聽起來好酸，我忍不住回頭。她們都沒注意到我。

「他必須告訴我。」卡洛琳阿姨眼眶裡滿是淚水。「他搞大那女人肚子了，我要開始離婚的手續。」

「離婚。」媽媽面色蒼白地說：「我們要怎麼跟外人說？」

媽媽的腦袋總會直接想到「別人會怎麼想」。她緊張地望向站在教堂階梯上的克萊蒙神父。

「妳就只有這話好說？」卡洛琳阿姨問。

「妳以後不能來參加彌撒了。」

「可惜了，但我可以自己讀經。我們走。」

媽媽沒有移動。「妳得回妳自己的家，處理好那邊的事。」

「我本來期待可以跟妳住。」

「妳必須回去妳自己家。」

「我辦不到，黎奧內爾要讓那女人住進我們家。」

「這不關**我的事**。」

真令人詫異，看到不喜歡爭執的媽媽竟然在教堂門口吵架，就當著上帝與大家的面前。她怎麼能對自己的手足這麼殘酷？

「拜託。」卡洛琳阿姨說：「我不能自己一個人。」

媽媽的目光忽然望向我的雙眼。我期待她會擁抱自己的妹妹，就跟我跌倒摔傷膝蓋時一樣，但媽媽只是說：「我不希望孩子受影響。」

離婚的人連勾引別人丈夫的第三者都不如。媽媽相信教堂要她相信的說詞，但她肯定會替自己的妹妹網開一面吧？

「我沒有地方可以去。」卡洛琳阿姨說：「我一毛錢都沒有。」

「媽媽，求求妳了。」我說，但她的神情只有變得更冷漠。

「離婚是罪過。」

「我們可以在懺悔的時候尋求罪過的原諒。」我說。

當媽媽用邏輯講不贏你的時候，她就會靠蠻力。她拉住我的手，把我拖上街，把我拖回家。我回頭望向卡洛琳阿姨，她看著我們走，手在胸前顫抖。

到家後，我直接跑向雷米的房間，但就在我扭開門把時，媽媽忽然靠在門上，說：「別煩妳哥。」

幾天後，我問起卡洛琳阿姨，媽媽肯定會放軟態度吧。她卻說：「再提到她一次，我就把妳送走。」這我相信。

接下來兩週，我都保持沉默，或該說，沉默控制了我。我再也沒有辦法守著秘密不告訴雷米，所以我坐在他床邊。他面如槁灰，我曉得是不斷的咳嗽在折磨他的身體。我打趣地說：「芥末敷料讓你聞起來好像禮拜天的烤肉。」

「很幽默。」

「抱歉。」我靠上去，摸亂他的頭髮。如果他讓我摸，他就原諒了我的小玩笑。如果不讓我碰，那他就還在生氣。

他讓我摸。

「感覺好了點嗎？」

「並沒有。」

「噢。」我實在不敢開口，媽媽警告我不要煩他。

我跟爸媽活在擔心他舊疾復發的恐懼之中。以為雷米在睡覺的時候，我們都會壓低聲音講話，甚至躡手躡腳經過他的房間。

怎麼了？我感覺到他問。

沒事。我說。

快說。他堅持。

有時我們會這樣溝通。

他聽著我痛苦地說：我原本相信媽媽的愛是無條件湧出的，結果她忽然跟水龍頭一樣說關就關。我們的阿姨又該怎麼辦？

「媽媽告訴我，卡洛琳阿姨想要搬回馬孔。」他緩緩地說。

我猛一轉頭，想要？

「那他們為什麼不讓阿姨跟我道別？」我爭論道：「她為什麼不寫信？」就這麼一次，我話多的哥哥沒有答案。

「你寧可相信方便的說詞，也不相信事實。」我用指控的語氣說。

「妳一定誤會了，媽媽絕對不會這麼冷血。」

他不肯相信我，這點就跟媽媽拋棄她的親妹一樣，讓我絕望。

「你又不在場。」我說：「又跟平常一樣，當起病號。」

他滿臉通紅。他起身開口。我穩住陣腳，期待他對我發脾氣。結果，他乾咳，咳了又咳，最後從肺部深處咳出黑色的血來。我無助地給他手帕，搓揉他的後背，吵架贏了的想法全都拋諸腦後。

兩個月後，雷米回來參加彌撒了。他跟媽媽一樣，充滿愛意地跪在十字架前，相信他的信仰會帶他撐下去。我讓他相信他需要信的。我已經了解，愛不是恆久忍耐，愛並不仁慈。愛是有條件的。你最親近的人會忽然背棄你，為了看起來毫無意義的事物向你道別。你就只能靠自己。

我對閱讀的熱情因此倍增，書本不會背叛我。當雷米把零用錢花在甜食上時，我則把錢存起來。他是班上的小丑，我是畢業生代表。當他的朋友約我出門時，我一一拒絕。愛是不可能了。我會學好一項技能，找到一份工作，存錢，這樣當不可避免的狀況來臨時，我才能夠自己救自己。

經過翻來覆去睡不好的一夜，我雙眼矇矓，想要盡量協助讀者。不胡思亂想是不可能的。爸爸有情婦，雷米每分每秒都黏著小小，保羅還沒有回來找我。我在借書櫃檯停留，希望波利斯可以替我選本書。

「妳今天很憂鬱。」他把八九一點七三交給我。「去『下輩子』吧，那裡沒人會打擾妳。」

我把契訶夫揣在懷裡，走上階梯，經過二樓那些不曉得春天已經降臨人間的研究學者，前往三樓，這裡的書少有人借，這裡是「下輩子」。

隨著我在書架間飄蕩時，安靜的空間讓我平靜下來。躲進書堆裡，我讀了起來：**他有兩種生活，一，公開的生活，關心他的人都看得到、了解的生活……還有另一種生活是秘密**

運作的。我們永遠也不會了解所愛之人，他們永遠也不會了解我們。這句話讓人心碎，卻非常真實。不過，有種慰藉，讀別人的故事，我曉得自己並不孤單。

「妳在這啊！」瑪格麗特說。她那張通常都完美上妝的臉，現在因為抱著厚重大開本書籍吃力卻紅通通的，一副心滿意足的樣子。我第一次認識的躊躇孤女現在已經轉變成這位充滿自信的能幹女性。

「今天的任務是什麼？」

「替百科全書搬新家。」她一邊搓揉手臂，一邊說：「在這邊工作要很強壯才行。」

「貢獻這麼多時間，妳真是太好了。」

「只要相信，就很簡單，我相信這間圖書館。」

我懷疑起自己是否該將心交給保羅。「要是妳沒有收到任何回報呢？」

「我不確定當一個人給予的時候應該想著回報。」她不解地望著我。「妳一個人在這幹嘛？」

「點書。」

「妳看起來滿憂愁的。」

「我沒事。」

「對，我看得出來。」她歡快地說：「這裡好悶，妳需要一點新鮮空氣。」

到了外頭，我把《帶小狗的女人及其他故事》（*The Lady with the Dog and Other Stories*）用手臂夾著，讓瑪格麗特帶我走上小街。

「我們去哪兒好？」她問。

我皺起眉頭。保羅的分局是在華盛頓街嗎？

我見識過出錯的愛情，現在我想看看走對路的愛情。我必須知道他是否也有同樣感受，充滿希望，卻也小心翼翼。我有一份讓我愈來愈獨立的工作，也許我該把握機會。

「一切都還好嗎？」

「我……」我不知道該怎麼表達自己的感受，總之，她視野這麼寬闊，對我的問題肯定不會感興趣。

「妳巴士底日那天想參加外交晚宴嗎？」

我轉頭望向她。「認真的？」

「當然！我想讓妳開心一點。來我公寓，我們一起打扮準備。妳可以穿我的禮服，呃，是說如果妳沒有禮服的話啦。」

我幾乎沒有在聽她講話。分局到了，萬歲！我稍微停留。瑪格麗特小心翼翼地望著窗邊上的鐵杆。幾名帥氣警察走出來時，她臉上才浮現明白的表情。「妳是不是期待遇見那位讀者？希望他是警官，不是搶匪！」

「他是警察。」

「快去打招呼。」

「爸爸不會希望我來警局，他說分局裡都是罪犯。」

「妳爸在這間分局嗎？」

「不在。」

「那我不懂妳為什麼不進去！」她拉開木頭大門，把我推進去。昏暗的燈光只能照出香菸的煙氣。在我旁邊的長椅上有個身穿航髒汗衫的男子對我拋起媚眼來。我將小說緊抱在胸口。他靠了上來，我連忙走開。也許保羅接受了爸爸提供的機會，已經不在這間分局了。說不定他從來就沒有在這裡工作過。我真是白癡。我不該來這裡。出去的路上，我感覺到一隻手搭上我的手肘。我連忙抽開，準備好要用契訶夫攻擊那個流浪漢，結果我卻看到那雙憂心忡忡的藍色眼睛。

「我夢見與妳重逢的場景並不是在這裡。」保羅說。

我放下書本。「你還想見到我？」

「當然，但我讓妳在主管面前那麼尷尬……」

「你才沒有。總之呢，我很想你……我是說圖書館很想你。」

「我也很想……圖書館呢。」他說。

我等著他多說點什麼，但他沒有繼續說下去，於是我說：「我該走了，朋友在外頭等我……」

「我剛值完班，可以請妳們吃晚餐嗎？」

進了小館子，服務生穿了黑色的西裝外套，打了領結，看起來瀟灑利索，他帶我們到靠近後牆的桌位，遠離外頭喝著啤酒、打量我們的警察。雖然我看他們都不太眼熟，但我懷疑他們是不是參加過我們家的週日午餐。

廚房傳來陣陣令人垂涎欲滴的焦糖蘋果香氣。

「這美妙的香味是什麼？」瑪格麗特問。

「反烤蘋果塔。」我回答。「這是我第三喜歡的甜點，就排在泡芙，還有媽媽的巧克力慕斯之後。」

「這是我第四喜歡的甜食。」保羅說。

「我還沒嘗過。」瑪格麗特說：「但我相信它會成為我的新歡。」

我忽然害羞起來，將麵包屑從格子桌布上拍掉。瑪格麗特用嘴型對我說：「跟他聊聊。」我思索該說什麼，靜默卻愈發大聲。也許我可以問問他的工作，但我隨即想到爸爸每天下班時心情都很差，還會抱怨他遇到的無賴。我跟雷米一直不確定他所謂的無賴指的是罪犯還是他的同事。

「你到底為什麼想當警察？」我脫口而出。

「她的意思是，這份工作很危險。」瑪格麗特說：「她剛剛才跟我說她很欣賞穿藍色制服的警察。」

「我一直都想當警察。」他說：「幫助人，維護他們的安全。」

「好有回饋心喔！」她說。

「那妳到底為什麼想當圖書館員？」他問，眼裡閃爍著火花。

「有時，相較於人，我更喜歡書本。」

「書不會說謊，不會偷竊。」他說：「面對書本，我們可以很放心。」

我很訝異，也覺得鼓舞，竟然聽到他說出我的心聲。「你是哪種讀者？」我問。

「這是妳想知道，還是替圖書館的通訊刊物問的？」

我感覺到自己的臉頰得意地紅了起來。「你看過我的通訊報？」

「我很喜歡魏德小姐的回答，還去查了赫拉克利特。」

「『人不能踏入同一條河兩次。』」他跟我異口同聲。我害羞地說：「是我自己想知道啦。」

「我大多喜歡非文學類，特別是地理書。我喜歡再次研究英文文法，那是有規則的學問。我知道我可以指著說，對，就是這樣。我猜這是因為我需要真實的玩意兒。」

小說也可以比生活更真實，我準備要據理力爭，但他繼續說了下去。「也許是因為我的時間都花在無視規矩的罪犯身上。嚴重的罪犯根本不在乎自己傷害了誰。他們講得一口精采故事，而妳願意相信他們的行為背後有很好的理由。結果卻發現妳信任的人當著妳的面撒謊，這時妳就會很難接受。」

「太痛苦了。」我說，想起爸爸與他的妓女。

服務生清了清嗓。我都忘了我們是在熱鬧的餐館裡，忘了身邊還有親愛的瑪格麗特呢。服務生替我們點餐後，保羅用不甚流利的英語對瑪格麗特說：「我很欽佩妳，我相信我沒辦法在離家這麼遠的地方生活。」

「你太會說話了。」她說：「我超想家的，但我遇到了歐蒂兒。」

「瑪格麗特是圖書館的好幫手。」

她臉紅了，問：「你假期有什麼計畫嗎？」

「每年夏天我都會去我阿姨的農場幫忙。」他說。

「在巴黎附近？」瑪格麗特問。

「在布列塔尼。」

「你要離開巴黎？」我陰鬱地說。服務生端來我們的薯條佐牛排，但我已經不餓了，於是挑著炸薯條吃。

晚餐過後，瑪格麗特謝謝保羅的招待，然後爬上計程車。他在街燈柔和的光線下陪我走回家。我不曉得我該跟平常一樣加快腳步，還是該配合他的速度。我不曉得手該插進口袋，還是盪在身旁讓他牽，當然是如果他想牽手的話啦。站上階梯，我不曉得他會不會低頭吻我，我會不會聞到他的氣味。到了階梯平臺，他並沒有靠上來。我藉由低頭掏鑰匙隱藏自己的失望，迷失在手中物品底下。

就在我將鑰匙插入鎖孔時，保羅碰觸我的手腕。我僵在原地。他說：「我本來要約妳出去。」

「是嗎？」

「然後妳爸給了我一份工作。」

我弄掉了鑰匙。

保羅喜歡我是因為爸爸的緣故。我真是出盡了洋相，追他追到警局去。我覺得忐忑不安。我需要進到門檻另一端，在我們之間關上大門。我彎腰，手指向鑰匙伸去，保羅動作更快，他一手拾起鑰匙，另一手搭著我的手肘。

「我夠資格。」他扶正我。「老實說，我的確需要加薪，這樣我才能住在比較像樣的地方。」

我盯著他襯衫上的藍色小鈕釦。「恭喜了，幾時開始新工作？」

「我拒絕了他。」

「真的？」

「我不希望妳質疑我的感受。」

我的心臟開始綻放。他靠上前來吻我。一開始，我的嘴唇像電影裡的小明星一樣噘起，後來我張開嘴，他的舌頭輕輕碰觸我的舌頭。保羅抬頭時，我驚喜地望著他，覺得在那幻夢之吻的瞬間，我好像一頭栽進《咆哮山莊》（*Wuthering Heights*）的世界裡一樣。

巴士底日，也就是法國國慶，我前往瑪格麗特的公寓，一位管家帶我前往客廳，這邊有多幅高高在上男人的肖像，彷彿低頭望著我。我膽怯地從肖像前移到角落的平臺鋼琴旁邊。這臺鋼琴跟爸爸的車一樣大。我顫抖的手指按響了幾個音符。我認識的人家裡沒有管家，也沒有平臺鋼琴，這些東西是小說裡的元素，與現實生活無關。到了窗邊，我可以看見拿破崙長辭的金色圓頂教堂。的確，這裡的鄰居都是有頭有臉的人。在我們家，我們很少打開窗戶，因為火車站的煤灰會飄進室內。低低的天花板讓我們昏暗的公寓在好日子裡感覺溫馨舒適，在壞日子裡卻覺得窒息幽閉。我臥室的窗景就是對面大樓，距離不過三公尺，費德曼太太把一排垂頭喪氣的束褲晾在浴缸上頭。陽光與燦爛的風景是一種奢侈。瑪格麗特根本不是我想像中的孤女。

「我們讓妳等很久嗎？克莉絲汀娜不肯出浴缸。」瑪格麗特說，懷裡抱著女兒。小女孩把臉埋在瑪格麗特的罩衫領子裡，我看見一小圈一小圈的水痕。

「我們在『聽故事時間』見過。」我提醒克莉絲汀娜。「那是一個禮拜裡我最喜歡的時光。」

她抬起頭，說：「我也是。」

保母過來接過克莉絲汀娜，我跟著瑪格麗特穿過她粉藍色的臥房，進入更衣室，這裡的大小跟芮德女士的辦公室差不多。一面牆邊有各種白天穿的高級訂製洋裝，另外一邊則是晚禮服，每一件價值都超過我一年的薪水。真難相信一個女人竟然能夠擁有這麼多好東西，讓人忍不住瞠目結舌。這些漂亮顏色，硬糖蘋果紅、太妃焦糖、薄荷綠、甘草黑！我實在忍不住想要碰觸這些華服。

「妳願意穿穿看嗎？」

「我願意嗎！」

我無法決定，於是瑪格麗特給我一件黑色禮服。我把衣服拿在身上比了比，在更衣室裡飄飄然地晃來晃去。「來吧！」我說：「妳還在等什麼？」

她從衣架上取下一件綠色禮服，跟我一起在更衣室裡發瘋。我開始唱起〈玫瑰人生〉（La Vie en Rose），瑪格麗特也跟著哼唱，直到我們因為又唱又跳又笑而氣喘吁吁，倒在一堆絲綢禮服之下。

「打擾到兩位了嗎？」一名男子開口，他講英文，但法國腔很重。他稀疏的黑鬍鬚跟那個挑釁分子薩爾瓦多．達利（Salvador Dalí）有得拚。

我跟瑪格麗特起身，她替我們介紹。

「Enchanté（幸會）。」男子對我說。

因為他時髦上流的客群，藝文報紙稱他為「造型繼承人[3]」。他不會跟客人協商他們要什麼樣的造型，他就是知道怎樣最好。我提供書本上架這種無聊工作給瑪格麗特，她卻替我約了巴黎最炙手可熱的造型師。

瑪格麗特要我試穿那件黑色禮服，這樣她的女僕才能裙襬縫邊，然後她要我坐進她那裝飾藝術（Art Deco）風格的梳妝臺前。

「保羅是個好男人。」她一邊說，Z先生開始替我梳頭。

「妳覺得我跟他有足夠的共同點嗎？他是警察，我……呃，我是我。」

「羅倫斯跟他的劍橋好朋友還會背十四行詩呢，這不代表他們曉得愛是怎麼回事。保羅顯然很在乎妳，這點比他的職稱還是他讀的書更重要。」

我該告訴她，我感謝她的保證，但Z先生開始按摩我的頭皮，我覺得很享受。我沒注意到我有多焦慮，焦慮我對保羅日益增長的情感，焦慮我跟雷米之間令人痛苦的距離，焦慮父親為了情婦拋下我們……直到這些緊繃統統消失。媽媽替我剪頭髮的時候，她的梳子會扯過打結的部分。Z先生梳起我的頭髮，就像刀子劃過奶油。

這是我第一次讓專業人士替我造型，先生用加熱鉗捲我的頭髮，打造出一片漣漪捲度時，我整個人看得入迷。

結束時，他用雙手做出浮誇的姿勢：「好啦！」

瑪格麗特說：「就像貝蒂．戴維斯（Bette Davis）。妳真是femme fatale（致命美人）。」

Z先生將瑪格麗特的頭髮紮成一個優雅的頭頂髮髻，她問：「妳覺得芮德女士有對象

3. 譯註：原文Heir Dresser，發音與美髮師hairdresser相近。

嗎？」

「圖書館晚宴的時候是大使陪她的。」

「他們說比爾．布列特（Bill Bullitt）是殷切的協調專家，但眼神飄忽不定。我認識一位挪威領事，很適合她。我會建議領事來圖書館註冊。」

「他也得乖乖排隊。」

當Z先生弄好瑪格麗特的頭髮時，她沒有看鏡子，她反而望向我。

「妳覺得如何？」

「太美了。」我真心地說：「人美心也美。」

她脹紅了臉，真不曉得她上次接受稱讚是什麼時候的事。

「羅倫斯會再度愛上妳的。」我說。

「很難吧……他很忙。」

「忙到沒時間說妳很美？」

「不是每個人都用跟妳一樣的眼光看我。」她起身，完全沒有望向鏡子。

她穿上無肩帶的綠色禮服，將縫好裙邊的禮服交給我。絲綢滑過我的皮膚，跟我平常在冬天穿的扎人羊毛布料、夏天的硬挺亞麻材質完全不一樣。她替我拉上拉鍊，忽然間，在我開始欣賞自己身影的時候，我實在不能呼吸。我原本的洋裝穿在身上就像桌布。這件禮服很棒，收緊了我的腰線，擠出我不曉得存在的胸部。雖然我告訴自己，上半身的束腰很緊，但我曉得在我肋骨附近攀爬的冰冷感覺叫做嫉妒。瑪格麗特擁有這麼多，我擁有的卻那麼少。

「今天是我第一次享受起在巴黎打扮參加派對。」她說：「希望妳之後還肯來。」禮服、造型師登門拜訪……我可以習慣這麼奢華的生活。她的邀請化解了嫉妒的螺旋。

我們沿著走廊飄去書房找羅倫斯的時候，裙子的絲綢輕撫我小腿，低語著性感的「好、好、好」。真希望保羅能看到我。

羅倫斯坐在扶手椅上，《先驅報》遮住他一半的臉。在我身邊的瑪格麗特清了清嗓。他放下報紙。深色的睫毛蓋在他藍綠色的眼睛上。老天，他穿燕尾服真帥！「妳真是太美了！」他起身吻我的手。我期待他也吻瑪格麗特，但他的焦點持續放在我身上，他牢牢握住我的手。「要是我沒結婚……」他扭動眉毛，我咯咯笑了起來，完全臣服在他的魅力之下。

「你剛好也認識普萊斯—瓊斯先生嗎？」我問，我想展現出我也認識高尚外交圈的人。

「這傢伙是個傳奇！法英聯盟協定就是他起草的，而且自從一九二六年之後，他就沒有輸過一場辯論。妳怎麼會認識他？」

「他是我們的常客。」瑪格麗特得意地說。

羅倫斯的目光持續放在我身上。「妳人真好，讓她假扮圖書館員。」

在我身邊的瑪格麗特渾身僵直。我因此想到《他們眼望上蒼》裡的一句話。**然後她挺直身子，一臉剛毅，裝出別人想看到的樣子……**

「她並沒有『假扮』什麼。」我說，我把手從他掌心抽出來，攬著她的腰。「瑪格麗特非常能幹。」

空氣中瀰漫著某種電流。他從迷人變成高高在上，她則僵硬起來。我想起媽媽給克羅蒂德堂姊的忠告：**追求的過程拖得愈久愈好，一旦結婚，一切都不一樣了**。媽媽說的就是這個嗎？

「你看起來很帥。」瑪格麗特如是說，口氣像是在演一齣她已經演不下去的疲憊戲劇一樣。

「妳也是。」他心不在焉地說，同時還望向懷錶。「該走了嗎？司機在等了。」

到了英國大使官邸，在水晶燈閃亮的光線之下，女人的珠寶閃閃發光。每位紳士都跟羅倫斯一樣穿了**煙黑色**的西裝。這就是我夢想中的派對。我急著想聽其他賓客去過哪些地方，讀過哪些書。

羅倫斯扔下我們，連忙迎上一位豐滿的棕髮女郎。「如果妳的婚姻沒有如此幸福，我就會把妳擄走。」

「親愛的，別讓這理由阻止你！」她撫摸他的胸膛，彷彿瑪格麗特不在場一樣。**一點都不棒的生活圈**。我終於理解瑪格麗特對外交圈的看法了。我不滿地看著羅倫斯，氣他竟然這樣羞辱瑪格麗特，我更氣自己，居然被他一視同仁的奉承哄得一愣一愣。

「別讓他壞了妳的夜晚。」瑪格麗特比了比結實的女主人。「這位是領事夫人，她照顧許許多多迷失的靈魂。」

「戴維斯太太。」瑪格麗特說：「見到妳真好，謝謝妳建議我去圖書館。」

「妳看起來氣色好多了。」她和藹地說。

「妳見過我最新也最好的朋友了嗎？」

「一個朋友就能有所不同。」戴維斯太太說：「對，我們在柯恩教授的課堂上見過。」

我不曉得戴維斯太太是非正式的外交使團人員，但她是很重要的角色，我看著她向每位新到的客人打招呼。她對一位面色慘白的女士如是說：「妳真漂亮。」這話讓對方立刻展顏歡笑。她對一位孤身到處緊張張望的義大利女士說：「調適得如何？法國也許是女人的美夢，但現實需要花點時間適應。」

「我們不能讓希特勒碾壓橫跨歐洲！」普萊斯－瓊斯先生說，他的意見在舞池裡迴盪，就跟他在圖書館與德奈西亞先生之論時一樣。「我們必須團結對抗。」

「他曉得這是派對嗎？」我說。

「最近他開口閉口就是戰爭。」瑪格麗特說。

「各位上禮拜有去看《奧賽羅》嗎？」戴維斯太太問。

幾位客人異口同聲回答起來，能夠討論戰爭以外的話題讓他們鬆了口氣。「莎士比亞講法文真是太詭異了！」「Très bizarre（很怪）！」「苔絲狄蒙娜（Desdemona）太可憐了。」

「現在的法國軍隊史上最強，這是馬克西姆．魏剛（Maxime Weygand）將軍說的。」

「皮耶．懷斯（Pierre Weiss）將軍說法國空軍是歐洲最強的軍隊。我們根本沒什麼好擔心的！」

「我們必須打造盟軍。」羅倫斯強調：「義大利原本是我們的盟友，但墨索里尼跟希特勒簽了條約。」

「有人認識風評不錯的裁縫嗎？」

「妳可以去吉娜薇愛弗家。艾瑪．珍．克比就在那裡做的，她的禮服太奢華了！」

「妳相信那個艾瑪跟年齡大她三倍的男人在一起嗎？」瑪格麗特低語，目光望著那位金髮美女。「這老頭一定有錢到誇張！」

「老傢伙真享受。」我說。

「年輕有為的羅倫斯說得對！」普萊斯－瓊斯先生說：「我們必須看到周遭正在發生的一切。」

「亂講，我們對希特勒必須採取和平的手段。」大使說。

「傻老頭子。」瑪格麗特低聲地說。

「沒用的傻瓜。」羅倫斯高喊。

「香檳！」領事的太太吆喝起來。「再來點香檳！」Fantastique（太美妙了）！我上次喝香檳是新年的時候。軟木塞發出「啪」的聲響，象徵慶祝，這是我最喜歡的聲音，打頭陣的僕人在會場到處轉，提供一杯杯的香檳。所有的東西都用銀質餐盤送上來。酒杯裡的氣泡閃閃發光，冰涼小溪般的香檳流進我的喉嚨。我目眩神迷，忘了羅倫斯沒禮貌的行為，忘了外交官之間的唇槍舌戰。我望向牆上柔美的透納（J. M. W. Turner）風景畫，品嘗白手套男人送上來的魚子醬。瑪格麗特每分每秒都擁有這一切，多虧了她，我才能偷到一晚，我打算好好享受今宵。天上爆出一片煙火。我想看，我拉著瑪格麗特出去，我們加入草坪尋歡客的行列。玫瑰花的香氣環繞我們四周。高高的石牆替我們遮住了巴黎。這種莊嚴的宅邸燈火通明，連窗戶都亮了起來。天上有點點煙火飛舞，然後是嘶嘶聲，我內心充滿朦朧的歡快，忘卻戰爭、雷米、爸爸、保羅帶來的憂愁。

第十章・歐蒂兒

保羅太常光臨圖書館，連芮德女士都以「咱們最忠實的讀者」稱呼他。一天下午，他出來巡邏，把腳踏車停在庭院，幫我做些如同拆包裝厚紙的勞動活，跨海刊物如《生活》、《時代》雜誌就需要這種包裝的保護。哎啊，在西蒙太太八卦的目光下，想偷接吻實在不可能。

到家也沒有比較好。我跟保羅分開三十二公分遠，茶碰都沒碰。我說：「你覺得雨要停了嗎？」很清楚媽媽就在角落偷聽我們的對話。

「天要清了。」

他明天就要啟程去布列塔尼了，結果我們卻在這兒討論下雨，宛若是公車站偶遇的陌生人。

「咱們出門散步吧。」保羅說：「我帶妳去我在巴黎最喜歡的地方。」

「不曉得耶。」媽媽在門廳說。

「拜託啦，媽媽。」渴求讓我的語氣尖銳了起來。「他幾乎整個八月都不在。」

「那就只有這一次，但別在外頭耗太久。」

他帶著我沿著街道前進時，他的手溫暖著我的下背部，穿過車輛喇叭編織而成的交響樂，經過站在商店門外抽菸的老闆，前往巴黎北站（Gare du Nord）。在巨大的玻璃天花板下，身穿藍色連身服的搬運工將行李搬來搬去。旅客朝列車走去，又推又喊。

保羅指向月臺，戴著眼鏡的年輕人親吻從車廂下來的女人。「我來這裡見證愛情。妳大概會覺得我瘋了，這樣監視別人……」

我搖搖頭。我在書上讀到的也是這樣——窺別人的生命。

提著小號箱子的音樂家快速走過。一群童子軍瞠目看著火車頭。一位母親放開學步小孩的手，他們跑向身著風衣的男子。他一把抱起他們，旋轉起圈圈。

「真美好。」我說。

保羅對眼前這歸鄉的景色特別感興趣。

「怎麼了？」我問。

「沒什麼。」

「沒什麼？」

他看著那家人離開車站。「我小時候跟爸媽就住在一個街廓之外。」

「真的？」

「直到我父親離開……我那年七歲。我媽說他搭火車去很遠的地方。我相信他會回來，我就來這裡。」他轉頭望向我。「我到現在還是會過來。」

我攬向他，他把臉埋在我的頭髮之中。我感覺到他抵在我胸口的悸動心跳。也許信任他人沒有那麼危險。

「我沒跟別人提過這件事。」他說。

回家路上，我們都沒有說話。我們緩緩走上前往平臺的階梯。

「留下來吃晚餐嗎？」我問。

他親吻我的太陽穴、臉頰與嘴唇。「然後假裝我沒有明天一早就要可憐兮兮地離開巴黎？我辦不到。」

我看著他沿著階梯消失，家門在我身後開啟。

「我就覺得我聽到有人。」雷米說：「妳是在自言自語嗎？」

「跟保羅啦。」我想告訴雷米，這一刻我還跟螢火蟲一樣開心閃亮，結果下一刻，好比說現在，跟保羅分開後，我就覺得好慘。「我滿腦子都是他。」我想把保羅放在腦袋的邊角地帶，但他會自己移動到書頁中央，成為我故事的核心。

「妳戀愛了。」雷米說：「真為妳開心。」

「希望你也一樣快樂。」

「我就是想告訴妳這個，我愛上小小了。」

他們是天造地設的一對，我覺得很驕傲，我在湊合他們上頭出了點力。「我本想把你跟德奈西亞、普萊斯－瓊斯先生送作堆，但也許小小是更好的選擇。」

「也許？」

「你告訴她了嗎？」

「我想先跟妳說一聲。」

我們分享了很多。他是我圖書館通訊報的第一位讀者，天底下只有我能夠修改他的法律評論文章。在廚房喝茶的時候，我們會聊天聊到三更半夜。我們熟知彼此的秘密，雷米是我的避風港。

不過，一切都要改變了。我跟保羅在一起，他跟小小。我有了工作，他很快就要畢業。今年也許是我們住在同一個屋簷下的最後一年。我們打從出生就形影不離，但最終，我們都會走上獨自的人生。真不曉得我們相處的時間還有多久。

完成一天的工作後，我考起瑪格麗特昨天法文課的內容。「動詞分為三個族類，Aimer（愛）、parler（說話）、跟manger（吃），這三個詞是哪一類？」

「屬於-er這一族。」她說：「族類，家族，用這種方式看待文字還真可愛。」

「妳到倫敦後別把法文忘光光喔。」

「我才回去兩個禮拜。」

我們走進庭院，雷米的腳踏車停靠在牆邊。

「謝謝妳建議我來當志工。」她說：「我終於有了歸屬感。」

「Merci à toi（我才要謝謝妳）！沒有妳，我還裝箱裝不完，或還站在派出所門口呢。」

「少來！」她臉頰泛紅，看起來很開心。

「妳不在，我不曉得該怎麼辦。」我還有很多話想跟她說，但在我們家，我們不能討論內心的感受。**沒有妳，我絕對無法鼓起勇氣去找保羅。教妳法文提醒了我法文之美，這種美，我先前都視為理所當然。寄書、修補破頁雜誌、把舊報紙搬去檔案室，這些最無聊的工作，都因為有妳在身邊，一下就過去了。**

當她說「親愛的朋友，妳不在，我也不曉得該怎麼辦」的時候，我真希望我在她臉頰上各吻一下。結果，我的思緒卻飄到晚餐上，我撐坐在雷米的腳踏車坐墊上。

「妳會騎嗎？」她問。

「妳不會？」我踩著踏板。「我可以教妳！」

「我不會騎啦，我跌倒只會出洋相。」

「妳幹嘛在乎幾個巴黎人看到妳跌傷膝蓋？出國不就是這點最棒嗎？妳可以做任何事情，老家的人完全不會知道。」

我扶穩腳踏車。瑪格麗特一腿跨過橫桿。腳踏車的慣性前進讓車子搖晃起來，她一手緊抓龍頭，一手拉著我的手臂。

「我辦不到。」

「妳已經在騎了，兩手握著龍頭。」

「我不覺得這是好主意。」

「妳住在異國，學習法文，相較之下，騎腳踏車根本不算什麼。」我說，順便輕輕一推。「一路順風！」

瑪格麗特加速，她的裙襬飛揚到膝蓋之上。「如果我跌倒，我會自己爬起來。」

「這態度就對了！」

她緩緩踩著踏板。「我怕。」

「相信我！」我跟著她蹦跳。「我不會讓妳出任何事的。」

「我相信妳！」她高喊。愉快的心情壓過她聲音裡的不踏實。我伸出雙臂，如果她跌倒，我已經準備好要立刻接住她。

八月的巴黎又濕又熱，所以許多讀者都跑去尼斯（Nice）或比亞里茲（Biarritz）做日光浴，或回紐約、辛辛那堤的家鄉探親。我跟芮德女士在我的座位上享受鮮少的寧靜片刻。點點水玉洋裝讓她看起來朝氣開朗。她的頭髮包成髮髻，銀色的筆握在手上，準備好要擬下講稿或簽感謝函。

在我生命裡的多數人，從爸爸、老師、公務員到服務生，都很愛說「不」。我想上芭蕾舞課，「不行，妳身材不對。」我想上畫畫課，「不行，妳沒有必要的經驗。」我想來杯紅酒，「不行，白酒跟妳點的餐比較搭。」芮德女士則完全不一樣。當我問她，我能不能在期刊室做點改動的時候，聽到她說「好」還讓我嚇了一跳。

我有好多問題想問她，想死了。妳住在這裡，爸媽怎麼說？妳哪來的勇氣搬來異國？我也能這麼勇敢嗎？不過我已經聽到媽媽說：**別刺探人家的生活，管好妳自己的事就好！**問題卻一個一個冒上來，最後一個問題脫口而出：「讓妳來到法國的契機是什麼？」

「愛。」她榛果色的雙眼閃亮有神。

我靠上前去。「真的假的？」

「我愛上了斯戴爾夫人。」

「那個作家？」

「在她時代，他們都說歐洲有三大勢力，分別是英國、俄國跟斯戴爾夫人。她侮辱了拿破崙，說『言論思想剛好不是拿破崙的語言』。結果他禁了她的書，將其流放。」

「她天不怕地不怕。」

「妳相信嗎？我那時還偷溜進她生前住的豪宅。我只想進院子裡看看，結果一位傭人跟我打招呼，彷彿我屬於那個地方一樣，我大步走進，還踏上她的樓梯，摩挲她的扶手，愣眼望著曾經掛滿她家人肖像的那面牆。大概聽起來很怪吧。」

「聽起來就像愛。妳真的是為了一位作者而來？」

「我那時已經在西班牙，在伊比利展負責國會圖書館的攤位。剛好開了一個工作職缺，我就把握住了。妳呢？妳渴望旅行嗎？妳一直都想當圖書館員嗎？」

「我一直都想來這裡工作。在我的信裡，我跟妳說過，我想來圖書館工作，因為我記得跟阿姨一起來的時候。事實上，妳讓我想起她，不只是因為妳時尚的髮髻，而是妳們對人都很和氣，也不吝分享對書的熱愛。」

伯爵夫人走了過來，臂膀夾著檔案。她的頭髮讓我想到多雲陰天的海景，小縷小縷的白色髮絲就像灰色水流上的波濤。看書用的眼鏡掛在鼻尖，她看起來好像是要來替我們上課。

「我們得談談。」她對芮德女士說。

「如果妳願意，我們可以晚點再繼續剛剛的話題。」芮德女士對我說，然後陪著信託董事前往館長辦公室。

我整理報紙的時候，波利斯讀《費加洛報》給我聽：「內維爾．張伯倫（Neville Chamberlain）首相提出動議，八月四日到十月三日國會休會，除非有必要事由必須開會。」

「我想去度假。」我說，真希望能跟保羅在一起。

「快去選議員吧。」波利斯打趣地說。

至少我能夠期待禮拜天的午餐，就這麼一次我很期待。雷米邀請了小小，等於是要宣布他們訂婚了。我只擔心爸爸會講些難聽的話羞辱他，毀了一切。

我整理好上週的報紙，拿去樓上檔案室，路上經過芮德女士的辦公室。門沒有關好，所以我偷偷望進去。

館長神色陰鬱。「我收到史特拉斯堡（Strasbourg）大學圖書館來信。威克申先生信裡說他跟柯勒曼太太打包撤走了兩百五十箱的書。」

「戰爭就要來臨。」伯爵夫人感覺話中有話。

史特拉斯堡距離德國很近，非常危險。圖書館員把書撤去安全的地方，政治人物卻完全沒有提要撤離民眾？

「那些箱子會運到多姆山（Puy-de-Dôme）地區。」芮德女士說：「我們也該預先規劃。」

西南部比史特拉斯堡安全嗎？比巴黎安全嗎？

「我會把好東西帶去我在鄉下的家。查爾斯．席格（Charles Seeger, Sr）的文件、首刷本。東西不會受到傷害。」

「我們會堆好罐頭食物、瓶裝水跟煤炭，還有熄火用的沙子。」

伯爵夫人嘆了口氣。「還有防毒面具，如果跟上次一樣的話。死了一千萬人，很多人受傷、斷手斷腳。真不敢相信歷史再次重演。」

死亡……受傷……斷手斷腳……我一直不想談起戰爭，每次雷米提起，我都會轉移話題，每次普萊斯—瓊斯先生高談闊論的時候，我就會躲進兒童閱覽室。不過，現在看來圖書館的館藏會受到威脅。我們也許會有危險。我必須面對正在發生的事實。

第十一章・歐蒂兒

十一點五十五分，今天是雷米與小小的les fiançailles（訂婚）午餐，我跟爸媽坐在貴妃椅上。我穿了粉紅色的絲質罩衫，這是瑪格麗特為了這喜慶的場合特別借我的。

媽媽紅通通的臉頰看起來像多汁甜美的李子，她還別上了貝殼浮雕別針，只有特殊場合她才會拿出來用。爸爸的西裝有點太緊，他扯了扯領帶。門鈴響了，雷米穿上他的休閒西裝外套，跑過去讓小小進屋。她跟往常一樣，頭髮是纏繞的辮子髮冠，但她穿了萊姆綠的洋裝，而不是平常的咖啡色衣服。她與雷米互相凝視。我覺得呼吸都要停了，有點像疼痛的感覺，真希望保羅就在身邊。

小小終於注意到我們站在一旁時，她沒有迎上我的目光。是害羞，還是因為什麼原因，她不高興了？我有時會把茶杯直接放在水槽裡，她提醒過我好幾次，沒有人會想替我洗杯子。

媽媽喜孜孜地望著小小。「歐蒂兒跟雷米對妳讚賞有加。」

爸爸挺直身子。「聽說妳也是那種職業女孩。」

「先生，我幫忙照顧家人。」小小直視他的雙眼。

「這樣很好。」他說。

媽媽吐出顫抖的一口氣。也許爸爸會乖乖的。

「妳的工作範疇是小孩。」他說：「那妳一定很喜歡他們。」

小小臉紅，雷米用手護著她，說：「別理局長。」

我瞪了爸爸一眼。他就是這麼較真，心裡想什麼就會直接說出口。

「妳會編織嗎？」媽媽問小小，將話題轉回比較體面的方面。

「除了讀書，編織是我最喜歡的消遣。我也喜歡釣魚。」

爸爸比了比客廳，他已經準備好餐前酒，但媽媽指向飯廳。她無法阻止爸爸用問題糾纏小小，就像他面對新進人員一樣，但她可以縮短問話的時間。

爸爸坐進餐桌大位。我坐在媽媽旁邊，幸福的情侶坐在我們對面，小小坐在靠近爸爸的位置上。女僕端上烤肉及馬鈴薯時，爸爸替小小、媽媽與我服務，雷米則自己來。我們用餐的時候，小小一直避開我的目光。我感覺得出來媽媽正在腦海中翻她的珠寶盒，尋找外婆那顆蛋白石戒指，讓雷米送給小小。然後就是婚宴，還有蜜月。我懷疑這對新婚夫妻會不會住在這裡，至少一開始的時候，會嗎？

雷米望向小小，小小握住他的手。雷米有小小在身邊，更有自信了。

「我要宣布一件事。」他說。

這就是了。他們訂婚了。小小不敢看我的眼睛，因為她想守住秘密。哎啊，這不是什麼秘密了！我舉起酒杯，準備要祝賀新人。

「請說。」爸爸對小小微笑。

「我要去當兵了。」雷米說。

媽媽一手摀著嘴巴。爸爸下巴都掉了。我的手僵在空中。雷米語氣裡冰冷的不屑與果斷刺傷了我。感覺他彷彿把一管子彈打在桌上，打中我們的水杯還有剩下的肉汁。我沒有注意到自己在發抖，直到我注意到酒在杯子裡晃動。只有小小保持冷靜。雷米跟她討論過了。她顯然贊成，說不定她還鼓勵他從軍。

「什麼？」媽媽說：「為什麼呢？」

「我不能就乾坐在家裡。」雷米說：「總要有人出來做點什麼。

「我想做出改變。」

「那就在這裡做點什麼。」媽媽比向爸爸。「加入警隊。」

我看得出來雷米在想什麼：**我最不想變得跟他一樣。**爸爸推開椅子。他的椅子劃過地板翻倒。

我期待他會拿出最難聽的話語。

揶揄——你怎麼當軍人？你連站都站不直。藐視——你連聖誕樹都不幫我砍，我懷疑你能不能打死一個人。內疚——你這麼做媽媽怎麼辦？大男人主義——你以為軍隊會接受你這種懦弱書生？他們只要像我一樣的男子漢。憤怒——我是這家的主人，你竟然不先問一聲，就自己跑去登記！

結果他一語不發，離開了飯廳。一秒鐘後，大門甩上。我跟媽媽不解互望。小小壓低聲音對雷米說了幾句。他看了看我。我聽到他說：「**怎麼樣？**」

他等著我給他祝福，但我只能擠出：「你不……」

他雙眼流露出受傷的神情。他信任我支持他的決定。

我不希望讓我們之間產生隔閡，現在不行，所以我強顏歡笑地說：「你不知道我會多想你？在你出發前，我們要好好把握相聚的時間。」

「我三天後出發。」他說。

「什麼？」我問。

「爸爸到處都有認識的人，我不想讓他有時間找到什麼人把我從軍隊踢出去，我甚至還沒到基地呢。」

媽媽起身，扶正爸爸的椅子。

第十二章・莉莉

蒙大拿弗羅伊德，一九八四年三月

媽媽的葬禮在春季的第一天舉行。教堂前方，紅色的玫瑰擺滿她的靈柩。真不敢相信媽媽在那裡面，而不是在家裡，坐在我們家窗邊的位置。我跟爸爸坐在前方的長排座位上，歐蒂兒與瑪麗・露易絲坐在我們身邊。我的下唇不斷顫抖，所以我用手遮住嘴巴。歐蒂兒握住我的另一隻手，我不想放開她。

爸爸到處看，看褪色的耶穌畫像，看髒到看不出去的玻璃窗，就是不望向棺材。他很像上錯列車的旅客，最後抵達完全超乎意料的地方一樣。我看到我們身後有史坦奇非爾德醫生，他的方形側背包擺在旁邊，如同不離不棄的妻子。羅比跟他父母坐在一起。瑪麗・露易絲的爸爸正把冬青菸粉按進牙齦與嘴唇之間。蘇・鮑伯壓低聲音罵了幾句粗話。就連安潔兒也沒缺席。每位教過我的老師都來了。

在場的女性以顫抖的嗓音讀起經文。接著，媽媽的朋友一個接著一個上臺致詞。蘇・鮑伯說她幽默感最好。凱凱說她有最溫柔的肩膀可以靠著哭。我滴起鼻涕，口水在嘴巴裡打滾，哀傷翻攪著我的腸胃。不想噴發，我哽咽，開始咳嗽。瑪麗・露易絲用力替我拍背。很大力。疼痛感覺很好。

管風琴響起，暗示著儀式結束了，樂曲哀傷的低鳴催促我們出去。群眾走去對街的廳堂。通常這時男人會抱怨起徵稅，女性會抱怨彼此，而孩子在解脫彌撒的腳鐐後，會又叫又跳。這次，大家靜靜走過去。安潔兒塞了一卷自己選錄的錄音帶到我的口袋裡。爸爸的老闆摟著自己矮矮胖胖的妻子，彷彿擔心她也會離開一樣。羅比晃了過來。他今天穿了黑色牛仔褲，而不是藍色的。他拿出手帕，我接了下來。他雙手又插回口袋裡，他也回到父母身邊，他們肯定他，點點頭。我猜他們是在教他如何成為一個男子漢。

長桌上擺滿了食物。一位女士帶我跟爸爸坐下，另一位替我們端上盤子。切片的烤肉、馬鈴薯泥、肉汁。爸爸沒有規劃這一切，那些女士是應對葬禮的老手，她們會採取必要的行動，沉著有效率。她們煮東西，端上桌，然後清理善後。她們在自助餐會或廚房裡，竭盡一切所能，讓我們生命裡最難過的一天也能平平順順。

我們身邊的人交談起來，想要假裝生活繼續。

「葬禮辦得很好。」

「這麼年輕……」

「他要拿莉莉怎麼辦？」

之後，馬洛尼牧師、爸爸還有我跟著靈車前往墓園。到了墓地，牧師說了幾句祝福的話，我很慶幸在這寧靜的時刻，只有爸爸、媽媽，還有我。不遠的草地上有一隻知更鳥。爸爸注意到的時候，他用手搭在我的肩膀上，我的淚水就這樣掉了下來。

我們在黑暗中醒來。每天拉開窗簾的人都是媽媽，這樣我才會在額上的一吻及灑落的陽光中醒來。葬禮之後，爸爸喝咖啡，我吃早餐穀片的時候就籠罩著陰霾。我們完全沒有想到要讓陽光照進來。

曾幾何時，我們家熱熱鬧鬧都是人。晚餐俱樂部。媽媽跟她的好姊妹週六下午開開心心的。我放學到家，她都會在。現在我回到靜悄悄的屋子。我沿著走廊走去床上的時候，不會有人喊著說：「祝好夢！」到了學校，在一排排的置物櫃前，其他人一看到我就會立即退後，生怕跟我遇上同樣的事。老師已經不過問我的功課了。星期天，我跟爸爸無精打采坐進教堂長椅時，上帝什麼也沒有說。

我每天放學後都有好多話想告訴媽媽。我想念她問我這天過得如何，我想她。我用手指撫摸她擺在廚房櫃子裡那杯子的杯緣。我怕打破她最喜歡的杯子，所以從來不用。真希望我能回到最後那一刻，我會說，**妳是世界上最棒的媽媽。我需要妳。我們需要妳。我喜歡我們一起看知更鳥，期待蜂鳥出現時刻。我希望我們還能擁有一個早晨，一個擁抱，一個能說我愛妳的機會。**

好幾個週末，我都窩在瑪麗．露易絲的豆袋懶人椅上。跟平常一樣，我們抱怨起我們僅知的事物：學校跟家庭。「爸連罐頭湯都打不開。」我一邊說，一邊翻白眼。

「妳們兩個傻蛋也打不開。」安潔兒一邊說，一邊穿上她的緞面外套。

「如果妳這麼天才，數學怎麼會當掉？」瑪麗．露易絲問。

「至少我還有生活，哪像妳？」她大步離去。

吵吵鬧鬧總比家裡的靜悄悄好。只有瑪麗．露易絲她媽對待我的態度沒變。聽到人家說：「別這麼愛頂嘴。」居然有得到慰藉的感覺，真怪。

整個鎮都忙著照顧我跟爸爸。他買了一個很深的冷凍櫃來冰所有的燉菜。晚餐時，我們幾乎沒有交談，一直以來陪伴我們的新聞主播負責開口。我們的對話很生硬，停頓的時候跟廣告時間一樣長。

暑假時，安潔兒向瑪麗．露易絲與我介紹阿波與荷普的《我們的日子》（*Days of our Lives*）。他們肥皂劇的愛情故事讓我忘卻自己的傷痛，就這麼一個小時，我沉浸在他們的寓意之中：愛是渴望，愛是痛苦，愛就是性。我想像我跟羅比，我們的身體與靈魂交纏在一起。

我狂看肥皂劇的行為維持了一個月。當溫度計抵達三十七點七度時，爸爸有天提早下班回家，來瑪麗．露易絲家接我。他眺過我們望向電視，這對情侶正使出招牌的「舌頭擁吻」。

老爸眉毛上揚，然後皺起來。「我來接妳去吃冰淇淋。」他說。他原本應該會帶瑪麗．露易絲一起去，但他生氣了，因為我所做的選擇而責怪她。她聽懂了，她沒有動作。我默默走向旅行車，一路噘嘴噘到「凍滋凍滋」冰店。草莓奶昔完全無法替我的火氣降溫。

「我為什麼不能看我想看的節目？」

「妳媽不會喜歡那種節目。」他說，這是讓我住嘴的最好方法。我們到家後，爸爸走去歐蒂兒家。我靠在車尾，聽著他抱怨起有害的日間電視節目及瑪麗．露易絲那毫無作為的父母。他在陽臺上靠向歐蒂兒，拿出皮夾，抽出幾張紙鈔。他以為每個人都跟他一樣唯利是圖嗎？她推開他的手。

「我需要有人看著她。」他說，還不忘警告一聲：「不准看肥皂劇。」

「我用不著保姆！」我大喊。

隔天早上，我發現自己身處於我一直想來的地方——歐蒂兒她家，但讓我過來的理由卻讓我憤恨不平。她懂，她正在花園裡忙著。午餐時，我想保持不開心的樣子，但她準備的火腿起司三明治打破了我的冷漠。我們用刀叉吃咬咬先生（croque monsieur），因為最上面有一層熱得冒泡的瑞士起司。歐蒂兒的一切都相當優雅，就連她吃三明治的樣子也很有氣質。在弗羅伊德，她就跟痠痛的大拇指一樣突出，但也許在她巴黎，她只是一根普通的手指頭。我渴望看看她的世界。她還會回去嗎？她會帶我一起去嗎？

我們洗碗的時候，她問我可不可以教她做我最喜歡的甜食——巧克力豆豆餅乾。真不敢相信，她連最基本的都不知道，好比說攪拌棒就是該舔乾淨，這是烘焙的重點啊。

我愛吃幾片餅乾，媽媽都會讓我吃，但歐蒂兒只讓我吃兩片。我想再吃的時候，她說：「兩片能夠滿足妳的胃口，安撫妳的靈魂。療癒妳的心則有別的方法。」她遞給我一本書，說：「靠文學，不是甜食。」

我哀號一聲，一屁股坐在她的金花錦緞沙發上。她則坐在她所謂的「路易十五」椅子上，雕花椅腳看起來很昂貴。說不定她之前很有錢，她在我這年紀的時候，照顧她的女性讓她用頭頂著家族傳家《聖經》在城堡裡走路。我願意永遠住在歐蒂兒家旁邊，呃，當然是我的永遠，我對她的生命基本上一無所知。我望向碗櫥的抽屜，不曉得裡面有什麼。也許我可以偷看一下……

「看書。」她命令道。

《小王子》以一個男孩的簡單圖畫開始。當他拿圖畫給大人看時，他們不能理解。我懂他的心情，就跟沒有人理解我有多想媽媽一樣。那些女士說：「親愛的，耶穌在天上需要她。」彷彿我在地上就不需要她一樣。我繼續閱讀。「淚水之地，這是一個神秘的所在」——已故飛行員的文字遠比任何一個熟人對我說的陳腔濫調還能安慰我。「用心，才能看到真正的答案，關鍵在於肉眼看不見的東西。」這本書帶我前往另一個世界，這個地方讓我遺忘。

歐蒂兒說《小王子》一開始是用法文寫的，而我讀的是譯本。我想讀原文版，認識這個故事，就跟這個故事了解我一樣。我想跟王子一樣有說服力，跟歐蒂兒一樣優雅。我對她說，我想學法文。「我很樂意教妳！」她說。她在筆記本上寫著：le mariage（婚禮）、la rose（玫瑰）、la bible（《聖經》）、la table（餐桌）。我問她為什麼會有le或la，她說法文名詞有分陰陽性。

「什麼？」

「讓我換個方式說好了，它們……要麼就是男生，要麼就是女生。」

「在法國，桌子是女生？」

她大笑起來，悅耳銀鈴般的笑聲。「差不多是那樣。」

La table？我想像桌子穿裙子。牛仔迷你裙或拖地的印花長袍。感覺很傻，但我想起媽媽在化妝臺前梳頭，膝蓋摩擦著化妝臺的小格子裙。桌子作為女性的想法的確合理。

媽媽已經過世四個月，這是我第一次想起她的時候，沒有覺得難過。

傍晚，我一個人，爸爸把自己關在書房裡。我在書桌前複習每天的法文課，重複這些字詞，直到感覺不再陌生。歐蒂兒給了我一本專屬的法英字典，橘子叫做une orange，但檸檬是un citron。Je voyage en France（我去法國）。Je préfère Robby（我喜歡羅比）。Odile est belle（歐蒂兒很美）。Paris est magnifique（巴黎很壯麗）。基本的句子，簡單的樂趣，一次講一個字，每個句子都是現在式，沒有過去的哀傷，沒有le futur（未來）的擔憂。我喜歡le français（法文），前往法國的橋梁，這世界只有我跟歐蒂兒知道，這個地方充滿令人垂涎三尺的甜點與秘密花園，我可以躲進去的地方。我無法克服心痛，太濃烈，勢不可擋，但我可以練習動詞變化。je commence（我開始），tu finis（你結束）。在這失去所愛的秘密語言裡，我對我的媽媽說：j'aime Maman（我愛媽媽）。

開學第一天，我跟瑪麗．露易絲在芥末黃的廚房教室裡打哈欠。我們的科任教室是家政教室，這是八年級生的強制課程。我希望羅比會在這班，他走進來時，我鬆了一口氣。

亞當斯老師看著寫字板，將學生倆倆配對。「莉莉跟羅比。」

我用手肘頂了頂瑪麗．露易絲，不敢相信自己運氣這麼好。我朝他走去，連一個字也想不出來該說什麼。沒有「收成如何？」甚至連「嗨」都沒有。他只是隱約對我笑了笑。這樣就夠了。

亞當斯老師把食譜卡遞過來的時候，我跟羅比都沒有伸手去接，所以她把卡片放在料理臺上，旁邊就是一罐一罐的麵粉、糖，還有鹽。他跟我站得很近一起看說明，我感覺得到他身體發出的溫度。我測量食材用量，他用攪拌棒把食材混合在一起。我們用湯匙把麵團舀進模子裡，然後宛若驕傲的父母，我們望進烤箱裡，看著杯子蛋糕膨起來。

杯子蛋糕烤到金黃微焦的時候，我就把它們拿出來。很燙，羅比咬了一口，嚼了兩下，然後說：「噁心！」

「少在那邊鬧了。」我吃了一顆，感覺像是加滿鹽的長霉海綿。我對著垃圾桶吐。「我一定是把鹽跟糖弄錯了。」

「這沒關係啦。」

「開什麼玩笑？」我說，眼淚就要潰堤，主要是被鹽鹹到，但也是因為我不想失敗。

「妳擔心妳的完美成績。」

羅比狼吞虎嚥吃起一個杯子蛋糕，沒嚼兩下就吞下去。他鹹到泛淚，但他又抓起另一顆。我也將一顆蛋糕塞進嘴裡，黃澄澄的團塊讓我嚥不下去。

亞當斯老師稱讚起蒂芬妮與跟瑪麗．露易絲的傑作後，就來我們這邊。她拿起我們空空如也的烤盤，問：「這樣我要怎麼打成績？」

我跟羅比因為銳利的鹹味而面露難色，一起聳聳肩。

「好吧，別光愣站在那！」她說：「開始整理環境。」

我們在水槽旁伸手進溫暖的肥皂水裡，清洗烤盤與用具。一個小小的泡泡浮上水面，我們看著它漂開。我從來沒有這麼開心過。

在社會研究的課堂上，戴維斯老師不悅地提到蘇聯政府聯合多國抵制洛杉磯奧運的事。「大概是怕他們的運動員會輸吧！如果他們不加入，我們要怎麼贏得冷戰？」我跟瑪麗．露易絲根本沒在聽老師的酸言酸語，傳起紙條來。她寫道：「我餓了。中午吃起司薯條？」

我在置物櫃那邊塗了她的口紅，然後才跟她一起走去對面的「哈士奇屋」。我推開髒髒的玻璃門，坐在簡餐店中間的是羅比，還有坐在他大腿上的蒂芬妮．艾弗斯，她藍綠色的牛仔靴在距離地板三公分的地方晃啊晃的。我愣在原地，感覺眼睛睜得圓大。

瑪麗．露易絲撞到我。「嘿！」然後她看到我見到的場景：羅比一臉不安，蒂芬妮．艾弗斯得意竊喜。

「為什麼是羅比？」我說：「她可以找任何她喜歡的人。」

「妳不能選擇愛上誰。」瑪麗．露易絲說。

「妳為什麼每次都幫她講話？」

「妳為什麼要讓她得逞？」

重鹹口味讓我胸痛，但也許是因為看到蒂芬妮．艾弗斯坐在羅比腿上。「我要回家了。」

「別讓她贏。」

我跑去歐蒂兒家，自己開門進去。她問：「妳為什麼不在學校？出了什麼事嗎？」

我汗流浹背。「我看到髒東西……我不舒服。」

她去幫我倒水，我則翻起她的法英字典。我喝了一大口，然後問：「法文裡可以罵人最難聽的字是什麼？」

「Odieux，冷血殘酷，令人作嘔，可恨。」

我想要「賤貨」跟「婊子」，但這字也行啦。

「我親愛的（ma grande），為什麼聚焦在負面的字眼上？跟那天在教堂儀式之後，妳喜歡的那個男孩有關？」

老天，出席的人都知道了，是不是？

「怎麼啦？」她說。

我把事情告訴她，她則說：「有時我們會錯誤解讀訊息。我對保羅有很多想法，他是我第一個……男朋友，但我錯了。也許羅比不安是因為那女孩讓他不自在。」

「不重要了。」我雙手環胸。「我已經受夠他了。」

「別關上妳的心。」

我想到她所失去的親友愛人，覺得抱怨很蠢。「妳都撐過戰爭了，我卻連國中都撐不下去。」

「我們之間的共通點遠超乎妳的想像。讓我告訴妳幾個最適合形容妳的字，Belle（美麗）、intelligente（聰明）、pétillante。」

我感覺好一點了。「最後一個是什麼意思？」

「閃閃發亮。」

「妳覺得我閃閃發亮？」

她對我歪嘴一笑。「妳出現在我的生命裡，如同夜空的星星。」

如果羅比想跟蒂芬妮在一起，行。上課時，我全程盯著老師。連看都不看羅比一眼。我辦不到。瑪麗．露易絲給我一張紙條，低聲地說：「羅比給妳的。」大概是他的婚禮邀請函吧。我把紙條扔進la poubelle（垃圾桶）。Je déteste l' amour（我討厭愛情）。Je déteste

Tiffany Ivers（我討厭蒂芬妮・艾弗斯）。Je déteste everyone（我討厭每個人）。

我害怕看到羅比跟蒂芬妮約會，合唱團表演時，他會用手攬著她，或是在上教堂後，跟她分食一個甜甜圈，但這天一直沒有出現。萬聖節前夕，我才想起歐蒂兒說錯誤解讀訊息的話，她說得沒錯。我想注視他的目光，但他已經不再朝我的方向看了。

但有人開始約會了。弗羅伊德的多位女士已經開始把每一位單身女子推向我爸。在教會的廳堂裡，她們把他跟一位剛開始在銀行工作的傻笑金髮出納員湊在一起。

「他只剩皮包骨了。」梅朵太太說。

「胃口都沒了。」艾弗斯太太說：「但他的存款可是滿滿的。」

秋天的樂團音樂會時，她們把他跟一頭油髮的花店老闆湊在一起。「他會好好照顧妳的。」艾弗斯太太在演奏到〈死亡之舞〉（*Danse Macabre*）的時候如是說。在消防隊的義大利麵募款餐會上，她們又把我的英文老師跟他配對在一起。聽她抱怨起《馬克白》（*Macbeth*），爸爸似乎不是很開心，但他沒有加快用餐的速度。先離席的是我跟瑪麗・露易絲。

「噁心。」我對她說，還踢起人行道上的枯葉。

「我都要吐了。」她也同意。

「妳爸約會的次數都比妳多。」蒂芬妮・艾弗斯跑過我們身邊時說。

我們在瑪麗・露易絲的房間裡扯開嗓子唱〈你也許是對的〉，拿安潔兒的罐裝髮膠當麥克風。比利・喬（Billy Joel）聲音裡的憤怒顫抖對我開口。到了午夜，蘇・鮑伯敲了敲門，要我們別再唱了。

早上的時候，我跟瑪麗．露易絲抄小巷回家，這是去我家的捷徑。在兩間屋子之外，我們像羚羊一樣愣在原地，因為我們看到爸爸跟那個金髮出納員一起出現在後門，那女的撫摸他襯衫的手臂部位，還臉紅。他則用手指纏繞她的頭髮。

「噁心死了！」瑪麗．露易絲壓低聲音說：「他們一定上床了。」

「她在我家過夜。」

「妳覺得他會娶她嗎？」

距離媽媽過世才八個月啊。

哀傷是一片用你的淚水填滿的海。漲起的鹹水覆蓋陰暗的深處，你只能用自己的速度游過去。訓練體力需要時間。有時，我的手臂劃過鹹水，覺得一切都會沒事，岸邊就在不遠處。結果，一則回憶，一個時刻就差點讓我溺水，我必須回到一開始的地方，掙扎浮在水面上，疲憊不堪，又慢慢沉沒進自己的哀傷之中。

一個禮拜之後，做完禮拜，爸爸、瑪麗．露易絲跟我正在廳堂拿烘焙點心，而金髮女子走了過來，用期待的神情望著他。他立刻望向我，又望向她。「兩位女孩。」他終於開口：「我要妳們見見艾蓮諾，她是……這位是莉莉跟她的好朋友瑪麗．露易絲。」

「很高興認識妳。我聽說妳好多事蹟。」她講起話來像精神錯亂的長尾鸚鵡。

「莉莉？」我聽到爸說：「妳還好嗎？」我搖搖頭。他可以展開新生活，我要跟媽媽在一起。我記得她的手，滿是麵粉，她將沾滿餅乾麵團碎屑的攪拌棒交給我；我在金屬攪拌頭上扭著舌頭，想要盡量舔乾淨。我記得她幫我在萬聖節做的小丑服裝，她踩著縫紉機的踏板，低頭專注。我記得我根本不可能記得的事情。媽媽看著我睡覺。媽媽用溫柔的神情，輕拍她大大的肚皮，我就在裡面。我記得我不肯穿她織的毛衣，因為那件衣服不像蒂芬妮．艾弗斯在商店裡的那件。我記得媽媽用微笑掩飾她受傷的神情。如果找得到，我會每天都穿這件毛衣。

我十四歲生日時，爸爸帶我去「牛仔褲與其他」，這是泰勒太太的店，在教堂時，她坐在我們前面三排，她有一頭高角度的咖啡色頭髮。安潔兒跟她的朋友做了自己的T恤，上面客製化她們的名字，爸打算也替我做一件。他能想出這種點子，我真是刮目相看。

T恤有五個顏色，我的尺寸只剩橘色。接著是印花。兔子、小鳥、搖滾樂團的照片。之前爸爸會望上手錶二十次，擔心他離開工作太久，但他今天陪我一一查看。

「妳媽會選老鷹。」他語氣輕到我差點沒聽見。

所以我就選了老鷹。泰勒太太拿出棉絨字母，尺寸大中小，顏色有紅、黑、藍。我們一一觸摸起來。

「禮物都是妳媽負責的。她在做什麼我完全不懂。」

「謝了，老爸。」我說，然後緊緊抱著他，就跟我希望能在最後一天擁抱媽媽一樣那麼緊。

我穿著那件T恤回家。

歐蒂兒帶了巧克力蛋糕過來，瑪麗．露易絲跟其他幾個女同學看著我吹熄蠟燭。煙才剛飄起，艾蓮諾・考森就闖進來，連門都沒敲。

瑪麗・露易絲一臉不悅。「她來幹嘛？」

「真是驚喜。」爸爸親吻艾蓮諾・考森的臉頰。

她則高聲地說：「生日快樂！」

「很高興見到妳。」歐蒂兒用手肘頂頂我。

「很高興。」我咕噥著說。

瑪麗・露易絲雙手環胸，什麼都不肯說。

爸爸跟艾蓮諾・考森很謹慎，沒有碰觸彼此，站得老遠。不過，他對她笑的頻率遠超過他對我笑的次數，這是我的派對耶。想要這天趕快結束，我連忙吞下蛋糕，打開禮物。之後，我跟瑪麗・露易絲把紙盤塞進垃圾桶裡的時候，爸爸泡了一壺咖啡。他女朋友偏偏打開那個櫃子找杯子，哪個不拿，偏偏選中我媽最愛的精緻藍花茶杯。她當然會選這個。爸爸似乎一點都不意外。

瑪麗・露易絲都看在眼裡，我的痛苦寫在她長著雀斑的臉上。她知道我從來不會用那個杯子。她用低沉憤怒的聲音訴說出我的憤怒、我的傷痛、我的內心。「那婊子以為她可以這樣大咧咧走進來，想要什麼就拿什麼喔？」

艾蓮諾將杯子與碟子放在流理臺上，伸手要拿咖啡壺。瑪麗・露易絲則一手將杯子掃到地上，瓷杯碎裂的聲音一度哀傷，卻令人滿意。

白色藍色的雪花散在亞麻油地氈上時，誰也沒有動作。我們看著最後一片碎片飛過，停在冰箱下面。

「妳故意的！」爸爸對瑪麗・露易絲大吼：「妳為什麼要做這種事？」

他繼續大聲斥責，但她已經習慣大人罵她了。她雙眼半閉，這樣才不會被他的口水噴到，她默默承受一切。

爸爸的女朋友看著，也許是在想他為什麼忽然發怒。

「拜託，只是一個杯子而已！」艾蓮諾說，然後從門後拿出掃把畚箕，將媽媽的遺物掃光。

第十三章・歐蒂兒

巴黎，一九三九年八月

雷米準備參軍的方式，跟他準備要去上學一樣，在臉上潑潑冷水，在書包裡扔進幾本書。我陰鬱地坐在他的床上。我們對彼此不高興，這種情緒揮之不去：我覺得他這是要拋下我，而且一頭往危險奔去；他則失望，因為我對他的計畫一點熱情也沒有。我覺得他不該去，他卻迫不及待要走。

「帶件毛衣。」我說：「你不會想感冒的。」

「我要的東西，他們都會提供。」

我之前跑了趟銀行，把我所有安全感的種子統統提領出來。

「來。」我一邊說，一邊把錢壓在他的掌心。

「我不需要妳的錢。」

「但你會用得上的。」

「我要遲到了。」他把紙鈔擺在床上。

我跟他到門口，爸媽已經在那等了。媽媽到處忙，理了理雷米的領子，問：「你有乾淨的手帕嗎？」

爸爸把黃銅羅盤交給雷米。「這是我當兵的時候用的。」他說，他聲音沙啞。

「謝謝，爸爸。」他拋起羅盤，然後接住，放進口袋裡。「我會給那些德國佬好看的。」

「答應我，你會寫信回來。」我說。

他吻了吻我的臉頰。「保證會。」

他把包包甩在肩後，蹦跳著下樓，彷彿他只是急著出門去買長棍麵包而已。

為了預防空襲，光明之城晚上是一片黑暗，沒有街燈，沒有夜總會的霓虹燈，更沒有閱覽室裡的檯燈。他們建議巴黎人要隨身攜帶防毒面具。許多人，如同我的堂親、表親，他們都把家當塞進車裡，離開巴黎。芮德女士協助她憂心忡忡的同鄉訂購回美國的票。教師縮短暑假，協助學生撤離到鄉間。兒童閱覽室靜悄悄的，令人毛骨悚然。

家裡也靜悄悄的。這是我跟雷米第一次分開超過四天。之前，他一直都在，如同太陽升起，如同餐桌上的麵包，他會喝著他的咖啡牛奶，刷牙後發出漱口聲，我們一起讀書時，他還會哼歌。雷米提供了我生活裡的樂曲，現在，只剩一片死寂。

至少他對於參軍的抉擇非常明確，這點應該會讓我們感到慰藉。結果，我卻從爸爸、媽媽身上得到安慰。之前，我跟雷米都站在同一邊，爸媽則在對立面，如同我們在餐桌的座位一樣。現在維繫我們的是擔憂，以及望向空蕩餐椅的焦慮。雷米還沒有寫信回家。

「保羅什麼時候從布列塔尼回來？」媽媽問。她盡力掩飾令人不安的寂靜。

我伸手進口袋裡，碰觸他剛寄來的信。他每天都會寫信，告訴我他有多想我，以及還有多少公頃的土地需要收稼。

我嘆了口氣。「不夠快。」

衣帽間裡，咖啡色皮帶的防毒面具沿著牆壁擺放，上頭還印著「巴黎美國圖書館」。我把我的防毒面具放在地上時，小小走了過來，開朗地跟我道了聲早。我沒有回話。

「妳最近在讀什麼？」她問：「我剛看完《艾瑪》（*Emma*）。」

「雷米不在家，我沒心思讀書！」

「我們不是在比賽誰比較想他。」她一邊說，一邊走出去。

我不曉得該說什麼，或者，我想說的太多了。妳怎麼敢鼓勵雷米參軍？要是他遇到危險怎麼辦？

瑪格麗特走了過來，將草帽掛在掛鉤上，問：「出了什麼問題？」

「小小就是問題。」

瑪格麗特說她會泡好茶，在我的座位等我。她一邊倒大吉嶺，一邊說：「好，那是怎麼回事？」

「雷米一直都很脆弱，第一個感冒，體育課最後一名。不過，小小還是鼓勵他出去面對危險。而且他甚至沒有告訴我，他要從軍。」

「他不告訴妳，是不是有什麼原因呢？」

瑪格麗特的目光非常真摯，我一邊向她解釋狀況，一邊才恍然大悟。「他的確想要告訴我。」我手裡的茶杯顫抖起來。「我希望我聽進去了。他一直都站在我這邊，但這次，在他最需要我的時候……」

「妳不要這麼苛責自己。」

「我原本可以說服他打消這個念頭的。」

「也許他覺得這是他必須做的事。」

「也許……」

瑪格麗特比了比我們眼前的景象。上架員彼得正在向海倫介紹環境，她是我們最新進的員工，來自羅德島的參考資料館員，她有一頭亂亂的鮑伯頭，還有朦朧的目光。他們兩人一起在書架間移動，回憶起新英格蘭，九一七點四，那是地球上最神奇的地方。我讀過夠多愛情故事，一看就知道這是愛情的序曲。

波利斯抱著長長一卷紙過來，說我們要把窗戶玻璃貼起來，如果爆炸，這樣玻璃碎片才不會飛噴傷人。

「妳哥怎麼樣？」他一邊問，一邊把紙攤在桌上。我剪下一大塊。「他還沒寫信回來。」

「他去多久了？」

「兩個禮拜。」

「我當兵的時候啊。」波利斯用老舊油漆刷將糨糊抹在紙上。「我們軍校學生訓練得很認真，到了晚上，我們上床的時候已經累死了。完全沒時間寫信。中士要的就是這樣，希望我們拋下過往的生活。」

「你大概是對的……」

「但這對被拋下的人來說很難受。」

波利斯明白。我們沒有說太多，但我們在把圖書館貼黑的過程裡，我們交流了很多。這麼多窗戶，花了我們兩天時間。

九月一日，軍隊徵召十八到三十五歲的男人。波利斯、跟我一起長大的那些鄰居男孩、基本上住在參考書室裡的蒼白博士生、把長棍麵包烤焦的麵包師，他們統統遭到動員。爸爸要求讓他的警察留在巴黎，保羅免除動員，他可以繼續在阿姨的農場幫忙，至少現在是這樣。

我到處都看得到戰爭即將到來的證據，軍隊開始徵召新兵，《先驅報》上那些不祥的頭條，連在圖書館裡，就在暢銷書榜單旁邊，一張上頭蓋有美國大使館凸章的新貼海報寫著：「考量歐洲各地狀況，建議美國公民立刻回國。」

芮德女士會遵照大使館的指令離開嗎？要是英國大使也提出同樣的命令，而我就要失去瑪格麗特了？

我跑步經過索引卡片目錄，就是卡洛琳阿姨向我介紹杜威十進位法以及整片星空的地方，我經過保羅跟我第一次接吻的書架，經過我跟瑪格麗特成為朋友的茶水間，直直奔去芮德女士的辦公室。

館長正微微地在椅子上轉來轉去，手裡握著筆，專注在散落桌面的檔案上。空氣裡都是她的咖啡香。這裡沒有箱子，沒有打包的跡象。她會留下來。只要她在，一切都會沒事。我的焦慮減緩了，我緩緩深呼吸。

「妳不回家嗎？」我問。

「家？」

「妳不走嗎？」

她眉頭糾結，用不解的神情望著我，彷彿從沒想過這件事。最後，芮德女士說：「我已經在家了。」

一九三九年九月一日

親愛的保羅：

我很想你，我想要感受你攬著我的腰，你安慰的話語抵著我的太陽穴。自從雷米參軍，我的胸口就不斷發疼。我不喜歡他臨走前，我對他的態度。等到你回來，事情就會稍微好轉。

既然本地男性都遭到動員，你的阿姨想必無比需要你的協助，但我也需要你。我會數著日子，盼你回來。

你難以取悅的圖書館員

我無法逃避這個事實——雷米有傾訴秘密的新歡，但我可以躲著她，只要我盡量都待在我的期刊室就好。今天跟平常一樣，我晃出來，見見我的常客。柯恩教授披著紫色的披肩，對著《黑暗中航行》（*Voyage in the Dark*）的一段美麗文字嘆息。在她旁邊的西蒙太太，心醉神迷地欣賞著《哈潑時尚》裡的流行精品，假牙還發出喀啦的聲響。她們對面，德奈西亞先生跟普萊斯—瓊斯先生開起玩笑。

「最好的威士忌是蘇格蘭釀的。」英國人說：「我自己就有一半蘇格蘭血統。」
「對，我知道。」法國人咕噥著說：「另一半是蘇打水。」
「格蘭多納（Glendronach）是最棒的！」
法國先生從來不肯承認大不列顛能做出什麼有價值的東西，他又爭論說：「美國田納西的喬治．迪科（George Dickel）才是最棒的。」
「直接評測就能知道誰對誰錯了。」我告訴他們。
「歐蒂兒，妳真是天才！」
小小湊了過來，說：「我哥打電話來了，他昨天去的。」
「我哥幾個禮拜前就出發了。」我說：「但這事妳很清楚，對吧？」
「雷米一定會想辦法聯絡的。」
「我應該要感覺好一點嗎？」我沒好氣地說。
讀者露出張嘴的詫異神情。柯恩教授則安慰道：「我們都很擔心。」
我離開小小，打開《先驅報》，讀起社論：「雖然現今社會瀰漫焦慮氣息，但戰爭也許不會降臨。顯然沒有人，甚至是可能開戰的希特勒先生，明確表示會開戰。」我沒注意到我把文字讀了出來，直到我看到面色凝重的西蒙太太。
「什麼戰爭？」她傻笑地說：「歐洲已經累了，沒人想打仗。」
「妳這是在幻想。」柯恩教授說：「小孩為玩具而戰，男人為土地而戰。」
「咱們現在別聊這個啦。」德奈西亞先生擔憂地望了我一眼。他一把搶走報紙，翻開八卦版面，兩個專欄都在說喬遷巴黎的美國人。「紐約的艾利．葛羅貝克先生搭乘飛剪船飛機（Clipper）前往歐洲。芝加哥的布羅曼夫妻跟最近才去過柏林的人一樣，住在奢華的布里斯多酒店。邁阿密的米妮・歐普海默女士及茹思・歐普海默小姐則入住洲際巴黎大酒店。」

「戰爭也阻止不了這些名媛名流購物。」普萊斯－瓊斯先生說。

「還有英國殖民地的消息。」德奈西亞先生繼續念：「印度特里普拉邦的王公及巴里亞的公主都住在喬治五世酒店。英國的阿賓頓伯爵夫人則與伯爵入住德加勒王子豪華酒店。」

我跟我的常客都大笑起來。這些名流自視甚高，卻讓我們暫時忘卻緊張的政治局勢。下班後，我回到家，希望能夠收到雷米的來信，但門邊桌上的托盤依舊空空如也。我聽到客廳傳來聲響，走近一看，是保羅！他看到我就立刻起身。我注意到父母在場，於是在他輕吻我臉頰的時候，我只准自己短暫撫摸他的手臂。

貴妃椅上的我們距離二十公分遠。我低聲地說：「我想你。」

「我更想妳。妳還有妳的讀者作伴，除了我阿姨，我就只有牛、雞跟羊了。」

「普萊斯－瓊斯先生還真像一頭頑固的老羊呢。」

「對，但他並不會咬妳！」

爸爸得意歡快地說：「我就知道保羅最適合妳。」

「對，爸爸，都是因為前面十三個對象帶來的好緣分。」

「你們很快就有更多時間相處了。」爸爸說：「大家一直在討論戰爭，妳的同事會離開巴黎，圖書館就會關門。」

「芮德女士說我們不會關門。」我說：「沒有人會離開。」

「妳就能夠休息。」他開玩笑地使了個眼色，又說：「也許妳就有時間回家吃飯。」

爸爸談起工作的時候，他講的是責任。他無法理解我熱愛圖書館。與參考資料海倫多相處幾個小時，向她學習替讀者解答的技巧，這並不是什麼苦差事，完全是在尋寶。「我們要記得，開口向人詢問是很難的事情。」她提醒我：「所以我們不能不耐煩，所有的問題都有價值。」她跟我埋進特別的書目與百科全書，尋找從古巴人口，到中國花瓶預估值多少錢的問題。柯恩教授在寫了十幾篇學術論文後，決定要寫寫小說，於是她研究起十六世紀的義大利。「威尼斯人穿什麼？他們喝什麼？他們口袋裡都放些什麼東西？」她問。

「妳確定他們有口袋？」海倫問。

「完全不確定！」教授說，於是我們三人航向威尼斯，在書堆裡尋找方向。

圖書館需要我。我在那邊很開心。

「我不能休息。」我告訴父親：「芮德女士說，書本能夠增加認知，這一點現在無比重要。」

他開口講要繼續爭論，媽媽則把他趕出客廳，在身後關上了門。

我靠向保羅。「他真是不可理喻！」

「他只是擔心妳。」

「我猜是吧……」

保羅親吻我的雙手、我的臉頰與嘴唇。我要的不只這樣。他的皮膚貼著我，身軀交纏。親吻只是一本偉大書籍的序曲而已，這本書，我想一路讀到最後。

門把發出轉動聲，我們立刻分開。媽媽連忙走到植物旁，她要替她的蕨澆水。

我小時候，喜歡在床上讀書。每天晚上，當媽媽說：「熄燈了。」我就會哀求她讓我讀完這一章，但這招沒有用。媽媽現在跟那時一樣，什麼時候該停，她說了算。

在我擺放下午的報紙時，我看到芮德女士，面色蒼白得像糨糊，她跌跌撞撞走進閱覽室。我們立刻曉得出事了。普萊斯－瓊斯先生跟德奈西亞連忙停止爭論。柯恩教授從書本上抬起頭來。站在貼上紙張的窗戶旁邊，館長說：「大使館來電。」她聲音顫抖。「英國跟法國向德國宣戰了。」

當爸爸談起他在壕溝裡的歲月時，我只能想像戰爭是從遠方拍攝的褪色畫面。現在，坦克車、受傷軍人的畫面是彩色的。雷米參戰了嗎？他受傷了嗎？

「他們有說在哪裡開戰嗎？」小小搶在我前面開口。

「希望我能知道更多資訊。」芮德女士說：「布列特大使會持續通知我們。」

她安慰完讀者後，就把工作人員集結到她的辦公室。「你們該離開，回去老家，或去鄉下，那邊會比較安全。」她告訴我們，她的口氣非常有威嚴，我在腦袋裡已經將黃色洋裝與藍色絲巾扔進行李箱。

「那妳怎麼辦？」一臉嚴肅的騰布爾太太問。

「我留下來。」芮德女士毫不遲疑地說。

「我留下來負責借書櫃檯。」小小說。

「我想留下來。」簿記員魏德小姐如是說。

「我也要留下來。」我把腦袋裡的衣服放回衣櫃裡。這裡就是我的歸宿，我想盡我所能確保圖書館持續開放。

「我沒辦法立刻回到羅德島。」負責參考資料的海倫說。

上架員彼得看著她，說：「我也不想走。」

芮德女士滿懷感激地望著我們。「無論如何，我們必須盡力確保讀者安全。」

上架員彼得將一桶一桶的沙子鋪在頂樓，確保空襲火勢不會蔓延。魏德小姐在牆上張貼前往最近避難所（也就是火車站）的路線說明。安全演習時候，芮德女士清空閱覽室，用手臂攬著害怕的學生。我帶領期刊室裡的常客。柯恩教授從架上抓起《早安，午夜》（*Good Morning, Midnight*），彷彿是在著火大樓裡解救最好的朋友一樣，教授大喊：「我不會拋下珍·瑞斯（Jean Rhys）。」負責參考資料的海倫背起一瓶瓶飲用水，園丁斷電。到了門口，小小揮舞著提燈。一列茫然的書蟲艱難地穿過兩個街廓，抵達安全的火車站。在昏暗的車站隧道裡，我們懷疑起戰時到底會發生什麼事，以及何時發生。

第十四章・歐蒂兒

波利斯蹓躂進閱覽室，彷彿先前只是出去吃了一頓漫長的午餐一樣，而不是從軍六天。讀者一湧而上，搶先要歡迎他回來。德奈西亞先生跟普萊斯─瓊斯先生是第一批急切與波利斯握手的人。接著是柯恩教授。「我們很高興你安然回家，你的妻女一定鬆了口氣。」我想去找他，但這票書蟲爭相圍著他。我則退到推車旁，抓起一本書上架。書脊上的分類號是二二三。這是宗教還是哲學？我原本很確定的事情，現在愈來愈模糊不清。自從雷米離開後，我經常發現自己站在某個地方中央，不曉得我的歸屬在哪裡。

波利斯發現我在二開頭的深處，他問：「妳怎麼樣？」

「替雷米擔心。」

他把我手上的書塞進架上。「我懂妳的感覺。我哥奧利格加入了法國外籍兵團。」

「我希望他平安，至少你回來了。」

「都要感謝芮德女士，她寫信去軍隊，顯然我不可或缺。」

「不可或缺，聽起來真動聽。」

她也保住了園丁。謝天謝地，上頭允許爸爸把他的警察留在巴黎。雖然他無法保護自己的兒子，但他想保住他的手下。我擔心死雷米了，但我很感激，真的很感激，我沒有失去保羅。

波利斯將另一本書放上架。「我在法國軍隊盡了職責。畢竟，我已經打過一場仗了。」

「是喔？」

「俄國革命爆發時，我在軍校受訓。我們有些人根本不滿十五歲，但我們還是偷偷加入軍隊。」

「十五歲……」

他解釋起來，他跟他的「戰友」認為在十步之遙開槍打爛草莓就能讓他們成為頂天立地的男子漢，當他跟好朋友決定偷溜進軍校時，他們最大的擔憂是制服會不會讓他們看起來更帥。「我們好奇自己是會走路還是騎馬。我們會不會餓肚子，還是要掃蕩食物櫃，冒險惹毛兇巴巴的廚子。參軍很容易。」他做出結論：「跟多數孩子一樣，我們展望的未來不會超過一個禮拜。」

這跟雷米離家的原因一模一樣，渴望冒險，急著想向爸爸證明，他是男子漢。

「我的上尉沒比我大幾歲。他命令我們開槍射擊，但開槍殺害你的同胞很難。」波利斯嚥了嚥口水。「要殺任何人都很難。」

書架很高，神聖又保密。他望著一列列如同軍人般排排站的書本。「在河的對岸有一個偵察兵，他們的人。」他繼續說：「也是一個俄國人，但他是敵人。我扣下扳機，子彈擦傷他的耳垂。」

「耳垂？」

波利斯聳聳肩。「我射得很準。我不想取他性命，只是想警告他，要他離開。」

「你做的是對的。」

他又拿起另一本書，陰鬱地用手指撫摸封面。「之後我的軍團與他的軍團正面交火，那名士兵殺了我最好的朋友。」

「我很遺憾。」

「我中槍兩次。」他的手指撫摸起臉頰上的傷疤。傷痕很淺，我原本以為那是酒窩。「但斑疹傷寒差點要了我的命。醫護室比前線還可怕。我在一個吵吵鬧鬧的家庭長大，直接從軍校加入軍隊。我從來沒有獨處的一刻，從來沒有機會面對自己的思緒。一個人待在醫院的時候是我人生的低點。不過，有個想法支持著我，那就是我的姊妹都在一起。」

他望向小小所在的兒童閱覽室。

「我跟她**才不是**姊妹。」我說。

他用相當哀傷的神情望著我，說：「回櫃檯了。」他的語氣非常無奈，留我一個人懊悔憤慨。

第十五章・歐蒂兒

宣戰後三天，芮德女士打造出軍人服務。希望撫慰法國與英國的軍隊，提供一個可以逃離的所在，讓他們知道圖書館的朋友在乎，所以我們在食堂與戰地醫院準備了許多藏書。我跟保羅把一箱一箱的書送去La Poste（郵局）。巴黎異常平靜，如同只剩幾個客人的大酒店，但圖書館熙來攘往，讀者把我們的開放視為理所當然。他們持續研究報紙上的新聞，出借書籍。

館長說：「無論有沒有戰爭，人都要讀書。」

她呼籲外界捐獻，寫信給如同克拉拉．德錢布倫伯爵夫人這種忠實的贊助者。芮德女士把我叫到她的辦公室，解釋起她邀請了多位記者來圖書館，希望我跟他們解說一下整個計畫。他們正在閱覽室等我。

「我？」我說：「記者都很……難伺候耶。」我替圖書館在《先驅報》寫第一篇專欄的時候，一位記者發現我打錯了一個字，我把公共（public）關係打成「陰毛」（pubic）關係。之後，我每次交新稿，他們就會問候起我的「特殊」關係。

「他們的確輕率沒禮貌。」芮德女士坦承：「他們急著在全國上下跑，描寫法國為戰爭做的努力。不過，如果有人很不客氣，妳就打他的頭。」

回想起讓我說出這種威脅之言的那次面試，我感覺自己臉紅了。「噢，不，我……」

「我知道。妳已經不是那個女孩了。妳長大了，把工作做得非常好。大家都愛妳在《先驅報》的專欄，妳的圖書館通訊報非常歡樂，尤其是妳的『你是哪種讀者』訪問。用一個人喜歡的書認識他們，感覺真是太棒了。」

前往閱覽室的路上，我允許自己沉醉在芮德女士的誇獎之中。到了壁爐旁邊，我互蹭雙腳，想要鼓起勇氣向身穿縐縐大衣的冷漠記者開口。不過，在我能夠說話前，他們先對我開口了。

「法國人對美國書真的這麼感興趣？」一名灰髮稀疏的記者質問道。他看起來很累，不，甚至有點厭煩。「軍人有時間讀書嗎？」

「一位身在馬其諾防線的將軍派了好幾輛卡車來載閱讀刊物。」我立刻回答：「軍人有的是時間，我們的目標是要支持那些生病、受傷、寂寞的軍人。我們必須打起他們的士氣。」

「士氣？那為什麼是書呢？怎麼不提供他們葡萄酒？」一個紅髮記者嘲諷道：「是我就只想喝酒。」

「誰說只能二選一？」我問。

他們都大笑起來。

「但說真的，為什麼是書？因為只有書能夠提供神秘的感官，讓我們以他人的視角看待事物。圖書館就是文化之間的書籍橋梁。」

他們一個接一個，脫下大衣，放在椅子上，而我解釋起一般人可以如何捐款給我們。一些記者寫下資訊，其他人似乎回憶起他們讀過的書。剛剛看起來很厭煩的記者對著書架若有所思，也許是回想起在疲憊的一天後，給予他慰藉的某本小說吧。

「每個人都有徹底改變我們的書籍。」我說：「這本書讓我們曉得自己不孤單，你是哪一本？」

「《西線無戰事》。」他說。

八三三。「幫忙把消息傳出去，幫忙把你鍾愛的書送到我們的士兵手上。」

隨著消息散播出去，各界捐贈的書不斷送達。各家圖書館要替每個軍團準備五十本雜誌與一百冊書籍。晚上九點，瑪格麗特、芮德女士跟我終於要完成這天的工作了。館長負責寫下我們地址的標籤，瑪格麗特用打字機記錄每箱書的書目，而我則把書放進箱子裡。

小小跑進來，揮舞著一封信。「我到家的時候收到的。」

雷米先寫信給她？

「噢，有他的消息真是太好了。」瑪格麗特說。

「小小還特別跑回來分享這個消息，她是不是很棒？」芮德女士刻意望了我一眼。

她說的對。這不是在比賽誰先收到信。

但是……

「他駐紮里爾（Lille）附近。」小小說：「距離危險很遠。」

「目前是這樣。」我尖銳地說。

「是他想從軍的。」

「妳卻鼓勵他。」

「鼓勵他追尋他的信念。」

「要是他死了怎麼辦？」我將沒有刪減的維克．雨果小說重重地放進箱子裡，書本著陸時發出不滿的聲響。

「拜託。」她蒼白纖細的手指握住我的手，手上還有藍色墨水的痕跡。「我需要跟愛他的人在一起。」

「我要跟我爸媽說一聲。」我將她的手從我的手指上扳開。

「他們會鬆了口氣。」

「歐蒂兒，親愛的……」芮德女士同情地歪著頭。

善意只會讓我掉眼淚，所以我連忙說了聲「明天見」，就急忙跑下階梯。我跟爸媽說信的事，我的口氣一定很差，因為媽媽說他參軍不是小小的錯。他寫了這麼多政治文章，他會選擇從軍根本不意外。爸爸則說，我最好為了雷米，對小小好一點。

兩天後，收到信了。我的軍團駐紮在一處農場。一頭牛跟狗一樣黏著我們，就連戶外操演的時候也是。我們還沒有見到任何戰事，除了在吵該誰洗碗的時候。

呼吸變得比較輕鬆了。

需求信件從法國各地湧入，還有來自阿爾及利亞、敘利亞以及英國倫敦總部的來信。紅十字會、基督教青年會、貴格教會的工作人員與志工擠在我們後面的房間，幫助我們把書寄送給軍人。我們仔細注意書籍偏好（非小說類、小說、推理或傳記）與語種（英文、法文，或是兩者皆可），我們確保每位提出需求的軍人都能在一個月裡收到兩次精心準備的包裹。

芮德女士替打包書籍的志工拍照，小小替軍人寫下打氣的紙條，我跟瑪格麗特負責打開他們的需求信件。我讀起一位來自英文教授的信，他現在是法國的下士，他想要教科書，這樣才可以教他的軍團成員。

「我們該寄哪些？」小小問。

我假裝沒聽見。

瑪格麗特緊張地望著小小跟我，大聲讀了起來：「我在法國東部，我們之中有人會英文，希望我們能夠有一些書與雜誌，以及一些（不要太老）的女孩跟我們通信。」

我們收到的要求實在令人著迷，我讀起另一封：「我跟其他同志駐紮在法國鄉間，薩爾跟摩塞爾之間的地區。跟你們想的一樣，我們的消遣非常有限。是否可以請你們寄一些過期的《國家地理雜誌》？這本雜誌可以替我們帶來樂趣，因為我們都很喜歡其中的內容。」

「這些軍人離家這麼遠，他們一定很辛苦。」瑪格麗特說：「能夠替他們做點什麼真是讓人鬆了一口氣。」

「謝謝妳的貢獻。」芮德女士說，她的語氣慰藉溫暖，如同一杯熱可可。「有妳真是我們的福氣。」

「沒有你們，我才不曉得該怎麼辦呢。」瑪格麗特掉起眼淚。「噢，漏水的茶壺又來了。」

「我們最近的情緒都很激動。」芮德女士如是說，她卻看著我。

法國開了幾槍，雖然馬其諾防線的狀況持續緊張，好幾位將軍都確定敵人會進攻。我們卻把數百本書送到該處的軍人手上。好幾位軍人還寫信回來，客氣地寄來感謝的物品：前線廚房的水彩畫、他們打下的敵人戰機素描、一包香菸。我跟瑪格麗特讀起一位英國上尉的信。

實在感謝你們寄來如此精采的書籍。感謝你們所做的一切，感謝你們認為替同仁提供娛樂至關重要。

我們相當感激各位替我們這些軍人所做的辛勞付出。在上次及這次戰爭中，各位的付出，我們都感激不盡。

我們的軍人服務計畫規模變得很大，幾萬本贈書、十幾名志工，附近的大樓的生意人借我們整層樓作業。小說、雜誌都要堆到天花板了，一座文字砌成的比薩斜塔。魏德小姐替我們烤司康，統計我們寄出的書籍。那年秋天，我們將兩萬本書送給法國、英國、捷克斯洛伐克的部隊，當然也有外籍兵團。我跟芮德女士一樣，自傲於我們替各別士兵提供的服務。不過，幾乎沒有跟小小交談這件事就讓我不是很驕傲了。

媽媽抱怨起我都不回家了，保羅開玩笑說，如果他想跟我相處，他就得來當志工，但我發現我跟雷米一樣，我「必須採取行動」。少了他，我覺得哀傷淒涼，我曉得對於離鄉背井的軍人來說，感覺一定更糟。我在他們的書裡塞進鼓勵的小卡片。

對於未來感覺茫然不安，我常常直接翻到小說的最後一頁，希望看到歡喜大結局。八二三的《維萊特》（*Villette*）：「**此處停下，立即停下。言盡於此。切莫苦苦糾纏清寧善良之心，留下日光普照富含想像的希望。讓其孕育從巨大恐懼中重生之喜悅，免受死亡之狂喜，緩解恐懼之驚奇，享受歸來之果實。**」我希望我能撕掉生命前面的故事來證實，戰爭會結束，雷米會回家，我跟保羅會結婚。

今晚又好累，我帶著書本一起上床。

他走過來，抓住我的手臂，攬住我的腰。他似乎要用烈焰般的目光吞噬我……他咬牙切齒地說：「從來沒有一個東西這麼脆弱卻這麼不屈不撓。在我手裡，她感覺起來僅像根蘆葦！」（而他大力搖晃著我。）我可以輕易折斷她……這充滿野性的美麗生物！

「而妳，若妳願意，妳可以悄然飄來，安然降落在我的心上；若強行抓住妳，妳會如同幽香般閃避，妳會在我能夠品嘗妳的香氣前消失。噢！歐蒂兒，過來，過來！」

「歐蒂兒！」媽媽大力敲著門。「已經過午夜了。」

我拿起紙筆，寫下：

親愛的雷米：

我可以徹夜讀書，但媽媽會糾纏到我把燈關掉。今天又是另一個鬧哄哄的日子，圖書館無比忙亂，八月底離開的讀者都回來了，我們盡力把書送給你們。保羅幫忙把箱子送去火車站。瑪格麗特說他是為我而來，但我不確定。我不懂他的心意。我們從來沒說過「我愛你」。我們從沒獨處過。也許是我一直保持安全距離。光是期待都心痛。我擔心他對我的感覺會消失。

我想起爸爸跟黎奧內爾姨丈，他們都有了新歡。我是說，火花不是會消逝嗎？

「歐蒂兒，熄燈！」

一九三九年十二月一日

親愛的歐蒂兒：

謝謝妳送來的書！簡愛跟妳一樣好勝。把想法寫在邊欄，真聰明！翻著書頁就感覺我們是一起讀書一樣。妳為什麼會同情羅切斯特先生？他是個惡棍！我開始懷疑妳對男人的品味了。

瑪格麗特是對的，保羅去當志工是想親近妳。期待是不會受傷害的。期待應該要讓妳激動，如同一整盤星星放在妳面前，閃爍著各種可能性。

我沒有申請聖誕節回家。我營區很多士兵都有小孩，我希望他們回家團圓過節。我會想辦法在春天回巴黎。

妳都沒提到小小。她的信都帶著陰霾。我覺得沒有朋友陪她，她也不開心了。她每天上班下班。她哥哥也動員了，她肯定雙倍難過。想到她不高興，我就很煎熬。我不希望她孤單，請替我好好照顧她。

愛，

雷米

第十六章·歐蒂兒

這是第一次迎接新年的時候，我的手足不在身邊。我們三人靜靜吃著油封鴨。最近，我內心的節拍器會自己擺動，我哭了，我平靜，我迷迷糊糊，我沒事。我們在圖書館持續把包裹寄給軍人。包書、協助讀者，保持忙碌壓抑住了我的恐懼。

保羅幫忙把箱子推去車站，這些箱子會靠火車運送去各地。今天，他看到我的時候，整張臉都亮了起來。我的呼吸卡在胸口。我們注意到八卦的西蒙太太正在看我們（她一直都在看），我跟保羅只有跟第一次見面時一樣，快快親吻彼此的臉，作為打招呼的方式。

小小在兒童閱覽室的門口看著我們把推車推往門口，我假裝沒看到她。雷米的信我是兩個禮拜前收到的，我還沒有按照他的要求，對小小好一點。

芮德女士在圖書館門口靜靜看著一切，她說：「妳沒跟小小打招呼。」

「我早上跟她打過招呼了。」

「妳們原本是朋友。」

「火車快出發了。」保羅幫忙調停。「我們最好快點把書送去車站。」

「妳回來我們再談。」芮德女士特別對我說。

我不擔心。她只要一進辦公室，讀者跟信託人的要求就會跟旋風一樣忙得她團團轉，她會忘了我。

保羅在人行道上推著推車前進。「妳注意到波利斯拿防毒面具來裝午餐嗎？也許這代表雖然有戰爭，但生活還是恢復正常了。」

「真正代表的是他又回去寫書了，《波利斯的熱情》。」

「內容是什麼？」

「圖書館的歷史，趣事與統計數據。他可以用一整章來寫別人問《憤怒的葡萄》這本書。『史坦邦姆』的《怒髮衝冠的葡萄》、《發怒的葡萄牙》、《氣沖沖的西班牙》、《葡萄酒的憤怒》、《憂傷的白桃》，別忘了，還有《火燒葡萄藤》。」

保羅笑了起來。「真不曉得他是怎麼保持冷靜的神情。」

在車站前面，我絆到鑲邊石。保羅用手穩住我的腰髖部，我忘了書本。我眼裡只有他。我要的只有他。我想說我愛你，但我很害怕。害怕他不是這麼想。

他輕撫我的背，說：「還好嗎？」

「還好。」

「Je t'aime（我愛妳）。」他低聲地說。

「我也愛你。」

我期待雷聲大作或日蝕出現，一些魔法來標註這個時刻。結果，一個老人撞上我們，說：「走路看路！」

我跟保羅大笑起來，這狀況也太荒唐了，而且我們終於說出自己的感受，都鬆了口氣。

「哎啊。」我說。

「哎啊。」他說。

我們繼續走進車站。

送出書本後，我們漫步回圖書館。

愛情彌漫在空中，如同麵包香。我注意到陽臺上的心形鐵製裝飾。遠處的電臺播放起情歌。咖啡的雙人座位。我的愛，保羅，在庭院入口親吻我。我作夢般走上卵石小徑。

芮德女士一個人坐在借書櫃檯。她表情哀傷。

「沒事吧？」我問：「波利斯呢？」

「我跟他說，我得跟妳談談。」

「我？」

「微不足道的爭執對員工的士氣不好，讀者也值得更好的服務。」

因為小小，我惹上麻煩？「她先開始的。」

「巴黎美國醫院需要志工。」她說：「我要妳去那裡。」

我要妳去。

「但我們這裡還有很多工作。」我理論起來。

「是沒錯。」

「我什麼都沒跟小小說！」

「這就是問題所在，妳什麼都沒說。」她的目光緊盯著我的雙眼，想要在裡頭尋找還不存在的智慧。「妳必須長大，在醫院工作一個禮拜會讓妳有不一樣的觀點。」

「妳要我什麼時候去？」

「請妳現在就過去，妳的薪水照樣會支付。到了醫院，請去找雷斯頓護士報到。她在等妳。」

我感覺自己像芮德女士從書架上揮下的小小灰塵。我訝異到說不出話來，只能對她點點頭，經過垂頭喪氣的法國及美國國旗，前往庭院，穿過一排即將凋謝的三色堇，上了街。到了蒙梭地鐵站，我沿著鋸齒不平的階梯下去，結果不小心碰上瑪格麗特。我跟她說我被趕了出來，她則同情地歪著頭，說：「妳這麼敬重芮德女士，她這麼做是不是有什麼道理呢？」

「為什麼每個人都覺得她有一切問題的答案？」

「如果妳可以跟小小談談。」瑪格麗特繼續說：「這不就是雷米要的嗎？」

那我要的呢？為什麼芮德女士看不出來她有多不公平？我不該跟尚．莫荷一樣遭到驅趕，他在他不贊同的書裡擤鼻涕耶！我又沒有做錯什麼。

「我該走了。」

到了時髦的郊區訥伊（Neuilly），就在維克．雨果大道光禿禿的栗子樹下，我推開醫院的鐵製柵門，連忙走上小徑。戴著白帽、身穿圍裙的護士先是替我們上急救課程，然後帶我們參觀一下。「如果我們跟法國人一樣。」她說：「我們就會到處掛著牌子。『喬瑟芬．貝克在此演唱過』、『海明威在此寫下《太陽依舊升起》，之後接受了闌尾手術』。」

她介紹起傑克森醫生，醫生說：「戰區目前沒有什麼大事，但我們必須準備好。」

窗戶上已經糊好紙張，但他覺得這樣不足以擋住光線。我負責四樓，要用藍色油漆把窗戶玻璃塗遮起來，結果我洋裝上的油漆比玻璃上還多。雖然我想念我的常客，也想念身邊都是書籍的感覺，但我還是全力完成任務，想要忘卻心上的大洞，這個洞還是我自己挖的。

病房由一百五十張床組成，已經住進十幾人，他們是在馬其諾防線沿線砲擊時受傷。他們很痛苦，沒有隱私，家人朋友無法前來探視。他們的士氣很低落，我確保他們的床邊桌上有雜誌與書籍可以消遣。閱讀提供了逃離現實的方法，有內容可以思考，心靈的隱私角落。

一位鬈髮的布列塔尼男孩立刻成為我的最愛，因為他跟雷米一樣厚臉皮。我幫他收走午餐餐盤時，他問：「小姐，可以請妳讀書給我聽嗎？」

「你有喜歡的作家嗎？」

「贊恩．格雷（Zane Grey），我喜歡牛仔故事。」

我從角落的藏書抽了滿是折角的《內華達》（*Névada*），坐到他身邊，開始唸書。讀完了第一章，我問：「你覺得如何？」

他笑了笑，說：「我覺得我可以自己看，我受傷的是腿，不是腦袋，但妳聲音很美，妳好美……」

「小壞蛋！」我伸手揉亂他的頭髮，就跟我揉我的手足一樣。我的手還晾在半空，我愣住了。要是雷米出了什麼事，最後也進了醫院怎麼辦，他可能受傷，或有更慘的遭遇？他就只有一個要求。我必須跟小小和解。

希望我能把自己對她的莽撞算到戰爭上頭，但事實是，我就是不成熟。如果我想改善我跟哥哥還有小小的關係，我就必須改變。我想改變，但我辦得到嗎？

「小姐，妳還好嗎？」

「比你好多了。」我開玩笑地說：「至少我的腿好好的。」

值班結束後，我趕回圖書館，我用力聞起書本天堂般的氣味。我發現小小正在上架孩童的故事書。「咱們來喝茶。」

她紫羅蘭色的雙眼閃起期盼的光芒。「那工作呢？」

「芮德女士不會介意的。」

「我想他。」小小壓低聲音說。

我用腳輕點她的鞋子，就跟我跟雷米在一起的時候一樣。

第十七章・歐蒂兒

巴黎，一九四〇年五月

庭院裡的玫瑰綻放，香氣飄進圖書館。雖然天氣宜人，但大家都很情緒化，擔心離鄉背井的愛人，擔心戰事新聞稿傳回來的芬蘭人員死訊，擔心法國會成為下一個戰區。普萊斯—瓊斯先生要德奈西亞「滾一邊去」。波利斯稱讚起柯恩教授的新公事包，但西蒙太太則咕噥著說：「當我看到我兒子這種**善良法國人**只能勉強糊口，**你們這些人**卻過這種好生活……」至少我跟小小和好了。

仔細想想，我一直沒有聽到她芭蕾舞舞鞋走過來的腳步聲，但她已經到我身邊。「芮德女士想要談談。員工會議。」

小小跟園丁是最後抵達的人，她走到我身邊。

芮德女士在辦公桌上清了清嗓。「我有消息。德軍已經入侵比利時、盧森堡跟荷蘭。他們轟炸法國北部與東部。」

北部。雷米在北部，**拜託讓他沒事**。我拉住小小的手，緊緊握住。

芮德女士說我們必須做好遭到轟炸甚至是交戰的準備，無法得知事情會如何發展。巴黎的工作人員應該要離開巴黎，外國工作人員則該回家。

「回家？」參考資料館員海倫問。

「恐怕如此。」芮德女士說。

「妳要離開嗎？」波利斯問。

「拜託別走。」小小低聲細語。

「我不走。」館長說：「圖書館會持續開放。」

謝天謝地。小小捏了捏我的手。我們很害怕，但至少我們還有圖書館。

「就這樣了。」這句話原本是用來暗示會議結束，把我跟撞球一樣打散出去，讓我們去分享消息，讓我們去衣帽間哭一哭。我傻傻走回期刊室，保羅在雜誌架附近踱步。

「我聽說了。」他說：「妳一定很擔心雷米。」他張開雙臂，我則靠上他的懷抱。

一個禮拜後，芮德女士來找我，她擔憂地皺起眉頭。「美國醫院人滿為患。」她告訴我：「妳怎麼不過去幫忙幾天？可能希望渺茫，但妳也許能找到認識妳哥的人，或是跟他同一個軍團的人。」

「那圖書館呢？」

「書本會活得比我們還久，妳去看看能不能打聽到什麼。」

護士在手術間穿梭，上了漿的帽子歪了，圍裙上沾滿鮮血。癱坐在走廊椅子上的軍人，繃帶沾滿泥沙。志工替軍人洗臉洗腳。我裝了一盆溫水，跪在一名軍人面前，下一位，下一位。我每次替深色髮色的軍人擦掉臉上血跡時，我都希望看到雷米那雙理智的眼睛。擦了無數張臉之後，我站起來伸展身軀，看看我能不能去病房出點力，那邊的傷員都躺在窄窄的床上。我不曉得自己是該鬆口氣，因為雷米不在傷員的行列中，還是該害怕，因為他還在外頭作戰。

清晨時分，我倒在工作人員休息室的小床上睡了兩個小時，之後就起來送早餐。法國與英國的士兵穿著睡衣，褪去制服、軍階與國籍。社會階級是依照受傷嚴重程度來分。我是這樣評估傷勢的：如果他還能調情，那他還好，如果他一語不發，那他就受傷嚴重。

輪床上有個剛從手術室推出來的人呻吟起來。我走過去，用手帕舒緩他皺起的眉頭，媽媽先前在我的手帕上滴了薰衣草水。

「妳。」他說。

「我。」我說。

「妳替我洗臉。妳的碰觸好溫柔……」他打起瞌睡，然後又驚醒，說：「我愛妳。」

「他們給你打了那些東西，要你愛山羊也可以。」我說。

隔天晚上，我幫他寫信回美國的家。他跑去加拿大，加入加拿大皇家空軍。「我不是坐著看戲的人。」他說。他比了比我的手，因為替傷員擦洗而紅腫。「妳也不是。」

「我習慣修補書籍，不是人。」

「書籍？」

「我是圖書館員。」

「妳會要人閉嘴嗎？」

我開玩笑地戳了他臂膀一下。「只會噓不乖的士兵。」

「希望我們現在就在圖書館。」

「你是哪種讀者？」這是這幾個禮拜來，我第一次得以問出這個問題。

「《《聖經》》，我來的地方，他們很迷《《聖經》》。」

「你要我幫你拿一本來嗎？」

「上帝啊，不要！我是說，不了，謝謝。我已經讀過了。」

「我明天帶點別的書給你看，怎麼樣？」

「我喜歡。」

他打起呵欠，不一會兒，他就睡著了。快九點了，我得快點回家，免得媽媽擔心到撕壞她的蕨類植物。就在我往門口走去時，一位名叫湯瑪斯的二等兵伸出手，他的手指碰觸到我染血的洋裝。他才十九歲，曾經是理髮師。昨天，我給他一本《生活》雜誌，封面是女演員拉娜．透納（Lana Turner）。他不肯打開雜誌，他說：「生活……沒必要看下去了。」

「書蟲小姐，別走。」他拉著我的裙襬。我輕撫他的頭髮，跟雷米一樣咖啡色的，把頭髮從他額頭撥開。「別走。」他再次低語。

媽媽得繼續等下去了。我把毯子拉到他的下巴。

「跟我聊聊。」他說。

「聊什麼？」

「什麼都好。」

「希望你能看看我在圖書館的常客。有個英國人，想像一隻打著變形蟲圖案領結的鶴，還有他的法國人朋友，鬍子濃密的海象。他們每天會點起臭臭的雪茄菸，吵個不停。

今天的話題是普魯斯特的瑪德蓮，還是其實那是可頌？昨天則吵名字是J開頭的最偉大運動員是誰？是游泳健將強尼．威斯穆勒（Johnny Weissmuller），還是田徑選手傑斯．歐文斯（Jesse Owens）？」

他給我一個淺淺的微笑。「他們都錯了，是賽艇選手傑克．貝雷斯福特（Jack Beresford）。我想繼續聽下去。」

「還有西蒙太太，她有一副從人家那裡拿來的假牙，完全不適合她的大嘴巴。嗚啦啦，她愛死八卦了。」

「聽起來很像我教堂的女人。多說一點。」

「最近的八卦是有關我最喜歡的讀者，過去成謎的教授。『她跟一個年齡只有她一半的男人結婚。』西蒙太太是這樣開頭的，但我們的編目員騰布爾太太，她有歪歪扭扭的藍灰色劉海，卻打斷她說，『不，是教授的年齡只有丈夫的一半。』哎啊，她們說的都沒錯，教授的第一任丈夫是她年齡的兩倍，第二任丈夫年齡卻是教授的一半。然後她們算起第三任丈夫的年齡。」

「第三任？」他說：「真是了不起的人生。」

我望向時鐘。快十一點了。

「別走。」他說。

他的聲音沙啞起來，所以我仰起他的頭，讓他喝點水。「你不孤單。」我承諾道：「我該繼續說下去？你大老遠就看得到教授，因為她總穿紫色。她說起話來，好像是在介紹她的好朋友……」

「我想見見她。」

這天晚上，我留了下來，說起各種故事，安撫他高燒的夢境，握著他的手，直到他斷氣。

第十八章·歐蒂兒

巴黎，一九四〇年六月三日

距離圖書館還有幾個街廓，我把書送去給醫院的士兵，此時城裡靜悄悄的。沒有鴿子咕咕咕，沒有巴黎人聊天。只有嗡嗡作響的聲音。我抬起頭，看到飛機，好幾十架，好幾十架飛機。我的心臟在鎖骨的空腔裡隆隆作響。我聽到遠方傳來炸彈爆炸的玻璃碎裂聲。警笛在街上響起。我身邊的人開始奔跑，他們撞到我。我聞到煙硝味，曉得我該跑向掩護。我卻愣在人行道上，張著大嘴，傻傻看著清澈藍天上的入侵者。我滿腦子都是雷米。他在哪裡？他面對的就是這種氣味與聲音嗎？

轟炸結束，是一個小時？兩個小時，還是只有二十分鐘？我扶著建築的外牆，一路走到圖書館。到了前臺櫃檯，工作人員聚集在我身旁。我望向小小，她說：「噢，親愛的！」我望向館長，她的眉頭間現在有一道細紋。我望向瑪格麗特，她緊握著她的珍珠項鍊。我望向波利斯，他說：「她要暈過去了！」

芮德女士讓我坐下。波利斯用茶杯送上威士忌，讓我壓壓驚。

「妳很安全。」他告訴我：「至少這一刻如此。」

「德軍永遠不可能越過馬其諾防線。」瑪格麗特說。

「我們一廂情願的想法已經夠多了。」芮德女士說：「現在必須制定計畫。」

「妳是說，我們該離開嗎？」小小問：「我不曉得我跟我媽能去哪裡。」

警笛聲持續在我的耳朵裡迴盪，我完全聽不進他們在講什麼。我只知道我必須回去醫院，我的士兵需要我。我從椅子上起身。

「妳該坐著。」小小說。

不，我得回去找那些傷員。

醫院沒有受到損害，但裡頭人心惶惶。我顫抖的手握著讀物，穿過病房，繞過一張張病床，繞過一張張擔憂的面容。晚餐時，大家都沒什麼胃口。我跟護士發送湯碗，說服他們用餐。

到了家，媽媽又念了起來。「妳愈來愈晚回家。保羅來了，烤肉已經等妳等了一個小時。」

「雷米寫信來了嗎？」

「還沒。」爸爸說。

「今天真要命。」保羅如是說，我們則把盤子上的食物翻來翻去，就是吃不下。我需要他肢體接觸的慰藉，所以我把腿靠在他的雙膝間。

「敦克爾克（Dunkirk）有好消息。『混戰持續進行……』」爸爸讀起戰事新聞稿。「『盟軍奮力抵抗。』」

「我祈禱戰爭快點結束，他就可以快點回家。」媽媽說，一手扶在她脹痛的太陽穴，另一隻手則按在雷米椅背上。

隔天早上，我抵達圖書館的時候，芮德女士一個人坐在閱覽室的書桌旁，翻閱報紙。完美的她穿了藍色的針織洋裝，刷上睫毛膏，唇膏也沒忘，她不會讓恐懼阻止她來上班。

也許她感覺到我的目光，她抬起頭來。在她的表情裡，我看到好多情緒——關心、好奇、勇氣、關愛。「妳家人有在爆炸中受傷嗎？」她問。

「沒有。」

「那就好。」她拿起電報。「可惜我的家人要我快點回家。」

我不怪她，有時連我也想離開。「妳怎麼能留下來？」

她溫柔地捧著我的臉。「因為我相信書本的力量，我們的工作很重要，確保知識得以傳播，打造出我們的社區。而且，因為我有信仰。」

「信上帝？」

「信妳、小小、瑪格麗特這些年輕女性，我知道妳們會讓世界變好。」

常客聚在一起看新聞。《費加洛報》恭喜巴黎人的沉著冷靜。上頭說，投擲了一千八百四十枚炸彈，殺死四十五位平民，一百五十五人受傷。一張照片捕捉到遭到轟炸的建築，房間跟娃娃屋一樣展現在世人面前。

「每場場戰爭不是『雄偉對抗』就是『英勇抵抗』。」德奈西亞說。

「每天愈來愈多新聞報導被黑線槓掉。」柯恩教授說：「這些審查是在掩蓋什麼？」

普萊斯—瓊斯先生問他是否可以跟我進一步說話。他灰藍色的雙眼籠罩著擔憂。「如果我有兄弟，我也會想知道。」

到了衣帽間，在壞掉的雨傘及搖晃的椅子旁，退休的外交官坦承新聞稿並沒有據實以告。

「但……報紙說我們正在獲勝。」

不，他說。根據他在大使館的情報，幾萬名法軍與英軍遭到俘虜。在敦克爾克，德軍包圍了聯軍，此時聯軍正背向英吉利海峽。英國船隻英勇攻擊敵人，前來解救他們的士兵。沒多久，歐洲大陸上就沒有多少英軍了。

我一屁股跌坐在椅子上，我們讀到的內容，跟他告訴我的話，之間的鴻溝，我怎樣也無法理解。英國人在戰爭剛開始才幾個禮拜的時候就撤退了。那法軍呢？那雷米會怎麼樣呢？

「親愛的，我很遺憾。」

「你告訴我是對的。他們為什麼不能救我們的軍人？」

「根據我的情報，他們已經盡力了。記著，我們說的是用漁船、小艇跟軍艦解救三十萬大軍啊。」

馬其諾防線會保護我們的安危，法國有最好的軍隊——這些都只是謊言。**噢，雷米，你在哪裡？**如果他出了什麼事，我猜我會知道，但我一點感覺也沒有。

幾天後，在我回家路上，我轉進綠樹如茵的大道，期待繞過欣賞櫥窗展示的姑娘，這些櫥窗裡有基斯拉夫的手套（絲質、棉質、皮質或蕾絲），還有蓮娜・麗姿的套裝（當然還要有松鼠尾巴裝飾）。結果呢？人行道跟卵石路上擠滿幾千人，多到我看不到另一側的街道。這些人都帶著恍惚、憔悴的神情。我無法想像這些人經歷過什麼，他們是在逃離何種戰爭的恐怖。

有些家庭坐在牛車上，床墊堆在後頭。其他人拖著腳步前進，吃力拉著一綑一綑的行李或推著塞滿盤子的娃娃車。其中有腳踩工作靴的鄉下人、穿著翼紋鞋或高跟鞋的城市居民。一位洋裝上有汗漬的老奶奶把一個鑄鐵鍋揣在懷裡，她丈夫則抱著一個粗麻布袋。就連小朋友也幫忙拿東西──《聖經》、鳥籠，袋子裝的衣服，有幾件快要掉出來。許多人三三兩兩走在一起，也有人落單。一位手臂上纏繞骯髒繃帶的士兵差點撞到我。一個年紀跟我相仿的女孩艱辛前進，她懷裡抱著一個嬰兒，她彷彿不曉得該怎麼好好抱他一樣。也許她丈夫參軍了，只剩她一個人照顧孩子。她輕輕搖著孩子，彷彿是想喚醒他。他的臉頰是不健康的綠色，四肢僵硬。我無法面對現實，只能別開頭。

我身旁的農人央求他的牛快走，一位母親對學步小娃低語。不過，多數人都沉默不語，彷彿是對他們看到的景象已經無言可對一樣。在他們見鬼般的面容中，我發現生活永遠回不去了。我站在街上，帶著敬意陪伴他們，彷彿是在路上碰到送葬隊伍一樣，然後我才跌跌撞撞地回家。

晚餐時，爸爸說他跟他的手下帶了咖啡給忽然成為難民的民眾喝。多數人都來自法國東北部，許多人從來沒有離開自己的村子。「他們是在逃離德軍。我交談的幾個人，大多是農人或店東，他們都沒有收到任何協助或指令。他們的市長是第一個開溜的。」

「世界會變成什麼模樣？」媽媽說：「那些可憐人。他們最後會落腳何處？」

爸爸捏捏她的手，說：「南部，妳跟歐蒂兒也該去那邊。我必須在這裡嚴守崗位，但我希望妳們能去安全的地方。」

他說的有道理。我期待媽媽乖乖聽話，但她反而跌跌撞撞地後退，彷彿是他甩了她一巴掌，要跟她離婚一樣。

「不！」

「哎啊，歐坦絲——」

她扯開他的手，說：「雷米會回到這個家。我不會走。」

這件事就這麼定了。

我們巴黎人是很冷靜的種族。我們走路快，但不急促。我們不會多看在公園裡親熱的戀人。就算出門倒垃圾，我們也要看起來很優雅，侮辱人也講求說服力。不過，六月底的時候，新聞說德軍的坦克就差幾天抵達城裡，我們巴黎人忘了自己是誰。打包行李，鎖上門，快快離去，有太多話要說，我們卻結巴語塞。有人跑到車站，確保愛人安然上車。其他人加入了馬車、推車、汽車、摩托車的蒼涼行列，同時鞋匠、屠夫、手套師傅在櫥窗前釘上木板離開。每間公寓都門窗緊閉，每扇關上的門都證實了可怕的事情即將發生。

英國大使館建議工作人員離開巴黎，所以羅倫斯與瑪格麗特計劃帶女兒開車去布列塔尼。「直到狀況平靜下來。」瑪格麗特是這麼說的，強調他們只會離開幾個禮拜。回想起徹夜逃離鄉間住家成為難民的法國人，想起他們驚恐的臉孔，我實在沒什麼把握。

雖然巴黎儼然鬼城，我的常客還是繼續出現在期刊室。大家湊在桌前，急忙查看報紙。巴黎會再次遭到轟炸嗎？德國人會這麼過分嗎？就連將軍元帥都說不準。也許這才是最嚇人的，因為不曉得會發生什麼事。

「你會回英國嗎？」柯恩教授問普萊斯—瓊斯先生。

他揚起頭。「當然不會！離開巴黎，我不曉得自己該去哪裡！」

德奈西亞先生問候起雷米，我只能搖搖頭，擔心自己一開口就會掉眼淚。

「政客都逃了。」普萊斯—瓊斯先生好心地換了個話題。

「外交人員也是。」

英國先生哼了一聲，法國先生又說：「還在現場的不算。」

「少了政客的巴黎就像妓院沒了妓女一樣。」普萊斯—瓊斯先生說。

「你是把巴黎比喻成風月場所？」我問。

「比那裡還糟！」法國先生說：「他是把政客比做妓女。」

「也不能說錯。」我說，他們都大笑起來。

「比爾．布列特還在。」普萊斯—瓊斯指著《費加洛報》上的照片。「說美國大使沒有逃走過，就連法國大革命的時候也沒有，一九四一年德國佬來的時候也沒有，所以他絕對不會成為第一個夾著尾巴逃走的美國大使。」

「海報上說巴黎會成為不設防城市。」我說：「這是什麼意思？」

「巴黎不會捍衛自己，敵人也不會攻擊。這是確保居民安全的一種做法。」

「所以不會再有炸彈了？」我謹慎地說。新聞稿不見得可信，但我對普萊斯─瓊斯先生很有信心。

「炸彈沒了。」他說：「德國人來了。」

瑪格麗特衝進圖書館。她面色跟她的珍珠項鍊一樣蒼白，她掃視室內，然後跑向我。

「我就問最後一遍，妳確定妳不想一起走？」她問。

「如果雷米回來……」

「我懂。」她握緊我的手。「要是我們再也見不到面怎麼辦？」

這個問題不會有答案。我只能告訴她：「妳是我最親愛的朋友。」

「沒有妳，我不曉得該怎麼辦。我愛圖書館，但我更愛妳。」

車子的喇叭響起。

「是羅倫斯，克莉絲汀娜一定在鬧了。」她顫抖地說：「我必須走了。祝妳好運。」

我愛圖書館，但我更愛妳。我也是這樣想的。我們就像我最愛的小說《他們眼望上蒼》裡的珍妮與菲比一樣。我們什麼都能跟彼此說。

看著我最要好的朋友轉身離去，讓我成了「漏水的茶壺」。不希望讓常客看到我的失控，我眨了幾下眼睛，然後急忙跑去索引卡片目錄旁邊。我翻著卡片，讓淚水滴到一疊疊的紙張上，所有的不安都藏在O字母的抽屜裡。

「瑪格麗特的行為很明智。」柯恩教授將她的紫色披肩披在我的肩膀上。

「妳也要走了嗎？」

她露出無奈的微笑。「我親愛的，從來就沒有人說我幹過什麼明智的行為。」

圖書館是事實的殿堂，但，如今謠言闖進了期刊室，柯恩教授跟西蒙太太在桌邊閒聊。「我聽說現在學校只教德文。」西蒙太太對正在整理一疊雜誌的我說：「我們不能上街行走，只有德國人可以。妞兒，妳有在聽我講話嗎？」她戳了我的胸口一下。「有腿的東西，他們都不會放過！特別是像妳這樣漂亮的姑娘。」恐懼在我胃裡攪動，我卻努力想要無視她。「妳最好全身塗滿芥末醬，這樣他們才不會想對妳怎麼樣。」

「夠了！」柯恩教授說。

館長安排了車輛，將同事送去安古蘭（Angoulême），他們可以協助那邊美國診所的工作人員。我想去送行，但爸爸命令我待在家裡。

「我想道別！」

「萬萬不可。」

「如果我不去，芮德女士就剩她自己一個人了。」我想起一位哭哭啼啼的讀者倒在她懷裡。館長留了下來，但打仗的根本不是她的國家。

「我不擔心她，我擔心的是妳。」

「芮德女士說——」

「芮德女士說！那我說的呢？」

「那圖書館呢？」我問。

「那圖書館呢？」他氣急敗壞地說：「妳還不明白危險嗎？」

隔天早上，揚聲器吵醒我們，這個聲音說：「反抗德軍或對其有敵對行為會遭到死刑！」

第十九章・芮德女士

巴黎，一九四〇年六月十六日

這裡真的是巴黎嗎？芮德女士可不這麼想。街道空蕩蕩，市場攤商空無一人。就連燕子也飛走了。她快步往公車站前進，經過花店，她看到繡球花結著蜘蛛網的殘骸，然後是一間釘上木板的烘焙坊。她渴望尋常又神奇的可頌麵包香。她平常會搭二十八號公車前往圖書館，但公共交通已經停止服務。她繼續拖著公事包與防毒面具步行，看到三名巡邏的德國士兵，她畏縮嚇到。芮德女士擔心自己可能會在別的地方遇到這種人，她只能迅速前進，她心底只惦記著圖書館。

她跨過塞納河。開闊的協和廣場上沒有另一個人，香榭麗舍大街上連一輛車都沒有，這是法國交通最繁忙的街道。在世界上最繁華的城市裡，她聽得到髮夾掉落的聲音。這股寧靜感覺詭異，她從來沒有覺得自己這麼孤單。不過，看到大使館還是讓她稍微安心了點，她很想在此暫停，通知布列特大使，圖書館會繼續開放，畢竟，他是榮譽主席，但她曉得在法國政府上路前，總理要求美國大使，請他接待到來的德國將軍、維持秩序。卐字旗在豪華的克里雍大飯店升起，就在大使館對面，象徵大使還有工作要做。

館長進入圖書館庭院時，園丁正拉開百葉窗。她正巧來得及看到她的世界正睡眼惺忪地醒來。

「我會在我的辦公室，九點前請別讓訪客過來，謝謝。」她告訴園丁，然後跟平常一樣，用玻璃瓶泡了一大壺咖啡。到了座位，她開始重看那封電報，希望上頭的文字能夠在一夜之間改變，如同其他事物一樣。「暫停資金籌募。」這是第三位董事會副主席從紐約傳來的。「我們的朋友可能會擔心圖書館是否能繼續開放。」另一條寫著：「我們認為圖書館應該關閉。我懷疑在眼前的未來，圖書館能否繼續存在都很難說。」

「我沒有離開我的崗位！」她想吶喊。「我們還在。」她需要說服他們巴黎美國圖書館必須持續開放。「圖書館跟肺一樣。」她潦草寫下，她的筆差點跟不上她的思緒。「書本是一個人吸入的新鮮空氣，這樣心臟才會跳動、大腦才能想像、希望才能存活。讀者仰賴我們得到資訊與社區的感覺。士兵需要書籍，需要知道他們在圖書館的朋友關心他們。我們的工作太重要，不該就此停下。」她重讀上述文字，太真實，太感情用事。她冷靜下來，寫了更多信，這封是給美國圖書館協會的米蘭先生，那封是給紐約董事會的：「我們對學生提供所需，對大眾提供所要，對軍人提供所能。這種繼續堅守的行為，畢竟就是希望替整體人類做出貢獻而已。」

她又倒了點咖啡。

「還有嗎？」比爾．布列特探頭進辦公室。

「大使。」

「館長。」他說：「妳曉得我此行目的。」

「建議我回美國。」她不帶感情地說。

「羅斯福總統命令我離開巴黎，但我還在這。我不能建議連我都拒絕的事情。」
「你的常識呢？」她露出淺淺的微笑。
「咱們肯定都留在美國了。」
她看著他自己倒了一杯咖啡。
他坐了下來。「去布里斯多酒店避難吧，其他美國人都待在那。」
「我負擔不起。」
他小啜一口。「這讓我來擔心。」
「我在家很好。」
「妳住的地方有地下室避難所可以抵擋毒氣嗎？」
她比了比軟軟癱在書架上的防毒面具。
「公共運輸會受到影響好一陣子。」他說：「布里斯多就在四個街廓外。近一點會比較方便。」
僵局帶來靜默。
「你可以告訴我什麼消息嗎？」她終於開口。
他原本神秘兮兮的語氣消失。「跟德國人打交道，我們吃了不少苦頭。答應我，妳會小心，妳會入住酒店。」
「我今晚就過去。」她將信件交給他，這些信會用外交郵袋寄送。
「不打擾了。」他自行離開。
她有點希望，當父母哀求她登船回國時，她聽從他們的話。她把他們的照片放在包包裡，隨身攜帶。每次她買長棍麵包或翻找手帕的時候，爸媽的雙眼就會哀求她回家。她希望她能讓他們明白，巴黎就是家。她的志業、她的生活都在這裡。

留下來是正確的選擇。如果她父母教過她什麼，那就是要堅守立場，無論是在面對學校的惡霸同學，還是面對霸氣凌人的國會圖書館編目人都一樣。少了原則，即一事無成，沒有理念，便無處安身，缺乏勇氣，就誰也不是。就算他們哀求她回家，她留下來還是讓他們驕傲。她信裡寫道：**親愛的爸媽，我有很多話想對你們說，有許多想法想與你們分享，但，哎啊，我必須仰賴你們的心與理解，曉得我在想什麼……**

布里斯多酒店。她跟同胞在一起，父母會鬆了口氣。酒店的客人都是有頭有臉的人：電影明星、女繼承人、有錢的大爺與太太，現在還有了一位圖書館員。下班後，她會走回椅子街一號，收拾行李。她正要開門的時候，帕維爾斯基太太連忙跑過來。這位門房橄欖色的皮膚蒼白如蠟。

「怎麼了？」芮德女士問。

「他們來的時候，我丈夫在波蘭圖書館。」這位太太開始哭。「他們闖了進去，要求要鑰匙。他們搜查整間圖書館，檔案室、罕見手稿。館長想要阻止他們，軍人卻威脅要逮捕他。」

「妳丈夫沒事吧？」

「沒事，但他們偷走了所有的東西……」

納粹到巴黎才三天，卻已經開始了。

芮德女士原本希望教堂與圖書館這種默默奉獻的地方不會受到打擾。

她驚覺自己很快就會正面迎接敵人了。

第二十章・歐蒂兒

一九四〇年七月二日

親愛的雷米：

你在哪裡？我們渴望見到你、聽到你的消息。我們都很好。爸爸把我關在家裡長達十天之後，終於讓我回去工作。我很擔心館長，一個人在圖書館，但她說，成為圖書館唯一一位守護人，她覺得「很刺激」。少了其他人，我覺得非常寂寞，他們才正要回來。當我看到小小的時候，我開心到尖叫，德奈西亞先生對於能夠噓圖書館員這件事覺得很樂。不過，好消息之後就是壞消息了，波利斯說納粹已經進入安古蘭。嚴肅的騰布爾太太直接從安古蘭回溫尼伯了。她是加拿大人，因此也算是大英國協的一分子，她會被視為敵對的外國人。

納粹在這買了各種東西，從肥皂到縫衣服的針都買。我們稱他們為「觀光客」，因為他們會在名勝古蹟前拍照，彷彿是來度假。他們問路的時候，好比說「凱旋門在哪裡？紅磨坊在哪裡？」我們都會說不知道。晚上九點宵禁，整個巴黎晚上靜悄悄的。我們被迫把時鐘往前調一個小時，跟他們進入同一個時區。我每天晚上看著我的手錶，以此提醒我們是以他們的時間、他們的條件生活。

沒有人相信法國這麼快就輸了。佈道的時候，牧師對我們比劃手裡的《聖經》，怒吼戰敗是上帝對我們沒有道德觀的懲罰。

爸爸說，有幾個人因為塗鴉，及對德軍扔石頭遭到逮補，除此之外，狀況很平靜。保羅看起來氣到想殺人。他說他現在的工作包括替納粹指揮交通。他們要求他戴白手套，這讓他覺得他像「該死的管家」。他很快就會去幫阿姨收成她的農場，改變一下環境對他來說不錯。

沒辦法擁抱小小，你一定很難受。她很想你。我發誓，你不在的時候，我一定會非常照顧她。

我們還沒有瑪格麗特的消息，希望她安好。剩下來的讀者比以往更愛惜小說，也許是因為小說能夠在這令人不安的《變形記》裡提供一個逃避的管道，波利斯說這叫做「法蘭西．卡夫卡」[4]。

愛，
歐蒂兒

「英國戰艦擊沉兩艘法國船艦，超過千名法國海軍船員喪生。」頭條是這樣寫的。根據《先驅報》的報導，就在地中海的奧倫，英國擔心法國海軍會允許納粹徵用法軍的船。英國海軍上將給法國最後通牒——棄船，不然就擊沉，六小時內離開艦艇。我們的上將拒絕，英國人就展開攻擊。這篇報導我讀了兩次，但我還是不懂。盟軍互相攻擊？

「叛徒！」德奈西亞先生吼普萊斯—瓊斯先生。不用看報紙，我都知道法國跟英國在外交上斷交了。連續好幾天，我看著德奈西亞先生在圖書館裡跑上跑下，咕噥著要找一張沒有被叛徒玷污的椅子。

我感覺到波利斯湊了上來，他說：「電話。」綠色的雙眼透露著哀傷。「令尊打來的。」

我跑向借書櫃檯，抓起話筒。「爸爸？是雷米嗎？」

「親愛的，快回家。」他說。

我去找小小，她正在讀書給幾個孩子聽。她一看到我，就放下書本。我們跑出圖書館，我牽著她的手，把她拉在身後。我們沿著街道跑步前進，朝著……我忽然停了下來。

「怎麼了？」她問。我搖搖頭。忽然間，我想把回家的路拖得愈長愈好，擔心雷米已經……我說不出口，我連想都不敢想。現在，他還活著。也許，我們到家之後，他就不在人世了。

我們的生活在我眼前播放起來。我們的五歲生日，媽媽烤了巧克力蛋糕，但邊角烤焦了。那天爸爸帶我們去布瓦騎小馬。我跟雷米有次用糖罐裝鹽，結果媽媽跟她的朋友喝茶都嗆到。媽媽向爸爸抱怨時，我們以為他會罵人，結果他卻笑到人仰馬翻，我都不確定我聽過他笑成這樣過。媽媽可不傻，之後就只用方糖了。沒完沒了的週日午餐約會，只有雷米使的眼色讓我保持理智。我人生裡最重要的一頓飯，我邂逅保羅的時候。每一則回憶都有雷米，直到他參軍前，他都是我每天早上第一個開口對話、晚上最後一個道晚安的人。我最好的朋友，我的另一半。這些話我都沒有告訴過他。要是之前的對話是我們的最後一場怎麼辦？我記得那天他正要出發，我是怎麼說的？帶件毛衣，不然你會感冒？快點，不然你會錯過火車？

4. 譯註：France Kafka，與作家法蘭茲．卡夫卡（Franz Kafka）名字諧音。說明當下社會的壓迫與不安。

「夠了。」小小說。

「什麼？」

「妳腦袋裡正在演的一切。」

到了家，爸爸讓我跟小小坐在媽媽旁邊，媽媽面色白得跟阿斯匹靈一樣。他在壁爐前穩住陣腳，說：「我們得到雷米的消息了。」

第二十一章·莉莉

蒙大拿弗羅伊德，一九八五年四月

我跟爸爸在三點半趕到教堂。我將手指伸進令人作嘔的聖水之中，此時，我注意到裝飾長椅的叢叢粉紅色玫瑰花。這裡用來裝飾婚禮的花朵差不多跟一年多一點前媽媽葬禮上的花一樣多。我頭痛。真希望我能爬上床，將媽媽的回憶像被子一樣，覆蓋在身上。

艾蓮諾她媽跑過來，問爸爸：「大日子，準備好了嗎？」她擁抱我。我的鼻子剛好貼在她的康乃馨胸花上，我打了個噴嚏。她說：「叫我珍珠外婆。」然後帶我去後面的房間，她介紹我與另外三位嘻嘻笑的伴娘，她們跟「珍珠外婆」一樣來自劉易斯敦。我的洋裝跟她們一樣是次水楊酸鉍那種鮮豔的粉紅色。艾蓮諾在全身鏡前打扮，蕾絲面紗遮住她的臉跟髮髻。

「妳就跟黛安娜王妃一樣漂亮。」我說。這是天地良心的實話，她們都有那種水汪汪的大眼睛。

我想要喜歡她，我想要她喜歡我。結果呢？當她把我拉進她那滿是亮片的胸口、緊抱我時，我的雙手卻不斷揮舞，還沒準備好要擁抱她。

「親愛的，我保證會好好照顧妳，把妳當成我的孩子。」她說。

這個承諾聽起來還不錯，我曉得該怎麼反應。在我學完les adjectifs（形容詞）之後，歐蒂兒說，**我教妳幾句法文，人家會期待妳說的話**。「我希望妳跟爸爸幸福快樂。」我告訴艾蓮諾。雖然我練習過了，但這話聽起來還是很生硬。

在法文裡，「你」有分兩種，一種是非正式的，一種是正式的。Tu（你）是用在朋友及愛人間，vous（您）則用在認識的人，以及想保持一點距離的人身上。我對老爸會用tu，我跟艾蓮諾卻用vous。

管風琴演奏起帕海貝爾的樂曲，我們急忙趕到教堂後方。鎮上唯一的管風琴家歐爾森太太完全不等新娘準備好，婚禮是照她的行程來走。走在紅毯上，我看到羅比坐在後面數來第四排。他看著我，只有看我。我把汗濕的手掌在洋裝上抹了抹，然後坐進第一排的歐蒂兒跟瑪麗．露易絲之間。伴郎伴娘依序跟在後臺。誇張的「新娘入場」聲音充斥整座教堂。爸爸站在之前媽媽棺材停放的地方，分毫不差。扶柩的時候，她象牙白的棺木就經過艾蓮諾與她爸現在腳下的走道。

「親愛的好朋友。」戴著硬質羅馬領的馬洛尼牧師開口，淚水在我的眼眶裡打轉。擔心爸爸看到會難過，我低頭望著供人禱告用的跪臺。歐蒂兒一腳輕輕踩在我的腳上，加壓的力量讓我有東西可以轉移注意力。

「布蘭達才剛死就結婚。」蘇．鮑伯說。

「詹姆士還娶這麼年輕的太太。」艾弗斯太太說，明明是她幫忙牽線的。

「他結婚是為了莉莉好。」梅朵太太說：「那女孩需要母親。」

交頭接耳、交頭接耳。我儘量不去聽。

「新郎現在可以親吻新娘」通常是最棒的時刻，因為很浪漫，而且要結束了，但看著老爸親另一個女人感覺實在很怪。瑪麗．露易絲用手肘頂了頂我，彷彿她也難以置信。

到了廳堂，粉彩色的長幅掛在日光燈之間。「這麼多粉紅色讓我想吐。」瑪麗．露易絲說。我們無精打采坐在金屬折疊椅上，看著新娘新郎走過來，跟賓客打招呼。要不了多久，他們就會生小孩取代我，就跟他們取代媽媽一樣。

蛋糕跟艾蓮諾身高差不多，也很像她鮮奶油般的泡泡裙襬。她跟爸爸切了蛋糕，在銀色的刀子上，他的手握著她的手。他們互相餵食，閃光燈閃個不停。爸爸示意要我過去領蛋糕，當然了，蒂芬妮．艾弗斯得到第一塊。

「至少蛋糕不錯。」她說。

「閉嘴。」我拿了兩盤，一塊給瑪麗．露易絲，一塊是我的。

「只是想說點好話而已。」她轉頭對爸爸說：「傑布森先生，傑布森太太，恭喜你們。」

他看到我跟蒂芬妮的對話，大概在想為什麼他的女兒不能跟蒂芬妮．艾弗斯一樣乖巧吧。我手裡的盤子開始顫抖。在爸爸開口罵人前，我繞過兩位客人閃了。

羅比出現在我面前。「爛透了，對吧？」

我聽了好多這種話：**妳媽過世我很遺憾，妳今天一定很不好受。**

「哼啊。」

他幫我把盤子端給瑪麗．露易絲，在桌邊站了一分鐘才回去他父母身邊。她吃了自己跟我那塊蛋糕。DJ放起慢歌時，我望向門上閃爍的緊急逃生口燈光，不想看到傑布森先生與傑布森太太貼在一起。爸點了點我的手臂，說：「小莉，父女來跳一支舞吧。」他帶我進舞池，艾蓮諾的父親正溫柔地拉著她轉圈。我們是該跳舞，但我們只是站在那裡。爸爸開口：「在教堂的時候，我看到妳低頭。」

我整個人緊繃起來。

「我也有一點難過。」他坦承。

他牽起我的手。我們緩緩一起搖擺起來，之後的婚宴，他的告白一直在我耳邊迴盪。

爸爸跟艾蓮諾開著我們的旅行車離開了，上頭還裝飾著「新婚」的牌子。這場磨難終於結束，我鬆了口氣，跟瑪麗・露易絲一起拖著腳步回家。到了我的房間，我換回我的老鷹T恤。她則把粉紅色的禮服踢到床底下去。

歐蒂兒家奶油可頌的香氣喚醒了我。感覺頭暈腦脹，沒有吃太多。我實在忍不住好奇，等到爸爸跟艾蓮諾從他們的lune de miel（蜜月）回來後，生活會變成什麼模樣。一切都會改變，我擔心之後就沒有我存在的空間了。

「妳看起來很消沉。」歐蒂兒給我蘇珊・艾洛絲・辛登（S.E.Hinton）的《小教父》（*The Outsiders*）。「這書在講家庭，一個人出生的家庭，以及與志同道合之人組成家人關係的故事，也是關於我們在這個世界如何占有一席之地的故事。」

「妳的書都好幸運。」我望向書架。「它們都有專屬於它們的位置，它們曉得隔壁鄰居是誰。真希望我也能有屬於我的杜威十進位編號。」

「我以前會很好奇，如果我有這種編號，那應該是幾號。我們可以自己替自己編號。」

這個話題推進了對話。我們該算文學類，還是非虛構類？歐蒂兒的號碼應該算在法國還是美國？有法裔美國人這種號碼嗎？我們如果分在同一個號碼裡，我們就能永遠在一起嗎？我們增加了八一三（美國）、八四〇（法國）跟三〇二點三四（友誼），還創造出值得放在一九五五點三四這類的書。我們的最愛有《小王子》、《小婦人》、《秘密花園》、《憨第德》、《漫長的冬天》、《布魯克林有棵樹》、《他們眼望上蒼》。編完這些書目後，我覺得無論發生什麼事，我在歐蒂兒身邊都會有一個位置。

隔天早上，我跟瑪麗．露易絲癱坐在歐蒂兒的沙發上，喝著很多lait（牛奶）的café au lait（牛奶咖啡），歐蒂兒則正在翻鬆花園的土。喝完後，我偷瞥向碗櫥的抽屜。

「妳還是覺得她是間諜嗎？」瑪麗．露易絲問。

我聳聳肩。我從她的帳單得知她的衣服都來自芝加哥的一間精品店，也不算什麼大發現啦，我早就知道她不會在「牛仔褲與其他」買東西。一張褪色的聖誕卡上，有個名叫露西安的人催促歐蒂兒快點跟父母聯絡，免得「來不及」。

「她就在外頭。」瑪麗．露易絲壓低聲音說：「妳會被發現的。」

「她在巴黎一定出了什麼事，她留在這裡是有原因的。」拉門開啟的時候，我連忙關上抽屜。

蜜月旅行結束後，爸爸來歐蒂兒家接我，此時她剛考完我的les verbes（動詞）。她邀請他進屋，但他拒絕了。我們站在陽臺，春日的陽光照得我們暖洋洋的。我擔心他會說什麼。數字對爸爸來說很簡單，總是加起來就好。文字就比較棘手了，他永遠不懂文字的重量。

「謝謝妳照顧莉莉。」他說。

「我的榮幸。」歐蒂兒喜孜孜地望著我。

「現在有了小艾，可以不用麻煩妳了。」他說。

「麻煩我？」她說。

「莉莉該多待在家。」

我不可能放棄歐蒂兒。不管發生什麼事，她都在我身邊。我什麼都能告訴她。爸爸會對我頤指氣使，但歐蒂兒從來不會。她相信我能做出正確的選擇。

我幫她洗車，幫她除草，幫她替她的蕨類植物澆水，一切都是為了能繼續向她學習。在我能說這一切時，她用法文說：「明天同一時間見。」

「Oui, merci（好，謝謝）。」我說，我實在太感激她了。

艾蓮諾辭職了，爸爸的生活又恢復正常。在銀行漫長的工作一天後，回家見他的妻子、女兒，還有熱騰騰的晚餐。每個禮拜六早上，艾蓮諾會要我吸地，還要用檸檬噴蠟擦拭所有的物品表面。「年輕的女孩必須學會這些家事，妳以後會感謝我的。」我抱怨的時候，爸爸說，我必須「聽」艾蓮諾的話，他的意思就是要我照做就對了。

就連學校放暑假的時候，她都會早早起床，在鬈髮上抹美髮慕斯，固定頭髮。爸爸上班前，她會替他把領帶調整十次。媽媽從來不燙我的襯衫，但艾蓮諾會。「誰也不能說我沒有好好照顧妳。」晚餐的時候，我把奶油玉米醬灑在餐巾上，她會快步跑去水槽拿抹布把東西擦乾淨。

我想放個沒有艾蓮諾的假，實在迫不及待要上高中。希望羅比終於愛上我，蒂芬妮搬家（更棒的是她得了什麼霍亂）。晚上，我在房間裡複習今天的法文leçon（課程），然後說出我**不敢**用英文講的話：je t'aime, Robby, je t'adore（我愛你，羅比，我愛你）。

開學第一天，我穿上我的老鷹T恤。雖然這件衣服已經小了兩個尺碼，而且印上去的花樣已經開始剝落，但穿上它讓我想起媽媽。

爸爸在廚房裡甩著鑰匙，說：「準備好要出門了嗎？」

「我們幫妳買了新衣服。」艾蓮諾不高興地說：「可以請妳去換嗎？」

我雙手環胸，說：「不可以。」

我們望向爸爸，這位不情願的仲裁者。

「我都聽到別人會怎麼說了！『莉莉，那個可憐的孤兒。』」艾蓮諾演了起來。「『長褲都變七分褲，還穿破T恤的女孩。她親愛的媽媽是怎麼回事？』」

「人家愛怎麼講，不代表我們都要聽。」爸爸比起手錶。「現在不出門就要遲到了。」

「好吧。」她說。

這實在不算什麼勝利。

進了教室，我坐在前面，瑪麗・露易絲坐在我後面。

羅比走進來，坐在我旁邊的位置。當我說：「Bonjour（你好）」的時候，他張望了一下，彷彿以為我在跟別人講話一樣。

「妳還是說英文吧。」瑪麗．露易絲建議道。

「噓。」博德老師沒好氣地說：「不然大家都加作業！」

簡單來說，le lycée（高中）有不一樣的老師，更大的建築，但還是同樣令人失望。到了家，艾蓮諾用一連串家事的待辦清單跟我打招呼。「我不能承諾愛、幽默跟乖乖聽話。」我咕噥著說，根本沒在認真拖地。

有時我會夢到媽媽。我們一起要去看雁翱翔。我們一起扯開喉嚨唱〈聖誕鈴聲〉。我們一起烤餅乾。鬧鐘響起時，媽媽就離開了。哀傷的打擊太大，我只能縮成一顆球。

「起床了，懶骨頭！」艾蓮諾敲著我的房門。「上學要遲到了。」

「我不舒服。」我哀號著說。

「我聽起來沒問題啊。」

終於，感恩節的時候，艾蓮諾想到了歐蒂兒，歐蒂兒讓乾乾的火雞變得比較好下嚥。當歐蒂兒覺得自己會在丈夫死後，獨身度過這個節日時，爸爸拍了拍艾蓮諾的手，我們都看得出來，艾蓮諾讓爸爸覺得驕傲。當我把南瓜派裡的大塊南瓜在盤子裡移來移去的時候，艾蓮諾請歐蒂兒幫忙拍聖誕節的全家福照片。我的叉子動也不動。爸爸跟艾蓮諾起身準備拍照，但我心痛，因為他們已經把媽媽從我們家的地圖上抹去了。

聖誕節假期。功課做完了。蒂芬妮．艾弗斯去東部探親了。我的天空裡一片雲也沒有。瑪麗．露易絲跟我堆起雪人（她的嘴巴、眼睛跟耳朵都是彈珠），這是要給珍珠外婆的驚喜。她每次打電話給艾蓮諾的時候，都會要跟我講上兩句。而婚禮過後，她每個月都會寄東西給我，好笑的卡片，幫我訂《十七歲》雜誌、淡紫色的雪靴。我對艾蓮諾沒什麼信心，但我喜歡珍珠外婆。

歐蒂兒出門拿信的時候，我問：「妳覺得如何？」

「她需要有點顏色。」

瑪麗．露易絲解開她跟她姊「借用」桃紅色的絲巾，綁在雪人的白雪脖子上。不幸的是安潔兒開車經過，看到我們拿了她的東西。她抓起鏟子，把我們創造出來的產物砸成一團變形的雪花。她動手後，我們連彈珠都找不回來。

艾蓮諾的父母開車抵達時，珍珠外婆還沒下車，我就上去擁抱她。爸爸跟考森先生提著行李消失進客廳，我們女生就烤起薑餅。歐蒂兒在廚房工作臺旁邊哼起〈平安夜〉，順便用擀麵杖把麵團壓平。我則用聖誕老人的模具壓黏黏的蜜糖麵團。珍珠外婆攪拌著熱蘋果酒。艾蓮諾跟內急一樣跳來跳去。

「姑娘，妳有什麼毛病？」她媽問。

「我憋不住了！」艾蓮諾尖聲地說：「我懷孕了！」

「我的寶貝要生寶寶了！」珍珠外婆說。

什麼鬼？

「預產期什麼時候？」珍珠外婆問。

「四月二十八日。」

爸知道了嗎？他為什麼不告訴我？

「小娃娃！」歐蒂兒雙手交握。「太棒了！」

「妳受洗的袍子還在我的嫁妝箱裡。」珍珠外婆說：「我把衣服寄過來。」

「我還有些紗布，很適合做成寶寶毯。」歐蒂兒加油添醋說。

家裡沒有額外的房間。他們要把寶寶放在哪裡？麻雀會偷燕子的巢穴，把雛鳥趕出去。椋鳥則會偷麻雀的資源。很過分，但媽媽說大自然就是如此。

金屬辦公桌與老舊檔案櫃，扔了。銀行對帳單與電話帳單，扔了。樂團演唱會的節目單與鳥類的圖片，扔了。所有能夠提醒與媽媽一起生活過著證據都沒了。也許在艾蓮諾眼裡那只是舊紙張，但對我來說就是回憶。所幸，我在垃圾桶裡看到，連忙把東西藏回我的房間。

爸爸的書房現在成了育嬰房。艾蓮諾用粉彩色的油漆畫出一塊一塊的東西，很像我們剛著色的復活節彩蛋。最後，我們把整個房間塗成陽光般的金黃色。媽媽會說那個木頭製的嬰兒床很像鳥巢，但我沒有告訴艾蓮諾。我已經不再提媽媽了，因為我只要提到她，艾蓮諾就會皺皺鼻子，彷彿我的話很臭一樣。

五月的某一天，變得很大的艾蓮諾目送我出門，手在大肚子上抖晃。那天晚上，她就躺上醫院病床，看起來很累，但很開心，彷彿是跑了長跑，還贏得比賽一樣。男人送雪茄給爸爸，還拍他的背。他笑得跟白雪公主裡的小傻瓜一樣。艾弗斯太太給寶寶一張儲蓄債券。

情緒喜怒無常的梅朵太太織了小襪靴給寶寶。全鎮鎮民統統排進沒有很長的探視時間裡。瑪麗．露易絲來的時候，我們會翻起白眼，學起其他人講話。

「男孩！讚美主！」

「家族的姓氏得以繼續傳下去了！」

之後，當我抱起寶寶，我想到了媽媽，憂傷忽然席捲了我。然後，喬依偎在我臂彎裡，我低頭吸吮他的氣味。他聞起來像糖霜餅乾。也許事情沒有那麼糟吧。

回到家，艾蓮諾幾乎沒辦法睡覺。如果她能徹夜不睡照顧喬，她就會這麼做。媽媽說的對。寶寶並不知道自己有多幸福，他們在愛中沉睡。經過沒有休息的三個月，艾蓮諾不斷打哈欠，再也不像生氣勃勃的長尾鸚鵡，只是一隻沉重的鴿子，搖搖晃晃地從嬰兒床走到搖椅邊。她的皮膚凹凸不平，頭髮也結塊。

「妳是一位母親，但也是一個女人。」歐蒂兒告訴她：「照顧好妳自己。妳需要休息跟運動。」歐蒂兒跟我會輪流抱喬，這樣艾蓮諾才有時間跳她的珍．芳達（Jane Fonda）有氧舞蹈錄影帶。我們偷偷望進客廳，看著身穿粉紅色連身衣的艾蓮諾，腿踢得老高。歐蒂兒低聲地說：「就像巴黎的大腿舞女郎。」

我跟艾蓮諾等著老爸回家的時候，她會問：「妳媽體重多少？」

「我不知道。」

隔天，她把我逼到流理臺邊，問：「她用什麼樣的尿布？她是餵奶嗎？」

再隔天，她問我母奶喝起來是什麼味道。我們一直到艾蓮諾住進來後，家裡才有體重機。她原本一個禮拜量一次體重。現在，腫脹不堪，又想「減掉寶寶重量」的她一天要踩上磅秤十回。

「她餵母乳嗎？」艾蓮諾又問：「她是不是用布尿布？」

「她都用絲的。對，她一個晚上會餵我五次母奶。裘裘外婆會過來，但媽媽不要幫手。她說她不需要。」

我期待這一切可以到此為止，結果艾蓮諾又開始了：「她那時幾公斤？」

「去問爸爸啦。」

「多少？」

她的蠢問題要把我逼瘋了。我花了點時間才明白她是在跟媽媽比較。哎啊，艾蓮諾可以穿著我媽的褲子，煮飯給我吃，用媽媽的盤子吃飯。她可以住在媽媽的房子裡，她可以想當我媽就當我媽，但艾蓮諾永遠都不是我媽。我給了她一個不可能的答案：「四十五公斤。」

「四十五公斤？」艾蓮諾的嘴唇顫抖起來。

放學後，我喜歡到家時看到艾蓮諾跟歐蒂兒一起在餐桌邊喝茶，因為只要有外人在，艾蓮諾就不會一直煩我。今天，喬在她們旁邊的嬰兒床裡流口水，她們卻在講遙遠的事情：有一天，艾蓮諾要回去上大學，有一天，歐蒂兒會去找露西安，也就是她遠在芝加哥的戰爭新娘朋友。當歐蒂兒端來一盤葡萄的時候，艾蓮諾拍拍肚皮，說：「我在減肥。」

我露出賊賊的笑容。彷彿葡萄會讓她變肥一樣。

「妳接下來幾個月都不會瘦了。」歐蒂兒說。

艾蓮諾皺起眉頭。「妳為什麼這麼說？」

「妳懷孕了。」

又一個寶寶？我笑不出來了。

「但我五個月前才生了喬。」艾蓮諾抗議道。

「我見過夠多女人，曉得這種症狀。」

「詹姆士說他會小心。」

「妳是幾歲？相信男人的鬼話？」

艾蓮諾大笑，算是吧，這是玩笑話？歐蒂兒的語氣……有點怪。有點酸。我不禁好奇起男人曾經對她說過什麼。

艾蓮諾的肚子大得跟château（城堡）一樣，她的頭因此變得很小。她的孕婦裝穿得有點好笑，她的胸部、屁股跟緊緊的棉布作對。她不再染髮，深色的髮根都長出來了。只有不檢點的女人會這樣。

「懷喬的時候不是這樣。」她聽起來很恍神。

她蒼白又腫脹，彷彿不只是她的肚子，她整個身軀都懷孕了一樣，她只要一站起來就覺得頭暈。她跟媽媽一樣整天臥床後，我就待在艾蓮諾身邊。我想起《通往泰瑞比西亞的橋》（*Bridge to Terabithia*）裡的一句話：「**生命如同蒲公英一樣脆弱，只要一股不知何方吹來的氣流，就能將其吹得支離破碎。**」小時候，我以為只有老人才會死，現在我知道不是這樣。為什麼我之前不能對艾蓮諾好一點？過往傷害她的時候我還病態得沾沾自喜，現在想起來真是太可怕了。我竟然願意傷害她。她沒有那麼糟。她甚至說服爸爸給我零用錢，她說：「銀行家的女兒該學會怎麼運用資金。」我禱告起來，拜託別死。

歐蒂兒來了。我喜歡她都不敲門，跟自己家一樣直接走進來。

「妳跟聖母一樣美麗。」她告訴艾蓮諾。

「真的嗎？」

認真的嗎？她比較像《星際大戰》裡的那坨賈霸（Jabba the Hutt）吧？但我知道實話幫不上忙，所以我儘管點頭。

「但咱們還是聯絡一下史坦奇非爾德醫生，這樣比較保險。」歐蒂兒說。

醫生量了艾蓮諾的血壓兩次，然後說她必須接受一些檢查，他之前也是這樣說媽媽。

「她會沒事嗎？」我問。

「妳繼母的血壓很高，這對她跟寶寶都不健康。」

喬跟艾蓮諾睡著的時候，歐蒂兒會想辦法讓我不要那麼擔心，她會教我跟bébé（嬰兒）有關的字彙，搖籃叫couffin，尿布是couches，但艾蓮諾臥床不起，我實在一點都不在乎。

「法國人怎麼說『高血壓』？」我問。

「La tension。」

Tension，就跟英文的緊繃一樣，這個字道盡了一切。

「要出去散散步嗎？」歐蒂兒說。

她非常相信新鮮空氣。我們沿著主街前進，冷冽的北風吹打我們，我們經過教堂，穿看過侏儒松樹，最後抵達墓園。歐蒂兒跟其他老太太一樣，她也是逛墓園的人。我可不是。看到蝕刻在花崗岩上的「布蘭達．傑布森，愛妻與良母」會讓我心痛。媽媽已經過世兩年多了。菊花擺在她墓碑基座上，就跟歐蒂兒丈夫、兒子的墓位一樣。我知道我該低頭禱告，但我偷偷望向歐蒂兒。她低著頭，神情蒼涼。我忽然想到，她會想念她的家人，巴克與馬克，但她也會想念她的父母與雙胞胎手足。我好想知道他們怎麼了。

第二十二章・歐蒂兒

巴黎，一九四〇年八月

「也許我不該打電話叫妳回家。」爸爸說：「但我猜妳會想盡快知道……」

「先生？」小小催促道。

「雷米還活著。」爸爸說。

我喘了一口大氣。

「他在哪裡？」小小問：「他要回家了嗎？」

「他成了戰俘。」爸爸回答。

「戰俘？」小小複誦道。

「他在他們所謂的Stalag裡，也就是戰俘營。」爸爸說。

媽媽哭了起來，我用手攬著她。

「他還活著。」我對媽媽說。

「我們曉得他在哪裡。」爸爸說：「讓這點安慰妳們。」他說得對。可憐的小小，這幾個月都沒有收到哥哥的信。

「希望我們也能有朱利安的消息。」爸爸對她說，語氣非常溫柔。她咬起嘴唇，我看得出來她是在強忍淚水。

爸爸從西裝外套裡抽出一張卡片。我瞥看他手裡的紙張，望著淺淺印刷的文字：Je suis prisonnier（我是戰俘）。接下來有兩行：

一、我健康無虞。

二、我受傷了。

第二項圈了起來。雷米只有自己一個人，而且他受傷了。

看到卡片時，小小面色慘白，她說她該回家跟她媽媽說一聲。我跟爸爸送她到門口。她親吻爸爸的臉頰，這一吻讓他臉上稍微閃過一抹微笑。

我們回到媽媽身邊。爸爸跪在她身旁，溫柔抹去她的淚水。我們攙扶媽媽的腰，送她上床。爸爸在他們的房間裡踱步，媽媽則繼續哭泣。

「我該聯絡多瑪醫生嗎？」我問。

「全天下的藥都幫不上忙。」爸爸說：「我來陪她。妳該休息。」

就這麼一次，我沒有抗議。讓媽媽一個人哀傷，我覺得內疚，同時卻又鬆了口氣，畢竟我也要面對自己的難過。戰俘營，這是一個跟失落有關的新詞。直至今日，我們都能告訴自己，雷米正在回家的路上。我們現在能怎麼說？我在書桌前拿起他的鋼筆，寫下：

親愛的雷米：

你成了戰俘，我們很難過，我們也難過你受傷，離家這麼遠。我們好擔心。

情緒一股腦兒訴諸文字，的確帶來慰藉，但這封信並不能安慰雷米。我打開筆蓋，讓墨水滴到紙張上，我又寫了一遍。

親愛的雷米：

我就只能寫到**親愛的雷米**。

早上，我著裝，前往爸媽的房間。媽媽縮在被毯下，雙眼緊閉，哀號不已，彷彿無法從噩夢中清醒過來。爸爸在衣櫃前面扣襯衫。

「我來陪她。」我說。

「媽媽不會希望妳看到她這樣。」他送我到門口。「我知道有人可以照顧她。」

到了外頭，人行道上只有幾個人，卵石街道上沒有車輛，圖書館也異常安靜。我想念瑪格麗特，我想念保羅，我甚至想念兇巴巴的騰布爾太太要學生別吵。

「我聽說雷米的事了，我很遺憾。」柯恩教授送上蘿拉·英格斯·懷德（Laura Ingalls Wilder）的小說《漫長的冬天》。「我特別標註了一句印象深刻的話。暴風雪的時候，一個開墾先鋒的家庭依偎在他們的破爛小屋裡，得不到溫暖。爸爸開始拉小提琴，要三個女兒跟著跳舞。他們又笑又跳，這讓他們不至於凍死。之後，爸爸必須照料牲口，不然動物會死光。當他走出屋外，根本看不見六公分外的世界。他只能拉著曬衣繩前往穀倉。屋內的媽媽屏息以待。」我接下小說，柯恩教授則握著我的手。「我們看不清眼前的狀況，只能緊握這條線。」

晚餐前，我瞥進爸媽房裡，媽媽睡著了。一位護士坐在床旁邊，稀疏的咖啡色頭髮圍繞著氣色紅潤的臉蛋。她看起來很眼熟。讀者？醫院的志工？

「我是歐蒂兒。」

「蕁金妮。」她說。

「她怎麼樣？」

「妳媽媽沒有動過，恐怕她受了驚嚇。」

日子繼續過。下班後，我會跟小小拖著腳步逛杜樂麗花園。我問：「妳媽怎麼樣？」

「她守在門邊，彷彿我哥隨時會回家一樣。」

巴黎人逐漸習慣占領者了。有人跟他們做生意，賣底片讓他們裝在相機裡，有人則賣啤酒，平息他們的口渴。其他人則拒絕注意到他們，假裝他們不存在。有些女人接受他們的讚美，也接受他們晚餐的邀約。其他人則不滿地噘著嘴。在地鐵上，我對一名纖瘦的德國士兵皺眉，直到他終於低下頭。

知道蕁金妮在家實在讓人放心，她會一隻眼睛注意媽媽，一隻眼睛留意她打的毛線。不過，我還是在想我怎麼會認識她。她在軍人服務處幫過忙嗎？還是我同學的媽媽？

結果，一天晚上，我跟爸爸要與她告別，爸爸幫她披上外套，建議送她回家，這個提議他從來沒有向女傭講過。蕁金妮嬌羞地哼了一聲，連忙下樓。忽然間，我知道了，這個

「護士」，就是跟他一起開房間的妓女。

「你怎麼可以帶她來這裡？」我嘶聲地說。

他一度有點嚇到。然後他眼裡閃過算計的光芒，曉得我大概知情了，扣除他自己的內疚感，假設他能分散情婦與媽媽的焦點，經過一連串混亂方程式的元素運算，他選擇了雷米爭論自己該不該上法學院的論點：「我們還有什麼選擇？請妳的簡寧姑姑從非軍事區回來？還是找個陌生人來幫忙？」

「也許我們可以聯絡卡洛琳阿姨。她會想知道，也會想幫忙。」

「如果我們背著妳媽聯絡卡洛琳，妳媽會生氣的。」

「但爸爸……」

「還是妳想自己照顧媽媽？」

我擔心淹沒在她深層的無盡哀傷之中。

「我們不能花錢找護士嗎？」

「腦子不清楚、沒有離開巴黎的護士已經在醫院值班十個小時了。蕁金妮很稱職的。」

我不屑地說：「我相信你很享受她的床邊的服務。」

「別講妳不懂的事情！再說，蕁金妮基本上的確是個護士。」

「在圖書館工作也不會讓我基本上變成一本書，媽媽要的是真的護士。」

我氣沖沖回房。把情婦帶回家？如果保羅在，他會用理智說服爸爸。我用雙手環抱自己的身軀，假裝是保羅在抱我。爸爸讓我失望的時候，傲慢讀者讓我不好過的時候，想雷米想到心痛的時候，保羅就是我用來塗抹受傷靈魂的乳霜。

晚上八點，爸爸敲起我的房門，說：「吃晚餐囉。」

「我沒胃口！」

夜裡，我躺著睡不著，想像自己把那妓女逼到牆角的模樣。

她會滿臉羞愧通紅，她會道歉，居然有臉敢跟我媽媽呼吸一樣的空氣。她會承諾再也不敢玷污我家階梯，再也不跟爸爸聯絡。

出門上班前，我去查看媽媽。蕁金妮跟情人一樣溫柔，輕撫媽媽的頭髮，跟人母一樣溫柔，替她擤鼻涕。我一次也沒有幫媽媽換過睡衣，一次也沒有倒過尿壺。這位陌生人走了進來，做了一切我辦不到的事。我的怒火慢慢褪去。

我親吻媽媽的臉頰，她完全沒有反應。

「沒有好轉？」我還是很難直視蕁金妮的雙眼。

「昨天用了八條手帕，比前天好了，前天她哭濕了十二條。」

「噢，媽媽……」

「我懂她的感受。」

「妳的兒子也是？」

「在大戰的時候。他們炸毀我們村莊時，他還是牙牙學語的孩童。我希望令堂永遠不要體驗我的感受。」蕁金妮輕撫媽媽的手臂。「歐坦絲，這輩子太辛苦、太辛苦了。不過，妳的孩子需要妳。我們可以寫信給妳兒子。妳的女兒就在這裡，妳不願意看看她嗎？」

媽媽抬起頭，用無助的雙眼望著我。

一九四〇年八月二十五日

親愛的雷米：

我們很想你，希望你能快點回家。

如果你寫過信回來，恐怕我們還沒收到。爸爸媽媽都很好。保羅去幫他阿姨收成。我很想他，我實在無法想像你一定很想小小。愈來愈多人來到圖書館，尋求社區的感覺，尋求鬆口氣的感覺。雖然很多讀者（帶著我們的書）逃走了，我們還是每天一位難求。芮德女士不願拒絕任何讀者。

我還沒有瑪格麗特的消息，但小小終於收到她哥哥寄來的卡片，真讓人鬆了口氣。她很好，只是想死你了。

你收得到這封信嗎？我有好多話想跟你說。

愛，
歐蒂兒

一九四〇年八月二十五日

親愛的保羅：

請替我感謝你阿姨的邀請，我很樂意見她一面，也很想見你，但我必須留在巴黎，說不定會有雷米的消息。

昨天，小小收到她哥寄來的卡片。他也成了戰俘。我聽到的時候很想哭。雖然我很喜歡圖書館，但有時工作實在讓人難以忍受。

看著小小活脫像在照鏡子，我在她糾結的眉頭裡看到自己的焦慮，我在她蒼白的面容裡看到自己的哀愁。對她來說，折磨是兩倍的，因為她的哥哥跟男朋友都成了戰俘。我在杯子裡放了一束鮮花，擺在她的座位上。真希望我能多做一點什麼。希望我能有些更好的消息，而不是這些感傷的想法。你什麼時候回來？

獻上我所有的愛，

你難以取悅的圖書館員

一九四〇年八月二十五日

親愛的瑪格麗特：

我寫了很多信，但至今還是沒有妳的消息。希望妳都好。我們這裡很難過，雷米進了戰俘營，媽媽崩潰了，爸爸找了他的情婦來照顧媽媽。我敢說這女的一定沒有料到她得幫忙清夜壺！啊，好啦，每份工作都有討厭的地方。媽媽已經恢復許多，但還是不夠。她就喜歡人家伺候她，也許，她曉得這個「護士」的身分，想要讓對方不好過。我了解媽媽，我猜兩者都有吧。

納粹湧進巴黎，連國家圖書館都不放過。我們在美國圖書館收到戰俘的索書來信，但納粹當局不准我們把書寄給在德國戰俘營裡的盟軍。真令人心碎。

看看我，竟然跟西蒙太太一樣陰沉。我這就附上令人開心的消息。上架員彼得跟參考資料館員海倫常常黏在一起——午餐時在庭院野餐，以為沒人注意的時候就手牽手，他們現在成了海倫與彼得。他們相愛了，看起來真可愛。

快回家！少了妳，圖書館都不一樣了。

愛，

歐蒂兒

九月的時候，芮德女士撕下貼在窗戶上的牛皮紙。我看出去的時候，沒有看到卵石小徑或長滿常春藤的大甕，我只有看到迷失的信件與遠方的朋友。我看見瑪格麗特沿著小徑走過來！

「雷米呢？」她開口第一句話就是這個，我因此更愛她了。「有他的消息嗎？」

「那張卡片之後就沒有了。」

「我親愛的朋友。」她擁抱起我。「我擔心妳與雷米，還有圖書館……」

「Raconte！」我們異口同聲地說，告訴我！我什麼都想知道！

她講起從巴黎出發的路程。「路上都是車。德國飛行員向平民掃射，所以每次只要有飛機飛過，車子就會緊急煞車，大家跑向壕溝。我們汽油配給用完了，前往坎佩爾的最後十六公里是用走的。克莉絲汀娜整段路都在哀號，要怎麼跟孩子解釋戰爭是什麼呢？」

羅倫斯想回倫敦，但瑪格麗特拒絕。「這是我第一次，覺得自己很重要，彷彿我的工作，呃，我擔任志工的工作很重要。」

「妳的確很重要。」我強調。「我們這裡需要妳。」

「Sincèrement（真的），我很高興能夠回來修補書本了！」

「回來羅倫斯高興嗎？」

瑪格麗特碰觸她的珍珠項鍊。「他待在非軍事區。」

法國分成兩半，北邊在德國掌控下，南邊則由大戰英雄菲利普・貝當（Philippe Pétain）元帥領導。

「可惜羅倫斯在那麼遠的地方。」我說：「他在那邊工作嗎？」

「他……他跟一位朋友在一起。」

「他會在那邊待多久？」

瑪格麗特尋找起說詞，有點像我在法語及英文間穿梭轉換一整天之後的樣子。她最後說：「噢，誰管他！我跟妳說，回來的路上，為了確保我們有足夠的汽油，我用舊茶壺裝油。」

「我希望是不會漏油的茶壺！」

一個禮拜之後，保羅抵達我的家門口，他的頭髮曬成乾草的顏色，氣色紅潤，我只有傻傻望著他看。晚上睡覺的時候，我幻想過無數次我們的重逢。我會投進他的懷抱裡，他會吻遍我全身。他會撫摸我的臀部，我會顫抖不已。結果呢？當他擁抱我的時候，我還是僵住的。緊繃了好幾個月，我還是無法回復。他說：「Je t'aime（我愛妳）。」我感覺到他在我太陽穴上的吻，我的身體鬆軟下來，我開始哭。他摟著我，帶我到階梯平臺上，他曉得我不想讓爸媽擔心。我必須替他們、替小小、替讀者裝出沉著的模樣，但跟保羅在一起，我不必繼續偽裝。

「我們會一起撐過去的。」他說。

我的啜泣緩了些，我用鼻子湊了上去。我可以永遠待在保羅的擁抱裡，哎啊，直到媽媽介入。她看到保羅拿回來好幾籃馬鈴薯、奶油、醃火腿，便說：「要得到歐蒂兒的心，就要先填飽她的肚子。」

「很會照顧人。」爸爸說。

在餐桌上，在客廳裡，爸媽總是徘徊不去。媽媽臉上的憂慮線條少了一點，爸爸也露出這個月第一次的笑容。

「我很想妳。」保羅對我低語。「希望我們能有五分鐘獨處的時間。」

「明天約在你住的地方見面？」

「我跟其他四個同事住在同一層。如果他們撞見妳，妳的名聲就毀了。」

戰俘郵件

一九四〇年八月十五日

親愛的爸爸媽媽：

一切都好。我正在恢復。在戰俘營裡有個來自波爾多的醫生，他跟我的床就在附近。他會打鼾，但有他在讓人鬆了口氣。謝謝你們的卡片。可以請你們寄點東西來嗎？溫暖的襯衫、內褲、手帕、一條毛巾，一些布。刮鬍刀跟刮鬍泡沫。如果不麻煩，能夠久放的食物也可以，也許一些pâté（肉醬）？

請別擔心。我們的處境還不錯，就目前沒有什麼好抱怨的。

你們親愛的兒子
雷米

戰俘郵件

一九四〇年八月十五日

親愛的歐蒂兒：

妳好嗎？還有小小、爸爸、媽媽、保羅，你們都好嗎？

我的肩膀還在復原當中。在敦克爾克附近的時候，我遭到敵軍攻擊。痛得要死！當然，妳以前在桌下踢我的時候，我也抱怨說那痛得要死。我單位裡有好幾個人都遭到俘虜。對於這樣的命運，我們原本憤恨不平，但後來我們才曉得還有更多人喪生。

我們包括法軍與一些英軍，我們像橫跨了大半個德國一樣，走了好遠，沒什麼東西吃，也沒得休息。妳知道我的，我不是什麼體育健將。走了幾個禮拜，能夠抵達這裡、睡在床上（雖然只是木板），都讓人鬆了口氣，至少不是睡在濕冷的地上。

謝謝妳的信。抱歉我不能早點回信。

愛，
雷米

一九四〇年九月三十日

親愛的雷米：

謝天謝地，謝謝你告訴我們你需要什麼，媽媽想寄幾串玫瑰念珠，這樣你跟其他人才能「好好禱告」。今天是許久以來，她第一次參加了彌撒。她先前狀況不太好，爸爸替她找了一位護士。

起先，我不確定讓陌生人照顧媽媽是個好主意，但我看到她們處得很好。萼金妮會穿毛線衫搭白襯衫，很尋常的女人，有點駝背，目光總是憂鬱。偶爾她唇上會爬起嚮往的微笑。有點像媽媽。晚上爸爸到家前，我們會一起喝點茶，吃些點心。

爸爸現在回家時間愈來愈晚。他的車子遭到徵用，所以他得搭公車。不幸的是，因為汽油難以取得，所以公車班次也減少了。

少了你，爸爸挑我毛病的次數是之前的兩倍。他太保護我了，不喜歡我出門，甚至連白天都不讓我去看電影。納粹有他們專屬的戲院跟妓院，所以我、小小、瑪格麗特理當是安全的。燈光昏暗，我們才能表達真正的情緒，當希特勒的新聞影片出現在大銀幕上的時候，大家都噓了起來。

當soldaten（士兵）告訴我們什麼是verboten（禁止的）的時候，德國文化就鑽進我們的腦袋裡了。他們的軍人開始學法語。一名鬥雞眼的Kommandant（指揮官）想要跟我們的簿記小姐攀談，你還記得她嗎？會烤司康的堅毅女性，喜歡作古的希臘數學家？指揮官說：

「Bonjour, Mademoiselle. Vous êtes belle（小姐，早安。您真美）。」結果魏德小姐卻說：「閃邊！」對方聽不懂，她就說：「Auf Wiedersehen（再見）！」

愛，

歐蒂兒

要把信寫得輕鬆其實很難，特別是巴黎街頭滿是納粹的時候。在員工會議上，波利斯告訴我們，納粹在聖母院附近的俄國圖書館搜刮了超過十萬本書。

「超過十萬本書。」瑪格麗特無力地複誦起來。

我小時候，卡洛琳阿姨曾帶我去過一次。我們先在塞納河上的西提島大教堂參加彌撒，這就是《鐘樓怪人》的聖母院，然後過河前往左岸，漫步在貝切里街，直達圖書館。圖書館的大門是開的，我們往裡頭偷看，就會聽到：「歡迎、歡迎。」館員看書用的眼鏡還繫著銀色的鏡鍊，繞在她的脖子上，她給我一本圖畫書。我跟卡洛琳阿姨會讚嘆這些文字，不只因為它們是外國的語言，更是因為連字母都帶著異國風情。

從地板到天花板的牆面都是書架，好高，最高的架子甚至需要梯子才搆得到。卡洛琳阿姨讓我一路爬到最上面。那天，就跟與阿姨度過的每一天一樣，宛如天堂。

現在，我想像那些書架空空如也。想像館員雙眼噙淚。想像讀者來還書，卻當場得知那是圖書館剩下的最後一本書。

「他們為什麼要洗劫圖書館？」小小問。

波利斯解釋起來，納粹想要殲滅某些國家的文化，以系統的方式充公該文化的科學、文學及哲學書籍。他補充說納粹也洗劫了著名猶太家族的私人藏書。

「猶太讀者。」我說：「包括柯恩教授。」

昨天在閱覽室角落的書上，我看到一堆書。在書堆之後，我看出白髮與孔雀羽毛。教授好像是用圖書館的書打造出一座堡壘，這些書有喬叟、米爾頓、奧斯汀等等。

我接近的時候，教授似乎沒有注意到我。我問：「重返經典作品？」

「納粹洗劫了我的書。他們闖進我家，掃光我家所有的藏書，我的首刷書，甚至是最後一頁還在打字機上的《貝武夫》文章，統統掃進箱子裡。」

「不……」我用雙臂擁抱她的肩膀。「我太遺憾了……」

「我也是。」她無奈地比了比周遭的書。「我想再次體驗跟我最愛的書坐在一起的感覺。」

員工會議時，瑪格麗特說：「四十年的研究就這麼沒了。」

「我們曉得她喜歡哪些書。」小小說：「我可以找書商買一些回來。」

「那其他的讀者呢？」芮德女士問。

「那俄國圖書館呢？」波利斯問。

「那我們的圖書館呢？」我說。

「她說得對，納粹很快就會找上門了。」芮德女士說。

十月，開學了，無論如何，生活繼續過下去的證據出現了。母親會燙襯衫，確保她們的孩子有筆記本跟鉛筆。某些食物變得短少，家庭主婦在肉舖大排長龍。時尚雜誌推出一堆女性該如何戴帽子的小秘訣（往後翹）。我跟瑪格麗特把裝箱的書本寄往法國鄉間的拘留營，那邊關押了共產黨員、吉普賽人、外國敵人，基本上就是母國與德國開戰的平民。

宣傳小隊一直工作，想要掀起法國人的憎恨。張貼在建築、地鐵站、劇場大廳的海報是一名法國海軍在一片血海中掙扎求生的畫面，他手裡緊握破爛的三色國旗，哀求地說：「莫忘奧倫！」英國海軍在此擊沉我們的船艦。我們怎麼忘得了？他們殺害了超過千名法國海軍。德奈西亞先生還是不肯與普萊斯—瓊斯先生講話。

巴黎人拒絕接受納粹宣傳工作的煽動，開始破壞海報，用其他的文字蓋過「奧倫」，所以這句話變成「莫忘泳衣」。

今天午休時間，我跟保羅去蒙梭公園（Parc Monceau）。他氣到身體僵直，大步走在沙子小徑上，我差點跟不上他。

「我今天奉命去修復海報。」他說：「這比戴著該死的白手套指揮交通更糟。其他人看到我洗刷塗鴉的時候，還在那邊偷笑。」

「才不是這樣。」我攬起他的手臂，但他僵硬的身軀並沒有軟化。

「太丟臉了。警察原本有武器，現在我們只有海綿。我本來要保護人民的安全，現在我在擦塗鴉。」

「至少你還在這裡。」

「我寧可跟雷米去打仗。」

「別講這種話。」我說。

「至少他還在作戰，至少他還算個男子漢。」

「你是在做你的工作。」

「我的工作是維護他們宣傳工具的整潔？」他把一根擋路的樹枝踢開。「太丟臉了。」

戰俘郵件

一九四〇年十月二十日

親愛的歐蒂兒：

謝謝妳寄來的肉醬，大家都很喜歡。雖然這裡的成員收到家裡寄來的東西都會分享，但還是有幾個傢伙會囤東西。狀況這麼糟，大家還是不能團結，實在太讓人失望了。保羅寄了「聽故事時間」的剪報與素描來。小小把書舉在頭上，就跟屋頂一樣。我完全可以聽到她告訴在場的孩子，書本就是避難所。我很高興能夠得到來自巴黎的消息。別害怕告訴我事情有多糟。我想知道那裡怎麼了。這樣我的心思才不會一直卡在這裡。我們都快發瘋了，不曉得要在這邊待多久。有人教我打橋牌。看來我們最不缺的就是時間了。

愛，

雷米

一九四〇年十一月十二日

親愛的雷米：

很高興你喜歡那幅素描。保羅很會畫畫，對不對？

媽媽經常邀請他跟小小來家裡。上週晚餐時，爸爸讓小小看你小時候的照片。有小小在，爸爸不再板著臉，真希望你能親眼看到她贏得爸爸的心。我更希望你能回家。昨天，將近有兩千名高中生與大學生抗議占領者。貝當元帥這種老人也許統治法國，但帶路的可是年輕人。

愛，

歐蒂兒

我沒有告訴雷米寄給他的肉醬用了我們全家一個禮拜的肉類配額製成。我沒有告訴他，因為當局介入，抗議並沒有維持太久。我沒有告訴他，納粹突襲了捷克斯洛伐克圖書館。我沒有告訴他指揮官寫信通知，這禮拜Bibliotheksschutz就會來「檢查」我們圖書館。

芮德女士、波利斯、小小跟我愣看著那張通知。

「Bibliotheksschutz是什麼？」小小問。

「字面上的意思是『圖書館保衛者』。」館長說。

「所以是好的，對嗎？」我問。

芮德女士哀傷地搖搖頭。「這字眼滿諷刺的。我想像他們搬光我們的藏書。」

「他們是書籍的蓋世太保。」波利斯解釋道。

「檢查」當天，還不到中午，波利斯就抽完了一包菸。芮德女士忙著查文件，想要確保圖書館不會因為什麼技術上的原因被迫關閉。我搜集好要重新上架的書，《大亨小傳》、《綠岸大宅》（*Greenbanks*）、《他們眼望上蒼》，這些小說是親愛的朋友。我望向瑪格麗特，曉得她也在想同一件事：**如果沒有圖書館，我們該怎麼辦？**

「咱們去泡茶給芮德女士喝。」她說：「我們必須做點什麼，不然我們就要發瘋了！」

我覺得心裡七上八下的，所以瑪格麗特端茶。她把托盤放在芮德女士座位旁邊的桌上時，我問：「妳還好嗎？」

「超想吐，心煩意亂。」館長說：「等著圖書館保衛者閣下前來，祈禱我們能夠繼續開放。」

瑪格麗特倒起洋甘菊茶。燙燙的瓷杯溫暖了我冰冷的雙手。我才正要喝茶，就聽到硬木地板上傳來的沉重腳步聲，這聲音在書堆間迴盪。

館長坐在位置上挺直腰桿。三個身穿納粹制服的男人走了進來。他們什麼也沒說，沒有妳好，沒有bonjour，沒有guten Tag，沒有「你們被逮捕了」，也沒有「希特勒萬歲」。其中兩個結實的士兵大概沒比我大幾歲，第三位是一個纖瘦的軍官，戴著金框眼鏡，手裡提著皮製公事包。

三人打量起辦公室：桌上的文件、空蕩蕩的書架，原本罕見手稿跟首刷珍本都放在這裡，現在這些東西都流浪在外，就因為這一刻有一天到來。他們也望著館長蒼白的肌膚、泛著光澤的髮髻，以及她不滿噘起的雙唇。如果芮德女士害怕，在場可是沒人看得出來。我從來沒看過她坐得如此挺直，從來沒有見過她表情如此冰冷。她總會起身歡迎訪客，無視性別禮儀的教條，他因此會坐在位置上，僅伸手向客人握手。不過，這些不速之客配不上她平時的關注。

「圖書館保衛者」期待的一定以為館長是男的，而不是女士。他望著她，說起了德文，他語氣陰沉，命令簡短。兩位年輕人離開了，如同女僕靜靜在身後帶上門。館長沒有開口，這位先生反而操起完美的法語：「芮德女士，妳的圖書館真漂亮。我真是太欽佩了。全歐洲都沒有圖書館比得上這裡！」

聽到對方喊她的名字，她這才聚焦在對方臉上。「福克斯博士？你到巴黎了？我完全沒聽說。」她雙手交握，彷彿是很高興見到老朋友一樣。「我必須坦承，我只有看到制服，沒看到人。」

「我上週才接到這個職務，現在負責荷蘭、比利時與法國占領區域的知識活動。」他吹噓道，彷彿是幼稚地以為她會誇他兩句一樣。他油亮的臉頰與梳得整齊的頭髮讓他看起來很像主日學老師。

「你一定很想你的圖書館。」她同情地歪著頭說。

「的確。Staatsbibliothek（國家圖書館）無疑不需要我，但我需不需要它，又是另一個問題。」

我之前以為納粹會是不識字的惡棍。結果他卻在柏林最有名的圖書館工作。我跟瑪格麗特都等著館長要我們離開，但她跟這位圖書館保衛者似乎完全沒注意到我們。

「妳現在當上館長啦？」他繼續說：「太恭喜妳了。」

「我們很幸運，有一批認真的員工及志工。」她皺起眉頭。「唉，那也是之前的事了……現在狀況不一樣了。多位同事不得不離開。」

「只靠妳一個人一定很辛苦。」他將自己的電話號碼寫在一張小紙上，然後擱在桌面。「如果有需要，就聯絡我。」

「好久沒見了。」她支吾地說。

「自從國際智慧合作研究所研討會就沒見過了。」他咕噥著說：「輕鬆的時光。」

「如果他們讓我知道圖書館保衛者是誰，我就不用擔心整個禮拜了。自從知道『檢查』之後，我就在磨練尖酸刻薄講話的技術。」

「妳會說什麼？」他還是立正站在原地。

「坐下喝杯茶吧。」她比了比椅子。

瑪格麗特動身去拿杯子。我知道我必須離開，但事情的轉折實在讓我看得入迷。

「我會告訴圖書館保衛者，一間沒有讀者的圖書館只是書籍的墳墓。」芮德女士說：「書本就像人，沒有接觸就無法存活。」

「說得太好了。」他說。

「我已經準備好哀求讓圖書館繼續開放。我怎麼料得到會是你呢？」

「妳一定要知道，我絕對不會允許圖書館關閉，然而……」

「請說。」她催促道。

「你們必須遵守國家圖書館頒布的規矩，某些書已經不允許流通。」他從公事包裡抽出一張清單。

「我們必須摧毀這些書？」芮德女士問。

他驚駭地看著她。「我親愛的年輕姑娘，我說的是不能流通。這是兩個專業圖書館員該有的對話嗎？人家不喜歡我們摧毀書籍。」

瑪格麗特端著一杯伯爵茶回來。香檸檬的柑橘氣味讓整間辦公室瀰漫著希望的氣息。**我們這種人**，我們這種圖書館員，我們有共同的靈魂。對，這場戰爭分化了我們，但喜愛文學的心可以凝聚我們。我們可以像文明人一樣喝茶聊天。芮德女士發出顫抖的嘆息，也許是覺得最糟的已經過去。她跟圖書館保衛者回想起他們一起參與的研討會，還有他們認識的人。**噢，天啊，在芝加哥舉辦的美國圖書館協會活動真有意思；啊，對，那位女士退休了；那位先生轉去另外一間分館了，真的不一樣了。**

福克斯博士驚望手錶，說他下一個行程已經耽誤了。他一邊起身，一邊對館長說：「見到妳真好。」到了門邊，他還因為會議進行順暢而喜孜孜的，他轉頭望向我們。我以為他會對某本書提出什麼看法，或來句無害的道別，結果他說的是：「當然，圖書館以後不會歡迎**某些人**。」

第二十三章・歐蒂兒

芮德女士用手指抵著太陽穴，她咕噥地說：「我必須思考。一定有辦法……也許我們可以想辦法送書出去……」

工作人員一一進來。小小咬著嘴唇。波利斯皺起眉頭。魏德小姐髮髻上插了十二支鉛筆。我從芮德女士架上抽出《作夢的人》一書。我需要實際握住什麼。我不用翻開書頁都曉得上頭寫著：「**本書是一部地圖，每一章都是一趟旅程。有時通往黑暗，有時前往光明。我擔心起我們要去的地方。**[5]」

「如何？『圖書館保衛者』怎麼說？」小小問。

「我們必須下架四十本書。」瑪格麗特說。書單上有替我們圖書館通訊報撰文的海明威，還有威廉・夏伊勒（William Shirer），他的研究文章就在我們的閱覽室裡。

「當你想到他們的禁書清單包括幾百本書的時候，這只是要付出的一點點代價而已。」波利斯說。

我說不准。少了這些書，巴黎就喪失了一部分的靈魂。

「我們可以把這些書借給我們熟悉的讀者。」上架員彼得說。

我們熟悉的讀者……我想起柯恩教授、索邦大學的學生、「聽故事時間」來的小朋友。我把書本抱在胸口，真不曉得該怎麼跟教授說，我們不再歡迎她了。真不曉得我們要怎麼面對猶太籍的讀者。真不曉得我們是不是連童書也要禁。當然，這項通知影響得遠遠不止書籍。圖書館保衛者要求我們從這個社區共同體裡排除某些讀者。

克拉拉．德錢布倫伯爵夫人到訪，坐進先前福克斯博士坐過的位置上。她是唯一一個留在法國的信託董事會成員，其他人都搭船回到安全的美國了。她待過美國、非洲與歐洲，是一位研究莎士比亞的學者，她也有索邦大學的博士學位。在她精明的雙眸中，我看到老到的經驗，希望在她的幫助下，我們能夠找到方式繼續前進。

她的閱讀眼鏡擱在鼻尖，問：「好，妳要跟我說什麼？」

我們轉頭面向館長。通常她會急著開口，知道開會的時間都是其他工作之間硬騰出來的時間。「我……就是……」

「請說。」伯爵夫人催促道。

「納粹規定，猶太人不得進入圖書館。」芮德女士壓低聲音說。她搖搖頭，彷彿不敢相信她自己剛剛說的話一樣。

「妳不可能是認真的！」小小說。她揚起下巴，看起來好像雷米，一臉如果必要，她也會反抗的模樣。

「以色列環球聯盟（Alliance israélite universelle）遭到洗劫，東西統統遭到搬光。納粹不止清空烏克蘭圖書館的藏書，還逮捕了館員。誰曉得他在哪。如果我們不遵守規定，他們

5. 譯註：之前的著作大都是實際存在的書，除了這本《作夢的人》。

就會關閉圖書館、逮捕我們，這還是最好的情況。」波利斯說。

我們望向芮德女士。

「『圖書館以後不會歡迎某些人』。」她說：「包括我們好幾位最忠實的讀者，我們一定有辦法跟他們繼續保持聯繫。」

「想想穆罕默德跟山的故事！山不來，穆罕默德就走過去！」伯爵夫人說：「我有一雙腿，波利斯、彼得、歐蒂兒，每個人都有一雙腿。我願意也準備好要把書一本一本送去給讀者，我相信每位工作人員都很樂意做這種工作。」

「我們會確保所有的讀者都會收到書本。」瑪格麗特說。

「其中是有危險的。」芮德女士陰鬱地說。她望向我們每個人，確保大家都明白。「我們仰賴的規矩一夕改變。送書出去可能會被視為挑戰當局，可能會遭到逮捕。」

「我在戰爭前夕抵達巴黎，為的就是將書本送到讀者手上。我現在可不打算放棄。」海倫說。

「我會把整間圖書館的書都運給讀者。」彼得說。

「我們不會讓讀者孤立無援。我們會把書本帶給他們，如果我弄得到足夠的麵粉，我還會順便附上司康。」魏德小姐說。

「送書給讀者是我們反抗的方式。」小小說。

「我們必須這麼做。」我說。

「這是正確的事。」波利斯說。

「那咱們開始工作吧。」芮德女士說。

她跟伯爵夫人寫信給猶太籍的讀者。有留電話的人，小小就去電聯絡。小小坐在芮德女士的座位上，電話話筒跟她的頭差不多大，我聽到她哽咽地說：「直到狀況恢復正常……我很抱歉……我們可以帶哪些書給你？」

波利斯準備讀者需要的書籍，用線繩把書綁在一起。他特別將一份要給柯恩教授的書交給我，而我即將前往一個截然不同的世界。

我想要避開所有的納粹檢查哨，但兩個街廓外又冒出新的檢查哨。在一條窄窄的街道上，總是五人一組、總是持槍的德國士兵在金屬路障前檢查起巴黎人，為的是核對文件、搜身。我乖乖排隊，想起自己把教授的地址寫在紙上，塞在書包裡。我為什麼不背下她的地址？要是我帶著納粹找到她的公寓怎麼辦？

一位士兵要求我打開包包。我站在原地，呼吸變得短淺，我覺得自己要暈倒了。他一把搶走我的書包，翻起裡面的書本與紙張。

「沒什麼有趣的東西。」軍人用德文說：「只有一條手帕、她家鑰匙跟幾本書。」

某種程度上，我覺得他們是在說這個。我聽得懂的只有nichts（沒什麼）、interessant（有趣）跟Buch（書）。他檢視我的文件，比對起carte d'identité（身分證）上的照片，然後將文件塞進我懷裡，沒好氣地說：「走了、走了！」

轉進街角，我在書包裡翻找寫著地址的紙張。我發誓我以後會小心，撕碎了紙張。我不想讓讀者冒險。等到呼吸恢復正常後，我繼續前進。

我一直好奇教授會住在什麼樣的地方，想像她在仙境般的書房裡，周遭是玫瑰花園。是說她不見得會邀請我進屋啦，這又不是什麼社交拜訪，就現況看來，我實在不知道該說什麼。這樣不對？圖書館表示遺憾？這樣很怪？

還是什麼都不要說？

走到柯恩教授家要二十分鐘。在金色的奧斯曼風格建築裡，樓梯如同蝸牛殼一樣彎來扭去。我走到二樓，聽到敲打字機的聲音。我擔心會打擾教授，想整疊書留在門外，但我知道波利斯不喜歡書扔在地上。最後我還是敲了門。教授揮著披風，連忙要我進屋。跟著她進了客廳，我的目光從她頭髮上的孔雀羽毛跳到曾經擺了千冊書籍的空蕩書架。納粹的刺刀的確刺進了教授研究工作的軀幹上。

「他們連我的日記都偷，裡頭寫滿我跟所愛之人共度的歡樂時光，以及我絕望的時刻。」

他們充公了她的私密想法，颶風，五五一點五五二，禁書，三六三點三一，危險動物，五九一點六五。

她比著擺在椅子上的一疊書。「許多朋友來訪。他們曉得我的品味，我會一點一點重建我的收藏，也許順便寫本小說。我跟編輯聊過我正在寫的東西，他似乎很感興趣。」

希望，一五二點四。我望向她的打字機。「妳的新書在寫什麼？」

「寫我們。哎啊，寫我們巴黎人。我跟很多人一樣，喜歡賞人，但有時我覺得我們太在意彼此了，因此帶有侵蝕性的嫉妒油然而生。」

在我開口回話前，她離開客廳，端著托盤上的茶跟餅乾回來。我望向手錶，四點鐘，其他讀者還等著我送書呢，我也不想惹波利斯不高興，但教授這麼大費周章，我實在不好意思離開。

等著橙黃白毫茶泡開，我吃起俄羅斯香菸餅乾。我品嘗到現在很罕見的奶油時，覺得似乎舌頭腫了起來。她去哪弄來的奶油？

「我姪子的好朋友開了一間乳酪廠。」她說。

我面露難色。「誰想得到我們竟然有義務解釋家裡有哪些食材呢？」

「狀況只會愈來愈糟。」

我實在難以想像狀況變得更糟。「芮德女士答應明天會過來。」我說，希望朋友造訪的消息能夠讓她開朗一點。

「圖書館狀況如何？」

我聽到她沒問出口的問題：**我的朋友有沒有注意到我不在了？他們想我嗎？**教授毫不掩飾的神情充滿無盡的哀傷。看到這樣的內在風景感覺實在很怪，看到一個人公寓的內部，看到一個人生活的內在。進讀者家看到原本應該是私人的景象。我不曉得該說什麼，她也是。最後，找到話語的是作家，她說：「謝謝妳送書過來。我必須回去寫我的小說了。」

外界的消息鮮少進入被占領區域。雖然芮德女士的母親自從一九二九年起，每個禮拜寫信給她，但過去半年來，她連一封信也沒有收到。外國圖書與期刊都沒有寄來，我想像書報雜誌統統堆在紐約的倉庫裡。

雖然有配給，食物還是難尋。媽媽在市場排了一小時的隊才買到三根看起來乾癟的小韭蔥。芮德女士原本合身的點點水玉洋裝現在寬鬆地掛在她身上。參考資料館員海倫依舊一頭亂髮、一雙迷濛的眼睛，但她也瘦了六公斤。我跟她們一樣，也變得太瘦。我告訴多瑪醫生，我的生理期已經好幾個月沒有來了，他說不是只有我這樣。

我餓著肚子，行動速度降了一半，將讀物送往巴黎各處，從蒙梭公園旁邊的時尚公寓，到蒙馬特的寒酸小房間。今天在檢查哨的時候，值班的其中一名軍人仔細檢查了我包包裡的東西。「《野性的呼喚》？《最後的摩希根人》（*The Last of the Mohicans*）？法國女孩為什麼會看英文小說？讓我瞧瞧妳的文件！」

這位**Kapitän**（隊長）用手指摩挲過我身分證上的照片，也許覺得那是偽造的證件。他用德語問另一個士兵問題。他們走了過來，直到圍住我。我從來沒有覺得自己這麼渺小過。軍人查看書本，然後迅速說了幾句話，我只聽得懂幾個字：Gross（大）、Roman（小說）、Gut（好）。他們在講什麼？他們覺得我是夾帶什麼訊息嗎？他們會逮捕我嗎？我能提出什麼藉口？老實說我是巴黎美國圖書館的館員？不行，他們可能會來圖書館。還是說我有來自英國的朋友？不行，他們可能會拘留瑪格麗特。

「你知道，『法國女孩』也可以對其他文化感興趣。我跟我哥哥都很喜歡歌德。」我告訴他們。

隊長滿意地點點頭。「我們德國人有很棒的作家。」

他把東西還給我。我在他改變心意之前連忙離開。

要避開檢查哨實在太難了，因為納粹會隨意架起路障。我送完書後，連忙趕回圖書館警告瑪格麗特，她可能會有遭到逮捕的風險，因為她來自敵國。

「我知道。我昨天回家的時候遠遠就看到一個檢查站，我連忙跑進一間女帽店。在試戴了四頂帽子的三個小時過後，納粹才離開。」她用手指撫摸珍珠項鍊。「彷彿我脖子上繫著索套一樣。」

我們的簿記員失蹤時，大家人心惶惶。我們去魏德小姐住的公寓大樓、醫院、警察局找人，最後波利斯才搞清楚發生什麼事，納粹逮捕了她，把她送去法國東部的拘留營，逮捕她，因為她是英國人。

芮德女士決定外國工作人員必須離開法國。「我最困難的決策是請海倫與彼得離開。」她在餞別派對上對讀者與工作人員說：「我曉得這個決定是對的。等到我知道他們安全了，我的腦袋跟我的心才會輕鬆一點。」

海倫面色蒼白，但雙眼閃著光澤。彼得求婚了。曉得他們的圖書館愛情故事會繼續走下去，我們因此覺得沒有那麼憂鬱了，大家舉起酒杯，向他們餞別。

「謝天謝地芮德女士會留下來。」我對小小說。

「目前是這樣啦。」她說。

二月，三月，四月，冬天就是不肯走。灰色的雲摸索著天空，白天晚上都有陰鬱的雨絲。保羅每天會來看我，他送我一束紫丁香。「妳太陰沉了。最近有雷米的消息嗎？」他問。

我從口袋裡抽出一枚信封，展開他最新寄來的一封信，彷彿那是什麼價值連城的亞麻布。

親愛的歐蒂兒：

復活節快樂！我正想到妳呢。謝謝妳寄來的《維萊特》。我已經開始把勃朗特姊妹當朋友了。我們被迫在農場工作。他們的男人在東部前線作戰，所以這裡大多都是女人跟老人。我們戰俘拖著腳步進城，地主會對我們品頭論足，只想要健壯的工人。

大夥兒盡量搞破壞，畢竟這些農人也是敵人。我希望妳能認識馬賽爾。當一位老太太帶他去穀倉，塞給他一個桶子的時候，期待他能替牛擠奶，結果他扯起牛的尾巴，彷彿那是井泵打水的握把。小母牛嚇到踢了他一腳。現在他跟我一起躺在營房裡。他強調，光是看到老太太反感的神情，斷兩根肋骨感覺非常划算。

愛，
雷米

他這是為我裝出一副堅強的樣子，我又何嘗不是如此？

「怎麼了？」保羅問。

「該從哪裡開始說起？一名德國士兵徵用了小小的公寓。他睡在她哥哥房間。我不曉得她怎麼能忍受這種事情。昨天下班後，她在兒童閱覽室掉眼淚，我不曉得我該安慰她，還是要假裝沒看到。畢竟她也有自己的尊嚴。德奈西亞先生還是不肯跟普萊斯—瓊斯先生交談，我不喜歡戰爭摧毀他們的友誼。我們擔心芮德女士，她日漸憔悴……」

「至少妳還很崇拜妳的主管。」

他看起來憂心忡忡。我想擁抱他，想要忘卻戰爭五分鐘，但西蒙太太銳利的雙眼讓我不安。我跟保羅到底什麼時候才能獨處啦？

我在蝸牛般的樓梯上就聽到柯恩教授敲打字機的聲音。這次跟平常一樣，她的門口平臺上彌漫著打字機色帶的味道。雖然我覺得很憂傷，但她來應門的時候，我還是笑了，她居然穿了一件西裝禮服外套。

「怎麼回事？」我問。

「我正在想辦法進入我角色的腦袋，所以我穿上我丈夫的燕尾服。」

「有用嗎？」

「不確定，但很好玩。」

她身後的書架已經快填滿一半。小小、瑪格麗特、芮德女士、波利斯，還有我，我們都從自己的藏書中送書過來，教授的朋友也會給她書。打字機上的紙張也變多了。

「有什麼新消息？」她問。

我嘆了口氣。「我升職成參考資料的館員了。」

「這不是好事嗎？」

「之前負責的館員回美國了，這不是我想要升職的方式。我寧可永遠待在期刊室，跟我的夥伴在一起。」

「人制定計畫，上帝負責嘲笑。」她說：「喝杯茶吧？來點正式點的服裝？」

我們在貴妃椅上閒聊，杯子擱在大腿上，她穿她的燕尾服，我在脖子上繫了一個黑色的領結。我撫摸絲綢的觸感，感覺稍微好一點了。

每週拜訪柯恩教授是我工作上的喜悅、生命裡的喜悅。她甚至讓我看她正在寫的內容，有些故事發生在圖書館裡。這些篇章慧黠有趣，充滿洞見，就像她這個人。教授成了我最喜歡的作家，是所有類別都第一名的那種喜歡。

巴黎
一九四一年五月十二日

局長先生：

你為什麼不去找未經登記的藏匿猶太人？

這是柯恩教授的地址：布蘭琪街三十五號。她之前在索邦大學教授所謂的文學課程。現在她邀請學生去她家，這樣她才能繼續在同事與學生間狂歡作樂，這些人多數都是男性，想想她都幾歲了！

當她冒險外出時，遠在一公里外，你就能看到她飄逸的紫色披肩，還有頭髮上歪斜插著的孔雀羽毛。向她要領洗證與護照，你就會看到她的宗教明白寫在上頭。當正直善良的法國男女辛苦工作時，教授大人坐在那裡看書。

我說得非常清楚，現在就看局長怎麼處置了。

知情人敬上

第二十四章．歐蒂兒

在我們大樓荒蕪的庭院裡，媽媽面露難色，扯著窗邊花臺裡她心愛的蕨類植物。我跟萼金妮在她旁邊把胡蘿蔔的種子種下去。幫助媽媽讓我覺得自己很有用，陽光感覺很舒服。

「我們明明去年就可以種點蔬菜。」她用手指撫摸癱軟在嵌石步道上的蕨葉。「但我就喜歡漂亮的東西。」

「誰曉得德軍會繼續占領？」萼金妮說：「要是戰爭永遠不結束呢？」

「我們大戰時就這麼說，但好事都會畫下句點，壞事也一樣。」

媽媽讀了一封信給我們聽，寫信的人是她住在鄉下的表親，對方承諾會寄一些農產品過來。她讀完後，說：「我這輩子都因為自己出身農村而尷尬。當爸爸帶主管跟他們太太來家裡吃飯的時候，我總是覺得……自己沒有巴黎女人那麼優雅得體，就像煙燻鮭魚旁邊的肥羊肉。」

「噢，歐坦絲。」萼金妮拉起媽媽沾著泥巴的手。

「但現在我的出身反而可以救我們一命。」

「以胡蘿蔔的形式。」我打趣地說。

「妳為什麼要說羊肉？」萼金妮悲痛地說：「現在我好餓。」

她跟我咯咯笑了起來，將花盆拿上階梯，擺在窗架上。媽媽跟在後頭，她手裡握著小小的蕨葉，彎彎曲曲的，好像問號。

「我看我們差不多要準備晚餐了，妳要不要邀請保羅過來？」蓴金妮說。

「他是來陪伴，不是來用餐的。」媽媽一邊說，一邊將蕨葉放在裝了一點水的玻璃杯裡。「今天又要吃大頭菜了。」

「這次用烤的。」蓴金妮失禮地說。

用餐後，媽媽假裝在整理寫字桌，我跟保羅坐在貴妃椅上。因為我們不能敞開心扉講明話，我就給他看一頁伊迪絲・華頓的《純真年代》（*The Age of Innocence*），我們閱讀的時候，身軀幾乎沒有接觸到。「**我們分別時，我期待與你再次相見，每個念想都如同烈火熊熊燃燒，但你出現後，你遠比我記憶中還飽滿真實，我想要你的程度遠超過偶爾見面的一、兩個小時，等待的期間充滿無用的渴望。**」

蓴金妮走了進來，拉拉媽媽的手。「噢，讓年輕人找點樂子吧。」

「等到他們結婚，他們想多少『樂子』都沒關係。」她說。

「令尊呢？」保羅問，將我們的對話帶回無害的領域。

「還沒下班。他晚上回家還會帶一堆檔案，但什麼都不肯說。我看到他的黑眼圈好重……」

「妳擔心其他人，我卻擔心妳。」保羅說。他解釋起他存了一整年的錢，只為了給我一個特別的驚喜。

「什麼驚喜？」

「我們明天要去夜總會。」

「夜總會！」媽媽驚呼。

「他們身邊會有一堆人。」萼金妮緩頰道。

我還抱起保羅的脖子。音樂！香檳！沒人管！我們可以徹夜跳舞，因為參加派對的人會等到宵禁結束才能外出，所以會整晚待在夜總會裡，天亮才離開。

「這不會讓我們的煩惱一掃而空，但我們可以自由自在幾個小時。」他說。

第二天晚上，媽媽將一根水嫩的蕨葉插在我的頭髮上，保羅則穿著燈芯絨西裝，渾身不自在。到了夜總會，我跟他喝起香檳，而在臺上跳著狐步舞的豐滿舞者只穿胸罩與燈籠褲，偶爾也小露酥胸。我對盤子裡的雞胸肉更感興趣。我握著刀叉的手在顫抖，已經好久沒吃肉了。叉起肉來，咬進濕潤多汁雞肉，舌頭舔著骨頭。不想用餐巾擦掉任何一滴醬汁，我舔起手指來。晚餐過後，舞池周遭都是成雙成對的愛侶，我跟保羅也相擁共舞。

第一道曙光出現時，狂歡的人滿足也睏倦，開始一一離開夜總會。我跟保羅在空蕩的街頭閒逛，經過mairie（市政廳），這邊張貼著結婚公告。**巴黎的安・喬朗小姐將與邵萊的文森・德聖菲哲先生結婚。**

「看到人家結婚感覺真怪。」我說，想起人在遠方的雷米，小小只能孤身過夜。

「生命總要繼續。」保羅望著我。

我懷疑如果是他做主，我們早就結婚了。我拉著他穿過蒙馬特蜿蜒的街道。太陽升起時，我們坐在聖心堂的階梯上。我依偎在他懷抱裡，看著橘色與粉紅色的雲朵如花朵般綻放。

「我從一開始就知道你與其他人不一樣。」我安心地說。

「怎麼說？」

「你替雷米講話，當我想工作的時候，你也替我講話。」

他靠了過來。「我很高興妳很獨立，這樣讓我很放心。」

「放心？」

「自從父親離開後，我就開始照顧我媽媽。」

「但你還這麼年輕！」

「我小時候進家門都不曉得她狀況如何，是醉了，還是在哭，或是半裸跟哪個男人在一起。之後，我為了工作輟學。我賺的錢大多都寄給她。說真的，我懂為什麼父親會離開。」

「噢，保羅。」

他抽開身子。「我們該走了。」

「咱們聊聊。」

「我不希望妳爸媽擔心。」

回家時他依舊冷漠。我想拉近我們之間腳程的距離。在黑暗的階梯平臺上，我擁抱他。我感覺到他跳動的心臟，沉醉在他吻我的感覺裡，在我嘴裡品嘗到他的香檳。他親吻我的臉頰、頸子、胸口，我的雙手則在他身上游移。我沉溺在我們一起譜出的溫柔狂野魔法之中，不能自已，我要他待在我身邊，我要他進入我裡面。是時候該替我們的關係展開新的篇章了。

我拉鬆他的領帶。「來。」

「妳確定？」他問，但他已經解開皮帶。

我喜歡感受他在我指間顫動的感覺，喜歡聽他低沉的呻吟，曉得我對他的魔力，就跟他對我施展的一樣。我感覺自己的腳沿著他的小腿、膝蓋往上滑。他拉住我的大腿，將我的身軀拉過去。我們舌頭抵著舌頭，脈搏抵著脈搏。他攬著我的雙腿貼近他的腰際。血液在我的血管中跳動。

「歐蒂兒，是妳嗎？」門後傳來媽媽模糊的聲音。

保羅緩緩將我放回地面。在慾望的挑動下，我站都站不穩。他一手拉住我，另一隻手則忙著把我的裙襬拉好。我的肉體好難受，我不想停下。激情讓我不顧一切，我喜歡這種感覺。

大門打開，媽媽問：「妳忘了帶鑰匙嗎？」

「找個讓我們能夠獨處的方法……」我低聲對保羅說。我搓揉自己腫脹的嘴唇，想想我們剛剛冒的險……

進了圖書館，我掛好外套，微醺哼著樂團先前演奏的情歌。我肚子飽飽，身體還在歌唱。而當小小憂愁地披著大衣出現時，我則立刻清醒過來。

小小注意到我的心煩意亂。「怎麼了？」

「沒事。」我實在不敢注視她的雙眼。

「有事。」

「雷米不在，我繼續過生活實在很不公平。」

「誰說生活是公平的？」她溫柔地說。

「他在受苦，妳在受苦，這種時候我怎麼開心得起來？」

「我希望妳跟保羅不要拖延結婚這檔事。」

我看著她。「他是暗示過……」

「妳不用因為雷米，犧牲妳的幸福。妳跟保羅是天造地設的一對。」

「妳真的這麼想？」

「對。」

小小轉身前往兒童閱覽室，我覺得她辮子的髮冠看起來好像天使的光暈。

在我能夠追上去之前，波利斯塞了一疊要送的書給我。前往柯恩教授家途中，我在街角遇到一個賣花的女孩。我想起教授跟我聊天的時候，她偶爾會哀怨地望著她空空的水晶花瓶。我希望能讓她開心，所以我買了一束花。

當我拿出紫色的劍蘭時，教授露出開心的神情。她從邊櫃裡拿出一個水瓶，將花擺進去。

我指著花瓶。「為什麼不用那個？」

「我不會放東西進去。」

「為什麼？」

「我的第三任丈夫首度邀請我見他父母時，那是一頓漫長的週日午餐。我必須休息一下，離開飯廳。」

「我懂這感覺。」

「我回去的時候，他媽正在評論我，『冷冰冰的，讀了一堆書，老到都生不出孩子了。』在他能開口前，我就說我要告辭了。隔天，他帶著這個花瓶來我的辦公室。他說這花瓶讓他想到我，我說『冰冷、堅硬、空虛？』」

「他怎麼說？」

「他說那是一個美麗的傑作，充滿生氣，卻能承載很多東西。本身就很完美。」

我看得出來教授為什麼會嫁給他。

「圖書館怎麼樣？」她問。

我聽出她沒問出口的問題：**他們知道猶太人再也不能教書了嗎？他們知道我失去工作了嗎？他們在乎嗎？**

「德奈西亞先生跟普萊斯─瓊斯先生下午會過來。」我說。

她抬起頭。「一起來？他們和好了？」

的確如此。上禮拜，法國先生厭倦了冷戰，他請芮德女士協調。

「館長令人生畏。」普萊斯─瓊斯先生那天告訴我：「我們實在比不上她。」

「她把腳放下的時候，可以撼動整座圖書館。」德奈西亞先生加油添醋地說。

於是閱覽室裡再次迴盪起他們爭論的聲音。「美國會加入戰局！」

「美國人都是孤立主義者，他們才不會插手。」

我真想念他們鬥嘴！

「我很高興你們和好了。」我對德奈西亞先生說，他正巧到我的位置旁邊打招呼。

「哎啊，我得穿他的鞋子啊。」

這個慣用語讓我微笑，我們法國人說設身處地替人著想時會說「在他的皮膚裡」。

「踏出第一步很難嗎？」我問。

「更難的是失去朋友。」

一列讀者排在參考資料室裡，我忙著回答一連串的問題，從：「玉米粥怎麼做」到「可以麻煩妳叫那邊那個女人講話小聲點嗎」，結果保羅排在後頭，他也有問題：「妳午休時間可以外出嗎？」

我的目光飄到兒童閱覽室。我跟保羅可以在一起，小小是這麼說的，她的祝福比任何神父的祝福都還重要。保羅帶我前往蒙梭公園附近一處時髦的街坊，大家都曉得這裡有很多大使館，他牽著我走進一棟雄偉的石灰岩建築。

「你要帶我去哪？」我問，此時我們正走上大理石樓梯。

他笑了笑。「妳等等就知道。」

到了二樓，他打開房門，出現的是比瑪格麗特家還要豪華的公寓。落地窗前繫著絲絨帷幔。水晶吊燈的稜鏡在陽光下閃耀。

「屋主是誰？」我讚嘆低語。

「大概是哪個逃去非軍事區的有錢商人吧。」

「你怎麼會有鑰匙？」

「有個兄弟跟我們狀況一樣。他會在這裡跟女朋友見面。」約會的浪漫公寓！

保羅用鼻子湊上我的脖子，說：「我愛妳。我願意為妳做任何事，什麼都可以。」

我無比想要繼續下去，但我害怕。害怕這種行為會改變一切。害怕會痛，害怕做愛會把我們永遠綁在一起，又害怕做愛會讓我們分開。

「我也是第一次。」他說。

他望著我的雙眼，等待我的答案。

我輕撫他的臉頰。「我想要。」

他用顫抖的手指解開我洋裝上的鈕釦。裸露我的身軀多麼美好啊，看著他不用擔心媽媽闖進來也很美好。他輕撫我穿久的絲質長襪。「Que tu es belle（妳真美）。」他說，然後拉我躺上貴妃椅。

我抬起雙腿，他緩緩進來。一開始會痛，但望著保羅，我很慶幸是他。他在我體內移動時，我的髖部還會配合他挺起來。就這麼一次，我的腦袋不再分析各種瑣事。

事後，我依偎在他身旁，好奇起為什麼書裡都跳過這段不寫。感覺非常美好，不只美好，感覺天經地義。跟保羅在一起感覺夢幻、感覺重要、感覺天經地義。

他變換姿勢時，我抬頭看出去。真不曉得走廊會帶我們前往何處。我赤裸身子，輕快跳進陽光灑落的拼花地板上。保羅跟了過來。第一扇門通往書房，裡頭有一張鍍金的書桌。雷米會愛死我們在上方抽屜裡找到的精美收藏鋼筆。

「他們為什麼不把值錢的東西帶走？」我問。

「戰爭爆發時，大家走得很匆忙。」

我不願想起那些恐怖的日子。我拉著保羅離開，留下一堆疑問。左側的門通往粉紅色的女性閨房，我們爬上有四根角柱的床。我們遲疑地跳了起來，一腳先，一腳後，然後我們開始跳床。上上下下，跟小孩一樣笑得好開心。保羅先停下來，忽然一臉嚴肅。我喜歡他注視我的模樣，他的眼眸裡帶著愛慕的神情。

我上氣不接下氣，倒在床上，鑽進被毯裡，曉得他會跟著我進入這鬆軟的天堂。我們的腿交纏在一起，他對著我結亂的頭髮細語：「我們到家了。」

離開溫暖的被窩，我們沿著光滑的拼花地板回到客廳，我們急切扔下的衣物堆成一座小山。保羅讓我看懷錶。「我們該回去了，免得那位假牙太大的太太抱怨妳回去遲到。」

「答應我，我們會回來。」我說，此時我們帶上身後的門。他替我將一縷頭髮塞進我耳後。「如果妳要，我們每天都能來。」

我們在圖書館前面駐足，我動搖地說：「我該進去了。」

我的身體以前彷彿一直沉睡，直到此刻才徹底甦醒。我注意到每一次眨眼、每一陣鼻息、每一下心跳。真不曉得其他人會不會看出我的不同。

第二十五章·歐蒂兒

借書櫃檯沒人顧，真怪，波利斯不像是會怠忽職守的人啊。我繼續前往閱覽室，我的常客坐在那裡，毫無動靜。沒人講話，沒人讀書。我問西蒙太太有沒有看到波利斯。她只有搖搖頭，也懶得罵我怎麼午休晚了五分鐘回來。

事情肯定不對勁。我連忙在圖書館裡奔跑。參考資料室空空如也，兒童閱覽室也是。芮德女士辦公室上鎖了。「下輩子」也是空的。我終於在衣帽間找到小小，她縮在角落，膝蓋抵著胸口。

我跪在她面前。「是雷米嗎？」

「不是。」她望向拼花地板。

「妳哥？」

她望向我的雙眼，紫羅蘭色的眼眸充滿哀傷。「芮德女士說她要走了。」

這不是真的。

「她跟波利斯去辦通行證了。」小小說。

「為什麼過了這麼久，她現在才要走？」我問。

「紐約的信託人拍了電報來，命令她立刻離開法國。他們覺得美國參戰只是遲早的事，擔心她會被當成敵國公民，遭到逮捕。」

我一屁股跌坐在小小旁邊的地板上。我無法想像館長不在隔壁辦公室裡的生活，我無法隨時探頭進去，隨時尋求她的建議。要不是她，我跟小小絕對不會成為朋友。芮德女士提供了讓我成長的機會。她沒有說大道理，她只是相信我會從教訓中學習。沒有她，我該怎麼辦？

兩天後，我幫芮德女士打包她的行李。雖然我曉得她的安危比一切都重要，而這是最好的安排，我還是放慢速度，想要盡可能延長把她留在身邊的時間。抽屜裡有一本紅色的通訊錄，裡面滿滿都是瑞典大使或溫莎公爵夫人這些有頭有臉之人的名片。我將通訊錄塞進她的公事包裡。

「妳在美國會做什麼？」我問。

「擁抱我的家人，聽他們說我錯過了些什麼，除此之外，我沒有什麼想法。也許回去國會圖書館，或是申請加入紅十字會吧。」

「我希望……」

「我也希望。離開實在太痛苦了。圖書館讓我覺得驕傲，而且我們還能持續開放。不過，當你完全跟外界失聯的時候……甚至連家人的音訊也沒有的時候……」淚光閃閃，她回去打包她的私人物品，也就是她要帶回家的愛書、仰慕者送的簽名首刷書，還有幾本法文書。

里爾克（Rilke）要走了，科萊特（Colette）也要走了，等到書籍都裝進箱子裡，芮德女士也要走了。看著她空蕩的書架實在太痛苦了，所以轉向辦公桌。最底下的抽屜裡是擺放信件的地方，我知道我不該刺探，而且芮德女士還在場，但當我看到她率性扭曲的字跡時，還是忍不住。那是寫給「爸媽」的信。

人連明天的事情都無法事先計畫，所以未來會怎麼樣，我實在不知道。話雖如此，我卻覺得我們的圖書館會一直開下去。考慮到不方便的狀況，但我們還是做得很好。上班前還要排隊領食物著實不易，所有的物資都很難取得，包括衣物、鞋子、藥品等等。這裡沒有暖氣也沒有熱水，一切都很貴。看到這些文字會讓你們難過。沒有肥皂，沒有茶葉，什麼都沒有。鐵夾正在施力，雖然是以很文明的方式，但還是很用力，噢，非常用力……

不過，相較於實際的困境，心裡還是比較難過的。我們在圖書館跟其他人一樣辛苦，但不知怎麼著，當事情發生在你住的大樓、你的工作人員之間，感覺就是更深刻。希望有一天我能夠親口告訴你們這些故事。

愛，

桃樂絲

這封信讓我想起我寫給雷米的那些文字。寫滿占領後的荒涼真實，這些信我都塞進底下架子的發霉經典小說之間。我想保護他，就跟芮德女士想保護她父母一樣。有太多話我們說不出口。

「與妳共事非常愉快。」她說。

「真的嗎？」

「答應我，妳以後開口前會先想清楚。杜威十進位分類法妳也許滾瓜爛熟，但如果妳不能管好自己的舌頭，有這種知識也是白費。妳的語言很有力量。特別是現在，在這危險的時刻。」

「我答應妳。」

我們打包結束後，只留下了寫著福克斯博士電話號碼的那張紙。「他說無論何時都可以跟他聯絡，希望妳永遠不必打電話給他。」

在餞別派對上，伯爵夫人讓她的傭人送上葡萄酒，但我的常客沒有心思舉杯。

「誰來接館長的位置？」普萊斯－瓊斯先生問。

「咱們的歐蒂兒。」德奈西亞先生說。

「她太年輕了。」西蒙太太的假牙發出聲響。「董事會絕對不會答應的。」

「說不定他們會讓波利斯來接。」普萊斯－瓊斯先生說。

「讓一個俄國人來接管美國圖書館？」西蒙太太說：「面對現實吧，圖書館要關閉了。」

「咱們舉杯。」伯爵夫人說，她打斷了繼續陰鬱的氣氛。

大家舉起酒杯。

雖然芮德女士變得消瘦，但她的笑容可掬。「敬你們大家，這是我的榮幸。最誠摯的敬辭不是開始吹噓我自己的奉獻、真摯的情感以及崇高敬意。」

「願妳只記得最燦爛的日子。」波利斯一邊說，一邊送上我們準備的禮物，那是一個雪球，裡面有艾菲爾鐵塔。她搖晃雪球，片片金箔開始落下。

瑪格麗特、小小跟我站在一邊，看著讀者向館長道別。瑪格麗特伸手拉了拉她的珍珠項鍊。她沒有辦法與身在倫敦的家人聯絡，甚至不曉得他們在閃電襲擊後狀況如何。小小緊抱著艾蜜莉・狄更森（Emily Dickinson）的詩集。德國士兵住進她家，她就連在家裡也躲不過戰爭的攻擊。

明天芮德女士就會動身離開占領區，經過非軍事區，前往西班牙，然後是葡萄牙，那邊會有遠洋定期船送她回美國。我想到雷米，想到小小的哥哥朱利安，還有其他的戰俘。我想起歡樂的魏德小姐，她所犯的罪就是身為英國人。還有我們加拿大籍的編目人騰布爾太太、彼得與海倫，現在還有芮德女士，遠方的世界。八二三，《一個都不留》（*And Then There Were None*）。

第二十六章・莉莉

蒙大拿弗羅伊德，一九八六年

我每次探索歐蒂兒的書架，一本不同的書就會對我開口。某些日子是明亮字體書名的書，其他日子則是厚重的大部頭叫著要我讀。今天下午，艾蜜莉・狄更森呼喚著我的名字。媽媽喜歡她的一首詩，我記得的那句話是：「希望是帶著羽毛的東西，棲息在靈魂裡。」在這薄薄的書裡，藏書票上寫著「巴黎美國圖書館法人機構，一九二〇年」，還有啟開書本上頭升起的太陽，地平線跟世界一樣寬廣。這本書蓋在一把獵槍上，幾乎埋了它，這就是知識扼殺暴力。我翻起書頁，塞在書中的黑白照片飄到地上。

歐蒂兒去外頭取信回來，她撿起相片。「這是媽媽，爸爸，這是雷米，還有我。」她爸爸臉上重點就是鬍子，他看起來很嚴肅。她媽基本上躲在她爸身後，她是不是很害羞啊？歐蒂兒跟她媽媽都穿洋裝，男性都穿西裝。

「妳爸是生意人嗎？」

「不，他是警察局長。」

我笑了笑。「他知道妳偷圖書館的書嗎？」

她沒有用笑容回應我。「他知道我是賊。」

我好想知道這話是什麼意思，但就在我正要開口的時候，電話響了。在我還沒聽到艾蓮諾刺耳的需求時，我就知道是她打來的。「莉莉在那邊嗎？我真的很需要幫忙……」

「所以今天的法文課就到這裡了。」我說，順手將照片塞回書裡，發現裡頭還有別的照片，真希望我能留下來。

「寶寶的疝氣還沒好？」

「Mais oui（沒錯）。」

兩個月了，晚上沒有人能睡覺。更糟的是寶寶不肯吸奶。護士說艾蓮諾愈緊張，班吉就需要更長的時間吸奶。爸爸總在工作，照顧艾蓮諾就是我的事了，我要替她拍背，就跟我幫喬拍嗝一樣。

兩個男孩只差一歲，他們在橡膠嬰兒褲裡穿著布做的尿布。艾蓮諾教我怎麼換尿布，排泄物要沖進馬桶，然後把布尿褲丟進洗衣機。我不曉得為什麼大家都用可丟棄的紙尿布，就她偏偏要用布的，她是不是以為事多一點就代表愛多一點？

我在廚房找到艾蓮諾，這裡差不多有三十三度。她滿臉汗水，班吉在她懷裡嚎啕大哭。

「他為什麼一直哭？是我的錯嗎？」艾蓮諾哀號起來。她跟寶寶掉眼淚的程度實在差不多。

「妳今天吃過東西了嗎？」我聞聞看要不要換尿布。他聞起來沒事。她卻很有事。

「還是沖澡了嗎？」

艾蓮諾張著大嘴望著我，彷彿我說的是波斯文。我一手打了三顆蛋，另一隻手抱著班吉。她狼吞虎嚥下煎蛋捲後，我用圍兜兜幫他擦鼻子。

爸爸下班後，他就做他唯一一件能做的事情。他會打開電風扇，對著艾蓮諾吹。聽完她的牢騷後，他打電話給珍珠外婆，隔天外婆就驅車前來。「這裡真是臭得要死。」外婆說，她把一箱奶瓶跟橡膠奶嘴放在流理臺上。

「用奶瓶餵？」艾蓮諾抗議道：「其他人會怎麼想？」她要艾蓮諾去休息。我用書擋著自己的笑容。當珍珠外婆叫你去休息的時候，她其實已經受夠你了。艾蓮諾繫緊骯髒粉紅睡袍的腰帶，拖著腳步前往客廳。珍珠外婆泡好配方奶，裝好奶嘴。她大步走來，將奶瓶塞給艾蓮諾。「現在餵孩子吃奶。」

「但布蘭達都親餵。」

「不要再跟鬼比較了！」

「母親！」艾蓮諾比了比我。

Disparaître就是消失的意思，再也不存在，再也沒有人看得見。我將法語如同披風披在肩上，跑去找歐蒂兒，她正在花園翻土。她抬起頭，在長長的罩衫上抹了抹手。「Bonjour, ma belle. Comment ça va（我親愛的，早安，妳好嗎）？」

她是唯一一個問我好不好的大人。其他人都問候起我兩個弟弟。

「『鬼』怎麼說？」

「Le fantôme。」

「『哀傷』怎麼說？」我前陣子學過這個字，但我現在又需要它了。

「Triste。」她擁抱我。「明天就要開學啦？」

「對。」瑪麗・露易絲跟我分到同樣的課程。

「能夠跟好朋友一起相處，這是福氣。我無法告訴妳，我有多想念我的好朋友。」她將剛剛從泥土中拔起的韭蔥放進籃子裡。她的神情看起來很triste。

「妳有時間上法文嗎？」我們異口同聲地說。

機場是un aéroport，飛機是un avion，飛機的艙窗是un hublot，空服員則是une hôtesse de l'air，空中的服務生。我們一起坐在我的書桌旁，我們一起坐在歐蒂兒家的廚房餐桌上，我一一寫下這些詞彙。通常我們每天學的不外乎是「人行道」、「建築」、「椅子」這些字眼。

「妳為什麼教我旅行的字？」

「因為，我親愛的，我希望妳能飛翔。」

晚餐時間，艾蓮諾把烘肉捲放在餐桌上，珍珠外婆跟在她後頭，像是母雞在啄食一樣。「妳睡個午覺，世界也不會停止運轉。妳是只有一件衣服嗎？妳上次洗頭是什麼時候？妳的尊嚴呢？」

艾蓮諾重重扔下奶油玉米醬。「母—母—母—親！」

在這種時刻，我就會想起，艾蓮諾不過大我十歲而已。

「妳那些朋友呢？」珍珠外婆繼續念：「她們都不來幫忙嗎？」

「莉莉說，布蘭達什麼都自己來。」

「她怎麼會記得？」

艾蓮諾轉頭面向她的母親。「莉莉不會騙人！」

我忽然感覺到自己臉紅了。「事實上——」

「我沒說她騙人。」珍珠外婆立刻搶話：「但我告訴妳，一個女人帶三個小孩的確需要幫手。」

「我可以自己來。」艾蓮諾聽起來跟瑪麗．露易絲的姊姊安潔兒一樣鬧起脾氣。

爸爸則跟平常一樣，開飯前兩分鐘到家。我們吃飯，不發一語，只有班吉在哭。艾蓮諾甚至沒有禱告。

她跟珍珠外婆替兩個男孩洗澡的時候，我負責洗碗、收拾玩具、把洗好的衣服摺起來，然後倒數計時還有多久才開學。

整整一個禮拜，珍珠外婆幫忙煮飯，還一直念艾蓮諾市售嬰兒食品不會要人命。外婆在爬上她的別克前，對艾蓮諾說：「妳很依賴莉莉。能不能找別人幫忙？那位好心的歐蒂兒怎麼樣？」

艾蓮諾雙手環胸。「我可以自己來，再說，莉莉是家人。」

她覺得我是家人？忽然間，幫忙感覺不像那麼辛苦的犧牲了。不過，我還是聽到了瑪麗．露易絲的聲音，彷彿她就站在我身邊，她說的是：「艾蓮諾是在奴役妳。親生女兒要做這些事嗎？」

地理課的時候，我們認識中國，政府告訴那邊的夫妻他們只能生一個小孩。看到艾蓮諾疲憊的模樣，這似乎不是什麼太差的政策。「在中國，女孩不重要。家長只想要男孩，這樣才可以下田工作。」懷特老師長篇大論地說，不知為何，好像從來沒有注意到我們的農業社區也是一樣。

「妳有沒有注意到，他們每次教共產國家，都把人家講得很差？」瑪麗・露易絲低聲地說。

「對啊，彷彿弗羅伊德有多棒一樣。」

在中國，我一個孩子就夠了。如果我是男孩，爸爸就會讓我去駕訓班，我現在就可以開車了，我現在就可以走了。隨著老師繼續冗長地講下去，我低下頭一分鐘，臉靠上冰冷的桌面。我家就是中國。我想像自己在泡澡，然後艾蓮諾跟我爸爸壓住我的肩膀，把我整個人壓在水裡，想像我的生命就這麼一點一滴流逝。

「小莉？」瑪麗・露易絲拍拍我的背。

我醒來，其他同學都離開教室了。

「妳沒聽到鐘聲響嗎？」

我打著哈欠，遮住嘴巴，感覺到一絲口水連著我的下巴。

「看羅比看到流口水囉。」蒂芬妮・艾弗斯離開教室時說。

我祈禱，**上帝啊，拜託別讓他看到**。

「別理她。」瑪麗・露易絲說：「要來我家嗎？」

「艾蓮諾需要我幫忙照顧小孩。」

「那禮拜五呢？跟之前一樣留下來過夜。」

我想去，我真的想去。「不行。」

我拖著腳步回家，需要換尿布，而不倒翁人偶會跟地雷一樣散落在亞麻油地氈上。Bien sûr（當然），班吉會尖叫。廚房餐桌旁是骯髒上衣穿了一個禮拜的艾蓮諾，喬會在她腳邊哭鬧，而她哄著班吉。我會先抱抱喬，然後解決堆在流理臺上的髒碗盤。

「妳不用動手。」她無力地抗議道。**莉莉是家人**。我清理需要清理的東西。我搖著班吉，直到他睡著。他就算睡著，他也會吸鼻涕。我把寶寶交給艾蓮諾，連忙跑去歐蒂兒家迅速上點法文。

老天，我真愛她家的寧靜。沒有寶寶哭鬧，沒有任何亂七八糟的地方。報紙整整齊齊摺疊在她椅子旁的籃子裡。我們的書以「歐蒂兒與莉莉的十進位系統」擺放。還有她丈夫與兒子的照片，裱在相框裡。

「跟我聊聊古斯塔夫森先生。」

「巴克？」她瞇起眼睛，一臉疑惑，彷彿已經很久沒有想起他，完全不曉得我在說誰一樣。「他是真正的男子漢。粗獷的帥，肉肉的下巴上有鬍碴。他喜歡打獵，所以才會有巴克這個小名，意思是雄鹿（buck）。他的第一頭獵物就是有六個鹿角叉的雄鹿，獵到時他才十歲。我們第一次吵架就是為了那頭鹿骯髒的遺骸而吵。巴克想把可憐動物的頭掛在壁爐架上，我則完全不想看到那玩意兒。」

「誰贏了？」

「哎啊，我親愛的，那是我剛結婚就會的第一個教訓。」她從桌邊起身走去水槽。「有時妳贏，有時妳輸。我除掉了那個鹿頭標本，趁著巴克工作時請清潔隊收走，但巴克後來氣了很久。」

「噢。」

「噢，沒錯。」她走回我身邊，將盤子放到碗櫥的架子上。

「妳跟巴克喜歡一起做什麼？」

「我們養大了我們的兒子。」

「但兒子長大以後呢？」

她轉頭望向我。「我跟巴克沒有什麼共通點。他喜歡去現場看橄欖球比賽，我喜歡閱讀，但我們都喜歡快走。他很浪漫，他都會替我開門，會一直牽著我的手。午夜時分，我們有時會去公園盪鞦韆，就跟小孩子一樣。」

這是她講自己過往生活講最多的一次，我沒有開口，希望她說下去。

「他死後，我把他大多數的東西都捐給慈善機構，他的工具、他的卡車。不過，我留下了他的獵槍，我需要保留住對他來說很重要的東西。」

電話響起，又是艾蓮諾。我回家了。我煮完午餐，清潔收拾，牛仔褲還沒換就倒在床上，累到無法讀書。微積分在歐蒂兒的教誨旁略顯失色，今天我在她那裡學到的是：愛就是接受完整的對方，就算你不見得喜歡或了解對方的某些部分。

艾蓮諾從秋季家長會回家時，她甩上後門，大吼：「莉莉？妳在哪？」

在客廳看著兩個男孩啊，還能在哪？喬在我懷裡扯我頭髮，班吉躺在我替他織的毯子裡，首度注意到他的腳趾頭。

艾蓮諾衝了進來。「懷德老師說妳在課堂打瞌睡。她講得好像**我**很失敗一樣。我不是個爛母親！我來餵班吉，妳可以去準備晚餐嗎？」

她拉起襯衫，露出鬆垮的肚皮，上頭還有一片蜘蛛網般的妊娠紋。我逃進廚房，這樣就不用看到她解開胸罩，露出龜裂的乳頭。看過一次就夠了。我希望艾蓮諾不要對我這麼放心。我希望她回去跟著錄影帶跳有氧舞蹈，跟歐蒂兒聊天，但她現在多數時間都花在替寶寶弄吃的，還有對著水槽掉眼淚。「妳是一位母親，但也是一個女人。」歐蒂兒之前跟她講過。就我看來，艾蓮諾已經放棄了她曾經的女人認同。

我開始慢慢不做功課，慢慢不跟瑪麗・露易絲一起玩了。就連法文也完蛋了。艾蓮諾需要我，有時她會坐在那邊凝望牆壁。我會說「要我幫妳抱班吉嗎」或是「艾蓮諾，妳看，喬長牙齒了」，而她連頭都不點一下。

發成績單的時候，我才發現狀況糟到什麼程度。數學：C-，英文：B-，科學：C-，歷史：C-。莫瑞亞提老師用紅筆寫著：「怎麼了？」我拖著沉重的腳步回家，擔心變成艾蓮諾，擔心我會放棄我曾經的女孩認同。

「莉莉？」歐蒂兒從門廊上喊著我。

我繼續前進。

「莉莉，怎麼了？」她把我攬進她家，從我手中扯走成績單。

「嗚啦啦。」她說。

「我得走了，艾蓮諾需要我的幫忙。」

空氣裡彌漫著巧克力的香味。歐蒂兒拿出一盤餅乾。我坐在她家沙發上，餅乾屑掉了一身，我狼吞虎嚥，根本沒有細細品嘗。

她哀傷地望著我。「家裡怎麼了嗎？」

「Rien（沒事）。」我根本不想抱怨了。

「妳必須捍衛自己的立場。」

「妳可以跟他們談談嗎?」我問。

「就長遠來說,這樣行不通。妳必須自己學習協商的藝術。」

我哼了一聲。「好像他們會聽我說一樣。」

「跟他們談談。」

「艾蓮諾完全忙不過來。」

「跟妳父親說妳的感覺。」

「他才不在乎。」

「讓他在乎。」

「怎麼做?」

「他要的是什麼?」歐蒂兒問。

我思索起這個問題。「不受打擾。」

「他對妳有什麼期待?」

媽媽希望我上大學,她自己差點就去讀大學了,但先結了婚。如果爸爸對我有什麼期待,那我實在不曉得是什麼。我根本不可能問,至少不可能在家裡問,因為艾蓮諾跟兩個男孩會耗光他的注意力。「也許……也許我可以去他公司,但他可能會生氣。」

「也許不會。妳必須試試看。」

隔天早上,我用上教堂的心思打扮。我要對爸說什麼?距離銀行有八個街廓,我基本上是跑過去的，不希望有人舉報我翹課。當艾弗斯先生看到我在爸爸辦公室門口踱步時，他捧腹大笑，說我一定是有什麼急事才要預約跟我爸見面。

爸爸出來時，一臉不解。「妳為什麼沒在學校？」然後是驚恐地說：「兩個男孩怎麼了嗎？」

當然，重點是兩個男孩。

「莉莉是來父女對話的。」他老闆笑著說，但爸爸沒有笑。

他一臉尷尬把我拉進辦公室。

「這最好很重要。」他在大大的辦公桌上雙手環胸。

「我……我……」

「什麼？怎麼了？」

他的火氣讓一切變得簡單。「我想念學法文、跟瑪麗．露易絲一起玩、寫功課，還有閱讀。我已經厭倦髒尿布了。」

「小艾需要妳的幫忙。」

「只有我一個人看到她就只會哭嗎？她要的遠超出我的能力範圍。」

「她會沒事的。」

「她可能需要看心理醫生了。」

「瘋子才要看心理醫生。」

「憂鬱的人才要。」

「妳要多擔當點。」

「那你呢？他們是你的孩子耶。」

「我在這裡認真。」

「那你回家也要認真。」我把成績單用力壓在桌上。「就連媽媽過世的時候，我的成績都很好。讓我當奶媽，你覺得沒問題，但媽媽絕對不會希望這樣。」

他猛一縮頭，彷彿我的實話擊潰了他一樣。

「我很樂意幫忙，真的，但我想學法文，我想上大學。」

他比了比門，彷彿我不符合貸款資格的人一樣。「我開車送妳去學校。」

我們沒有交談。我望向窗外，希望這是飛機的艙窗，而歐蒂兒是對的，我有一天可以飛走。

爸爸總在五點五十分到家，開飯前一刻，但今天是首度超過這個時間。

艾蓮諾問我要不要先吃，但因為她還不吃，所以我也不吃。我們把烤肉留在烤箱裡。飯廳餐桌上，喬在我懷裡蹦，艾蓮諾抱著班吉，他居然沒哭，也太神奇。通常我們會在七點替小朋友洗澡，但今晚七點，我們還在等爸爸。在這短暫的寧靜空檔中，艾蓮諾問我她每天都會問爸爸的問題：「親愛的，妳今天過得如何？」

「我去了銀行一趟。」

「銀行？」她一臉困惑地說，好像是忘記弗羅伊德有銀行一樣。

「我需要……」我需要什麼？艾蓮諾專注地望著我，彷彿從來沒有好好聽我說過話。

「我必須跟爸爸談談，關於大學的事。」

她發出詭異的大笑，說：「至少我們之中有人膽敢說出心裡話。」

我聞了聞。「妳有聞到菸味嗎？」

她把班吉塞進我懷裡，衝進廚房。我跟著過去，班吉靠在我的髖骨上，喬抱著我的大腿。烤箱冒出黑煙。

「我放棄了。」艾蓮諾哀號起來，取出烤焦的平底鍋。

爸爸提著公事包走進家門。八點鐘，在世界其他地方感覺起來跟午夜沒兩樣。

「晚回家也不會打個電話？」艾蓮諾尖聲地說，然後把烤焦的烤肉朝他扔去。他用公事包擋在面前躲過。烤焦的殘骸砸在牆上，掉到地上，停在他的腳邊。

艾蓮諾真讓我驕傲。

「你什麼都丟給我做。」她對爸說。

我帶著兩個弟弟回去他們的房間。

「你都不在家。」她說：「你是跟布蘭達在遠方，還是跟我在這裡？」

布蘭達。家裡再也沒有人喚她的名字了。「噢，媽媽。我好想妳。」我低聲地說。

「妳為什麼難過？」喬問。我撫摸他的頭髮，鬆鬆軟軟的，好像小雞的羽毛。

爸爸咕噥了什麼，但艾蓮諾完全不聽。「什麼意思？我自不量力？」她扯開喉嚨說：「我買拋棄式紙尿布的時候，你說**她**都用布尿布。我永遠比不上聖人布蘭達就對了！」

「那時沒有別的選擇。」他也吼回來：「我沒有叫妳一定要用布的，我只是記得狀況不一樣。妳沒必要什麼都自己來，人家都想幫忙，妳不要再拒絕了。」

一陣靜默。

「我只想要你的幫忙。」

我告訴歐蒂兒，爸爸決定每個禮拜六都請假，幫忙照顧兩個男孩，而艾蓮諾買了一卡車的幫寶適紙尿布，這時，歐蒂兒說：「看到沒，捍衛自己的立場有多重要？不見得每件事都能解決，但不試又怎麼知道呢？」

「我不確定這是因為我去銀行找爸爸。」我跟她說艾蓮諾與飛天烤肉的事。

歐蒂兒雙手交握。「聽來是妳啟發了艾蓮諾表達心聲，真棒！」

現在我跟歐蒂兒可以享受沒有打擾的時間了，我又拿出那本夾著照片的書。我們在沙發上一起看她家人的照片。「我真想他們。」她一邊說，一邊翻起另一張照片，畫面上是一個穿著水玉點點洋裝的黑髮美女。歐蒂兒露出開朗的神情，彷彿與老友不期而遇。「這位是芮德女士，她是我在圖書館的主管，也是我最崇拜的人。」

下一張則是一個包著頭巾的中年女子，她與一位戴著金框眼鏡、手臂上有卐字臂章的人交談。

「緬懷過去是沒有用的。」歐蒂兒的語氣跟臉色一樣凝重。她把照片統統塞回書裡。

她為什麼會有納粹分子的照片？

「妳認識納粹？」

「福克斯博士來圖書館。」

我想像納粹的時候，覺得他們會在集中營亂殺人，而不是來圖書館借書。她還知道他叫什麼名字，也太怪了吧？

「巴黎當時遭到占領。」歐蒂兒解釋道：「我們躲不了，也不是大家都想躲著他們。納粹叫他『圖書館保衛者』。」

「所以他會拯救書籍？」

「事情沒這麼簡單。」

我回想我們在學校學的知識。「我的歷史老師說歐洲人應該都知道集中營存在，她說有眼睛的人都看得出來。」

「我是在戰後才知道的。當時，我的家人只想生存下去。我擔心英語母語的朋友與同事，他們會被視為『敵國人民』遭到逮捕。雖然猶太人不能進入圖書館，但我從來沒有想過他們也會遭逮捕，甚至許多人遭到殺害。」

歐蒂兒沉默許久。

「妳不高興我問這件事嗎？」

「Mais non（當然不是）。請原諒我，我迷失在自己的回憶之中。戰時，我們圖書館員還會外出送書給猶太朋友。蓋世太保甚至對我的一位同事開槍。」

對圖書館員開槍？這不就跟殺害醫生一樣？「他們殺了芮德女士？」

「她那時已經離開了。納粹逮捕了多位圖書館員，包括國家圖書館的館長。我們擔心下一個遭殃的就是芮德女士。她走的時候，我的心都碎了。不過，道別的確是生命的一部分，失去在所難免。」

我真抱歉我挖出這些照片，這些照片讓她難過，但她隨即溫柔地捧起我的臉，說：

「不過，有時，改變的確能帶來好事。」

巴黎
一九四一年十二月一日

局長大人：

我寫這封信是要通知你美國圖書館藏匿的外國敵人數量遠超過拘留營。

首先，有個美國來的投機分子，克拉拉、德錢布倫。她待在圖書館時間超過她當個稱職妻子的時間。她成天從名流朋友那邊搞錢丟進圖書館。我懷疑她是不是中飽私囊。

她不喜歡德國人（她都叫他們「德國狗」），嘲笑他們的規矩。就因為她是什麼伯爵夫人，她就不用遵守規定。我相信她夾帶書籍給猶太讀者。誰曉得她還在密謀什麼？她非常閃避。請自己去圖書館看一看，你就會知道她以為她凌駕於法律之上。

知情人敬上

第二十七章・歐蒂兒

巴黎，一九四一年十二月

克拉拉・德錢布倫，我們的新任館長，在一九二〇年幫忙建立巴黎美國圖書館。創館的贊助人有她，還有作家伊迪絲・華頓及慈善家安・摩根（Anne Morgan）。伯爵夫人不只寫了好幾本研究莎士比亞的著作，同時也將莎劇翻譯成法文。她跟海明威的出版社是同一家。最近這三個月來，她到處找人捐款，用來支出煤炭與薪資，她也到處寫信，避免納粹當局逼迫波利斯與我們的園丁加入戰俘交換計畫，前往德國勞動。我擔心她作為這麼顯眼的外國人，可能會遭到逮捕。

我在借書櫃檯把我的恐懼說給波利斯與瑪格麗特聽，波利斯正在替西蒙太太的《哈潑時尚》蓋章。他說克拉拉在一九〇一年嫁給了法國將軍阿爾伯特・德錢布倫。她有雙重國籍，所以不會被視為外國敵人。

就在此時，德奈西亞先生衝了進來，普萊斯—瓊斯先生緊跟其後。「神風特攻隊襲擊了珍珠港！」德奈西亞先生高喊。

我們湊過去。

「神風特攻隊是什麼玩意兒？」瑪格麗特問：「珍珠港在哪裡？」

「日本攻擊了美國軍事基地。」普萊斯—瓊斯先生解釋道。

「這代表美國也會參戰了嗎？」我感覺到一絲希望，也許德軍能早點敗退。

「我們相信如此。」德奈西亞先生說。

「美國會殲滅納粹！」我說。

「他們大概比法軍好不到哪裡去。」瑪格麗特說。我猛一轉頭，她怎麼可以這樣批評像雷米一樣的軍人？而她自己卻是第一批逃離巴黎的人？「英軍顯然很快就會從那小島上撤離。」

我們不滿地看著彼此，我等著她收回這些話。

「我們不該聊政治，對不對？」她終於開口。

她提出橄欖枝，但沒有道歉。我盡量不生氣。她不是故意要講這種不得體的話。我擔心會說出讓自己後悔的話，於是急忙跑去後面用打字機，希望寫些圖書館通訊報的內容能夠分散我的注意力。早在遭到占領之前，用我們的油印機，我可以印出五百份通訊報，但現在因為紙張稀缺，我只能印一份貼在公告欄上。

普萊斯—瓊斯先生拉來一把椅子，坐在我身旁。「我們遠在閱覽室都聽得到妳敲字鍵的聲音。」

我指著色帶。「用太久，都不顯色了。」

「我以為妳是在宣洩妳的火氣。瑪格麗特說法軍的那些話並不厚道。」

「我知道她不是有意的，但聽了還是很難過。」我用手指蓋在r、e、m、y等字母上，拼出雷米的名字（Remy）。「我很想念我的哥哥，我知道他在戰爭裡很辛苦。」

「瑪格麗特也知道，她有時只是沒多想就開口了。」

「我們都是。」這個月的通訊報需要一篇訪談。「你是哪種讀者？哪種書對你來說最有價值？」

「要老實說？」

我向前靠一些，他會承認他喜歡讀腥羶色的小說嗎？

「我上禮拜才處理掉所有的藏書。」

「什麼？」處理掉書就跟沒有氧氣呼吸一樣。

「我原本有一些索福克勒斯（Sophocles）跟亞里斯多德，還有梅爾維爾及霍桑，大學指定的讀物或同事給我的書。我已經花了夠多時間緬懷過去。我要的是今天，這一刻。費茲傑羅、南西·米佛（Nancy Mitford）、蘭斯頓·休斯（Langston Hughes）。」

「你怎麼處理你的書？」

「我說柯恩教授的書遭到掠奪，我就打包我的書，送去給她。偷書就跟褻瀆墳墓一樣。」

雖然普萊斯—瓊斯先生講得好像他很高興能夠把畢生藏書送人，但我感覺到了實情。他把書送走是因為教授被迫與自己的書分開。我提醒自己，其他人的問題可能比我的問題嚴重，傷害也比較大。

但我還是很氣瑪格麗特。

戰俘郵件

一九四一年十二月十二日

親愛的歐蒂兒：

妳知道我在信裡看得出妳有所保留嗎？妳已經很久沒有抱怨爸爸，妳甚至沒有提到保羅。也許妳覺得妳不該寫到他，因為我無法緊抱小小。妳錯了。我希望聽見爸爸咆哮，聽到媽媽聊天。我想知道妳戀愛了。把妳的真實感受告訴我，而不是妳覺得我足以容忍的內容，我需要妳誠實以待，就跟我需要妳的愛一樣。只得到一點點真實的妳，感覺到妳審查每個句子，這樣的行為真是要我的命。我們身處異地，但我們不需要疏遠。小小寫信時會遲疑，我也會，我想要保護妳。我不希望妳知道實情，我又希望妳知道。

這裡狀況很糟。我們餓著肚子，疲憊不堪，頭都抬不起來，衣服破破爛爛。我們想家。我們擔心未婚妻會忘了我們。我們以為沒人在聽，就會掉眼淚。我們最擔心的字眼是「戰」與「犯」兩個字放在一起。我們做的只是捍衛自己的信念與國家。我們眼睛所及都是鐵絲網。

愛，
雷米

一九四一年十二月二十日

親愛的雷米：

我會盡量不要保留。我跟保羅逃離了媽媽的監視。他替我們的午後約會找了一間閒置的公寓。我們用我的書本及他筆下的布列塔尼裝飾某人的閨房。裡頭沒有暖氣，我們都感冒了，但很值得！我從來沒有想過比閱讀更興奮的事情。

現在德國與美國宣戰了，在法國的美國人成了外國敵人，我擔心納粹會永久關閉圖書館。雖然工作人員盡力維持笑臉，但我們害怕也疲憊。我們就好像發條鬆了的玩具。有時我會沒來由地生氣，有時我覺得無法思考，有時我根本不知道該怎麼想。

不管怎麼說，我們還可以期待聖誕派對。伯爵夫人說如果我們的家人「人格高尚」，歡迎我們帶家人出席，所以我邀請了媽媽與萼金妮「阿姨」。爸爸不能來，他要開會。這就是我無法抱怨他的原因，他老是不在家。

愛，

歐蒂兒

波利斯的香料熱紅酒香氣飄蕩在圖書館中。壁爐裡的栗子發出爆裂的聲響。小小幫孩童把舊的目錄剪成裝飾品，掛在冷杉樹上。我跟瑪格麗特從櫃子裡翻出過節用的紅絲帶，裝飾起閱覽室。

「我的公寓很冷。」她說：「這些發霉的書正好可以拿來燒。」

我出於本能，假裝拿起一本小說抱在胸前。要我在摧毀書本跟冷死之間選一個，我寧可冷死。這些書裡很多都是大戰時期從美國寄給士兵的書。他們在壕溝、戰地醫院裡讀這些書，這些故事帶給他們慰藉與逃離現況的方式。

「我在開玩笑。」瑪格麗特說：「妳知道吧？」

「當然……」但講這種話還是很不恰當。我移動到沒人的角落，懷裡揣著《格雷的畫像》（*The Picture of Dorian Gray*），編號八二三。我深吸小說稍微帶有霉味的氣息，想像這是混合了火藥及壕溝泥巴的味道。我相信每次打開一本舊書，就是解放了一名士兵的心靈。我低聲地說：「老朋友，沒事了。你現在很安全，你到家了。」

「自言自語？」小小打趣地說，媽媽跟蕁金妮在後頭。

「原來妳在這裡工作。」媽媽說：「沒有我想像中那麼黑暗嘛。」

蕁金妮笑了起來。「妳以為她在礦坑工作嗎？」媽媽開玩笑地戳了戳她的手臂。

每位客人都帶了珍貴也昂貴的美食佳餚，要麼是從黑市弄來的，要麼就是拜託住在鄉村的親戚幫忙張羅。濃郁的卡門貝爾起司，一整籃橘子。蕁金妮端來一盤鵝肝醬，這是她跟媽媽用保羅從布列塔尼帶回來的新鮮鵝肝做的。

現場忽然靜默了下來，身穿白鼬大衣的伯爵夫人進場了，她挽著她丈夫，身穿正式禮服西裝的白髮紳士。雖然他胸膛上沒有別勳章，但他的姿態還是很明顯，一看就知道當過將軍，抬頭挺胸，冷眼望著客人，彷彿他們是他的士兵。

西蒙太太在飲料桌附近攔住克拉拉．德錢布倫，正要長篇大論地解釋起她是怎麼搭配她浴袍的俗豔頭巾。伯爵夫人對著丈夫露出「快拯救我」的神情，伯爵像隻聽話的小狗，急忙過來把夫人帶走。

「他在兩塊大陸上指揮軍隊。」普萊斯－瓊斯先生

「但有眼睛的都看得出來現在是誰說了算。」德奈西亞先生觀察道。

「將軍慘遭滑鐵盧囉。」

「慘遭滑鐵盧？他自己娶的老婆耶。」

保羅帶我到我最喜歡的書區，八二三，我們加入《咆哮山莊》裡凱西、希斯克里夫與《簡愛》女主角、羅切斯特的行列。我望向他的嘴唇，因為紅酒而染紅。他緩緩跪在我面前，說：「妳是我這輩子的女人。我想一醒來就看見妳的臉，吻著妳的臉蛋入眠。妳所說的一切都好有意思，我喜歡聆聽妳腳下秋日落葉的沙沙聲，聽妳糾正不守規矩的讀者，聽妳在床上朗讀的小說。我可以和妳分享最深刻的思想，還有我最愛的書。我最想要的是繼續我們之間的對話。妳願意嫁給我嗎？」

保羅的求婚詞宛如一本完美的小說，結局老套但還是出人意表。

我聽到閱覽室的媽媽問：「保羅跟歐蒂兒去哪了？」也聽到葶金妮說：「噢，就這麼一次，讓他們去吧。」

「真希望我們是在那間公寓裡，在我們那粉紅色的閨房裡。」我低聲地說。

「我也喜歡與妳獨處，只不過……」

「只不過什麼？」

他的喉結緊張地上下移動。「我們不該偷偷摸摸，這樣不對。我不確定我還能……」

「爸爸不會發現的。」

「妳為什麼什麼事都要跟妳爸扯上關係？」

「我沒有！」

「咱們別吵。」他說。

我輕撫他的臉，望著戰爭帶來的改變——雙眼下方的暗色陰影，線條在他唇邊形成苦澀的括號。改變了這麼多，我希望有些事情不要改變，我在圖書館的工作，還有我們的午後幽會。

「妳讓我在戰爭時撐下來，撐過我的工作。我希望我們能在一起。」他說。

「好，我的愛。等到雷米回來。」

我挺直身子。保羅正要說什麼，也許是我愛你，也許是我不想等，但我連忙吻向他，他的話語迷失在我的舌下。他把我緊抱在懷裡。我的手滑進他的外套、毛衣、襯衫下，貼著他溫暖的皮膚。其他朋友在背景裡唱起〈平安夜〉，我跟保羅卻交纏在一起，眼裡只有我們之間的激情。

一九四一年過去，一九四二年到來，我的家人持續數著雷米遭到俘虜的日子。一月十二日：**親愛的雷米，這話我只能跟你說，保羅向我求婚了！你一回家，我們就舉行婚禮。**二月二十日：**親愛的歐蒂兒，別等我，把握眼前的幸福。**三月十九日：**親愛的雷米，我跟瑪格麗特沒有長襪了，所以在腿上拍米色的粉。小小覺得我們瘋了。**四月五日：**親愛的歐蒂兒，小小是對的！謝謝妳的包裹，妳怎麼知道我想讀莫泊桑？**

每個人都得註冊，家庭主婦要註冊才能領糧食配給，猶太人必須向警察登記。雖然普萊斯—瓊斯先生每個禮拜都要去警察局簽到，瑪格麗特卻一次也沒有去過。我在建築物的牆上看到潦草的塗鴉，好多個V字，代表「戰勝納粹」（Victory over the Nazis），但我也看到「猶太人去死」。一次世界大戰的戰爭英雄貝當元帥受命成為總統，他將法國格言「自由、平等、博愛」改成「工作、家庭、祖國」。感覺法國人的心情是「緊繃、憤怒、憎恨」。

我跟保羅漫步在香榭麗舍大道的樹蔭下，經過好幾間咖啡廳，裡頭滿是納粹及他們俗氣的女伴。德國士兵用德國馬克買啤酒及手鍊、腮紅這些廉價的小東西。這些人遠離東部戰線，只想忘卻戰爭，享受寂寞、可人的巴黎女子陪伴。

我不怪這些女孩，十八歲的女孩，誰不想跳舞？三十歲的母親需要幫助才能付帳單，她們的丈夫死在戰場或關在戰俘營裡。這些女人只能盡量繼續她們的人生。話雖如此，經過她們身邊，我覺得自己邋遢過時。我捏捏自己的臉頰，希望氣色能夠好一點，順便提醒自己，**邋遢就是新時髦**。

「買珠寶送妳，這我只能作夢。」保羅看著男男女女，不滿地說：「沒辦法買配得上妳的好東西送妳……真是太侮辱人了。」

「我對你的感情與什麼首飾都無關。」

「這些蕩婦什麼都有，我們卻什麼都沒有。她們是婊子，就會舔——」

「沒必要這麼粗魯！」

「她們應該要覺得丟臉，貼上那些德國佬，巴結敵人。我很樂意給她們終身難忘的一課。」

他朝德國士兵與他們的女孩走去。他下巴緊繃，一手握拳。他看起來一點也不像他。這是他第一次嚇到我了。

「別惹事，不值得。」我拉著他的手臂，緊緊拉住。

已經避不掉德國士兵了。他們出沒在我們最喜歡的咖啡廳，他們在街上設立愈來愈多檢查站。完全不可能知道他們什麼時候出現。我要去蒙馬特替松傑博士送科學書籍，路上就經過一個金屬路障，昨天還沒有這玩意兒。一名軍人搶走我的書包，把裡頭的東西倒在地上。我看著好幾本大部頭的書掉在人行道上，書頁攤開。他拿起一本，翻起內頁。也許他是想尋找最高機密的密碼，或是以為扉頁裡插著一把刀吧，說不定，他只是無聊。他望著書名，嘲諷地說：「小姐喜歡讀物理學論文啊？」

我距離高中物理已經非常遙遠。要是他問相關問題，我可能會有麻煩。我可以說這是要給鄰居的書，或是，也許我可以自己提一個問題：「你這是在說，女人只能研究刺繡的書嗎？」他把包包遞給我，叫我把書撿起來。回到圖書館後，我想警告瑪格麗特，但她不肯面對她可能遇上的危險，我們還在打包要送去拘留營的書，裡頭關押了魏德小姐、左岸書店的碧許小姐這些外國人，就算此時，瑪格麗特也聽不進去。

「妳去警察那邊登記了沒？」這是我問的第十遍。

「我覺得自己很法國，這樣應該就夠了。」瑪格麗特一邊說一邊溫柔地把《聖誕布丁》放在《鴿子派》上頭。

「也許妳該去非軍事區找羅倫斯。」

「他情婦會不高興。」

情婦？不，不可能。我重新思索我們的對話，尋找我所迷失的線索。她說的是他跟一位「朋友」在那裡，我就信了字面上的意思。瑪格麗特一直沒有提到丈夫寫信來，也沒提到她想他。我覺得自己很蠢，每天滔滔不絕講著保羅，結果她卻默默痛苦。我讀書，但我讀不懂人。

我知道情婦可能會讓夫妻離婚，擔心瑪格麗特可能要回去倫敦，或更糟，跟卡洛琳阿姨一樣消失。我一定看起來憂心忡忡的樣子，因為瑪格麗特用手蓋在我的手上。「法國跟英國斷交了。羅倫斯是為那個女人留下來的。我們各有各的生活。我不想要這樣，特別是對克莉絲汀娜不好，她再也見不到她的父親，但我接受。」

「他是白癡。如果他看不到妳有多可愛、多勇敢，那他真的是白癡。」

瑪格麗特露出顫抖的微笑。「天底下只有妳這樣看我。」

我緊握她的手。「妳覺得他會離婚嗎？」

「我們這種夫妻是不會離婚的，我們只會繼續稀裡糊塗地混下去。」

「那妳會留下來囉？」

「我永遠不會離開圖書館。」

「保證？」

「這是最簡單的保證。」

「妳留下來我很高興，但我不希望妳惹上麻煩。要是妳跟魏德小姐一樣遭到逮捕怎麼辦？請妳考慮去警局簽到登記，這是法律的規定。」

「不是所有的法律都必須該遵守。」她鬆開我的手，將書箱的蓋子牢牢封上。這件事就此結案。

第二十八章・瑪格麗特

在傍晚銀色的光線下，瑪格麗特走上地鐵站的階梯，思索今晚女兒的睡前故事要讀哪本書，是《小羊貝拉》還是《貓咪荷馬》呢？等到她看到檢查站的時候已經太遲了，她緩緩後退。

一名士兵要求：「Vos papiers（妳的文件）。」他的法語講起來有急切的德文腔。她拿出文件。

他仔細看了看，然後瞪著她說：「Anglaise（英國人）？」就是敵人。

他拉著她的臂膀。指關節碰觸到她的胸部，她向後閃，不讓他染指她的胸部。

他們只有找到瑪格麗特這個外國人。他們推著她沿著人行道前進。她從來沒有這麼害怕過。她曉得這些男人可以把她推進無人的庭院，對她為所欲為，而她的人生會就此不同。

走了六個街廓，他們進入徵用的警察局。一側空間裡都是辦公桌，另一側則是拘留所，三名白髮女士癱坐在長椅上。從她們暈開的睫毛膏與縐縐的洋裝看來，她們已經遭到監禁了好幾天。

士兵將她推入牢房時，她說：「我女兒……可以讓我打通電話嗎？」

「這裡不是鄉村俱樂部，妳不是我們的客人。」對方說。

三位女士在長凳上挪出空間，瑪格麗特拘謹地坐在角落。通常她會介紹自己為聖詹姆斯太太，但在牢房裡搞些形式似乎很可笑。

「我是瑪格麗特，我的罪是生為英國人。」

「我們也是。」

「我們正要從讀書俱樂部回家，路上就被抓了。」

「抓我們一定很有成就感！」

「那些高大魁梧的軍人一定覺得很驕傲，攔下讀普魯斯特的老太太。」

終於，軍官下班離開了，只留下一位年輕的士兵，他在辦公桌邊閱讀。

「Entre nous（私底下），我覺得那個士兵對咱們的新朋友有意思呢。」

瑪格麗特注意到他的目光不斷從書上游移到她們這邊，但在這濕冷的警察局裡，他還能往哪裡看呢？

「妳們在這裡待多久了？」瑪格麗特問。

「一個禮拜了。等到他們逮夠了人，就會送我們去拘留營。沒水、沒食物，只有跳蚤跟無聊的士兵。」

隨著傍晚過去，她們準備要睡覺了，三位女士變得心神不寧。「要是他們永遠不放我們走怎麼辦？」

瑪格麗特從包包裡抽出《小修道院》，說：「我來讀個故事。」三個女人安分下來。

「天色近乎全黑。在兩個城鎮二十五公里間如同紡織機梭子來回穿梭的汽車也熄燈了。不一會兒，松比修道院的柵欄門口亮了起來。『這是一棟豪華的古宅。我保證妳一定會住得很安穩。』」這章讀完時，其中一位女士打起呵欠。三人移到地上，準備要躺在夜晚睡覺的床上。她們躺在水泥地板上，頭枕著手提包。瑪格麗特加入她們的行列。

「親愛的，妳坐椅子上。」

「妳沒有我們身上這些肥肉當緩衝，妳坐著。」

這簡單的善舉讓她感動。「我寧可跟妳們一起睡。」

瑪格麗特枕在《小修道院》上，把玩起她的晨光珍珠。這條項鍊的主人原本是她媽媽，根本不值錢，不像羅倫斯期待她在派對上炫耀的首飾那麼昂貴。不過，當瑪格麗特戴上這條項鍊時，她就知道媽媽的愛環抱著她，跟小時候一樣，媽媽輕聲細語的嘴唇貼著她的額頭。

媽媽是這麼說的，**努力讀書，這樣妳就不會跟我一樣，在工廠當女工**。不過，外婆告訴瑪格麗特，她想找什麼樣的男人都行，她那張尊貴的臉彌補了她出身階級低下的缺點。外婆用釣魚來比喻釣男人：去魚最多的地方，拿出妳最好的誘餌，然後靜觀其變。瑪格麗特跟朋友在高檔餐廳外頭徘徊，端莊地在門口晃蕩。她看到身穿深藍色西裝的羅倫斯如此瀟灑，她便落下了錢包。他替她拾起。魚鉤，釣線，浮標，就這樣釣到大魚。

婚禮時，她穿了珍．浪凡的絲質禮服，她笑到嘴巴發痠。除了婚禮，她完全沒有多想什麼，也完全不知道新婚夜該做什麼。新婚夜的驚嚇太親密、太尷尬，她完全不介意他們不去度蜜月。羅倫斯是年紀輕輕的外交官，他跟瑪格麗特受邀參加重要晚宴，這場晚宴希望能夠推進和平對話。

到了倫敦西南區的普特尼，傭人送來雞尾酒。羅倫斯的手搭在瑪格麗特下背部，到處展示她：「Voici ma femme（這是我太太）！」他們從義大利大使面前移動到德國使團旁。

她很詫異，他們明明是在英國，但大家都講法文。「這是外交語言。」他解釋道，然後又說：「妳說妳學過法文。」

他問的時候，她的確是這麼說的，她很謹慎，沒有說謊。事實是，她四年的法文都被當掉了，但在他們交往的時候，話都是他在說，填補了她所有的空白。她根本不曉得這很重要。

瑪格麗特大口喝起雞尾酒，看著其他的太太用機靈的話語逗出一板一眼外交官勉強的微笑，甚至是全然的歡笑。

在晚宴餐桌上，她無法與右邊一臉怒容的俄國人及左邊羞赧的捷克人溝通。她希望羅倫斯能夠展現出一點支持，但他卻用她母親的眼神看她，輕蔑與不滿的眼神。所幸在男性噴起雪茄的煙氣時，女士可以前往沙龍。瑪格麗特期待可以聊聊時尚話題，但這些女人談起了眼前的政治現狀。她跟不上，義大利元首、德國總理、法國的總統與總理。太令人費解了。

當災難終於過去，事情卻還沒完。在飯店門口，她和羅倫斯等著捷豹汽車開過來，一位身穿金屬小圓片裝飾洋裝的法國女人過來吻了吻他的臉頰（很靠近嘴唇的部位），然後用純正的英語說：「妳得替小瑪格麗特訂份報紙，這樣她才能貢獻點思想。」

上了車，瑪格麗特說：「事情沒有那麼糟，我會找家教磨練法文。」

他沒有答腔。在街燈下，她看見他跟媽媽浮現同樣的表情，那天，她才從市場回家，她發現她買的飽滿覆盆子裡長了霉。那是厭惡的神情，自我厭惡的神情，因為這個人允許自己受騙。

「告訴我，我該做什麼，我就會做！」瑪格麗特哀求道。

他沒有望向她。他再也沒有碰過她。

下個禮拜，她邀請朋友一起喝下午茶。她們都替她高興——時尚豪宅、多金丈夫、鑽戒。「妳得到妳想要的一切了！」

在牢房裡，一個女士靠了過來，她的溫暖哄著瑪格麗特入睡。她在半夢半醒之間驚覺的確如此，她的確得到自己想要的一切。她只希望自己當時想要的不只這樣。

半夜的時候，有人吵醒瑪格麗特，有人戳了戳她的肩膀。看守的士兵蹲在她面前。她向後退，遠離這個人，但牢房裡實在沒有多少空間可以移動。

「我讓妳走。」他低聲地說。

牢房大門敞開。她打算叫醒三位老太太。

「不是她們，只有妳。」

「為什麼只有我？」

「妳太美了，不該在這裡。」

他就像羅倫斯，只看見他想看的東西。她躺了回去。

「如果可以，我願意讓妳們都走。」他說：「但我不能解釋為什麼牢房裡一個人也不剩。」

她瞪著他，氣他在她面前亮出自由的機會，然後又吊她胃口。「戰爭沒教會你說謊嗎？」

「我會有麻煩的。」

「頂多就是長官對你吼幾句，你心裡不舒服而已。我們最糟可能會有什麼遭遇？關進大牢，遠離愛人、沒有食物、沒有暖氣、沒有書本。」

「我可以讓妳們四人走——」

「Merci、Danke（謝謝）。」

「我可以讓妳們四人走，但妳要讀這本書給我聽。」

「什麼？」

「我們會一天見一次面。也許在萬神殿的臺階，或妳決定的地方。」

「太荒謬了。」

「一天一章就好。」

她希望自己能看清他的表情，但他的臉不在昏暗的燈光下。「為什麼？」

「我想知道接下來會有什麼發展。」

巴黎
一九四二年五月九日

局長先生：

來函通知巴黎美國圖書館的館長克拉拉、德錢布倫（閨姓朗沃斯）寫下各種謊言與藉口，只為了將他們的首席圖書館員與園丁留在巴黎，而不是派遣他們前往祖國勞動。

波利斯、奈榭夫前往猶太讀者家中。他每天晚上都會帶著好幾疊書出去。如果他走私這些不入流的書籍給讀者，我完全不會意外。他沒道德，拒絕保持圖書館藏書的純潔。他說他選擇了法國國籍，但我存疑。

善盡你的職責，將這些墮落的外國人趕出巴黎。

知情人敬上

第二十九章・歐蒂兒

早餐是媽媽分成三份的燕麥粥與一顆雞蛋，她小心翼翼將蛋黃碎屑擺在蛋白上，幾口就吃完了。她原本紅潤李子般的臉頰現在成了縮水的李子乾。爸爸瘦了好多，她得幫爸爸把褲子改小。他掃把形狀的鬍子已經遮不住他哀傷的嘴唇。

「妳該結婚了，當什麼老處女圖書館員？」他對我說：「妳有什麼毛病？」

我盯著雷米的椅子。我想念他的支持。

「保羅是個很好的年輕人。」爸爸繼續說。

「那你為什麼不跟他結婚？」

「夠了！」媽媽說。

就這麼一次，爸爸閉嘴了。我幾乎聽得到雷米說：**哎啊，就這樣？兩個字？要是我們早點知道就好囉！**

上班了，我甚至還沒踏進門檻，波利斯就塞給我一堆書。我不介意。我們都要面對檢查站，我知道他跟伯爵夫人送的書跟我一樣多。前往柯恩教授住所的路上，我盡量享受翠綠的六月上午，但爸爸的評論言猶在耳：**妳有什麼毛病？妳有什麼毛病？**

我跌坐在教授的沙發椅上。我的目光從整點發出聲響的老爺鐘望向一直空空的花瓶，然後又看到教授雙眼擔憂的神情。

「一切都還好嗎？」

抱怨很不專業，但她先問的。「爸爸覺得我該結婚了。」

她靠在椅背上。「妳跟保羅訂婚了嗎？」

「對！」跟她分享我的秘密感覺真好。「但只有雷米知道，還有現在妳也知道了。」

愁雲慘霧消失。「這值得來杯香檳，哎啊，櫻桃酒也湊合啦。」她從邊桌拿起酒瓶，將液體在兩個玻璃杯裡，一滴不剩。

「敬妳跟妳的年輕人。」

我們啜飲起這甜甜的酒。

「妳為什麼還不跟父母說？」

「我一說，爸爸就會選婚禮舉辦的日子，替孫子取名。媽媽替我縫了很多嫁妝，能夠裝滿一整個房間，桌墊都能淹死妳。最重要的是，我想等雷米回來。這是我的決定，跟我爸爸無關。」

「我親愛的，我同情妳，真的，但我媽媽以前都說『接受一個人原本的樣貌，而不是妳所期待的樣子。』」

「這是什麼意思？」

「令尊年紀已經大了，他不會改變。而老狗也不會生小貓，所以妳跟他一樣固執。唯一能夠改變的就是妳看待他的方式。」

「我不確定辦不辦得到。」

「跟他談談。」她說：「告訴他，妳對保羅的感覺，以及妳希望雷米在身邊。」

「爸爸只想快點把我嫁掉。」

「他也想念妳的哥哥，想必他會理解的。」

我噘嘴說：「妳又不懂我爸。」

「等到妳年紀大一點……」

我向她告別，氣沖沖地走下階梯。**等到妳年紀大一點！妳有什麼毛病？**我快步沿著布蘭琪街前進，注意到一位深髮色女子，她穿了一件優雅的藍色外套，翻領上有一顆黃色星星。我愣在原地，受傷的自尊此時成了我腦袋裡最遙遠的事情。猶太人已經不能教書、進公園，甚至不能經過香榭麗舍大道。他們不能用公用電話，必須坐在地鐵的最後一節車廂。我繼續前進，深髮女子抬起頭，但嘴唇在顫抖。我聽說過黃色星星的事，但這是我第一次親眼看見。我不曉得該如何反應。我該對那女子露出善意的微笑，讓她知道不是每個人都同意這奇怪的認同嗎？還是我該跟平常一樣直接走過去，讓她知道一切都沒有變？不要繼續看那個女人，這樣就能證明我沒有把她當異類。我們擦身而過時，我撇開目光。

猶太人不只是處處遭到禁止，現在他們也成了目標。我居然還跟柯恩教授抱怨我這些微不足道的問題。

整個早上我跟瑪格麗特都在修補書本，已經買不到新書了，所以舊書彌足珍貴。我又累又餓，將膠水塗在裝訂的地方，來回塗，來來回回，動作很慢，更慢，好像愈轉愈慢的唱機。她剛剛就已經停下動作了。她的右邊嘴角揚起一個微笑。我叫她，但她沒有反應。

「瑪格麗特？」我戳了戳她的膝蓋。

「抱歉，迷失在思緒裡。」

「職業傷害。」我說。

她大笑起來。她眼神中閃爍的光芒訴說著愛。她跟丈夫和好了？「羅倫斯回家了嗎？」

她詫異驚恐地看著我。「拜託，沒有！妳怎麼會這麼想？」

「妳看起來很快樂。」她一直都很美，但這幾個禮拜，她的神色不一樣了，變得更開朗。彷彿是晨霧散去，下午的陽光照了進來，速度緩慢，我一直到現在才注意到。

她遲疑了一下，彷彿連她也很意外一樣，她說：「我猜是吧。」

「有什麼特別的原因嗎？」

「我在讀《小修道院》，這次讀出來。」

「讀出來？」

「讀給某個不能自己讀書的人聽。」

在我能繼續追問下去前，軍人靴子的腳步聲吸引了我們的注意力。圖書館保衛者與他的兩個跟班出現。讀者愣住了。巴黎人習慣在街上看到德國軍人，但不習慣他們出現在我們的圖書館裡。距離福克斯博士上次到訪已經隔了好幾個月，狀況變了很多，芮德女士離開了，德國跟美國開戰。他是因為這樣才來的嗎？

福克斯博士扶了扶金框眼鏡，要求見館長，所以我帶他們去克拉拉．德錢布倫的辦公室。小小謹慎地跟在後頭。

伯爵夫人很習慣身穿納粹制服的軍人，博士抵達時，她一點反應也沒有。圖書館保衛者可就不是這樣了，他看到陌生人坐在芮德女士的座位上，瞪大了雙眼。他張望看了看辦公室，然後一臉不悅地看著我，彷彿是我把館長關在大保險箱裡一樣。

「這是什麼意思？」他質問道。

「這位是克拉拉．德錢布倫伯爵夫人，圖書館館長。」我說。

「芮德女士呢？」他聽起來很焦慮。

「她回家了。」伯爵夫人回答。

「我保證她在巴黎能夠得到我的保護，她為什麼還要離開？」

「她無疑是覺得回家比你的保證更重要。」

我退到走廊，加入小小的行列。「他是在氣什麼？」

「館長不告而別。他不是氣，他是覺得受傷。」

啊，我實在忍不住喜歡起這個人，居然這麼愛芮德女士。

他質問起伯爵夫人的資歷、藏書的價值，還有圖書館的保險政策。他覺得滿意，就列出一連串的規矩，工作人員不准加薪，不准販售藏書。「我承諾過，這間圖書館必須繼續開放。」他說：「如果軍事權威以各種方式介入，妳在芮德女士的抽屜裡找得到我在這裡跟柏林的電話號碼。如果有什麼麻煩就聯絡我。」

一九四二年十一月三十日

親愛的歐蒂兒：

抱歉許久沒有來信，找不到紙。我們許多人身體都微恙，我的傷口持續鬧事。守衛並沒有想要殺死我們，但也沒有打算讓我們活下去。其中一個守衛還說連他們自己都沒有藥物。

我的室友馬賽爾又鬧事了。在擠奶的慘敗之後，他又把一位老太太的牽引機開進田溝裡。他跟牽引機一樣重傷，翻車時，他的手被壓在底下。指揮官提議要找人代替他，但老太太再也不要法國人的幫忙了。

另一個人替一位年輕寡婦工作，她有美國性感偶像梅．蕙絲（Mae West）的身材，加上（亞利安）天使的臉。他們愈來愈親暱，當他說戰爭結束後，他要留在這裡，我們只能覺得遺憾。

她偷偷塞給他一個收音機，感謝他幫忙在田裡收成。有些德國人跟希特勒一樣邪惡，但其他人也是反對納粹的，還會聽英國廣播電臺。沒辦法跟妳聯絡、得知外界消息實在很難受。能夠每天聽到新聞讓人開心，雖然我們不見得每天都有麵包吃。

妳的來信與期待見到妳是支持我活下去的動力。我很幸運，家人都很關心我。許多人都沒有家裡的音訊。如果妳能寄給馬賽爾．丹尼一點甜食，我想他會很開心的。

愛，

雷米

小小在兒童閱覽室咬著嘴唇讀他的信。雷米是好心，但我們連自己吃都不夠，怎麼還有多餘的食物能夠寄給陌生人呢？

「Bonjour, les filles（早安，兩位姑娘）。」瑪格麗特一邊走進，一邊說：「歐蒂兒，妳為什麼不在參考資料室？讀者都排隊了。」

「我們得到一些消息。」我把信件內容翻譯給她聽。

她皺起眉頭。「我保證，接下來妳每個月都能寄些好東西給他。」

隔天，她帶了一小盒乾香腸、香菸與巧克力。

「怎麼辦到的？」我驚訝地問。

「這妳別擔心。」

想起她家牆上那些鍍金的肖像，我想像瑪格麗特一一把祖先賣掉，只為了餵飽雷米。她的確是最親愛的朋友。

一九四二年十二月二十日

親愛的雷米：

希望我們寄去的包裹還可以。羊毛衫合身嗎？你認得出這顏色嗎？毛線是從我們小時候的毛衣上拆下來的，媽媽保留了這些衣服。抱歉袖子長度不一樣，對我來說，練習不會帶來完美。

昨天晚上，我跟保羅去奧德翁劇院看伯爵夫人製作的《哈姆雷特》，能夠從事一些戰爭爆發前正常的事情感覺真是太好了。我跟小小要去樹林裡摘冬青，用來裝飾我們送出去的書。最近索書的需求變少了，感覺很怪。

小小很想你。我們都是，希望你早日回家。

愛，
歐蒂兒

戰俘郵件

一九四三年二月一日

親愛的歐蒂兒：

謝謝妳寄來的美食！更棒的是看到馬賽爾收到包裹時的表情。請不要為了我們委屈自己，我一開始根本不該開這個口。

這裡一切都很好，除了馬賽爾差點死掉。在休息室裡，幾個戰俘會窩在收音機前面聽英國廣播電臺，門衛進來的時候，收音機的聲音跟嘆息差不多。其他人立刻跑走，但可憐的馬賽爾太沉迷了，沒有注意到。守衛砸爛了收音機，要我們一百個人不穿外套站在空地上，還承諾坦白從寬。結果誰也沒有招。指揮官逼馬賽爾下跪，用槍指著他的頭，說：「告訴我還有誰是你的同黨，不然我就殺了你。」你知道這混蛋說什麼嗎？他說：「那我就獨自赴死。」

愛，
雷米

巴黎
一九四三年六月一日

指揮官先生：

我先前致信給法國警察，沒有得到结果，現在我與你聯络。巴黎美國圖書館裡有諷刺希特勒的書籍，人人都能借閱。不僅如此，我也跟警察提過，館員會夾帶書籍給猶太讀者，包括不該閱讀的禁書。

館員小小、朱貝說德國士兵的壞話。她家有一位投宿的軍人，誰曉得她是怎麼對待人家的。志工瑪格麗特，聖詹姆斯在黑市買食物。看看她那豐滿的臉頰，不曉得有多少人在挨餓。傑菲、德奈西亞提供資金給法國反抗運動组織，還讓其中成員住在他的豪華公寓裡。

在圖書館深處的空間裡，讀者羅伯、普萊斯—瓊斯會收聽英國廣播電臺，這明明是嚴格禁止的行為。在此聽到的惱人雜音不只如此，始终鎖上的閣樓裡還會傳來迴盪的腳步聲，真不曉得館員藏了什麼東西，或什麼人在那裡。

請親自走一趟，您就能眼見為憑。

知情人敬上

第三十章・歐蒂兒

郵件抵達後，我將時尚雜誌一一上架。《今日時尚》（*Mode du Jour*）提醒讀者：「智慧與品味並沒有配額」，而且鞋子雖然會磨壞，但帽子並不會。我想念《泰晤士報》跟《生活》雜誌。我轉頭同情起身旁的男人，我從來沒見過他。我一開始看到他緊抿的雙唇與綠色花呢西裝後，覺得他應該是位手頭拮据的教授。現在我會說他是間諜。我嘖了嘖口水，偏執妄想，納粹的宣傳在我身上起作用了。這位先生肯定是無害的，雖然他塞了一份舊報紙到外套裡。

我不滿地說：「報紙不能外借。」

他把報紙放回架上，鬼鬼祟祟地出去了。

「幹得好！」波利斯鼓掌。「妳跟國家圖書館的米姆女士一樣可怕了，貨真價實的噴火龍。」

我行了一個屈膝禮。「盡量盡量。」

小小來上班的時候，她只是點頭打招呼。最近她都很低調，這讓我擔心。我想關注她，便堅持要找她幫忙送書給柯恩教授。我們爬上前往二樓的蜿蜒階梯，教授從我們手中接下好幾本厚重的傳記。

「我小說寫完了。」她比了比桌上的一疊紙。

「恭喜！」我說。

我很詫異她眼中歡快的火光消失了，取而代之的是失望的神情。

她嘆了口氣。「編輯不肯出版。」

我曉得為什麼，她也清楚得很。法國出版社不可能出版猶太作家的書。

「我很遺憾。」我說。

「我也是。」她說：「不管怎麼說，沒有妳，我絕對寫不完。不只是妳送來的參考資料，還有妳的陪伴與善良。妳成了我在巴黎的窗口。書本與思想如同血液，需要流通，這樣才能讓人活下去。妳提醒了我，這個世界還有美善。」

這種讚美應該會讓我欣喜若狂，但我只感覺到刺骨的冷冽擔憂。「妳聽起來很像是在道別。」

「我是在說，我們不曉得未來會怎麼樣。」她把手稿交給我。「請好好保存。」

她的信任讓我覺得光榮，我親吻她的臉頰。「妳確定妳不想把它寄給哪個同事？」

「就只有這一份，這本小說在妳手裡會很安全。」

「書名是什麼？」小小問。

「La Bibliothèque Américaine（《美國圖書館》）。」

「肯定很有戲！」小小說。

「等到妳們看到裡頭的角色再說。真是有夠原創！」教授使起眼色。「妳們肯定會覺得很眼熟。」

光，五三五；手稿，〇九一；圖書館，〇二七。

等到送我們離開時，她心情似乎比較開朗了。我跟小小在樓梯井又聽到敏捷敲擊打字機的聲音。希望教授開始寫續集了。

回去圖書館路上，小小說：「這責任重大。」

我把紙張塞進書包裡。「我們會把手稿放在保險箱裡。」轉進圖書館的街道，我們經過三位穿著網襪的filles de joie（妓女），她們嘻嘻哈哈的。三個豐滿的女孩搖擺歡快走過，金髮淩亂，還揚起一陣刺鼻的香水味。

「蕩婦！」小小揮開香水的氣味。「有人就是不知道現在正在打仗。」我們進了圖書館，她也沒有壓低聲音。「昨天早上，我看到一狗票吵死人的妓女回家，她們渾身酒氣。實在是好有品味！」

到了圖書館後面的房間，我放下手稿，請小小坐下。「不對的人會得到對的東西。」她聲音沙啞。「我很餓，無法思考。日子一天天過去，但我一點也不懷念，聖誕節、新年，我很高興統統過去了。現在到了復活節，唯一高漲的就只有價格。我想念雷米。要不是他，我可能……」

「咱們來寫信給他。」她的絕望讓我害怕。雷米會幫忙——想想他總會讓我們心情好轉。我從包包裡拿出鉛筆。「妳寫正的，我寫斜的。」

親愛的雷米：圖書館**來信**，我們**很想**你。**這瘋狂又**美好**的想法是歐蒂兒提議的。**

「這看起來像勒索信。」她說：「天知道他收不收得到。」

「至少我們可以胡鬧審查員。」

小小露出淺淺的微笑。這樣就夠了。

「妳覺得柯恩教授會介意我們偷看她的小說一眼嗎？」她問。

我天人交戰，一方面想尊重教授的隱私，一方面又想安慰小小，我翻開標題頁，讀了起來：「『下輩子』充滿書本發霉的天堂氣味。這裡的牆邊都是高聳的書架，架上滿是遭到遺忘的大部頭書冊。這不上不下的舒適夾層世界沒有窗戶也沒有時鐘，只有偶爾傳來的孩童笑聲回音，及一縷飄來的巧克力可頌麵包香氣。」

「我最喜歡的地方就是那裡。」她說。

「我也是。」

我正要讀起下一段，結果我們聽到一個女人大喊：「我受夠等待了！快把書給我！」

「噢，糟糕，又在鬧了。」

我跟小小跑向借書櫃檯，六名讀者等著借書。我跟小小看到連克拉拉．德錢布倫都從辦公室走了出來，她質問道：「這是怎麼回事？」

「史密斯太太等不耐煩了。」波利斯告訴伯爵夫人，然後對這位讀者說：「請多點耐心，回到妳原來排隊的位置。」

「我要報警！」她沒好氣地說。

「說我們效率不彰？」他揚起眉毛。「妳可以告發整個法國囉。」

他的言論逗樂了排隊的人。

「我要舉報你們替猶太人服務。」

「夠了！」伯爵夫人一把拉起史密斯太太的手臂，拖她到門口。「別再來了。」

這位讀者開始哭。「沒有這裡的書，我活不下去。」

圖書館還沒向外開放，我跟波利斯在借書櫃檯，我們把借書登記卡塞回歸還書籍扉頁的小信封裡，此時，我的思緒飄向保羅。中午的時候，我們會在那座公寓見面，失望永遠不會找上門的地方。我們會躺在粉紅色的閨房，他畫的布列塔尼掛在牆上。我每幅都喜歡：小麥田旁邊是罌粟花，成堆的金色乾草，背部下凹的疲累老馬。

急切的敲擊聲讓我回到現實來。我看到福克斯博士從窗戶望進來。他為什麼這麼早來？只有他一個人？我們邀請他進來，但他不肯離開階梯，還低聲地說：「小心點，蓋世太保在佈陷阱。別讓禁書流到他們手中，他們會找任何藉口來逮捕你們。」他望向後方。「不能讓人看到我在這。」

「哪種陷阱？」我問，但他已經急忙離開。

「我聽說蓋世太保已經掌控了巴黎。」波利斯一邊說，一邊點菸。「而他們更危險。」

比打敗法軍的納粹還要危險？比日日夜夜巡邏的德國士兵更危險？

接下來的早上，我們都不發一語，憂心忡忡地工作。

等到午餐時間，我終於離開圖書館，卻驚訝發現保羅在庭院裡，我問：「我們不是該在公寓見面嗎？」這些日子我腦袋都記不清楚了。

「我朋友跟他女朋友昨天過去。裡頭換了一套新的家具，但他沒有多想。他們在，呃，接吻的時候，聽到有人進屋。他們躲了一會兒，然後從傭人樓梯溜出去。他之後又回去，發現門鎖已經換了。」

我們的安樂窩沒了，我們可以擁抱彼此的地方，我們可以暢所欲言或一切盡在不言中的地方……我們可以忘卻戰爭的地方。

「那你的畫怎麼辦？」我陰鬱地問。

「我可以畫新的。」他用手攬著我的腰。「開心點，我找了新地方。」

我們在街上巧遇西蒙太太，她質問道：「妳覺得妳要去哪裡？」

我還因為失去公寓而心煩意亂，我理解速度很慢。保羅卻回答：「蘇榭小姐有吃午餐的權利。」

「那妳一點要回來。」太太告訴我。

「這位小姐不用聽命於妳。」他說，然後緊拉著我，帶著我沿著人行道前進。

「你不用這麼失禮。」我告訴他：「她就跟《小婦人》裡脾氣古怪的姑姑一樣。板著一張臉，但內心很善良。」

「不是每個人都有內心。」

「也不是每個人都會犯罪。」我輕快地說。

「有些人就是他們呈現出來的樣子。」我們駐足在一棟宏偉的奧斯曼風格建築前。

「就是這裡。」進了門廳，緋紅色的長毛地毯阻隔了我們的腳步聲。望向黃金水晶吊燈，我忽然有種似曾相識的感覺，也許我送過書來這裡？

樓上公寓的金線織花錦緞窗簾是闔上的。我不在乎景色，我只在乎保羅。我想要整整一個小時，忘卻一切。隨著他吻上我的胸部、我的腹部、我的臀部，我的全身都生氣勃勃。

之後，我們赤裸身子逛起這間公寓，彷彿是在博物館一樣，欣賞起壁爐架上的中國花瓶、牆上掛著的昔日主人肖像。不過，最棒的還是廚房，壁櫥裡有巧克力。新地方沒那麼糟，探索讓人覺得新鮮。

但我們耽誤到了時間，所以我把襯衫跟褲子扔給保羅。他連忙套上，但還沒穿好，他就幫我把罩衫後面拉好。他在我身後跟作夢一樣親吻我的後頸，然後一顆一顆將珠母鈕釦扣上。我最愛他的就是這種溫柔的時刻。

我陷在柔情之中，沒有注意到門鎖轉動的咖啦聲與鉸鏈轉動的聲音。

「這裡現在是我家。」一個寬胸的男子質問道：「你們是什麼人？」我跟保羅赤腳、凌亂不堪，連忙分開。

我開始往門邊移動。保羅拉著我的手，將我拉向他。「我們以為——」

「滾！滾得遠遠的！」

我們垂頭喪氣逃回圖書館，尷尬有人發現我們。我們現在能去哪兒見面？另一個問題也浮上心頭——那是誰的公寓？「我們沒有做錯什麼。」保羅說。他在我臉頰上輕輕一吻，繼續走向警察局。公寓主人是誰？我心煩意亂，直接走入期刊室，忘了我現在是在參考資料室工作。沒有新的報紙，這裡只有寥寥幾名讀者，所以當我看到有人在翻舊雜誌的時候，我滿訝異的。

「有什麼需要嗎？」

「我注意到這裡有外國人讀者。」他看起來很眼熟，啊，對，就是那個想偷報紙的花呢西裝男。

「這是我們自傲的特點之一，每個人都能在這裡找到家的感覺。」

「我想見見這些人。」

「這樣會侵害我們的資料，我們不希望這些東西流入不對的人手裡。」我尖銳地說，然後走向借書櫃檯，波利斯跟小小在此交頭接耳。

「他問我，我是哪裡人。」波利斯壓低聲音說：「我說我是巴黎人。」

「他愈來愈常來這裡。」小小說：「他在我身後的時候，我都感覺得到他在我後頸的鼻息。」

我用腳輕輕踩在她的鞋子上，安撫她。

「他想怎樣？」波利斯問。

「他問起外國讀者。」

「說到外國人。」小小說：「瑪格麗特呢？」

她應該早該到了吧？

「打電話給她。」波利斯說。

我下午打了好幾通，但都沒人接。要是她跟魏德小姐一樣遭到逮捕怎麼辦？不，她沒出現一定有原因，合情合理的原因。我望向手錶，錶面冷冰冰，指針不肯前進。我把手腕拿到耳邊，聽著手錶淺淺的脈動。我胸口掀起一陣驚慌，不能呼吸。

「快去。」波利斯催促道：「這裡有我們在。」我又打了一通電話，然後直奔瑪格麗特家。

第三十一章・歐蒂兒

管家前來應門。「瑪格麗特在嗎？」我問，焦急地望進公寓。他跟平常一樣冷靜，領我到她的房間，她就躺在床上，身邊全是一坨一坨的手帕。我擁抱她。

「妳在這，謝天謝地。我們擔心妳被抓走！」

「我生病了。」她沙啞地說：「我打過電話，但打不通。電話這禮拜都沒通過。」

我坐在她身邊。「我甚至找了保羅來，要是要報警說妳失蹤，還要有警察在場。」

「妳不用擔心。」她的語氣非常篤定。

「我當然會擔心！納粹掌控了這座城市！」

「我就說了，不用擔心。」她望向門廳，確定傭人都不在，然後才壓低聲音說：「我遇見了一個人。」

「我們每天都遇見新的人。」

「不，我邂逅了一個人。」

她這是在說她有情人了？「在圖書館？」

「不，我本來不想告訴妳……但我遭到逮捕。」

「逮捕？」我高喊。

「噓！就是這樣所以我才不想告訴妳。」

我緊握著藍色絲綢床單，這種事她怎麼可以瞞著我？當然，我是沒想到我也沒把保羅跟我訂婚的事情告訴她。

「我出獄後，菲力斯給了我一份允許自由出入的文件。」

她叫他的名字？這代表這人是她的情人嗎？資訊太多，難以消化。她瞞著我，她勾結敵人。我全身憤怒顫抖。

「妳說保羅要過來嗎？」她移動到梳妝臺前，在粉紅色的鼻子上撲粉。

現在換我望向門口。「妳不舒服，我們不該打擾妳。我該走了。」我生硬地說。

「別跟巴黎人一樣，用生硬客氣的面紗隱藏內心真實感受。」

「我不懂妳在說什麼。」

「妳想走就走，但別假裝是因為我感冒了。」我們的雙眼在鏡中互望。我眼裡透露著不安，她則心意已決。「要是菲力斯沒有從那濕冷的監獄裡放走我跟其他三位老太太，我們就會在拘留營等死了。那我女兒怎麼辦？妳想想看。」

我聽懂她的話了。她可能會跟魏德小姐一樣消失。我不能妄下結論，不能一直批判人家。我就跟西蒙太太一樣糟。

「我很抱歉。」我說：「最重要的是妳安全了。妳確定妳不想獨處休息？」

「我只是站起來的時候會頭暈而已。請伊莎準備茶盤，我等等就過去。」

到了客廳，那些金箔相框裡的痛風男人都還掛在牆上。每次瑪格麗特替雷米準備包裹的時候，我都覺得很內疚，想像這些肖像從牆上取下販售，才能買東西。不過，要是這些肖像都還在，她是怎麼弄到食物的？

當然是向她的納粹開口。

瑪格麗特跟納粹，這兩者放在一起也太詭異了。他們分屬於不同書籍，放在不同架上，但隨著戰爭開打，人都攪和在一起了。原本如同白紙黑字的非黑即白，現在全混成一團深灰色的東西。

保羅到了，我把他拉到身邊。

「怎麼了？」他親吻我的額頭。

「沒事。我只是看到你很高興，你還是你。」

「這些肖像真是令人不敢置信，這裡好像羅浮宮。」

「閃耀光芒的並不是正直。」我說。

「什麼？」

瑪格麗特走了進來，她就喜歡這種進場。我跟保羅分開。

「保羅，抱歉耽誤你的工作。你能來真是太好了，歐蒂兒有你真是好福氣。」

他耳朵都紅了，露出不好意思的微笑。「見到妳總是很高興。」

我用手肘頂頂他，提醒我們不是來聊天的。他必須警告她外頭有多危險，我不相信她情人單薄的一張紙就能保護她。

「他們說德國佬關押了兩千名外國女人。」他用英語明確地說。

「我知道。」她說。

「妳在這裡很危險，妳該離開。」他說。

「你們也大可前往南部的非軍事區，但你們沒有走。」瑪格麗特爭論道。

「我必須待在雷米找得到的地方。」

「我想跟歐蒂兒在一起。」保羅說：「想想妳的女兒。」

「倫敦也不安全。」瑪格麗特對著手帕咳嗽起來。

「小心點。」他說：「如果妳見到德國人出現，就換條路。」沒有人躲得掉納粹，連在圖書館裡都躲不掉，但我曉得瑪格麗特不是特別想避開他們。

一個禮拜後，瑪格麗特在衣帽間逮到我，塞了一個綁著銀色緞帶的小盒子給我。我打開，聞到巧克力的味道，這是黑市的黃金。我肚子咕咕叫。我不想要她非法弄來的東西，但我實在忍不住吃了一塊。隨著牛奶巧克力在我口中融化，我好奇起她是做了什麼才弄得到這麼奢華的東西，她還得到什麼？絲綢？牛排？這些東西的杜威分類號是多少？最接近的是蠶，六二九，牲口，六三六點二。我找不到正確的號碼。我不敢相信當我們其他人什麼都沒有的時候，她卻擁有這麼多好東西。

「圖書館年度閉館的時候，我跟菲力斯要去度假。多維爾（Deauville）應該很不錯。保母會照料克莉絲汀娜，要是有人問起，我就說我跟妳在一起……」瑪格麗特飄出衣帽間，前往閱覽室的路上還籠罩在幸福的雲霧之中。

巧克力很美味，剩下的我要寄給雷米，我會寄給他，但我再吃一塊……

天黑了，波利斯跟伯爵夫人在辦公室裡檢討收支，我主持借書櫃檯。電話響時，我以為是索書來電，結果來電者操著帶有德國腔的英文說：「我要見克拉拉．德錢布倫。我們約明天早上九點半，請她直接進來。請轉達我無法親自拜訪貴圖書館的遺憾。」他沒給我機會回話就掛斷。福克斯博士找伯爵夫人有什麼事？我們會失去另一個朋友嗎？

我上樓，望進伯爵夫人的辦公室。波利斯看見我，眉毛揚起關切的神情。他當然知道事情不對勁，他是圖書館員，算是心理醫師、酒保、保全與偵探的集合體。

「我接到一通電話。」我說。

伯爵夫人從閱讀眼鏡鏡片上方望過來。「好，內容是？」

「恐怕福克斯博士要妳明天去辦公室見他。」我說。

「噢，是嗎？」

「妳跟將軍應該離開巴黎。」波利斯說。

「所以他們抓不到我，就可以逮捕你們？」她說：「他到底說了什麼？」

我複述他的訊息。

「我陪妳去。」波利斯說。

我不要他去，他有仰賴他的老婆跟小女兒。我得想辦法說服他不要去。鑰匙在他手上，他早上必須來開門？不成，他會把鑰匙交給我。

「就我看來。」我緩緩地說：「福克斯博士對女性容易心軟，還是由我陪伯爵夫人去比較好。」

「我不會帶妳去見納粹！」她說：「妳父母會怎麼說？」

「老實說，我父親也不希望我跟搞資本主義的外國人一起工作。爸爸是警察局長，所以我的家人已經跟納粹打過交道了。」我這麼說是為了勸退波利斯。我從來沒有想過爸爸每天都跟哪些人打交道。

「妳確定要陪我去嗎？」她問。

我不敢去納粹總部，但一想到伯爵夫人架上那些皮革精裝書、我送給讀者的那些小說、鎖在保險箱裡的柯恩教授手稿，我決定文字是值得奮鬥的，值得冒險。「當然。」

沒時間思考會不會發生什麼事，我們都忙著圖書館的營運。我回到借書櫃檯，西蒙太太沒好氣地問：「妳死哪兒去了？我可以抱著些書直接跑掉！」

最後一名讀者離開後，我將柯恩教授要的書放進書包裡，急忙走在大街上。才過七點，但建築物的幽暗剪影陰森籠罩。我在巴黎長大，這些街道對我來說就跟媽媽的懷抱一樣安全，但今晚我每次回頭，花呢西裝男就會出現。我過馬路，他也過馬路。我回頭，他就停下腳步翻起報攤上的雜誌。我走得很快，他也繼續前進，彷彿是傍晚出來散步一樣，但他沉著一張邪惡陰森的臉。我在黑影裡看到他一手提著公事包，另一隻手……那是手槍的光澤，槍口正對準我。

我猛一右轉，貼在陰鬱的建築牆上，顫抖的雙腿催促我拔腿就跑。我沿著牆角偷偷望過去。他靠近了，我以為是手槍的東西其實是一本捲起來的雜誌，大概是在書報攤買的吧。

我努力想擺脫他，急忙沿著時髦的聖奧諾雷市郊路前進，經過愛馬仕（Hermès），然後是總統官邸愛麗舍宮（Élysée Palace），想找地方躲。我距離布里斯多酒店不遠，在占領一開始，芮德女士就住在這裡。我也替行動不便的讀者送書來過。我趕在門房回到崗位前拔腿就跑，推開大門，奔向櫃檯，我哀求接待人員讓我從後門出去。他連忙帶著我走過豪華的圓形沙龍，穿過一扇產生錯視的門，進入吵雜的廚房，最後抵達窄小的街道。

的人。

我喘著大氣，不曉得我該繼續去送書，還是該直接回家。我決定我有權利去見我喜歡的人。

「我不曉得妳要來。」柯恩教授說。

「我繞了遠路。」

她一手撫摸起書封，充滿關愛，就像媽媽摸我的臉一樣。《早安，午夜》教授至少借過十次，我問她為什麼這麼喜歡這本書，她說：「珍．瑞斯什麼都不怕，只說真話，專門替遭到遺棄的弱者用文字發聲。」

我跟平常認識一本書的時候一樣，隨手翻開一頁。**巴黎今晚看起來非常美好……我親愛的，我的美人，噢，妳真是個婊子！**我面露難色。這不是我想像中的巴黎，完全不是。

教授察覺到我的反應，說：「記著，瑞斯是用外國人的眼光描寫巴黎，口袋空空、沒有人幫忙的外國人。」我愛柯恩教授，我想愛她所愛。「答應我，等妳看完也讓我看看。妳覺得我會喜歡嗎？」

她把披風拉緊，說「我不確定，這本書不是歡喜結局。」

翌日早上九點，伯爵夫人與丈夫在我家門口等我，他們開車來。將軍的博勒帽遮住了他大部分的白髮。他跟許多巴黎人一樣，臉上都掛著黑眼圈。他踩下油門，寶獅汽車如同不想被甩在後頭的老婆婆般，緩緩在嵌石街道上前進。我在後座注意到將軍看他太太的時間比看路的時間還要多。我們駛上香榭麗舍大道，經過凱旋門，抵達尊華酒店（Majestic Hotel），也就是福克斯博士的辦公室。

「要我一道去嗎？」將軍問。

「回答幾個問題，我們完全沒問題。」

「那我在這等。」他一邊說，一邊握緊方向盤。

大廳空蕩蕩。一個寒酸的金髮女子帶她們去福克斯博士偌大的辦公室，巴黎人都叫這種德國女人為「灰老鼠」，因為她們都穿灰灰土土的制服。圖書館保衛者挺直身子坐在位置上，呈現出來的樣子跟我們感覺到的一樣心煩意亂。他沒有按照禮貌起身接待我們，我就知道事情不對勁。他用法語警告道：「妳必須說真話。」

伯爵夫人也抬頭挺胸地說：「關於圖書館的問題我們一定會據實以告。」

「我們收到匿名舉報信，指控圖書館流通反希特勒的文宣。」

我們被告發了？

「有人在你們的館藏裡發現這些諷刺畫作。」他將一個檔案塞給伯爵夫人。

她翻了翻內頁。「這些畫落款的時間早在戰爭之前，這種期刊根本不會離開閱覽室。」她把檔案放在他桌上。「我可以向你保證，我絕對不會背叛我承諾會守護的機構。」

「如果這些東西流通，那也是因為你們有人把東西帶出去。我就看過有人想偷報紙。」我尖銳地說。

「噓，三思再開口。」伯爵夫人壓低聲音說。

「我知道你們也流通禁書。」他說。

「你跟芮德女士說過，我們不能銷毀藏書。」我爭論道。

提到前任館長，他的姿態就軟了下來。「是沒錯，但從現在開始，這些書必須鎖起來。」他深呼吸。「兩位女士，看來我們找到解方了。」他切換成英語，也許這樣走廊上偷聽的灰老鼠就聽不懂了。他說：「我很替你們高興。我也不諱言，我也替自己覺得慶幸。」

他起身，我們曉得會面已經結束。注意到福克斯博士在灰老鼠面前謹慎的言行，我跟伯爵夫人到上車前都沒有交談。

回到圖書館路上，我思索起福克斯博士詭異的說詞。說不定如果我們確實做錯了什麼，他也會受到牽連，因為他負責管理占領區的圖書館。

我跟伯爵夫人進了圖書館大門後，波利斯從抽屜裡拿出一個隨身酒壺，將波本酒倒入三個茶杯中。伯爵夫人坐在椅子上，喝了一小口。我立刻解釋起我們遭到的指控。

「福克斯知道我們的特殊快遞嗎？」波利斯問。

「我相信不知道。」她說：「但經過這麼驚險的訪談，我決定不要等到八月才進行年度閉館，我們最好明天就關閉。」

七月十四日，巴士底日，又是一個沒理由慶祝的節日。

第三十二章・波利斯

波利斯與安娜每週二都會去鄰居家打牌，無論有無戰爭，無論是否遭到占領。他們會去伊萬諾夫家，喝杯小酒，吃愈來愈清淡的輕食晚餐。艾蓮跟娜笛雅在臥室玩。在緊閉的房門之後，唱機播放的是巴哈，百葉窗緊閉，兩對夫妻就著薩洛醃肉（salo），稍微輕鬆一點。在餐桌上才能跟老朋友傾訴，弗拉德米爾談起他跟瑪莉娜藏在學校閣樓裡的學生。他父母消失，在家躲了三天才敢跟別人講。雖然法蘭西斯才三歲，但食量卻很驚人，要留下額外的配額實在不簡單。

話題回到他們自己的孩子身上。波利斯喜歡聽安娜說艾蓮的事，她語氣變得溫柔，眼神也是。雖然要排隊領麵包、奶油，所有的物資已經夠累了，但安娜並沒有讓戰爭在她臉上留下任何痕跡，沒有擔憂的皺紋，沒有憤怒。有時，他會垂頭喪氣，覺得無奈，沒錯，對這輩子憤恨不平，畢竟，他們逃離俄國大革命，已經面對過一場戰爭了。不過，安娜跟以往一樣坐得挺直，而後來，她的力量也感染了他。

盤子收走後，波利斯洗牌發牌。安娜看著手裡的牌，露出歡喜的神情，波利斯也覺得高興。

一陣敲門聲。他們驚恐地望著彼此，也許出事了，也許沒有。那人會走開，我們就等等看。

大門發出砰！砰！砰！的聲音，雖然目光交錯，但四位好友沒有開口。弗拉德米爾、瑪莉娜與安娜放下手中的紙牌，波利斯依舊握在手裡。弗拉德米爾前去應門，他瞇著眼睛望向門上的貓眼。他後背僵直，證實了波利斯的想法，蓋世太保來了，啊，他們逮到我們囉，聽著巴哈打牌，孩子在臥房裡玩家家酒。弗拉德米爾緩緩開門。四名納粹闖了進來，一人用槍指著弗拉德米爾，兩人翻起架上的書籍，另一人劃破貴妃椅上的靠墊。到處刺探，就是不肯滿足。也許他們知道了那男孩的事，弗拉德米爾根瑪莉娜是老師，不是反抗分子，蓋世太保還是來了，這對夫妻因為協助一個孩子而惹上麻煩。不然納粹怎麼會來呢？是說納粹查訪也不需要理由啦。

看到這些人，波利斯已經見怪不怪了。巴黎人見過最體面的納粹，靴子擦得閃亮反光，替老家的老母親買紀念品；也見過最糟糕的納粹，喝得太多，在街上走得東倒西歪，因為遭到法國女人直接拒絕而面紅耳赤。當然，納粹看盡了巴黎人最糟糕的一面，飢腸轆轆、憤恨不平，在肉舖排隊排到大打出手。不，他們是親密的敵人，踩在彼此頭上，踩在彼此身上，就在彼此身旁。

拿槍的納粹喊了一些德語，安娜、瑪莉娜與波利斯還是坐在桌邊，毫無動作激怒了他，他們為什麼坐得這麼冷靜？他於是用法語吼著：「起來！」

安娜起身的姿態有如女沙皇從寶座上起身般優雅。她不會展現出自己的害怕，露出懼色就代表他們贏了。

「你，門邊的。」納粹對著弗拉德米爾說：「跟其他人站在一起，手舉高！」

他們舉起雙手，波利斯依舊握著他的紙牌。

槍口對準波利斯，他們會逮捕他嗎？俄國與美國都跟德國開戰了，而他是在美國機構工作的俄裔法國人。對，他現在才認出揮舞手槍的男人，但這黃鼠狼在翻館藏尋找背叛的證據時，穿的是一身花呢西裝。這個到處刺探的傢伙出現在閱覽室太多次，連歐蒂兒都說：「誰來告訴那個混蛋，他該知道好歹，付一下圖書館的註冊費。」

那個歐蒂兒！他當時覺得很好笑，他現在也大笑出來。

魯格手槍發射。痛楚迴盪在波利斯身上，他還算潔白的襯衫滲出鮮血，他鬆開自己的牌，紙牌散落到他腳邊。實在太痛了，他身子搖晃起來。他心想：**這是最後一支舞，安娜，告訴孩子，我愛他們。噢，安娜，妳完全明白我的感覺。**

他不記得自己倒下，沒感覺到腦袋撞擊地板。他感覺到安娜在他身邊，看到鮮血從他的襯衫流到她蒼白的手上。他聽到納粹大吼大叫，太超過了。波利斯想要跳上迴旋階梯，沿著一排排隱密的書籍前進，讓自己迷失在靜謐舒適的「下輩子」裡。

第三十三章・莉莉

蒙大拿弗羅伊德，一九八七年

瑪麗・露易絲的姊姊安潔兒掌控著《弗羅伊德促進者》的頭版，她還是返校舞會皇后，替孤兒或啦啦隊營募款的比基尼洗車女王。她的目光可以讓成年男人的腦袋變成一坨屎。我跟瑪麗・露易絲花了個把小時，思考我們要怎麼才能變得跟她一樣。為了得到確切的答案，我們偷闖進安潔兒的房間，豎起耳朵聽麻煩有沒有找上來，好比說蘇・鮑伯出現在走廊上之類的。一絲危險混合著令人作嘔甜膩的喬治歐香水味。

瑪麗・露易絲翻起內衣抽屜，她指尖掛著一件黑色胸罩，罩杯之大，足以容下壘球。我們撫摸安潔兒的安格拉兔毛衣，比皮膚還輕柔，然後把毛衣放在我們平平的胸部上。我想像起羅比的手在毛衣底下亂摸，想要碰觸我，這感覺如何？棒透了。我在床底翻出一個鞋盒，裡面有學校舞會的胸花，還有一個粉紅色的塑膠盒。盒子裡是藥丸，在錫箔包裝裡有如蝸牛殼一樣，是一圈的。避孕藥在我手裡就跟手槍一樣，都有能力阻擋生命。我摳起錫箔裡的藥丸，但瑪麗・露易絲叫我放回去。

梳妝臺上的化妝品擺在托盤上，好像外科手術醫生的工具。藍色眼線筆讓安潔兒的眼睛如同無盡的大海，我們畫的時候，就像原子筆的瘋狂塗鴉。最後，我們迷失在衣櫃裡，一整片絲綢的岡恩・薩克斯（Gunne Sax）品牌洋裝。撫摸它們好像是在跟天堂握手。

到家時，歐蒂兒跟艾蓮諾已經在沙發上等我了。艾蓮諾陰鬱起身，說：「蘇・鮑伯打電話來。」

真不敢相信情報居然比我還早到家。

「妳知道翻人家的東西不對。」艾蓮諾沒有生氣，她看起來……很擔心。「要是我翻妳的東西，妳會怎麼想？」

「請便！我沒有秘密！」我酸溜溜地說。

「我親愛的。」歐蒂兒也站了起來。「每個人都有秘密，都有私密的感受。妳爸、艾蓮諾、我都有。當別人準備好要開口時，感激他們願意跟妳分享。試著接受對方的界線，了解他們的界線不見得都與妳有關。」

看我不曉得該如何面對歐蒂兒的建議，艾蓮諾用簡單的話語說：「不要翻別人的東西，妳會惹上麻煩。」

「安潔兒有避孕藥，為什麼聽妳們說教的人是我？」

艾蓮諾倒抽一口氣，這讓我覺得很滿意。

歐蒂兒拉著我的手臂。「聽好了，天底下最糟糕的莫過於洩漏別人的秘密。妳為什麼要跟我們或任何人說安潔兒私密的事情？妳是想讓她惹麻煩嗎？想毀了她的名聲？想傷害她？」

「我猜我沒在想。」

歐蒂兒不高興地望著我。「那好，下次就先想想！然後嘴巴閉起來。」

「沒有人喜歡搬弄是非的人。」艾蓮諾說。她跟歐蒂兒又坐回沙發上，繼續她們的對話。

「那妳覺得我該去嗎？」歐蒂兒問。就這麼一次，她的口氣居然很沒有把握。

「去哪裡？」我問。

「芝加哥！」艾蓮諾尖聲地說。

「芝加哥。」我嘆了口氣，希望我能遠離這些盯著我一舉一動的人，前往滿是摩天大樓與高檔餐廳的大城市。「妳一定要去！」

「自從我來到這裡後，我已經四十年沒搭過火車了。我也四十年沒見過我的朋友露西安了。」

「妳之前怎麼不去？」我問。

「她邀請過我們，但巴克不想去。他死後，我就習慣拒絕別人了。」

「想想那些商店跟劇場！」艾蓮諾說：「哎啊，要是我有這個機會……而且，能夠看到妳的朋友，感覺不是很棒嗎？」

「她希望我在那住一個月。」

「我跟莉莉可以送妳去車站。」艾蓮諾說。

「我會考慮。」歐蒂兒說，在我的經驗裡，這就代表不要。

這天晚上，我在床上一邊讀辛西亞．佛特（Cynthia Voigt）的《歸鄉》（*Homecoming*），一邊打瞌睡，我房門下方卻傳來爭執的聲音。「蘇．鮑伯管不好她的女兒，還跑來對我指手畫腳，教我養女兒？」爸說：「安潔兒已經沒救了，瑪麗．露易絲也只會跟著她的腳步前進。」

「亂講。」艾蓮諾說：「瑪麗・露易絲只是愛玩。」

我愛睏的心忽然點起熊熊感激。門開了，艾蓮諾的室內便鞋在地毯上發出低低的腳步聲。她替我關掉檯燈。

「謝謝。」我悄聲地說。

「謝什麼？」

謝謝妳沒有因為我亂翻別人東西生氣，謝謝妳鼓勵歐蒂兒，謝謝妳看見瑪麗・露易絲的優點，謝謝妳理解。這一切我都沒有說出口，只有窩進被毯裡，我已經很久沒有感覺到這麼開心了。

十天後，艾蓮諾跟我送歐蒂兒去位於沃爾夫波因特的車站。我從後座看著經過的荒蕪土地，希望我才是要離開的那個人。

我們在月臺等車時，歐蒂兒問：「要是她變了怎麼辦？要是我們根本處不來怎麼辦？我就困在那裡了。」

「妳可以提早回家。」艾蓮諾說：「弗羅伊德永遠都在這裡。」

「我會想念的不是弗羅伊德。」歐蒂兒說。

我用鞋子輕輕踩她的腳。「我也會想妳的。」

帝國建設者列車緩緩停下，她上了車。我跟艾蓮諾在空蕩的月臺上揮著手，歐蒂兒默默出發。

兩週後，晚餐時，我正在切喬的雞肉，我問起爸爸參加駕訓班的事。「瑪麗．露易絲都已經拿到駕照了。」

「妳為什麼要跟別人比？妳是漂亮又特別的女孩。」

我把喬臉上番茄醬擦掉。「我的確很特別，全班唯一一個還沒領到學習駕照的人。」我想要告訴他，他不可能把我永遠關在家裡。瑪麗．露易絲教過我開車，就在通往垃圾場的泥巴路上，也沒那麼難啊。

「經過那個弗林女孩的事情之後，我會擔心死。」他說：「我不希望妳冒險。」

潔西．弗林跟幾個男孩在皮卡車上酒駕，車子駛出路面，她當場死亡。咱們小鎮哀悼她已經五年了。

「青少年不會酒駕上下學。」艾蓮諾爭論道：「年輕女孩稍微獨立一點沒什麼不好的，她能在出門上大學前練習開車不是很好嗎？」

爸指控她替我講話，這樣我就會喜歡她。她開始收拾餐桌，將餐具扔在盤子上。現在我卡在他們的爭執之中，這場爭執還是我不小心先引發的。

晚餐後，瑪麗．露易絲來我們家。她背靠著我的床，盤腿坐在地上，我們聽起治療樂團（the Cure）的歌。

「爸爸跟艾蓮諾又開始了。」我說：「真希望我能逃去芝加哥。」

「存錢要存好久，等到妳存夠錢可以出門的時候都三十歲了。」

「已經老到玩不動了。」

「莉莉。」艾蓮諾在走廊上高喊：「音樂關掉！嚇到班吉了！妳們兩個要不要去幫歐蒂兒澆花？她的植物現在都快死了吧？」

歐蒂兒的客廳看起來沒變，一籃毛線擺在椅子旁邊，茶几上展示著我的手工藝品——薰衣草香包、皮製書籤。不過沒有播放起巴哈，沒有人問我們今天過得如何。屋子裡沒有新鮮出爐的餅乾香，霉味讓屋內感覺空蕩蕩的。窗簾緊閉，歐蒂兒不在，整個房子好像是失去靈魂的軀殼。

整座房子都是我們的，我們可以愛幹嘛就幹嘛，我們再也不會有這種機會。我打開一個抽屜，但裡頭只有老舊的剪報。

「妳到底在找什麼？」瑪麗．露易絲一邊問，一邊用小小的水流澆在脆脆的蕨類植物上。

「線索。」我想挖掘出歐蒂兒永遠不肯說的秘密。我從架上抽出書本，希望找到另一張照片、情書或日記。明知不該為而為之的感覺很刺激。而且，一個人還能怎麼挖掘真相呢？**不要翻別人的東西，妳會惹上麻煩**。我感覺到soupçon（一點點）罪惡感，但還是繼續翻著書頁。

「妳也許不了解真正的歐蒂兒，要是她愛上納粹怎麼辦？」

我想起那張「圖書館保衛者」的照片，就納粹分子來說，他長得不算差。我搖搖頭。「不可能！她是反抗分子，解開書裡隱藏的密碼。我敢說她的愛人也是反抗軍的一員，噢，說不定還死在秘密任務裡。」

「她一整年都沒有笑過。」瑪麗．露易絲繼續加油添醋：「但當她看見古斯塔夫森先生的時候，他又讓她笑了。他們到底是怎麼認識的？」

我猜了猜。「他跳傘去法國，遭到敵人擊落。他被送到醫院，歐蒂兒一個禮拜會在那邊當一天義工。」

「但當歐蒂兒認識他之後，她就每天都去了。」

我們研究起歐蒂兒的結婚照片。她望著鏡頭，雙唇緊抿。巴克低頭望著她，雙眼充滿傻傻的愛意。

「妳想像不出來，他躺在醫院病床上，抬頭用愛慕的神情看歐蒂兒嗎？」我問。

「而歐蒂兒也喜歡他，但她說不出口，因為那個年代，女人都要假裝害羞。」

「沒錯。」我想像歐蒂兒戴著貝雷帽對抗蓋世太保，就跟她挺身對抗我爸一樣。我敢打賭她把猶太人藏在家裡。

「如果安妮．法蘭克躲在歐蒂兒家，那她一定可以活到今天。」

「真的。」瑪麗．露易絲說：「咱們看看她還有哪些能耐！」

我們留下一堆書，前往臥室。瑪麗．露易絲消失進更衣室。「珠寶盒！我敢說裡面一定都是舊情人送的紅寶石！」

我跟著她過去，我們兩個人幾乎都進不去。我的臉頰擦過歐蒂兒罩衫的袖子。夾子夾著一件閃著光澤的黑色蕾絲睡衣，看到這個性感的衣服讓我們都臉紅了。巴克的獵槍立在角落。我們不該進來歐蒂兒的臥室，進來她的更衣室，進來翻她的東西。我清楚得很，但我就是忍不住撫摸起她喀什米爾毛衣，摺得整整齊齊，好像是擺在商店裡一樣。

瑪麗．露易絲指著上頭數來第二層架子的白色盒子。我伸手去拿，她打開金色的釦環。

「沒鎖。」我讚嘆地說。

「無聊。」她拿起幾張紙。

「說不定是情書！」

我是這樣想的，一張紙，乘載了歐蒂兒的過去，來自她的情人。巴克還是誰都好，哪個帥氣的外國人也好。信紙薄脆得跟培根一樣，還因歲月泛黃。我抓起第一頁，字跡像女生的字，勾來勾去的筆跡有點像歐蒂兒的字。那就不是情人寫的了。法文真的很難懂，這封信裡滿是「狂歡作樂」這種字眼，這種字我許久前見過一次，之後就拋在腦後了。

巴黎

一九四一年五月十二日

局長先生：

你為什麼不去找未經登記的藏匿猶太人？

這是柯恩教授的地址：布蘭琪街三十五號。她之前在索邦大學教授所謂的文學課程。現在她邀請學生去她家，這樣她才能繼續在同事與學生間狂歡作樂，這些人多數都是男性，想想她都幾歲了！

當她冒險外出時，遠在一公里外，你就能看到她飄逸的紫色披肩，還有頭髮上歪斜插著的孔雀羽毛。向她要領洗證與護照，你就會看到她的宗教明白寫在上頭。當正直善良的法國男女辛苦工作時，教授大人坐在那裡看書。

我說得非常清楚，現在就看局長怎麼處置了。

知情人敬上

四十五年前的憎恨在紙上躍起。這就是歐蒂兒不肯提自己過去的原因？因為這些文字這麼醜惡？

我覺得自己好像站在某人搖過的雪景水晶球裡一樣，只不過裡頭的小東西並沒有黏住，一切都在轉動，磚頭房子、路燈、流浪貓、警車。我們都跟著雪花一起轉動，只不過這不是雪花，只是帶著偏見的碎紙，我用信紙撕成的朽爛碎片。

瑪麗．露易絲打了我一掌。「妳為什麼撕掉？」

「什麼？」我還沒清醒過來。

她指著我們腳邊的碎片。「她肯定會發現，我們麻煩大了。」

一切都不合理。「我不在乎。」

「圖書館保衛者」的照片閃過我的腦海，歐蒂兒留著的是親朋好友的照片。也許她跟納粹交往，也許她幫他完成工作。畢竟，她再也沒有回去法國，她的家人也沒有來看過她。也許他們不認她了。

「信上說什麼？」

我不想要她知道人會有多可怕。我不想告訴別人我對歐蒂兒行為的疑慮。如果信不是她寫的，又怎麼會在她這？

「上頭怎麼說？」她又問。

「看不懂。」

「沒關係啦。」她拍拍我的背。「也許妳的法文沒有妳想像中那麼好。」

我們找到了我想要的證據，現在……我覺得好冷。我的胃在翻攪。

「如果妳看不懂這一封，那妳可以看另一封。」她指著盒子裡的其他信件。

「沒什麼好懂的，就只是垃圾，古時候的垃圾。」我想撕碎它們，但瑪麗・露易絲一把搶走信件，將它們用先前的方式摺回去。

「我想回家了。」我說。

「也許妳說得對，也許我們該走了。」

「對啊，也許妳們該走了。」歐蒂兒說。

歐蒂兒。

我們轉頭面向她。她揚起的眉毛扭成問號的形狀。我們在她房裡幹嘛？我們腳邊這些碎紙是什麼？

她看到我很高興，從她揚起的嘴角與溫柔的目光就看得出來。

瑪麗・露易絲跟我很愛惹麻煩，雖然我們從來沒有當場人贓俱獲遭逮過。我內心有點想向歐蒂兒道歉，因為我們侵犯了她的隱私，但我更希望她為了這些可怕的信件道歉，替她教會我這些可怕的法文道歉，她還要道歉，因為她讓我以為她是反抗分子，結果她只是個騙子。

「是妳們把我的書從架子上拿下來？」她的口氣很平靜。

瑪麗・露易絲扔下信件，經過我身邊跑走了，但如果歐蒂兒曾經教過我什麼，那就是我必須堅守自己的立場。我直勾勾望著她的雙眼，望進她那雙柔軟的棕色雙眼，問：「妳到底是誰？」

第三十四章·歐蒂兒

巴黎，一九四三年七月十九日

小小連早安也不說，直接闖進我的臥房，我正在桌邊寫信給雷米。她氣喘吁吁地說：「波利斯當時正在打牌！」

「打牌？」

「然後就中槍了！」

「中槍？」我用手捂著心口。「他……他還活著嗎？」

「他們把他拖到慈心醫院偵訊。」

在蓋世太保的掌控下，「慈心」醫院基本上等於死刑。不，波利斯不能死，我受不了失去一個朋友。

「我在家裡踱步，擔心害怕。」小小繼續說：「所以我去圖書館找點事情做。伯爵夫人剛跟福克斯博士談話回來。她說波利斯的太太半夜打給她。伯爵夫人一早就趕去找圖書館保衛者，她說『波利斯·奈榭夫在圖書館工作幾乎二十年，他絕對不會做傷害圖書館的行為。你答應過，有問題，你會幫忙。』」

「他請她準備正式的書面報告，哈，伯爵夫人早就料到納粹跟他們的報告！她拿出一整份事件的陳述，打好字，還有目擊證人簽名。博士打電話給某人，對方告訴他，他們已經安排好讓波利斯驅逐出境的時程。」

「驅逐出境！」

「但福克斯博士答應會介入。」

這很了不起，我知道他會遵守承諾。圖書館保衛者並沒有其他納粹那麼壞。「我們能如何幫助波利斯？」

「幫助安娜就可以了。」

我們騎腳踏車去位於近郊聖克盧的奈榭夫家。安娜在嗎？對方連忙讓我們進屋，公寓裡滿是他們家低聲交談的親朋好友。對，艾蓮當時在隔壁房間，什麼都聽到了。可憐的小捲心菜，她才六歲。納粹在找什麼？我希望他們讓安娜見波利斯。你相信蓋世太保還膽敢在凌晨三點回來嗎？他們想要之前在桌上看到的那些香菸。

這天傍晚，安娜回來了，面色相當蒼白。蓋世太保把她拉進陰冷的地下室小房間，給她看一堆她不認識的男人照片，其中一些照片，他們也給波利斯看。然後才允許安娜見他。波利斯還穿著那件血跡乾涸的襯衫，醫生還沒替他檢查。

八月時，多虧福克斯博士插手相助，波利斯得以轉移到美國醫院。他的肺遭到射穿，而且因為好幾天沒有得到治療，他的感染情況相當嚴重，可能致命。一個月後，醫生允許他見妻子以外的訪客。在醫院偌大的入口大廳，安娜對我與小小說：「他感覺好多了。昨天還開玩笑，要我幫他帶包菸來。」

我笑了笑，不確定他是不是開玩笑。

「哈囉，各位！」瑪格麗特急著跑向我們。「抱歉我遲到了。」

我已經好幾個禮拜沒見到她，皮膚黝黑，無憂無慮，洋溢著幸福的氣息。

「可憐的波利斯！」瑪格麗特說：「妳怎麼不早點告訴我？」

「我打過電話。」我簡短地說：「妳永遠不回電。」

「我在海邊跟……」她望了小小跟安娜一眼。「我在海邊，我該待在方便聯絡的地方。」

去見波利斯的路上，一位護士跟我熱情打招呼，有人記得我真的很感動。安娜確認波利斯是否清醒時，我跟護士在走廊上聊了一下。

進了病房，我直接走向波利斯。我跟媽媽一樣忙東忙西，將被毯蓋好他的胸口。他綠色的雙眼因為止痛藥有點朦朧，但嘴角上揚，彷彿是要說什麼蠢話一樣。

「咱們的國家真的變成法蘭西・卡夫卡了。」

「那是一場《變形記》。」我盡量用輕鬆的語氣講話。

「抱歉讓妳一個人顧借書櫃檯。」他說。

「我不在意，我很樂意協助讀者。當然，咱們的常客完全不會讓年度閉館阻止他們每天光臨！好，現在答應我，你不會把自己弄得太累。」

「有多累？」他嘲諷地說。

小小激動到說不出話，直接親吻他的臉頰，然後移到病房角落去。

「波利斯，你時機抓得剛剛好。」瑪格麗特說：「在年度閉館期間中槍、復原。」

「這又不是我第一次中槍。」他睡眼惺忪地說：「但希望是最後一次。」
「什麼？」她驚呼。
他眨眨眼睛，闔上了。
「他很容易累。」安娜一邊說，一邊陪我們到大門。「但他堅持他很快就會回去工作。」
「我相信他。」小小說：「我們什麼時候可以再來？妳需要我們幫忙照看艾蓮嗎？」
她們交談時，瑪格麗特把我拉到一旁。「我不能介紹菲力斯給我女兒，她太小了，守不住秘密，但我真的需要有人認識他，知道他人有多好。我希望妳見見他。」
她真的期待我跟她的情人一起喝茶？「妳不該跟他交往。」我沒好氣地說。
「他救了我一命，現在他也正在拯救雷米。」
她說的沒錯，但她錯了。
「我只是要妳一個小時的時間。」她說。
瑪格麗特常常說話不經大腦，但做出這麼邪惡的要求，她不只是沒腦，根本是瘋了。
「就連五分鐘也太多了！」
「妳需要我幫忙的時候，我從來沒有拒絕過妳！」她氣呼呼地說。
「妳們是在吵架嗎？」小小問。
「沒事。」我說：「妳知道我有時很難取悅。」
「只是『有時』嗎？」她揚起眉毛。

戰俘郵件

一九四三年九月三日

最親愛的歐蒂兒：

這也許是我寫給妳的最後一封信。我病了，身邊的人說我開始譫妄。我的傷口一直不好，沒有藥物，感染愈來愈嚴重。

別讓這場戰爭或任何事情分隔妳跟保羅。嫁給他，每晚都在他臂彎裡入睡。沒必要我們都一樣悲慘。如果我在巴黎，我一定會跟小小在一起，我會分分秒秒都跟她在一起。

無論發生什麼事，請不要哀傷。我相信上帝。妳也要有信仰。

愛，

妳的雷米

我想像他躺在冰冷的木板上，距離他愛的人十萬八千里遠。噢，雷米，請你回家，請你快點回家。我肚子痛，我跑去廁所，我彎腰嘔吐。請別死，請不要死。當我吐到沒東西可以吐後，我移到走廊，靠在牆上。我全身都痛，我的肚子、我的頭、我的心。我雙手掩面，拉起頭髮，交握在脖子上，想要減緩痛楚。我們一定能做些什麼。我猛一拉開藥物櫃，抓起藥膏、芥末敷料、一罐阿斯匹靈（裡頭還有三顆），什麼能幫助的都好。我懷裡滿是藥物，我接著去廚房找箱子。

「怎麼了？」媽媽望了望桌上亂七八糟的東西。「妳這頭髮怎麼回事？妳看起來跟瘋婆子一樣。」

我把信讀給她聽。

「噢，親愛的……」她幫忙打包藥物，雖然我們都知道我們已經超過了這個月能夠寄件的數量。「當局可能不接受，但我們試試看。」她說。

她冷靜沉著，太驚人了。直到收到這封信之前，我都相信雷米會回家，也許經歷過大戰的媽媽更清楚真相，所以她在一開始聽說他遭到俘虜時反應才會這麼大。

一週後，我下班回家，詫異發現家裡沒開燈，彷彿家裡沒人一樣。我打開門口的燈，望進客廳。媽媽一個人身穿黑衣坐在那裡，她說：「得到消息了。」她的臉頰，甚至嘴唇都白得跟鬼一樣。情緒如同血色，都從她臉上抽離了。

她腳邊有一張紙，我知道雷米死了。

有一次，我們十歲的時候，我們打架，我跌倒跌得很重，重到我沒了呼吸。我躺著無法動彈，無法抬頭，無法說：「都是你害的。」我以為我會癱瘓，哪裡斷了。我覺得現在就像那種感覺，無法脫外套，無法眨眼，無法走到媽媽身邊。我站在原地，內心僵住了。

「長久以來，我希望他會得到釋放。」她說：「他會回到我們身邊。」

「媽媽，我也是。」我聲音哽咽。「我也是。」

希望帶來傷害，但我知道更痛苦的是放棄希望。我癱在她身邊。她緊握我的手，她的玫瑰念珠嵌在我掌心。

「但那個時候，早在他最後一封信之前，我就知道，不知怎麼著，我就知道了。」

「消息傳來時，妳只有一個人嗎？」我問。

「所幸萼金妮也在。」

我打開檯燈。「她人呢？」

「她想換喪服。」

「我們該通知爸爸。」

她關上檯燈。「他不配知道。」

「噢，媽媽……」

「雷米參軍，就是要向爸爸證明他是男子漢。」

就算如此，責備爸爸也不能讓雷米回來。如果她持續這樣針對爸爸，對她來說，爸爸就跟死了一樣，就跟雷米一樣死掉了。我必須讓媽媽從怨恨中走出來。

「我們得跟小小說。」我說。

「明天時間多的是，讓她在心碎前，擁有最後一個平靜的夜晚吧。」

我跟媽媽靜靜沉浸在哀傷的驚恐之中，待了多久，我不知道。**「他當然沒有死。在她完整感受、思考前，他是不會死的。」**八一三，《他們眼望上蒼》。我必須一直想著他，雷米在書桌前撰文，雷米在我們最愛的咖啡店喝咖啡，他懷裡有隻三色貓。雷米跟小小一起歡笑。雷米，噢，雷米。**身邊的人說我開始譫妄**。雷米走了，但這怎麼可能呢？我還有這麼多話想告訴他，他怎麼可能已經不在了呢？

第三十五章·保羅

在警局辦公桌前，保羅腦袋裡只有歐蒂兒。如果他能聚焦在她身上，他就能忘卻其他的一切。他們第一次見面的時候，歐蒂兒很生氣，他不懂原因。他給她一束花，她的目光柔和了起來。她的嘴唇，又酸又甜，彷彿櫻桃。她臀部擺動的方式。她穿著黑色的洋裝，她什麼也沒有穿。她的酥胸。他喜歡愛撫她的酥胸，品嘗它們。

他的主管捶起桌子。「你是沒事做嗎？」

保羅變換坐姿。「有的，長官，但為什麼——」

「你的工作不是發問，你的工作是閉嘴、聽從命令。名單拿去。」

保羅不懂。開戰時，警察逮捕共產黨員、住在法國的畏戰德國佬，還有一些英國人，連女士都抓，然後是猶太人。在保羅座位旁邊的海報上，印著規則：「猶太人，不分男女，無論法國籍或外國籍，都必須接受隨機檢查。可能會遭到拘留。警方負責執行當前的命令。」

某些同事很享受把人從他們公寓裡踢出去的感覺，其他人裝病離開這不愉快的工作崗位，但保羅不是這種人。他稍微考慮過要不要逃去非軍事區，但他不肯像他父親一樣拋下自己的責任。保羅想要跟自由法國勢力一起搭飛機去北非，但他不能拋下歐蒂兒。他拒絕了歐蒂兒父親提出的升職，這樣歐蒂兒就知道她才是最重要的。他把從未向任何人說過的話告訴她。他的選擇就是歐蒂兒或其他的一切，這個決定非常簡單。

他出發，前往名單上最遠的地址。他不願多想自己的工作。只有歐蒂兒才能讓他不要去想工作。歐蒂兒在床上，歐蒂兒赤裸站在廚房，攪拌著陌生人銅鍋裡的熱巧克力。一開始，幽會讓人覺得興奮，但現在保羅已經受夠躲躲藏藏了。他想要娶歐蒂兒，要是雷米永遠不回來怎麼辦？沒有人敢提這個可能性。保羅又能怎麼辦？弄個特殊的許可證，她一答應……他抵達了地址上的地點。他不願多想自己該怎麼做。歐蒂兒說我愛你，歐蒂兒讚賞他的素描，歐蒂兒讀保爾・艾呂雅（Paul Éluard）的詩給他聽。歐蒂兒、歐蒂兒、歐蒂兒。

保羅爬上兩層樓，按響電鈴。一位白髮老太太出現在門口，他說：「艾琳・柯恩女士嗎？我要送妳前往警局。」

「我做了什麼？」

「大概什麼也沒做，我是說妳很——」他原本想說「妳很老」，但提到女人的年紀實在不禮貌。「只是隨機抽查。」

當她從桌上取回一本書時，保羅才注意到她髮髻上插著的孔雀羽毛。「帶書就對了，行政作業一天比一天漫長。」他說。

「我認得你，你是歐蒂兒的未婚夫。」她把薄薄的書塞進他懷裡。「請把這書交給她，她曉得該怎麼處理。」

他詫異地弄掉了書。書脊重擊地面，書頁散開，保羅看到美國圖書館的藏書票，上頭印著Atrum post bellum, ex libris lux。歐蒂兒跟他說過，這句拉丁文代表「戰爭的黑暗過後，就是書本的光芒」。

他撿起書本。「夫人，我是警察，不是雜役。妳晚餐前就能到家，可以自己去還書。」

「年輕人，你太天真了。」

保羅挺直身子，準備好要回口。天真！他是世故的小伙子，好嗎！不要因為他沒有從軍，就以為他沒有見識。怎麼說呢？他好歹整個法國都走遍了。他還養活了自己與母親。這位頭髮上有羽毛的瘋老太婆憑什麼評論他？頭髮上的羽毛……他現在想起來了，也不是想起她，圖書館裡有很多老人，他不認得他們的名字。他回想起歐蒂兒說起她最喜歡的讀者，就是頭髮上插著羽毛的教授。

柯恩教授穿上外套。保羅看到翻領上的黃色星星時，他冒起冷汗，羞恥的汗珠沿著他的身體滴落。他想告訴歐蒂兒那次圍捕，那可怕的七月早晨，他與其他警力，包括歐蒂兒的父親，他們逮捕了幾千名猶太人，好幾個家庭，甚至是小孩。不過，這不只是他的工作，也是她父親的工作。

保羅握著那本圖書館的書，思索起來。他該瞞著歐蒂兒，還是向她從實招來？他該盡本分逮捕柯恩教授，還是該離開她的公寓，永遠不回來？

第三十六章・歐蒂兒

自從收到噩耗後，媽媽就不准我出門。已經十天了，她在家裡緊跟著我。我想念雷米，想要獨自哀悼他，但媽媽卻緊迫盯人。

我坐在貴妃椅上，打開《沉靜如海》（*The Silence of the Sea*）[6]，分類號八四三，拿起來作為盾牌。我只是需要一點寧靜的時刻，更好的是，專注在工作上。圖書館需要我，我卻受困在家。

「那本書最好不要讓妳難過。」媽媽說。

我放下書本。「我錯過波利斯第一天回來上班了。我不確定他的狀況應該工作。」

「妳也不該工作！我們都太驚嚇了。」

唯一一個媽媽放行的訪客是蔔金妮。我看著她們，身穿黑服，在窗邊花臺照料胡蘿蔔。

「還要一、兩天。」媽媽說。

「到時就會大一點了。」蔔金妮贊同。

她們在浴室裡準備洗衣服。女傭人逃離巴黎了，不能怪她，但衣服還是要洗。媽媽跟

6. 譯註：這本小說是在二戰期間的一九四一年夏季書寫，一九四二年年初出版。作者為尚・布烏雷（Jean Bruller），當時以筆名韋科爾（Vercors）發表。後於二〇〇四年改編成同名電影。

萼金妮披上舊襯裙，開始這骯髒活。她們將熱水倒進裝了亞麻衣物的桶子裡，搓揉扭擰。奮力工作讓她們臉上露出滿意的光芒，也讓媽媽有事可做，總比哭好。

我想幫忙，但萼金妮打發我去一旁。

「洗衣服會毀了妳的雙手，妳還有一輩子的時間可以幹這種活兒。」

她們擰著衣物，我覺得自己很沒用。

「這場戰爭。」媽媽說。

「這場戰爭。」萼金妮附和道。

這場戰爭讓沒有共通點的人湊在一起。

「讓我來。」我擰起一條濕毛巾，根本沒扭出多少水來。

「她在農場絕對待不下去。」萼金妮笑著說。

「我的女兒是城市女孩。」媽媽得意地說：「腦子比肌肉發達。我在她這年齡時，想都不想，就能扭斷雞脖子。」

就在我覺得自己要發瘋的時候，我想念保羅，我想念圖書館，這時，小小撞開前門，推開媽媽。她跟我們一樣，身穿喪服。「我們需要妳。」她用指責的手指戳我的胸口，彷彿以為是我決定要待在家裡一樣。「伯爵夫人身體微恙，波利斯不該下床，每個人都在受苦。」

萼金妮的目光望向媽媽。「歐蒂兒需要休息。」

「我也是。」小小說：「妳也是。」

「我需要歐蒂兒待在家裡。」媽媽顫抖地說：「要是她出什麼事……」

我擁抱她，忽然間，我明白她為什麼不讓我出門了。

我靠在歷經風霜的大門柱上觀察波利斯，他正在借書櫃檯忙。穿著西裝的他看起來很憔悴，絲絲白髮爬上他的太陽穴。要不是多虧伯爵夫人與福克斯博士……他看到我的時候，緩緩起身，腳步不是很穩。我擔心他的傷勢，輕柔地在他兩側臉頰各吻一下，他則大力擁抱我。

我聞到他吉坦香菸充滿泥土的氣味，說：「安娜發現你抽菸，你就死定了。」

「我還有一個好的肺。」他抗議道。

我大笑起來。我還沒準備好要碰觸他，便伸手將他領帶上的毛屑拍掉。

「妳哥哥的事我很遺憾。」他說。

「我知道，我也是。」

沒多久，大家聚在我們身邊。伯爵夫人、普萊斯－瓊斯先生、德奈西亞先生，還有西蒙太太都表達了他們的哀悼。這麼年輕，這麼悲傷，真是可惜，這場戰爭……就在我覺得我要哭了的時候，普萊斯－瓊斯先生說：「我們都很想念我們最喜歡的參考資料員。」

我笑了笑。

「少了妳，吵架也沒意思。」德奈西亞先生跟著說。

語氣很輕鬆，但他們眼裡的關注卻是另一個故事。

有這麼一群朋友，我覺得很幸運，能夠回到我的歸宿。在我前往參考資料室的時候，我用力吸起全世界我最喜歡的味道——書香、書香、書香。

瑪格麗特從書架旁走過來，跟她第一次出現時一樣猶豫。想起她要介紹我跟她的Leutnant（中尉）認識，我面露難色。

「我聽說雷米的事了。」她說。

現在很少有人會提他的名字，一聽到我又想哭了。

「之前那個。」她繼續說：「那個要求太過分了，我現在明白了。」

「我相信菲力斯人很好，我的家人很感激他幫忙張羅食物給——」我不想在同一句話提到她的情人與我的手足。

「我替妳與妳的家人禱告了好久。我很抱歉，我沒有去妳家看妳，我不確定自己受不受歡迎。」

戰爭已經偷走了這麼多。現在我還得決定要不要讓戰爭奪走我們的友誼。「妳來也是浪費時間，媽媽不讓任何人進屋。」我說。

「保羅也不行？」

「小小也不行。」

「妳說妳媽很兇，還真不是在開玩笑。」

「我相信有很多工作要做。」我比了比堆在桌上的檔案。「妳願意替我回答讀者的問題嗎？」

「樂意之至。」

圖書館的步調掌控了一切，我們一整天都在解惑（我可以在哪裡找到雕塑家卡米耶·克洛岱爾的資訊？克里夫蘭有什麼歷史？）我一直伸手進口袋裡，碰觸雷米的最後一封信。

信上的文字我都會背了，但當最後一位讀者離開圖書館時，一句話冒了出來——別讓這場戰爭或任何事情分隔妳跟保羅。

我打電話去分局。「我下班了！快來圖書館。」

我在庭院踱步時，伯爵夫人走了過來。「我要替柯恩教授送書，我已經跑了兩趟，但她都不在家。可以請妳現在過去看看嗎？」

「我今晚跟某人有計畫了，可以明天去嗎？」

「我想可以。」她寬容地說，然後問起：「這個某人有『精瘦的臉頰……藍色的眼睛』？」

「對。」我想起這段對白，又說：「但沒有『無懈可擊的靈魂』。」

她繼續下去，就在金合歡樹下，街燈微弱的燈光照亮它們沙沙低語的樹葉。我想起莎士比亞《皆大歡喜》（*As You Like It*）裡的另一段話：「**這些樹就是我的書／其樹皮就是我將描繪的思想。**」

保羅抵達時，我投入他的懷抱。

「妳哥哥的事，我很遺憾。」他說。

我貼得更近了。

「我想去找妳，但妳媽跟噴火龍一樣。」他說。

「戰爭改變了她。」

「戰爭改變了每一個人。」

我不願去想戰爭，去想我們失去的愛人，去想我摯愛的雷米。回家路上，我問他：

「工作怎麼樣？」

「詭異。」

這問題通常都沒什麼，但現在感覺像是上膛的手槍。我們散步時，我問候起他的阿姨（我知道還是不要提到他媽比較好），但他沒有回答。我問他同事請病假回來沒？也沒回答。

「一切都沒事吧？」

我們停下腳步。我看得出來他想說什麼。

「告訴我。」

「幾天前……這個……妳爸說我們在做的……」

「我爸？」我說：「他跟這一切有什麼關係？」

保羅聳聳肩，繼續前進。

我追上他。「出了什麼事？」

他直直盯著遠方。「為什麼一定會出什麼事？」

隔天是保羅第一次巡邏時沒有順道來圖書館。我希望他不要出什麼事才好。他在工作時要面對各種各樣的人。他阻止過不只一次酗酒械鬥，大家也都知道黑市商人會棍打想要沒收他們非法收入的警察。我因為擔憂而分心，忘了該送書去給柯恩教授，便直接回家。

連續兩天傍晚保羅都沒有來。到了閉館時間，我將要給柯恩教授的小說塞進書包裡。爬上兩層迴旋樓梯，我期待聽到她的打字聲，但卻安靜得詭異。我敲起門來。「教授？」

沒有反應。

我把耳朵湊在門上。靜悄悄的。

我又更大力敲門。「教授？我是歐蒂兒。」

晚上這種時刻，她能去哪？她去拜訪某人，還是出了什麼事？也許她去鄉間找外甥女了？但她沒有提過要出門的計畫。說不定她身體不舒服，但是，雖然食物供給不足，她的身子之前看起來還是很硬朗的樣子。我又敲了敲門，然後多等了二十分鐘才回家。

第二天工作時，我告訴波利斯：「這是教授首度沒有來應門，我不曉得該怎麼辦。我該打電話給誰嗎？我今天還要過去嗎？」

我期待他告訴我，我是在白操心，但他說：「咱們現在就去。」

一路上，他說起有三位他該去送書的猶太讀者失蹤了。我們不曉得該怎麼思考。他們是逃離巴黎了嗎？逃離納粹邪惡的監視了嗎？還是他們出了什麼事？

我們抵達後，波利斯敲門。我大喊：「教授！我是歐蒂兒！」但沒有人應門。

保羅又消失了一個禮拜，我難過不已。卡洛琳阿姨失去了黎奧內爾姨丈，瑪格麗特失去了羅倫斯，也許保羅對我不感興趣了。自從收到哥哥的死訊後，我一直都無暇陪伴保羅，我整天紅著眼眶，無法專注聽別人說的話。也許保羅有新的對象了。巴黎滿是飢渴的女人。我記得我們漫步在滿是德國士兵與他們女伴的咖啡店附近時，保羅總會盯著那些身穿低胸衣服的妓女看。

黃昏時，我正要從圖書館下班，保羅在等我。我鬆了口氣，過去想擁抱他，但他保持距離。

「怎麼了?」我問。

他沒有望著我的雙眼。「別生氣。」

我就知道,他要傷我的心了。

「抱歉我沒辦法常常過來,特別是在妳得知雷米的噩耗之後。就是工作,太糟糕了。」

什麼?完全不干輕挑女人的事?只是他的工作?質疑他讓我很不好受。

「我很慶幸你來了。」我伸手想撫摸他的頭髮,但他低下頭。

「我逮捕了我們認識的人,柯恩教授。」

太荒謬了。「一定有誤會。」柯恩是很常見的名字。

他從包包裡抽出一本書,《早安,午夜》。這是我最後一次送去給她的書。我一把抓下小說。「什麼時候的事?」

「好幾個禮拜了,我之前就想告訴妳——」

「你為什麼什麼都不說?」所以教授才不在家。不,不可能。我開始朝她的公寓前進。

他跟了上來。「讓我陪妳去。」

「不。」

「抱歉我沒有早點告訴妳。」他拉著我的手臂。

我掙脫開來,拔腿就跑。我的木頭鞋跟敲著人行道,發出巨大的回聲。我經過封起來的肉舖、沒有巧克力的巧克力舖、家庭主婦想要買麵包的麵包鋪,以及德國佬牛飲bier(啤酒）的小餐館。

我一次兩階跳上彎曲的樓梯，大力敲著房門。對面有動靜，大概是教授在準備泡茶吧。她之前只是出門了，僅此而已。她現在回家了。我聽到拼花地板發出來的腳步聲，鑰匙轉動門鎖的聲音。她沒事，一切都只是誤會。我靠在牆邊，想和緩一下呼吸。

門開了，一位身穿亮面藍色洋裝的金髮女子問：「有什麼事嗎？」

我愣直了。「我要找柯恩教授。」

「誰？」

「艾琳．柯恩。」我望到女子身後，看到老爺鐘停在三點十七分，水晶花瓶擺滿玫瑰，書架上展示著好幾只收藏的啤酒杯。

「妳找錯地址了。」

「就是這個地址。」我堅持。

「她沒有住在這裡了，這裡現在是我家。」

「妳知道她去哪了嗎？」

女人甩上大門。

她是誰？她為什麼在教授家裡，身邊都是教授的東西？她為什麼說這裡是她家？我需要答案，我連忙跑去宿舍找保羅。

他示意要我進去，但我站在走廊上。「你為什麼逮捕柯恩教授。」

「她的名字出現在猶太人名單上。」

「名單，還有名單？」

他點點頭。

「你逮捕過其他人嗎？」

「對。」

我想起我跟他幽會的棄置公寓。我想起自己曾問過那是誰的，但我當時其實並不在乎。現在我明白那些公寓的主人是誰，以及他們為什麼不把值錢的東西帶走。我驚恐地摀住嘴巴，想起我跟保羅在這些人的家裡玩鬧，在他們的床單上嬉戲。

「請原諒我不能早點告訴妳。」他說：「我再也不會瞞著妳了。」

我望著他，不確定自己看到了什麼。「我要怎麼才能找到她？」

「我的階層很低，妳曉得該問誰。」

我沒接話就直接離開。愚蠢的參考資料館員，我的工作是查找事實，結果我卻背棄真相。我該提出問題，而不是把臉埋在陌生人的羽絨枕頭裡。

回到家，我發現保羅說得沒錯，我爸才是我該問的對象。只要我向他解釋一切，他肯定就會確保教授安全獲釋，也許還要不了一個小時呢。

晚餐已經上桌。媽媽用大杓子替我們舀湯。灰色的麵條泡在水中。「要用韭蔥換這個，我可不幹。」她說。

爸爸就著湯匙喝了一口。「這麼少的食材，妳做得很好了。」

「謝謝。」就這麼一次，她允許自己接受這微小的讚美。

「爸爸，我的一位朋友遭到逮捕了。」

他的湯匙握在空中，目光緊張地望向媽媽。

「親愛的，是誰？」她問。

「教授。我跟你們說過的，她幫我得到圖書館的工作。保羅說他逮捕了她。」

媽媽顫抖地望向爸爸。「他為什麼要逮捕什麼悲慘的女人？噢，這場戰爭。」

「現在妳讓媽媽難過了。」他對我說。我看得出來他不想多談。

早餐過後，我出發前往爸爸的警局，我在腦袋裡構思好跟他理論的說詞。**我從沒要求你什麼過，你難道不能幫幫忙嗎？**我經過睡眼惺忪的門衛面前，快步沿著走廊前往他的辦公室。現在還早，他的秘書還不會跳出來保護他。我推開門。

他從座位起身。「媽媽沒事吧？」

「她很好。」

「妳來這幹嘛？」

我不確定該說什麼，便到處張望。附近堆了好幾個信封。靠近辦公桌的地上也有一堆信件，彷彿是憤怒的拳頭揮掃過它們一樣。

我拾起幾封信。

羅傑、查爾斯、邁爾是純粹的猶太人，血統要多純有多純，如果他遭到逮捕，我不會假裝自己不高興……這人就是活該。如果你能加速他的走下坡的速度，我會非常感激。

我讀起另一封。

你該不會告訴我，你認同那些骯髒的猶太人吧？我們已經受夠了。當我們的愛人遭到殺害或坐牢的時候，猶太人繼續他們的生意。我們可憐愚蠢的法國人都要餓死了。餓死還不夠。每次有供應，每次都先給猶太人。

下一封。

先生：

我寫這封信是想通知您，奎迪克街四十九號住了一位莫黑斯、海斯曼，他的背景是共產的猶太人，他跟一個法國女人同居。我們經常在他們門口目睹可怕的景象。我相信您會委身做該做的事，街上的生意人先向您道謝。

最後一封列出了人名、通訊地址與工作職稱，底下寫著74 gros Juifs，也就是七十四個重要的猶太人。

「我不明白。」我將信扔進垃圾桶裡。

「告發信。」爸爸不情願地說：「我們稱為『烏鴉信件』。」

「烏鴉信件？」

「監視鄰居、同事、朋友，甚至是家人的黑心人寫來的。」

「這些信都像這樣嗎？」我問。

「有些人會署名，但，沒錯，大部分都是匿名信，告訴我們某個黑市商人、反抗分子、猶太人、聽英國廣播節目的人、或說德國人壞話的人。」

「這狀況持續多久了？」

「一九四一年就開始了，貝當元帥在廣播上宣布，知情不告就是犯罪。這些『烏鴉』說服自己，他們的行為是行使愛國的責任。我的工作就是去查每封信的正確與否。」

「但爸爸……」

「我的確覺得這種工作很沒品味，但還有好多人排隊搶著要這份工作。」

「這樣不對。」

「讓妳餓肚子也不對。」

我以為他整天負責協助民眾。「這是……這是為了我？」

「我跟媽媽過去二十年來所做的一切，都是為了妳跟妳哥哥！他的拉丁文家教，妳的英文課，還有妳的嫁妝。媽媽縫那些東西，眼睛都要瞎了。等到妳結婚的時候，妳的嫁妝足以填滿一整間百貨公司。」

「但我從來沒有要求過這一切。」

「妳沒必要開口。」

真相有如守夜人的棍子重擊著我。這輩子我都很驕傲。要我忤逆爸爸，只為自己著想，是很簡單的事。我見過卡洛琳阿姨的遭遇，我認真工作，尋求自己的獨立。現在令人不安的真相浮現，我了解雖然我什麼也沒有要求過，但那是因為我不用開口，我的父母將衣物、機會，甚至是結婚對象都擺在我面前，彷彿擺在紅毯上一樣。我覺得震驚。保羅不是我想像中的那個人，爸爸不是我想像中的那個人，連我，我也不是自己想像中的樣子。

爸爸將信件從垃圾桶裡拿出來。「我會善盡職責，一一調查。」

「職責？」

「我的工作就是維護法律。」

「但要是法律是錯的怎麼辦？這些指控傷害的無辜男女呢？」我聽到自己講話破音，就跟我每次跟爸爸吵架的時候一樣。我提醒自己，我來這裡是有目的的。「爸爸，拜託，我們可以談談柯恩教授嗎？」

「每天都有十幾個人要我的幫助，尋找家人。我幫不了他們，也幫不了妳！」他拉著我的手臂，逼著我離開他的辦公室。「我說過了，我不喜歡妳來這裡。這裡不適合體面的年輕女性。」

到了外頭，冷風颼颼，我包緊披風。我怎樣才能幫助教授？我問起雷米，我聽到他說：**去找伯爵夫人**。他說得對。她認識很多擔任要職的高階官員。當然，她可以幫忙。我連忙前往她的辦公室。

她在辦公桌前望著自己的茶杯，哀傷扁嘴。「我已經跟其他人說過了，現在我告訴妳。」她顫抖地說：「我們的朋友艾琳．柯恩將遭到驅逐出境。」還來得及。伯爵夫人跟福克斯博士可以像拯救波利斯一樣解救她。「她之前在德朗西（Drancy）。」

巴黎北邊的拘留所，等等，之前？

「那邊的狀況很糟。我丈夫描述的時候，我真不敢相信我聽到了什麼。我們想為了艾琳插手，不幸的是……」

不，不要連柯恩教授都出事。我腳下的地板開始動搖，我伸手，手掌貼在牆上，我好像無力攀扶，一切都在瓦解。

「她試圖留訊息給我。」我說：「我父親……那些信……都是我的錯。」

「妳千萬不要自責。」伯爵夫人說：「我們得知西蒙太太的兒子與媳婦住進了教授的公寓。用不著福爾摩斯也知道發生什麼事。顯然這位太太跟她的兒子聯絡了很多間派出所，甚至是蓋世太保。」

那些烏鴉信件是牙齒跟墓碑一樣的老太婆寫的？我們幾乎每天都會遇見她，但現在才看清她是什麼樣的人？「她最好不要回來！」

「相信我，她不會回來了，但我還沒說完。艾琳失蹤了。我丈夫相信她想辦法逃出了拘留營。」

教授經歷過首席芭蕾舞女伶的嚴苛訓練，還完成了幾乎無法讀完的索邦大學學業。經歷各種千辛萬苦，她還在索邦教書，甚至活得比她的三個丈夫還久。如果要說誰能逃獄，那肯定就是她了。她不能回她的公寓，但她也許可以待在鄉間朋友家……我必須相信她平安，相信她會有好的結局。我想起《早安，午夜》裡的一段話：「**我想要一本漫長、平靜的書，講述收入優渥之人的故事，這本書會像平整的綠色草原，羊在上頭吃草……我會常常讀，我會很開心。**」

第三十七章．歐蒂兒

我坐在座位上，手裡握著筆，滿腦子都是那些烏鴉信件。沒錯，巴黎人很在乎外表，在意朋友及陌生人的穿著。我們欣賞某種打法的圍巾，時尚瀟灑歪斜的帽子，但現在欣賞轉變成批判，甚至是眼紅羨慕。炫耀那皮草，她以為她是誰？她為什麼會有新鞋？瑪格麗特做了什麼，才有那條金手環？

真不曉得寫那種信的都是哪種人。我望向身穿蟲蛀西裝的男人，你寫過嗎？我的目光移到戴著藍色貝雷帽的女人身上，是妳嗎？每個人都看起來很正常，或該說呈現現在正常的狀態——飢餓又憔悴。

波利斯過來提醒我，他得早點離開，跟醫生有約。「妳看起來心事重重。」

「只是心情不好。」我說。

那些信，一定有辦法解救其他人走向柯恩教授的命運。我跟瑪格麗特在借書櫃檯替讀者蓋章，我驚覺，如果沒有烏鴉信件，那警察就不會逮捕這些人。

我拉了拉罩衫的領口。十一月怎麼這麼熱？

「妳臉紅了。」她開起玩笑：「在想保羅喔？」

我沒注意到她輕鬆的語氣，只有搖搖頭。

「說到這個，他在哪？他好久沒出現了。」

「我必須出去一趟。」我說：「一個小時就好。這邊可以交給妳嗎？」

「但我只是義工。」

「跟波利斯一樣霸氣，妳就沒事了。」

「但妳為什麼要離開？妳不舒服嗎？」

「對。」我心不在焉地說：「我就是不舒服。」

我快步走在大街上，構思起我的藉口，萬一遇到爸爸的秘書站崗，我該怎麼說。「我剛好在附近。」如果爸爸正在工作，我就說：「媽媽想知道你幾點會回家吃飯。」希望局裡沒人，那我就可以在只有瑪格麗特知道我離開一會兒的狀況下進去出來。

到了警局門口，我遲疑了，我擔心被人發現。爸爸生氣的時候，波濤洶湧的脾氣非常嚇人。不過，我更害怕自己如果不作為，我會變成什麼樣的人。我想到那些信，每天都收到好多封，雪片般飛來。我避開走動的制服員警，靠著牆邊移動。

爸爸的秘書不在，辦公室的門沒鎖。我看著堆滿辦公桌、櫃子、窗臺的信件，然後抓了一把進書包。我繫好包包的翻蓋，望出去，走廊上聚集了幾個男人。我緊抓著書包，躡手躡腳沿著走廊前進。

「那邊那個！妳，站住！」一名門衛高喊。

我昂首繼續前進。

「等等！」

我正要拔腿就跑，但油油的手指掐住我的後頸。「急什麼？」警察問，他一手拉著我，另一隻手擱在手槍皮套上。

我先前滿腦子都在想爸爸，沒想到其他人會帶來危險。我太驚嚇，完全說不出話來。更多人從位置上走過來。有人神情嚴肅，有人一臉擔憂。一位白髮指揮官問：「是在鬧什麼？」

「長官，我發現她鬼鬼祟祟的。」

指揮官皺起眉頭。「小姐，妳覺得妳在做什麼？」

我沒有答案，我無法回答。

「證件拿出來。」門衛命令道。

我的身分證放在書包裡，一打開，他們就會看到那些信。

門衛拉著我的包包，我出於本能，把他當成在地鐵上搶劫的小混混，我一把將包包扯回來。

終於，我找到自己的聲音：「我想見我爸爸，但他不在。」我指著他的辦公室。

指揮官的神情鬆懈了下來。「妳一定是歐蒂兒。妳爸說得對，妳的確是全巴黎最可愛的女孩。抱歉氣氛這麼緊張。我們加強了戒備，因為有滋事分子。」

「滋事分子？」我無力地說。我就是滋事分子嗎？滋事分子要處無期徒刑。我們最近在圖書館才得知有位讀者因為印刷反抗軍手冊而被判強迫勞動。

「無須害怕。」他說：「我們會保證妳爸的安全。」

我想道謝，但嘴唇顫抖起來。

「妳是個害羞的小東西，對不對？妳這個漂亮的小腦袋就別擔心了，快回家吧。」

我抱起書包，急忙跑回圖書館。

「怎麼啦？」瑪格麗特跟著我走到壁爐邊。「什麼事這麼重要？」
我把信件扔進火光之中，看著它們燃燒。「就是有事。」
「妳知道妳冒了多大的風險嗎？」
她發現我在做什麼了嗎？「妳、妳在說什麼？」
「扔下圖書館，太不負責任了！伯爵夫人累壞了，妳知道她下定決心，為了守護這個地方，她在辦公室過夜嗎？除非妳在，不然小小都不開口了。波利斯根本不該工作。我們都仰賴妳啊！」

保羅在庭院透過窗戶望著我，他滿臉哀傷。我搖搖頭，他走了。每隔幾天，他就會再次嘗試。他跟著我在書架間移動，在街道上移動，在灰色的冬日細雨下移動。就算他沒有跟著我，我也覺得他在身邊。我氣他沒立刻告訴我教授的事，氣我自己如此盲目，更氣雖然發生這麼多事，我還是想他。

我穿過早晨的霧氣，沿著卵石小徑前進，快到圖書館的時候，他追上我，問：「妳可以原諒我嗎？」
「你知道，柯恩教授被送去德朗西了。」
「我並不知道。」
「沒有人曉得她會怎麼樣。」
他低頭走開了。我感覺自己也垂頭喪氣。看見他讓我想起我居然蒙上雙眼，在那些被迫離開之人的家裡嬉戲。

每天午休時，我都會快步走向警局，經過好戰的門衛，前往爸爸的辦公室，我在那裡把信件塞進我的書包裡。然後回到圖書館燒掉。好幾個禮拜過去了，我信心大增。與其只偷五封，我會一把抓進十幾封。辦公室裡還有幾百封，每天還會寄來好幾封。雖然我期待摧毀所有的信，但我知道這樣只會惹得警方提高警戒。

而且，我怕被逮著。我回去工作路上，都會不停望向背後。到了家，我也會不自覺地顫動。星期天要做彌撒前，我在門廳繫圍巾，爸爸經過，調整了一下領帶。我們的目光在鏡子上交錯。

「還好嗎？」他溫柔地問。

我點點頭。

「抱歉我不能……」

「不能怎樣？」我簡短地問。他把目光別開。

他去穿西裝外套的時候，媽媽說：「妳這幾個禮拜都心神不寧的，怎麼了？」

「沒什麼。」

「妳肯定……在搞什麼。保羅怎麼不來家裡了？」

「現在不出門就會遲到了。」

她用手摸我的額頭。「妳是得了什麼嗎？還是……」她驚恐地望了我的肚子一眼。

我驚慌地說：「不是妳想的那樣。」

「妳在家休息吧。」

他們離開後，我寫起日記。**親愛的雷米：我一直都自私也盲目。我讓教授失望，但我想做正確的事。**

門鈴響了，我去應門，以為是媽媽忘了錢包。

「我不該過來。」保羅說：「但他們可能會查到我住的地方。」

他流鼻血，但血乾了，血塊凝結在他鼻孔附近。

「怎麼回事？」我示意要他進屋。

他沒有動作。「我不想要妳父母看見我這個樣子。」

「他們在教堂。好，到底怎麼回事？」我一邊問，一邊讓他坐下來。

「有個納粹混蛋喝得大醉，歪歪斜斜走在街上。我從後面逮住他，開始揍他。我要讓他覺得來到巴黎就是個錯誤。他還手，但我很肯定打斷他的鼻梁，也許也打斷了幾根肋骨，之後我就跑了。我並不後悔做出這種事，但這些日子，妳永遠不曉得誰在監視妳。」

「你現在安全了。」我用手帕擦拭他的臉。我想念碰觸他的感覺，也想念他的碰觸。我很高興他來，但我希望我們可以回到在北站的那天，那個時候，我對他唯一的感覺只有滿滿的愛。

「我之前逮捕過的最重罪行是失序行為。當我……哎啊，我沒想過他們會逮捕像她一樣的老太太。」

「你那時也不知道。」我想起我該拿去給教授的書。「我們都有自己的懊悔。」

「我愛妳。說妳會原諒我。」他說。

第三十八章・歐蒂兒

我在伯爵夫人的辦公室裡看到湊合用的床墊，她每晚都睡在這裡，看顧圖書館，她已經七十歲了，卻準備好要面對納粹士兵。她枕頭旁有幾本書。我靠上前，想看看書名，但小小拉著我的衣袖，要我加入圍在辦公桌旁之人的行列。曾幾何時人數眾多的會議規模愈縮愈小，現在只剩秘書、園丁、小小、波利斯、瑪格麗特、我，還有克拉拉・德錢布倫伯而已。

「普萊斯－瓊斯先生遭到逮捕。」伯爵夫人開口。「他被送去拘留營了。」

不，不要又失去另一位朋友，因為「外國敵人」身分遭到監禁。「德奈西亞先生正在想辦法把他弄出來。」她繼續說。

「我讀了一些令人不安的報導。他們並不是送人去拘留營，而是去死亡集中營。」波利斯說。

「宣傳手法。」她不屑地說：「想想我們聽說多少謠言。」

「他是被舉報的嗎？」小小問。

「很可能。」波利斯說。

這場戰爭奪走了我所關心的一切，一切，包括我的國家、我的城市、我的朋友，統統都遭到掠奪、遭到背叛，我必須用我唯一知道的方法阻止這一切。我必須摧毀那些信。我已經不在乎自己會不會引火自焚。只有一件事可以確定，那就是有東西會燃燒起來。我跑出圖書館，波利斯跟小小在我身後喊著追我。

「回來！」

「妳受到驚嚇了！」

抵達警局，我連忙跑進父親的辦公室，在身後關上門。我拿起一封信，撕成兩半，下一封、下一封。紙張撕裂的聲音從來沒有聽起來這麼令人滿意過。驚覺爸爸隨時可能進來，我雙手握滿信紙，將它們揉成醜醜的紙團，全塞進書包裡。

門把發出喀啦聲，門開了。我從辦公桌旁跳開，手忙腳亂繫好書包的翻蓋。

「我乖巧的女兒。」爸爸冷冷地說：「這麼好來看我？」

我不曉得該如何反應。遭到冒犯？你竟然懷疑你自己的女兒？無所謂？我就在這裡。沒關係。

誠實以對？沒錯，我就是個賊。

「我收到很多信，問為什麼警察不去追查之前寄來的『來信』。令人不解，因為每一條指控我們都會調查。我之前不懂。」他意味深長地望向我撕碎的信紙。「現在我明白了。」

我緊緊抱著我的書包。

「妳沒有要替自己辯解？」他說。

我搖搖頭。

「我可能會遭到逮捕，叛徒會處以死刑。」

「但這怎麼能怪你？」

「我的天啊，妳怎麼能這麼天真？」他雙手壓在辦公桌上，低下頭，可以說是一副挫敗的模樣。

「但，爸爸——」

「如果是其他人，我一定逮捕。妳給我回家，再也不要過來。」

我離開的時候，只帶走一小把的幾封信。這是我能力所及最重要的事，但我卻失敗了。

第三十九章·莉莉

蒙大拿弗羅伊德，一九八七年

我受困在更衣室的毛衣與秘密之間，我望著歐蒂兒，她還提著她的化妝箱，跟平常一樣優雅。信件散落在我們之間的地板上。**你為什麼不去找未經登記的藏匿猶太人？我說得非常清楚，現在就看局長怎麼處置了。**

「妳是誰？」我問。

歐蒂兒開口，但隨即閉上，雙唇變成一道緊繃的線條。她揚起下巴，我看她的目光不一樣了，她看我的目光也變了。警戒，還有深深的哀傷。她沒說話。我抓起信件朝她面前塞過去。她沒有動作。

「妳為什麼有這些信？」我質問道。

「我沒有把它們跟其他的一起燒掉……我本來要燒的。」

「我以為妳是英雄，妳讓猶太人藏在妳家。」

她嘆了口氣。「哎啊，沒有，只有信。」

「哪來的信？」

「寫給我父親的信。」

「太瘋狂了，他不是條子嗎？」

她雙眼無神，彷彿看到鬼。更衣室、臥房、我們的友情都充斥著靜默，只有迷失方向的海鷗孤啼，只有沿著巷子經過的垃圾車引擎聲，只有我可悲心臟的砰砰砰。

「戰爭一開始的時候，警察逮捕共產黨員。占領時期，他們圍捕猶太人。民眾會寫信舉報鄰居。有些信寄給我爸爸，我把信偷出來，這樣他才不會逮捕無辜的人。」

「這些不是妳寫的？」雖然我問出這個問題，但我曉得她不會寫這種信。

歐蒂兒看著在我手中顫抖的信紙。「妳出於無聊或好奇，翻我的東西，我不怪妳。」她的眼神變得愈來愈冰冷，銳利的目光彷彿視我如無物。「但相信我寫這種東西？我做了什麼，讓妳覺得我能這麼邪惡？」

她望向窗外，我知道這是因為她無法忍受繼續注視著我。我沒有權利亂翻她的更衣室，掀開她的過往。搗亂她因為某些理由深埋已久的事情，戰爭、她父親扮演的角色，甚至是她離開法國的原因。

「我原本因為想妳了，想早點回來。」她整個人沉坐在床上，但不像她在教堂那樣挺直地坐，而是哀傷垂頭喪氣的樣子。

「走。」她對我說：「別再來了。」

「拜託，不要。」我搖搖頭，走向她。我怎麼能指控她做出那種事？我會補償她，我會替她的花園翻土、替她除草、剷雪整個冬天。我會讓她忘記我那愚蠢、衝動的問題。「對不起。」

歐蒂兒起身，離開臥室。我聽到大門打開的聲音，她走了出去。

我進客廳，關上大門，將她的書擺回去，希望順序是對的。我在沙發上坐得跟禮拜天上教堂一樣抬頭挺胸，等著她回來，我動都不敢動。一個小時過去了，兩個小時過去了，她沒有回來。

她的語氣聽起來很決斷，我是這樣跟艾蓮諾說的。我希望她大吼大叫，但她只有說：「她當然會生氣。現在妳明白為什麼我跟妳爸叫妳不要亂翻別人的東西了。」

我所做的不只亂翻別人的東西，但我實在覺得很丟臉，不敢承認自己真正的罪行。

隔天，我敲起歐蒂兒的門，但她沒有應門。我寫了一封道歉信放在她家信箱。當我早上出門上學時，卻發現那封信原封不動擺在我家門墊上。彌撒的時候，有人禱告我們在蘇聯擊潰我們之前，先擊潰他們，我則雙膝下跪，祈求歐蒂兒的原諒。彌撒過後，她跟馬洛尼牧師聊起教堂的門廳。她談到芝加哥的時候容光煥發。我走過去，她卻藉故回家，沒有去對面的廳堂。接著這禮拜，我坐在她那排長椅上，幼稚地希望在〈我們的聖父〉唱完，大家牽起手說「願你平靜」時，她至少會看看我。結果呢？歐蒂兒不再來參加彌撒。

到了廳堂，其他女士聚集在自助餐食物後頭，自己拿起果汁跟甜甜圈。這個月的每個禮拜天，歐蒂兒都沒有出現。

「有人見到古斯塔夫森太太嗎？」艾弗斯太太壓低聲音說。

「我試過要去看她。」梅朵太太說：「我聽到她在走動，但她就是不來應門。」

「跟之前一樣。」

「真希望我們之前能夠對她好一點。」

「我也是。」

「一定出了什麼可怕的事情。因為就連她兒子過世時，彌撒她都沒缺席過。」

艾蓮諾覺得冷戰打夠久了，她走去歐蒂兒家，在陽臺上替我求情：「莉莉知道她錯了。她就是個會犯錯的年輕女孩。而這個女孩很愛妳，也很想妳。」

歐蒂兒讓艾蓮諾把話講完，然後輕輕關上大門。

我需要神聖力量的介入，我抱著喬去教堂，點亮所有找得到的蠟燭。喬說：「我們要『七』禱。」

我給上帝兩天時間，要是上帝不回覆，我就得試更直接的方法。在牧師住所，牧師邀請我去廚房。他沒穿袍子，看起來就像人家的爺爺。他將一盤奧利奧餅乾推往我的方向，但就這麼一次，我竟然不餓。我想好了，半套的實話總比什麼都不說來得強，所以我編織出一番說詞，仔細省略我對歐蒂兒的指控。

「就這樣？」牧師懷疑地問。

許久以來，我想把秘密藏在內心深處，只有我才知道的秘密。現在我終於找到一個秘密，但這秘密卻讓人興奮不起來，反而很可悲。

「她抓到我翻她東西，這很嚴重。」

「嚴重到都不上教堂？」

「她為什麼不肯讓我道歉？」

「有時當人家經歷艱難的時刻，或遭到背叛，他們唯一能夠存活下去的方法就是斬斷與施害者的聯繫。」

她從來沒有回去法國，更沒提過她爸爸媽媽、叔叔伯伯、阿姨姑姑或表親堂親。她拋下了她的家族，那她要拋下我也不會是多難的事情。

週六下午，牧師的車停在路邊。我打開窗戶，壓低身子，這樣就不會有人注意到我在偷看。他跟歐蒂兒友好地在她家陽臺上聊善心食物供應站跟募款活動。結果他一談到我，歐蒂兒就起身進屋。

沒有歐蒂兒，生活繼續。我進入高三，沒有我們的法文課。自從媽媽過世後，我就沒有經歷這麼嚴重的失落感了。不過，媽媽她別無選擇，歐蒂兒卻選擇疏遠。我走路回家，經過她家。窗簾緊閉，我知道如果我去試門，門會是上鎖的。

午餐時，瑪麗·露易絲跟基斯在球場看臺下面親熱，在食堂的我因此落單。蒂芬妮·艾弗斯經過，說：「我敢說妳繼母一定迫不及待妳快點畢業，早點把妳踢出家門。」

蒂芬妮找約翰·布雷迪麻煩，因為他爸是警衛；她要大家叫瑪莉·馬修斯「臘腸比薩」，因為她臉上長滿粉刺。我是全校唯一一個有繼母的人。離婚是大城市的問題，但年紀輕輕就喪母則非常罕見，謝天謝地，我不願意任何人跟我有同樣的經歷。

「妳知道法文裡怎麼說繼母嗎？」我問。

她望著我，毛毛的劉海半遮住她那雙呆滯的雙眼。我為什麼要花這麼多年的時間去跟她比誰比較幸運？誰比較漂亮？我想起媽媽織的那件毛衣，我居然比較在意蒂芬妮·艾弗斯對那件毛衣的評價，而不是我媽的心情。

「Belle mère，意思就是漂亮的母親。」我說。

「這是法文嗎？妳聽起來像有表達障礙。」

幾年前，這話會讓我痛哭，現在，我明白了人家說斬斷生命裡負面事物的意思。我走了出去，遠離她過分的評論，遠離她狹隘的腦袋，我覺得自己更堅強了。

歐蒂兒雖然沒有開口，她對我的教導依舊沒有止息。

星期六早上七點三十三分，卡通《史酷比》的尖聲傳了進來，我驚醒。我走在走廊上，打起呵欠：「人家還要睡覺哩。」

「歐基都幾。」喬大喊，然後將音量調小半格。

喬與班吉，班吉與喬。我愛他們，但他們要逼瘋我了。我每次一坐下，班吉就會抱著我的腰，爬到我的大腿上。如果我們家是一個合唱團，我們就會唱：「小甜心喬，可以把你的手指頭從鼻孔裡拿出來嗎？喬，現在就把手指拿出來。手指，拿出來，快點！」老天，我真想念歐蒂兒。我每分每秒都注意到自己失去了什麼，因為我的莽撞與自私，我拋棄了什麼。

艾蓮諾探頭進我房裡，問：「妳跟我為什麼不出門兜兜風呢？我們可以好好用用那張學習駕照。」

「兩個男孩怎麼辦？」我們到哪兒都會帶上他們。我們根本沒有出門去哪過，就這樣。

「讓妳爸看他們也不會死。今天就咱們兩個女生，我們去谷霍普。」

我喜歡雙手握住方向盤的感覺與腳踩油門車子發出的轉動聲，還有草原筆直的長路與看著我們疾駛而過的烏鴉。我喜歡我們前往超過一個廣播電臺的市區，我喜歡遠離學校、遠離男孩，不要去想我是怎麼傷害歐蒂兒的。

谷霍普有三萬居民。就在我們抵達市界時，我在路肩停車，讓艾蓮諾開剩下的路。我們經過一間冰雪皇后與貝斯特韋斯特飯店，這些是存在於弗羅伊德之外的連鎖店。弗羅伊德只有停車讓行的招牌，但沒人會停，谷霍普卻有真正的紅燈。人行道比我們那邊寬兩倍，停車需要付錢。我們停在蒙大拿最大的百貨公司門口，這間百貨叫做The Bon，也就是法文的「好」。陽光下的五層樓建築，金色的磚牆閃閃發光。就連大門也很豪華，黃銅與玻璃上完全沒有一絲髒污。進入室內，風之歌香水氣味迎面而來。好幾座小島般的化妝品召喚著我們。艾蓮諾帶我到倩碧專櫃，銷售小姐穿著一襲白色的長外套，好像醫生，好像是能信任的對象。她在手腕上塗了很多道不同顏色的唇膏，看起來像絲絨一樣滑順。我們三人仔細考慮，彷彿是在選州長官邸的窗幔一樣。

我們最後選了「完美蜜桃」，艾蓮諾拿出支票本。

「妳什麼都不買嗎？」我問。

「我想是吧。」

「妳值得一些好東西。」

「咱們看看再說。」她有點尷尬，但我不懂為什麼。她是一位已婚女士，這也是她的錢，對吧？

我不肯罷休。「我們都開這麼大老遠的車過來了。」

艾蓮諾允許自己被我說服。她拿了一條銀色管身的「粉白罌粟」，她擦起來容光煥發。夾層小酒館可以看到整個一樓大廳，我們選了壓克力玻璃邊上的位置，這樣就可以假裝我們是在巴黎咖啡廳賞人。點好餐後，我看到一位優雅的銷售小姐以為沒人注意到她，將長絲襪往大腿上拉。

服務生送上艾蓮諾的總匯三明治與我的法式肉汁三明治時，艾蓮諾問我：「妳今天開心嗎？」

「Mais oui（當然）。」我一邊說，一邊用三明治去沾醬汁。

用過午餐後，小艾跟我去廁所洗手。我們在鏡子前面噘起嘴，補上唇膏。我們以前從來沒有這麼親密過。如果我們在法國，這時我就會從正式的vous（您）換成不正式的tu（妳）。

我們坐上旅行車，她開車駛離城區。電臺的搖滾樂愈來愈模糊，小艾調整轉盤，切換回我們小鎮的鄉村電臺。弗羅伊德水塔，又名「水的城堡」，出現在le horizon（地平線）上。

緩緩駛向我們居住的街道，我們看到消防車。距離五個街廓之外，實在看不出要去哪一家，但消防車就停在我們家前面。我驚呼：「兩個男孩！」小艾加速。我們就出門這麼一天……喬是不是找到抽屜裡的火柴了?我禱告起來：讓他們沒事，拜託拜託。

消防車是在歐蒂兒家前面。陣陣濃煙從她家窗戶冒出來。消防員將軟軟的水管從她家拉出來。小艾緊急煞車，我們連忙下車。鄰居聚集在人行道上，我們發現歐蒂兒癱坐在路邊。艾弗斯太太用一條拼花毯包著她，但她似乎沒有注意到。

「出了什麼事？」小艾問消防隊長。

「廚房起火。」他說：「有東西忘在烤箱裡。」

「柯恩教授的餅乾。」歐蒂兒說：「我最近愈來愈想她，都是我的錯。」

「這種事就是會發生。」小艾安慰道。我們一左一右蹲在歐蒂兒身邊。

「都是我的錯。」她強調。

「妳不是故意的。」我說。

歐蒂兒望向我。我好高興，我甚至不在乎她是用看陌生人的眼光看我。

「我很抱歉。」她說。

我嚥了嚥口水。「不，我才是……」我有好多話想說。我愛妳，妳的原諒對我來說就是一切。我還是很抱歉。

「妳怎麼不來我們家呢？」小艾說。

我陪她回我們家，到我房間，她躺了下來。

「妳要我出去嗎？」我問。

「坐。」她拍拍床墊。「我要妳知道。戰時發生了一些事，大家絕口不提，現在也不會拿出來講。這些事很丟臉，我們將其埋進秘密墳地，然後永遠忘記這些墓穴。」

她握住我的手，介紹起她的人物角色。親愛的媽媽跟務實的蓇金妮，脾氣不好的爸爸，還有我每次望向歐蒂兒，都會看到的淘氣雙胞胎哥哥雷米。雷米的女朋友小小，勇敢的圖書館員。帥氣瀟灑的保羅，我也會愛上他。瑪格麗特，就跟瑪麗．露易絲一樣風趣好玩。芮德女士、伯爵夫人、波利斯，他們是圖書館的心臟靈魂與生命。這些人我永遠也不會認識，但我也永遠不會忘記。他們活在歐蒂兒的記憶裡，現在也活在我的記憶裡。

等到她講完的時候，我覺得這個故事彷彿是我讀過的書，也永遠成為我的一部分。納粹進入圖書館時，我在書架之間顫抖。送書給柯恩教授的時候，我在鑲石街道上絆了腳，擔心納粹會得知我的任務。食物短缺時，我也飢腸轆轆，脾氣暴躁。我也讀起那些可怕的信件，不曉得該怎麼辦。

「妳很勇敢。保持圖書館開放，確保大家都能借書。」我告訴歐蒂兒。

她嘆了口氣。「我只做了最少的事。」

「Le minimum（最低限度）？妳做的事情棒透了。妳給讀者希望。妳展現出在最糟糕的時刻裡，人還是善良的。妳拯救了書本跟其他人。妳冒險違抗那些可怕的納粹。這很了不起。」

「如果回到那個時候，我會做得更多。」

「妳藏匿那些信件已經救了很多人。」

「如果我第一次看到那些烏鴉信件就統統銷毀，我就能救更多人。我花了太久時間思索我需要怎麼做，我太擔心被發現。」

我想繼續爭論下去，但她已經眨眨眼睛閉上。

晚餐時，歐蒂兒睡著了，小艾與爸爸決定在她家廚房重新裝修的時刻，她可以住在我們家，然後他們就談起別的事情。我滿腦子都是那些烏鴉信件。雖然我覺得自己不會逮捕無辜的人，但我卻證明了我會盲目相信、做出莽撞的行為。看著爸爸吃他的豆子，我發現他的頭髮已經灰白。真不曉得他晚上都會擔心些什麼，而他願意做出哪些行為來保護他的家人。

我回到歐蒂兒的故事裡，總覺得哪裡兜不太起來。

我每個夏天都會跟裘裘外婆在她的紗網陽臺上喝檸檬茶。她最喜歡拼拼圖。我們在她的桌上攤開所有的拼圖碎片，我們重建出巴伐利亞城堡的藍天。由於我們受困在小麥田中央，這些拼圖的照片就成了我首度望向世界的窗口。外婆一個禮拜可以拼完兩幅，這個嗜好變得很花錢，所以媽媽會買二手的拼圖。優點：便宜。缺點：花了個把小時拼，卻發現少了幾片，早在教堂二手特賣會之前就少了。

那種拼圖不完整的失落感，我已經很久沒有感受過，但現在這種感覺又浮上心頭。歐蒂兒的故事少了重要的一塊，一塊邊邊或角落的位置。如果歐蒂兒這麼愛保羅，為什麼跟她結婚的人不是他？

第四十章．歐蒂兒

巴黎，一九四四年八月

盟軍近了。消息傳遍雷恩街，轉進小街，沿著拉雪茲神父公墓低語，一路飄進紅磨坊。**他們就要來了**。消息爬上地鐵站的臺階，跳躍在庭院的白色卵石上，進入借書櫃檯。我們兩個月前就聽說盟軍登上諾曼第灘頭，他們到底在哪？媒體只有宣傳口號，一點幫助也沒有。我們只能仰賴口耳相傳的消息。

我們把書借出去的時候，波利斯告訴我：「盟軍一定已經很接近了。」

「我在遭到占領的飯店門口看到德國人把行李裝上車。」

「很快就會貼起有空房的招牌了！」波利斯說。

遭到監禁時身體微恙的普萊斯－瓊斯先生拄著拐杖跨進門檻。他三個禮拜前才獲釋，德奈西亞先生緊跟在後，雙手伸出來，擔心這位朋友會跌倒。

「我真不該回巴黎。」普萊斯－瓊斯先生咕噥著說：「還有那麼多人遭到監禁。而你卻用我的年紀當藉口，把我弄出來？」

「不，我親愛的朋友，我真該告訴他們你智商有問題。」

我用編號八一三的《豪門幽魂》（*The Turn of the Screw*）擋住微笑。有些事永遠不會改變。

「盟軍呢？」德奈西亞先生問。

「一定已經在路上了。」波利斯說。

我迫不及待要告訴瑪格麗特這個好消息，她剛回來，她因為女兒腮腺炎，向圖書館請假了一個禮拜，今天才回來。午餐過後，她才進來，我幾乎不認得她。新的白帽帽簷遮住了她的雙眼，還有跟受洗袍一樣雪白的絲綢洋裝。**邋遢就是新時髦**，我提醒自己，同時伸手拉了拉自己磨損的腰帶。

「那玩意兒比皮革還破。」她一邊說，一邊走向我的座位。「我弄點衣服給你。」

「不用。」我說，語氣比我預期地還要尖銳。大家都曉得瑪格麗特那些漂亮衣服代表什麼。保羅稱那些跟德國士兵發生關係的女人為「填充床墊」，但也許我有失公允。她一直都有漂亮的衣服穿，我也穿過她很多衣服。

新的服裝不一定來自她的情人。

「我錯過什麼？」她問。

「他們說盟軍隨時會抵達！」

我期待她跟我們其他人一樣欣喜若狂，結果她卻只有「噢」一聲。

小小過來打招呼，手指上還戴著我外婆的蛋白石戒指。當我父母討論是否要把祖傳的戒指給小小時，我堅持必須給她。我希望她戴著讓她知道，我們把她當家人。我甚至帶她來看我跟雷米的秘密基地。我們躺在一堆縐縐的手帕與積灰的兔子之間，我握著他的玩具士兵，她拿著他最愛的書《人鼠之間》。我長大後相信只要一個情婦就足以撕裂一對夫妻，但小小證實就算死亡也無法摧毀真愛。在那個黑暗的子宮裡，我們啜泣，淚水鞏固我們的姊妹情誼，遠超越婚姻能夠帶來的妯娌關係。

我收到雷米朋友寄來的信，我拿給小小看。

親愛的歐蒂兒：

我們都稱妳哥為「法官」，因為每次只要有爭端，我們就會去找他裁定。我甚至用石頭、樹枝、麻線做了一支議事槌給他。困在這裡，遠離家鄉，我們無奈又憤怒，無聊又飢餓，很容易看別人不順眼。我會說：「法官大人，你的法庭開庭嗎？路易一直濫用上帝的名號。這樣讓尚查理不高興，他批評起路易。」我們的爭執似乎微不足道，但法官會一一仔細研究，想辦法安撫抵達毛躁邊緣的人。我們都很想他。

妳真誠的，

馬賽爾·丹尼

我看著小小一邊讀信，神情一邊開朗起來，我堅持讓她留著這封信。馬賽爾的致意對我來說很重要，但小小更重要。她把那封信抱在胸口，一路走回兒童閱覽室。

瑪格麗特看著她走，壓低聲音說：「她那頭辮子看起來真像荊棘王冠！小小終有一天會厭倦哭哭啼啼的寡婦角色，找到新男人。」

她影射小小對雷米的哀悼只是在演戲，這話如同拳頭一樣重擊我。我無法忍受小小會忘了我哥哥。我胸口好痛，我無法呼吸。我連忙跑出去。如果我放慢速度，如果我能停下來想一想，我就會想起小小的善良也曾經讓我覺得自己很不堪，瑪格麗特的嘲諷其實與小小無關，是在說她自己端不上檯面的羞恥行為。

波利斯看到我往外走，問：「妳確定讓瑪格麗特一個人在參考資料室好嗎？」

「相信我，她覺得她有全世界的答案！」

「她是妳跟圖書館的好朋友。」

「你為什麼要站在她那一邊？」

他面露難色。「快走。」

我需要跟能夠理解這件事的人談談。警局裡，保羅讓我坐在他的位置上。

「你不會相信瑪格麗特說了什麼。」

「都是因為戰爭。我們會說、會做讓我們後悔的事情。」他幾乎沒有提到過去。我就這麼一次沒有去送書，他逮捕了柯恩教授，我們在離去之人宅邸嬉鬧。只有這樣我們才能繼續交往下去。

「我知道。」

「生活會恢復正常的。」

「這話已經講了好幾年。要是這就是正常呢？」

「沒有什麼能夠永遠不變。」他說，溫柔地按摩起我的背。

「上禮拜，我跟瑪格麗特說，我媽天一亮就去肉舖，結果那裡已經有十個家庭主婦在排隊了，她說，『妳媽為什麼不去黑市買？』我倒想知道，我媽能用什麼錢去黑市買東西。總之呢，她的食物都來自菲——」

我就此打住，**不、不、不，妳每次都這樣。這次不行。嘴巴閉起來！**

「妳剛剛要說什麼？」他問。

我嘆了口氣。「沒事。」

「瑪格麗特人很好，我是說，就英國女孩來說很不錯。」保羅說。

「人很好？她影射小小只是假裝哀傷。」

「很多人講話不經大腦，我相信她不是故意要說傷人的話。」

如果他知道她有個納粹情人，他就不會急著替她辯護了。她只是彈一彈細瘦的手指，然後她就有派對、名牌服飾、珠寶，還有海邊旅行。

「她暗示小小會有新情人。」

「當然啦，小小會永遠愛妳哥哥，但也許有一天——」

「也許有一天？」我尖銳地說：「她永遠不會忘記雷米！永遠不會！不是每個人都跟瑪格麗特一樣賤！」

保羅的手停在我的肩上。「妳不是認真的。」

他怎麼能相信小小會做出最糟的行為，卻相信瑪格麗特什麼都好棒棒？

「妳不是認真的。」他又說了一次。

我轉過去面對他，冷血得意地說：「她有一個德國情人。」

我的指控飄蕩在我們之間，只有一個鼻息的空間。保羅的雙唇噁心扭曲，他說：「賤人！」

他附和我的說詞，我這才驚覺我讓脾氣戰勝了理智。我必須更小心一點，不要這麼快下評論。

「我不該講這種話。你說得對，你一直都是對的。她人很好，對我家人也很好。都是因為她，雷米才有東西吃。圖書館沒有她，我真的不曉得該怎麼辦。她現在就在圖書館負責我的工作。」

「她那種妓女有一天會遭到報應。」

「拜託不要講這種話。她丈夫是個惡棍，她值得更好的人。你說得對，很多人會不經大腦講話，好比說我現在這樣。請答應我，你不會把這件事說出去。」

保羅保持緘默。

「你不會說出去，對不對？」

「我能跟誰說？」他讓我轉回去，繼續按摩我的肩膀，但他的手指這次按得很深、很用力。

第四十一章·歐蒂兒

巴黎的瓦斯管線遭到關閉，而且幾乎沒有人家有電，但是，空氣裡還是彌漫著某種電流。貼在建築物牆壁上的海報催促巴黎人「無論敵人在哪，請奮起攻擊」。警察展開攻擊，鐵路員工也是，護士、郵差、煉鋼工人都開始了攻勢。保羅幫忙挖起街道鑲嵌的大石頭，作為路障，只要能夠困住且伏擊敵人都好。

我只有在書上讀過戰鬥的概念，那是發生在遠方的事，現在我在附近街道就聽得到槍聲，大家對著車輛、坦克車開槍。謠言跟子彈一樣反彈回來。美國人要來解放我們了！不，是戴高樂！不，巴黎人已經受夠了，正在反擊！德國人撤退了！不，他們不會不反抗就投降！

上下班的時候，我沿著建築邊緣躡手躡腳前進，擔心狙擊手，擔心炸彈，擔心一切都不會改變，而我們就永遠活在這樣的世界裡。

二十四號晚上，我想在最後一截蠟燭燒完熄滅之前讀完珍．瑞斯的《黑暗中航行》，巴黎的教堂鐘聲卻響了起來。我起身在門廳遇到父母。媽媽身穿睡衣，抬頭望向天空，彷彿是在讚嘆上帝的奇蹟一樣。爸爸伸出雙臂，就跟我跟雷米小時候一樣，我們會跑向他的懷抱。我知道我的父母跟我都在想同一件事，要是雷米也在就好了。我們不發一語，擁抱在一起，曉得巴黎遭到占領的日子已經過去了。

巴黎得到解放。普萊斯—瓊斯先生跛著腳走進圖書館，大喊：「德國人逃走了！」跟在他後頭的德奈西亞先生驚呼：「我們自由了！」他們親吻我的臉頰，兩人擁抱後又立刻分開。他們是最低調的。我擁抱小小、波利斯、伯爵夫人。她的傭人從她家地窖挖出剩下的香檳。我今天喝的酒遠超過這輩子喝的量。

「戰爭還沒結束。」普萊斯—瓊斯先生警告道。

「但已經是結束的開始了。」伯爵夫人說。

「光這理由我就可以來一杯。」德奈西亞先生說。

「老傢伙，你什麼理由都能喝！」

在凌亂的草坪上，工作人員與讀者又哭又笑又互相親吻。六名讀者湊成的樂團就著〈永遠的星條旗〉與〈馬賽進行曲〉搖擺身軀。我跟保羅共舞了整晚。我好像憋氣憋了好幾個月，終於能夠吐氣。我之前只想活在當下，幾乎可以說是害怕未來，但現在掙扎求生的日子已經過去，我跟保羅可以開始新的計畫。我讓自己幻想家庭與下一代。

雖然整個巴黎都在歡慶，瑪格麗特卻悶悶不樂。她的中尉遭到逮捕，她不曉得他在哪裡。更糟的是，她丈夫在缺席四年後忽然回家了。與羅倫斯一起的生活在她面前展開，如同一條荒蕪的鄉間路。為了讓她不要胡思亂想，我邀請她去杜樂麗花園散步。在陽光樹影下，我看著她拉扯自己的珍珠項鍊。我想要安慰她，卻不曉得該說什麼。

圍籬另一側傳來喧鬧聲，有打鼓的聲音，還有巴黎人的叫喊聲。也許是在遊行慶祝解放，甚至是凱旋勝利吧！希望這樣的場景能夠讓她開朗起來，我哄著瑪格麗特穿過柵門出去。

在里沃利街的另一側，好幾百人，男男女女，還有小孩都在鼓掌，一個男人則敲著大鼓經過。接著是一個身穿破爛西裝的老人，他在空中揮舞著一隻拔了毛的雞。在節拍敲打下，我覺得我聽到一聲哀號。

「不可能。」瑪格麗特指著那個老人。

他們接近了，我才看清他手裡抓著的不是雞，而是一個渾身赤裸的嬰兒。我看到那哭鬧的嬰孩，感覺到自己震驚到傻了。

「德國豬留下紀念品了！」他高喊，拉著嬰兒的雙腿甩來甩去。

「私生子，私生子。」群眾喊著：「妓女的兒子！」

在老人之後是兩個男人，他們拖著一個女人沿著街道前進。她沒穿衣服，也沒了頭髮。她雙腳都是鮮血，因為在鑲石街道上遭到拖行，她全身都嚇得慘白，與她膚色形成強烈對比的是一撮深色的陰毛。她想掙脫，到孩子身邊，但抓她的人把她拉回去。

「蕩婦！」群眾裡有人吼著：「妳的情夫呢？」

我從來沒見過沒穿衣服的女人，現在我覺得自己也全身赤裸，遭到侵犯。我走上去想幫她，但瑪格麗特拉住我的手臂。

「我們什麼也做不了。」她說。

她是對的。這不是慶祝的遊行，這是暴動，無法阻止。我有多年的證據顯示人可以很野蠻。

他們繼續喊著：「私生子，私生子。妓女的兒子！」

我淚流滿面。我跟瑪格麗特身邊都是人，我們想要繼續前進，穿過細瘦手肘與嘲諷手指的大海。

「德國人絕對不會允許這樣。」一個中年女子說。

「妳有沒有看到拉著那年輕女人的人，右邊那個？」另一個人說：「他上禮拜，還替德國人端上啤酒跟香腸呢。」

「誰在乎他！」一個男人說：「那婊子壞了規矩！」

「你不能選擇愛上誰。」瑪格麗特低聲地說。

「這跟愛無關，只有婊子才幹得出她幹的事！」男人回話。

瑪格麗特全身顫抖。她是因為群眾的譴責驚嚇，還是她在那位年輕母親身上看到自己？我緊緊貼住她的身軀，帶著她回家。

事情還沒結束。四個街廓之外，廣場上有臨時搭建的架子，披著紅白藍三色跨胸飾帶的政府官員站在一個女人後頭，緊抓著她的後頸。女人似乎穿上了禮拜天上教堂的好衣服，她凝視前方，同時理髮師剃光她的頭髮。茲——茲——茲——，彷彿這是最自然的事情，就跟他已經剃光十幾個女人的頭髮一樣。隨著電動剃刀滑過她的頭皮，沙黃色的頭髮掉在她的肩上。理髮師把頭髮跟垃圾一樣扔在地上。圍繞舞臺另一邊的是好幾名身穿制服的男人，五個法國女人看著自己即將面對的命運，群眾則譏笑不已。沒有審判，只有這不得體的懲罰。

我看著這些女人，尊貴地抬頭挺胸，冷眼擦掉先前的淚水。

第四十二章·理髮店四重奏

巡邏的時候，保羅與同事羅南與菲利普碰巧遇到從市場回家的瑪格麗特，她的柳籃裡有幾根瘦弱的胡蘿蔔。她對保羅說：「見到你真高興。」三個男人交換眼神，**就是她，德國佬的婊子。哎啊，妳的男人這一刻在哪？**瑪格麗特脖子上的珍珠項鍊提醒了保羅他無法提供歐蒂兒的一切。瑪格麗特的白色絲綢洋裝提醒了羅南與菲利普，他們已經好幾年沒有替太太買新衣服。保羅出於衝動，拉著瑪格麗特的手肘，拖著她走。菲利普則拉著她另一隻手臂。

「我的老天，保羅！我們要去哪？住手！我的胡蘿蔔掉了！」

瑪格麗特笑了出來，相信他們只是受到解放後的喜悅感染，陌生人會在大街上親吻跳舞。這聲笑絞扭著保羅的內臟，他從來沒有這麼憤怒過。她沒有察覺到危險，這更激怒了三個男人。**她怎麼敢笑我們？**他們很危險，該死！他們沒有從軍打仗不代表他們是懦夫。他們戰爭時期巡守巴黎，曉得所有人煙罕至的偏僻所在。

菲利普跟保羅將瑪格麗特拖到無人的死路。羅南從她手中搶走籃子，她對他露出燦爛的微笑，以為他會替她撿回胡蘿蔔。她還道謝，但他將籃子整個扔進無人的門房小屋骯髒窗戶裡。

保羅把瑪格麗特推到地上。她想起身，試了好幾次，但他們輪流推倒她。瑪格麗特望出去，希望看到路人經過，她對一位巴黎女子說：「救命！」對方只是看著另一個方向，連忙走開。

「英國婊子！」保羅說：「不敢打仗，擊沉我們的船，等到一切結束後才敢滾回來！」

「我全程都在！」瑪格麗特高喊：「跟你還有歐蒂兒在一起！」

「妳是跟德國豬在一起，歐蒂兒是這樣講的。」

「他們到處懲罰跟納粹上床的女人，這叫『橫向通敵』。我看到他們在廣場上替這些女人剃頭。」菲利普說。

「她就活該。」保羅說。

瑪格麗特雙掌貼地，跪在地上。

他們喜歡她跪著。

「拜託，不要。」

三個男人沒有料想到如此，他們居然傷害一個弱女子。沒有人想傷害別人，但在他們面前的她只是骯髒的蕩婦，外國人，滿身泥巴。他們餓肚子的時候，她吃牛排，他們的女人什麼都沒有的時候，她有新衣服。

對他們來說，她不再是一個女人。他們遭受毒打、遭到羞辱，現在輪到他們動手、出擊、鞭打了。

保羅用手指撫摸她的珍珠項鍊。「誰給妳的？」

「我媽。」

「騙子！」他用力扯，直到項鍊嵌進她的頸子。

「這是我媽的項鍊。」

「我敢說是妳的情人給妳的。」他用力一扯，線斷了。珍珠如同哀傷的星座，散落在她身邊。

「我媽媽的……」她哀號著說，菲利普則捧起珍珠，放進口袋裡。

「閉嘴，不然妳會後悔。」羅南拿了一把小刀給保羅。「榮耀屬於你囉？」

她想告訴他：「我們一起吃過晚餐。你來過我家。當歐蒂兒對你有疑慮的時候，我還替你說話。」但她的聲音與勇氣一起消失了。

保羅接過刀子。

第四十三章・歐蒂兒

禁止進入的房間聞起來有樟腦丸的味道，也許這裡是巴黎唯一一處在戰爭裡沒有改變的地方。上次媽媽讓我進來的時候，我才十五歲。我滿腦子都是對未來的憧憬，我開心地翻起自己的嫁妝，這些寶藏是家族裡的女性為了我的婚禮所製作的。木頭箱子裡裝的是奶奶編織的嬰兒被毯。我跟保羅很快就會有孩子。我打開媽媽縫的印花白色睡衣，她當時不好意思地說：「給妳蜜月時穿。」自從他告訴我柯恩教授的事情之後，我們就沒有繼續了，我們顯然沒有尋找新的幽會地點。媽媽聊起瓷器上的缺口時，我跟保羅拘謹地坐在貴妃椅上。婚禮就是全新的開始。我想像在紅毯上走向他。我全神貫注在自己的白日夢裡，差點沒聽到有人敲門。我朝著堅持的叩叩叩走去，發現保羅在階梯平臺上，滿臉是汗。

「怎麼回事？」我笑著說：「你小鹿亂撞，好像小朋友。你就真的這麼迫不及待？」

他拉起我的雙手。「咱們結婚吧。」

他好像會讀我的心思一樣。

「我們今天就私奔，直接去登記。」

「不是要先張貼結婚通告嗎？如果我不在教堂結婚，媽媽會很難過的。再說，我希望請瑪格麗特當我的伴娘。」

「結婚是我們兩個人的事，與其他人無關。妳父母會理解的。忘了公告吧，我有特別許可，已經放在我口袋裡很久了，滿心期待。」

「特別許可？」

「請妳答應。」

保羅一直都知我想要什麼。「Embrasse-moi（吻我）。」我說。

在我懷裡的他顫抖不已。「我愛妳，我很愛妳。我們遠走高飛，永遠不回來。」

我跟保羅私奔，我爸媽會失望還是會鬆口氣？家裡沒錢買婚紗，更沒錢辦婚宴。有一件事是肯定的，那就是經歷了遭到占領這不上不下的漫長歲月後，我只想跟保羅在一起。

「好！」

「留個字條給妳父母。我們去我阿姨家度蜜月。我需要離開！我們都需要離開。」

「你沒事吧？你感覺很不安。也許我們該等一等。」

「我們等得還不夠嗎？我想娶妳，我想度蜜月。」

蜜月，我充滿憧憬地想著，然後打包了幾件舊洋裝、嫁妝裡的睡衣（基本上可以確定媽媽不會介意），以及在火車上看的艾蜜莉·狄更森詩集。保羅聯繫他的分局局長，請他幫忙通知保羅的阿姨。他握著我的行李箱，我都還沒出門，就急著說：「等等！我不能拋下工作。」

「跟他們說妳需要一個禮拜度蜜月。他們怎麼能拒絕真愛？」

我寫下字條，請鄰居女孩送去圖書館，這時，我懷疑起私奔是浪漫還是輕率。

到了mairie（市政廳），秘書也沒從文件工作上抬頭，就說：「下禮拜再來，市長行程滿了。」

我原本對私奔就不是很肯定，但現在遇到困難……「拜託，我們相愛了。」我說。

「巴黎也許得到解放。」保羅補充道，他語氣裡帶著一點歇斯底里。「但戰爭還沒結束。沒有人曉得未來會怎麼樣。我們要結婚，妳要幫幫忙。」

她感覺到我們語氣裡的緊繃，就去看市長是否願意主持臨時舉行的儀式。保羅踱步起來，我坐在刮痕累累的木頭椅子上。我們幾年前就該這麼做，但我希望雷米在身邊。我輕撫身邊的空座位。

「我也希望他在場。」保羅說。

秘書讓我們用salle des mariages（結婚禮堂），淺藍色的天花板上還畫了絲絲白雲。市長披起他紅白藍三色的跨胸飾帶，舉行起儀式。保羅用手背擦去額頭上的汗水。他緊張到該說「我願意」的時候，還是市長催他講的。

到了火車車廂裡，保羅拿起報紙讀了一行，然後又急忙摺起來，放在大腿上。他一下翹腳，一下又鬆開，每次毛躁改變姿勢時，膝蓋就會碰到我的腿。

「怎麼了？」我一邊問，一邊搓揉大腿。

「沒怎麼了。」

「不是後悔了吧？」

「後悔？」他謹慎地望著我。

「後悔結婚。」

他用濕冷的手蓋在我的手上。「我第一眼看見妳就愛上妳了。」

「你愛的是媽媽烤的豬肉。」

「就算給我一大片，我也不想放棄這一刻。」

過往我們將這麼多好東西視為理所當然。

保羅的琵芮特阿姨駕著彎背老馬拖著的馬車來車站接我們。「我聽說了妳好多事！很高興認識妳！」她的皮膚紅潤得像皮革，但看起來還是比多數巴黎人健康。

雉雞在壁爐裡烤得噴汁。油脂在熱火上吱吱作響，火焰舞動著，散發出煙氣。我已經好久沒有聞到這麼豐富的香氣了，口水直流。上了餐桌，陶瓷大碗裡的馬鈴薯泥蒸氣騰騰，真希望我能埋頭進去吃。

「這不算什麼婚禮大餐。」琵芮特阿姨說：「但我實在沒有足夠的時間反應。」她順手捏了保羅一下，他不好意思地笑了起來。

「這對我們來說就是大餐。」我說。

我想細嚼慢嚥，但晚餐實在太美味，我跟保羅都狼吞虎嚥。他阿姨讓我們單獨在火光邊享用甜點。保羅用湯匙餵我吃焦糖布丁，鮮奶油絲綢般的布丁滑進我的喉嚨，一點一滴都是幸福。

進了我們的房間，我拉上百葉窗，保羅則伸手進我的裙子之下。「耐心點！我還得穿我的睡衣。」

「我等不及了。」他將我推上床。我溫柔地吻他。他解開褲子，拉起我的裙子。

他將我的內衣褲推去一旁時，我說：「慢慢來，我們有一輩子的時間。」

「我愛妳。」他進入時說：「答應我，無論發生什麼事，妳永遠不會離開我。」

「當然，我答應。」

隔天早上，他駕駛馬車，我們去鎮上買戒指。珠寶行裡展示著好幾枚婚戒，好幾段婚姻，閃閃發光，肯定是絕望的人為了幾塊錢拋售的東西。

「這樣會觸霉頭嗎？」我問保羅，他正將一枚戒指套在我手上。

「幸福的婚姻不是仰賴運氣，而是一起努力的意圖。」戒指回答道。

金色的戒指尺寸剛剛好。接下來七天，我都難掩笑意。

回巴黎的火車誤點了。我因為工作遲到而焦急不安，保羅則強調我們可以直接從車站前往圖書館。

「你不用陪我去。」我說。

「但馬汀太太，我想陪妳去。而且妳需要有人幫妳提行李。」

「你不會遲到嗎？」

「我這禮拜晚班。」

我在閱覽室窗前的桌上看到婚禮蛋糕、巧克力、香檳，還有煮茶用的茶炊，我好訝異。

「這你策劃的？」我問他。

「是他們。」他比了比前來祝賀的人。伯爵夫人看起來很驕傲，波利斯與小小面帶笑容，德奈西亞先生跟普萊斯—瓊斯先生拌嘴起來：「就跟你說他們結婚了。」「不，是我告訴你的。」荳金妮跟我父母也在？

「我明白妳為什麼喜歡在這裡工作了。」我的父親說：「真希望我早點造訪這裡。」

「噢，爸爸！很高興你這一刻就在這裡。」

「我的女兒，恭喜。」媽媽如是說，她跟葶金妮擁抱我。

甜蜜蜜的結婚蛋糕讓我讚嘆不已（噢，大家都把配給的白糖捐出來了！這對我來說超越一切！），我還樂得聊起保羅充滿激情的求婚。之後他則講起儀式的事。

「瑪格麗特呢？」我問小小。

「她這禮拜都沒進來。我們寄了邀請函，但她沒有回覆。」

我皺起眉頭。她病了嗎？還是克莉絲汀娜怎麼了？我想去打電話，但軟木塞爆開，這是歡慶的象徵，也是我最喜歡的聲音，伯爵夫人送上一杯香檳。我跟保羅一邊吃蛋糕，一邊聽親朋好友的祝賀致詞。我幾乎沒有注意到他親吻我的臉頰，偷偷溜去工作了。

因為慶祝，前往瑪格麗特住所時，我有點微醺，我沿著鍍金的亞歷山大三世橋前進，看到艾菲爾鐵塔，我對鐵塔喊著：「哈囉，妳這美麗的鐵娘子！」

到了她家門口，應門的是伊莎。女傭來應門？好怪。也許管家也病了。「夫人不在。」

「她什麼時候回來？」

伊莎想關門。「以她的狀況，她沒有辦法去任何地方。」

我推開門進去。「以她的狀況……她懷孕了嗎？」

「我希望她是懷孕了。」她銜淚地說。

「她生病了嗎？她丈夫在嗎？」

「先生帶大小姐回英國了。」

「這說不通啊。」香檳直衝我的腦袋，我聽不懂她在說什麼。「等等。妳說她沒辦法去任何地方，所以她在家囉？」

「夫人不想見任何人。」

「但我是她最好的朋友。」

伊莎遲疑了。「她可能在休息。」

「如果她睡著，我就立刻告辭。」

我搖搖晃晃沿著走廊前進，偶爾扶著牆壁保持平衡。再怎麼多瘋狂的事情，瑪格麗特都會想要見我。可惜她錯過了派對。這種時候得了什麼病，真是太糟了。只有瑪格麗特會這麼倒楣。

到了昏暗房間的門口，我看著她睡覺，知道我該讓她休息，但我實在難掩自己的興奮，我躡手躡腳走進去。她耳朵旁邊的頭髮短短的，一團一團的，其他部位的頭髮則只有幾公分長。她的脖子上有瘀青。我眨了眨眼，我顯然喝太多了。不，不對，就算我揉完眼睛，她的頭髮還是那麼短，瘀青也還在。她的手腕裹著白色的紗布，擱在床單上。看來她出了什麼意外。不，她的頭髮看起來是被人剃掉的，她被揍、被剃頭，就跟那天街上那位年輕母親一樣。這念頭讓我整個人清醒過來。

她沒有睜開眼睛，問：「伊莎，是誰來了？」

「我。」

她坐起身。

「怎麼了？」我問。

「彷彿妳不知道一樣。」她用沙啞的低語說。

我看著瑪格麗特脖子上灰青的珍珠項鍊瘀傷。「什麼時候的事？」

「一週前。」

我回想起保羅激動的樣子，堅持要離開。事情果然不對勁。我怎麼會沒注意到。

「妳為什麼要跟他說我與菲力斯的事？」她問。

「我沒有……」我不是故意的。

「這一切都是因為妳才會發生！」她比了比自己光光的頭頂。

我開始顫抖，伸手握住床板。「才不是。」

「那他為什麼會這樣？」

「我不知道。」

「騙子！」瑪格麗特說：「我還以為外交官的圈子很可怕。**朋友**，告訴我，妳是怎麼說的？」

「沒有……真的……」

「沒錯，菲力斯是送過我東西，但我會分享，相信妳也會這樣幫我。妳很清楚那些禮物是打哪兒來的。」

「沒錯，但我絕對不會下賤到……」

「下賤？妳不用下賤，因為我替妳下賤，還有為了雷米。」

「我沒有要求妳做任何事！」

「妳不用開口。」

「這不是我的錯。」

「那這是誰的錯？」她問。

她赤裸的目光讓我不安。我望向窗戶，望向梳妝臺，望向克莉絲汀娜的畫像。

「想要一個人，有錯嗎？」瑪格麗特繼續說：「人家也想要我，有錯嗎？是妳說我在異國，我可以想做什麼就做什麼。」

「我那是在說學騎腳踏車，不是跟納粹上床！」

瑪格麗特伸手彷彿是要觸摸她的珍珠項鍊，就跟她之前難過的時候一樣，但這次，她沒有戴著項鍊。

她必須知道我並不是故意要傷害她。「這不是我做的。」

「保羅是槍，但妳扣了他的扳機。」

「那妳呢？妳說小小是假裝哀悼……」

「那種話不可原諒。」瑪格麗特說：「至少我敢承認我錯了。」

「我就只跟一個人說。」

「妳怎麼可以背叛我？」

「我嫉妒。」

「嫉妒我？妳有完美的工作、親愛的家人，還有全心全意愛妳的男人，妳竟然嫉妒我？」

我從來沒有思考過我擁有什麼，只想著我要什麼。「事情大概沒那麼糟吧，妳的頭髮會長回來的。」

「妳覺得他對我做的只影響到我的頭髮？因為妳，我失去了一切。」她舉起斷掉的手腕。「看到他對我做的好事了嗎？我不能自己穿衣服，我不能寫信給我女兒。如果妳這麼恨我，我希望妳雇殺手來殺我，因為對我的家人來說，我跟死了沒兩樣。傭人必須選擇跟我留在這裡，還是跟羅倫斯、克莉絲汀娜一起回去英國。這麼多人只有伊莎肯為我這個妓女留下來。」

「我不是有意……」

瑪格麗特拉開被毯，拉起睡衣的裙襬，露出大腿上的鞭痕。我緊閉雙眼，希望我能收回剛剛說的一切，希望我能逆轉所有的傷害。

「懦夫！要是我能忍受這些傷疤，妳也能忍著看一看。」

她憤怒激動，她的靈魂遭到創傷，但沒有殘破。

「妳知道，羅倫斯還給我拍照。要是我敢鬧，他就會將這些照片作為呈堂證供，證明我是不恰當的母親。只有婊子才會被人剃頭，對不對？我要怎麼奪回我的小女兒？」

「我可以打電話給羅倫斯，跟他解釋……」

「打電話給羅倫斯，跟他解釋。」瑪格麗特氣呼呼地說：「妳該走了。」

「我可以留下來幫忙。幫妳煮飯，幫妳寫信給家人。」

「我再也不要妳的任何『幫忙』。門在那邊。」

我朝門口前進。

「等等！」她說。

我轉過身。為了第二次機會，要我做什麼我都願意。她當然會原諒我。我們一起經歷了那麼多事情。

「更衣室架子上有個藍色的盒子，拿過來。」

我想把盒子交給她，但她說：「這是給妳的。我請菲力斯弄來的。當妳繫著它的時候，我希望妳記住妳幹過什麼好事，曉得所謂的好朋友到底是什麼意思。」

裡頭是一條紅色的腰帶。皮革柔軟光滑，又細又長，彷彿是一條鞭子。

「我怎麼樣才能補償妳？請給我一次機會。」

瑪格麗特轉頭望向牆壁。「走。我再也不想見到妳。」

第四十四章・莉莉

蒙大拿弗羅伊德，一九八八年六月

我衝進歐蒂兒家的廚房，說：「老爸的老婆**永遠**都在管東管西！她說茱蒂・布倫（Judy Blume）寫些『淫穢』的東西。文字審查是不對的！」

「鬧脾氣而不坐下來好好講也不對。」歐蒂兒擦完最後幾個盤子。「妳該問問小艾到底在擔心什麼。」

「什麼？」

「閱讀很危險。」

「危險？」

「小艾害怕書本會讓妳產生某些想法，擔心妳會想體驗性愛。」

「我讀了《遠離非洲》（*Out of Africa*）也沒有在肯亞蓋開咖啡莊園啊！」

歐蒂兒露出淺淺的微笑，這種笑容會在她覺得我說了什麼蠢話的時候出現。「不是每個人都會有那種經驗。性是生命自然的一部分，但那是很大的一步，所以小艾會擔心。」

「我都沒有約會過。」我說：「照這速度，我永遠都沒機會了。小艾想要毀了我的一生。」

「妳知道事情不是這樣。」

「她只在乎爸爸跟兩個男孩。」

「妳總是老調重彈，不累嗎？小艾已經盡力了。妳想辦法『在她皮膚底下』看看。」

「噁！」

「我是說，『穿她的鞋子』，也就是設身處地替她想一想。妳有沒有想過小艾的感受？這麼多年來，她跟妳爸從來沒買過新沙發、新檯燈。她用妳媽的鍋子煮飯，她用妳媽的盤子吃飯。這感覺很怪吧？妳確定妳才是局外人？」

她說得有道理。

「愛沒有配額，小艾可以在乎你們全家人。妳該跟她談談。」

「要是——」

「先採取行動。」

我在回家的時候，看到兩個男孩在後院跑來跑去。喬對著班吉揮舞著漏水的水槍，班吉則將毯子當披風，披在肩上。他們蹦蹦跳跳朝我跑來，一人抱住我一隻腿。

「我的。」班吉說。

「不對，她是我的。」喬爭論道。

「你們兩個都是我的。」我擁抱他們。

進了屋，我伸手撫摸媽媽的餐桌、她親手縫製的窗簾、她選的飛鳥粉彩畫。這裡的一切都不是小艾的，但她卻是布蘭達博物館沒有支薪的策展人。

我走進主臥房，小艾坐在媽媽的搖椅上補爸爸的襪子。「鬧脾氣鬧夠了嗎？」她問。

「抱歉我跑走了。」我說，我已經不想吵架了。「這樣很不成熟。」

「親愛的，我只是希望妳好。」

「我知道。」我走向她，她伸手抱我。

為了慶祝我考到駕照，歐蒂兒邀請小艾跟我去「哈士奇屋」吃聖代。在橘色的包廂座位裡，歐蒂兒在桌上擺了一個禮物。「我從芝加哥訂的。」

我輕輕拉開絲絨緞帶，打開盒子。裡頭是一頂貝雷帽，灰色、毛茸茸的，好像一隻鴿子。

「J'adore（我喜歡）！」我跨過桌子，探過去親吻她兩邊臉頰。「我永遠不會摘下來！」

她把帽子貼著我的眉毛戴好。

「妳看起來很法國。」小艾說，這是她能夠給我最棒的讚美了。

回到我的臥房，我戴著貝雷帽，看著歐蒂兒借我的喬瑟芬．貝克唱片封面，用手撫摸喬瑟芬的臉，嫉妒她輕鬆的微笑、吹彈可破的肌膚，還有她的自信。我踢跳鞋子，脫掉襯衫跟長褲。我穿著白色胸罩跟內褲，我望起自己瘦巴巴的鏡中倒影，真不曉得能夠成為性感象徵、穿著到大腿的長絲襪是什麼樣的感覺。我抓起一枝黑色簽字筆，在兩隻大腿上各畫了一圈，這是我想像絲襪最高可以拉到的地方。這樣不夠，我想畫的是嶄新的人生。

畢業前的那個夏天，我跟瑪麗．露易絲去歐黑爾汽車旅館打工。我們吸地板、鋪床、清廁所、刷浴缸。報酬比當保姆好，而且范德斯胡特太太還會在休息時間請我們喝可樂。

八月的第一個禮拜，汽車旅館住滿聯合收割人員。這些男人從日出工作到日落，大多上了年紀，頭髮灰白，但我們總希望能遇到哪個年輕帥氣的小伙子。他們從德州移動到俄克拉荷馬狹地，經過南達科他，來到咱們蒙大拿，他們幫忙美國的收成。這些男人不會定居在某一個鎮上，跟我們不一樣。他們是自由的，我們很羨慕。

他們的讚美讓我們不好意思，他們把我們當女人看。昨晚，在新月的凝視下，瑪麗・露易絲跟其中一個男人溜出去。他們一起喝酒，在他的卡車車斗上親熱。她說強尼知道自己在做什麼，比她男朋友基斯清楚多了。

收割工今天離開，帶著他們的機具與冒險的未來出發。我沿著走廊搬吸塵器，不偏不倚恰好撞上一人。他一手拉住吸塵器，一手穩住我。我可以在他稀薄的純棉襯衫上聞到小麥的味道。我扶正貝雷帽，抬頭望向他的臉。天啊，也太帥了。在陽光下工作讓他皮膚黝黑，大概二十一或二十二歲吧。那雙眼睛看遍整個美國，望向筆直的長長馬路，還有綠燈，很多綠燈。成熟男人。

「妳這位漂亮女孩拖著這老玩意兒到處走幹啥？妳在這工作？」

「對。」

「該放哪兒去？」

「四號房。」

「親愛的，不用壓低聲音。咱們不是在教堂。」

我開了門。他把吸塵器放在電視前面。床單一團堆在地上，瑪麗・露易絲會吹聲口哨，說：「昨晚有人在這很開心！」但我不是瑪麗・露易絲。

「我喜歡妳的小帽子。」他走了過來，我們之間只有幾公分的距離。我知道他感覺得到我心跳怦怦跳。「妳跟頭小鹿一樣美。」

他吻上我的嘴唇，我嚇到閉上雙眼。天底下從來沒有這麼美好的滋味。

「麥可，走了！」大廳裡有人喊著。

我們分開。我屏住呼吸。他長繭的大手撫摸我的臉頰，他問：「妳沒事吧？」

我點點頭。他一上公路就會忘了我，但我卻會一輩子記得我們的吻。這天早上，我的手指一直游移到唇邊。

下班後，我跟瑪麗・露易絲先回我家，替我媽的蜂鳥餵食器加點糖水。然後我們上路，經過公園裡的女童軍，就在鎮界外頭，我們躺在大草原上，草硬硬的，好像乾草。不遠處，一隻地鼠從洞中探出頭來。天氣又熱又乾，這裡永遠又熱又乾。我們聽到遠處田地的聯合收割機運作聲。我雙手枕在腦後，瑪麗・露易絲吸著一根草。雲朵飄過，永遠不會久留。世界其他地方都在看MTV臺，就只有我們還在實境重播《草原小屋》（*Little House on the Prairie*）。再一個禮拜就要開學了。我覺得我們會死於寧靜。

「答應我，我們會離開這裡。」她說。

在最後一次的開學日，我穿了搭配貝雷帽顏色的裙子，大家都很驚訝，因為在弗羅伊德，不穿牛仔褲就是異類。我跟瑪麗・露易絲沒有修到一樣的課。我每次看到她的時候，她都跟基斯經過走廊。我繞過搞不清楚方向的高一學生，但從來沒有去找她。我跟羅比的課都選在一起。我們之間只有一條走道，就跟在教堂的時候一樣，一直如此。有時，我內心深處曉得他喜歡我，但我不相信這個內心深處。

放學後，我在歐蒂兒家喝牛奶咖啡，認真看著她的結婚照。天底下會有哪個男人用巴克看她的眼神看我嗎？用基斯向瑪麗．露易絲眉目傳情的神情看我？

「我幾乎見不到瑪麗．露易絲。」我說，傷心她甩掉我跟她選擇放棄大學先修課程一樣輕鬆。

「朋友這件事就是你們不見得一定會在同一個時間處在同一個地方。」歐蒂兒說：「還記得妳忙著幫小艾照顧兩個男孩的時候嗎？現在換瑪麗．露易絲忙她的事了。初戀就是這樣，會占據所有時間。」

「妳把愛講得跟水蛭一樣。」

她大笑起來。「哎啊，的確如此。」

「不，才不是！」我激動地說。

「她會回來的，給她時間。」

我想起基斯用手攬著瑪麗．露易絲時，她都會臉紅。我靠近的時候，他就會抱著她的腰說：「咱們走吧。」她會跟著走，因為他們想獨處。瑪麗．露易絲什麼都第一，第一個接吻，第一個上一壘，第一個得到愛情。

「嫉妒是很正常的。」歐蒂兒說。

「我才沒有！」

「這很正常，只不過……」她又說。

「只不過什麼？」

「想辦法記住遲早也會輪到妳。」這結論很爛。

嘿啦，最好是。

回到家，小艾做了我最喜歡的晚餐，牛排、薯條與蔬菜沙拉。大家都先吃沙拉，我則最後吃，然後是一片起司，就跟法國人一樣。

「妳有必要一直戴著那頂帽子嗎？」爸問。

「這是貝雷帽。C'est chic（這很時髦）。」

「妳已經戴了好幾個月了，是時髦還是臭？」

我沒理他。「Le steak est délicieux（牛排很好吃）！」

「妳可以讓她講英文嗎？」爸問小艾。

她笑了笑。我覺得她喜歡我說法文。

「妳有考慮過我說申請大學的事嗎？」爸問。

「我說過了，我要當作家。」

「寫作不算職業。」他說。

「去跟丹妮·斯蒂爾（Danielle Steel）說。」小艾說：「她比艾弗斯先生還有錢！」

「妳要讀會計。」爸說：「妳需要後備計畫。」

「後備計畫？你覺得我會失敗？總之，我念什麼跟你無關。」

他用叉子指了指我。「如果我出錢就有關。」

「你什麼都要說到錢。」

「銀行家的工作之一，就是確保每個人都有計畫。」他說。

我真不明白，我們是怎麼從一頓好好的晚餐，演變成為了大學吵架。

「我想，妳爸是想說，他見過很多人失去自己的房子、企業家失去自己的公司，而他不希望妳跟他們一樣受苦。」小艾說。

晚餐後，我去歐蒂兒家。「妳在我這年齡時，妳知道妳想做什麼嗎？」

「我喜歡書，所以我成為圖書館員。妳必須找到妳的熱情所在。」

「爸說我得學會一技之長。」

「他沒有錯。妳必須感覺生氣勃勃，但妳也必須要付得出房租來。一個女人有自己的錢是很重要的事。我在教堂當秘書，我感謝這份薪水。妳也會想要有能夠選擇的空間。」

「我只是希望他不要一直說教。」

「親愛的柯恩教授說過，『接受一個人原本的樣貌，而不是妳所期待的樣子。』」

「她是什麼意思？」

「她那時是在說我父親。她說我爸其實很為我著想，但我不相信教授。妳跟妳爸想的不一樣，但這不代表他不愛妳，或不替妳擔心。」

冬季舞會的時候，我告訴自己，沒人邀請我也沒關係，弗羅伊德的男孩都沒大腦的。我會在紐約找到我的靈魂伴侶。我已經申請了哥倫比亞大學。那邊有五百萬個男人，其中一個肯定會喜歡我。西蒙·波娃也是要到二十一歲才邂逅沙特啊。

在食堂的時候，瑪麗·露易絲湊過來，邀請我晚餐後去她家看她的禮服。這幾個月，她都忘了我的存在，現在她想炫耀。

「不行耶。」我說謊。「功課很多。」

「拜託啦！」

我一方面想當個好朋友，但另一方面又希望基斯甩了她，這樣她就會跟我一樣悲慘。

晚餐後，我癱坐在歐蒂兒的椅子上。

「瑪麗．露易絲又扔下我了。」

「她不是邀請妳去她家看她的禮服嗎？」

我望著我們編號一九五五點三四的櫃子，上頭有《通往泰瑞比西亞的橋》、《根》、《我的安東妮亞》。「我不想去。」

「要是我也一道去呢？」歐蒂兒問。

我打起精神。「可能會有幫助。」

前往瑪麗．露易絲家路上，歐蒂兒望著我，媽媽會說，跟老鷹一樣。我們一進門，瑪麗．露易絲就繞著我們打轉。她穿著那身粉嫩色調的禮服，雖然脖子跟肩膀露出來，但她看起來卻比平常高雅。

她的身體幾乎是一夜轉變。她的胸部跟火箭女郎一樣豐滿，我還是跟平原一樣平。她屁股的曲線就像大鐘，我的身體還是跟鉛筆一樣直，完全沒變。

「妳們覺得如何？」她拉了拉上半身的緊身部分。

「太美了。」歐蒂兒說。

我雙手環抱在扁扁的胸部上，思考了一分鐘，然後聽起來最了不起的讚美：「比安潔兒還美。」

「不是吧！」瑪麗·露易絲望向衣帽架旁邊的鏡子。「真的假的？」

我點點頭，無法再說任何話。嫉妒像淚水一樣湧上來，在這一刻，她無比美麗，我卻連正眼看她都差點辦不到。

基斯到了。他在門口停留，蘇·鮑伯催促著他去瑪麗·露易絲身邊。他凝視她的神情讓我絕望。胃酸湧上喉頭，我嚥了又嚥。我覺得我撐不了太久，便緩緩往門口移動。瑪麗·露易絲跳了過來，蘇·鮑伯替我們拍下照片。胃酸說：「妳為什麼要獨自受苦？真正的好朋友不會騙妳過來，她是在幸災樂禍，妳沒看見嗎？跟那個一臉粉刺的男性重要部位護具說說她是怎麼講的——那個跟她親熱的收割工吻技比較好，什麼都比較好。」

瑪麗·露易絲的手臂還攬著我的腰，我開口：「基斯……」

歐蒂兒皺起眉頭。

「你要知道——」我繼續說。

「別。」歐蒂兒壓低聲音說：「妳一開口，我就看到烏鴉在妳頭上盤旋。」

第四十五章・歐蒂兒

巴黎，一九四四年九月

妳怎麼可以背叛我？瑪格麗特的問題在我腦海裡響起，此時我正飄蕩在人行道上，朝著河邊、朝著家前進。雖然壯美的亞歷山大三世橋就在眼前，我卻只看得到瑪格麗特短短頭髮的頭皮。我想躲進房間裡，或跟媽媽、蕁金妮自白，但她們肯定會驚嚇不已，因為我竟然這樣傷害我最親愛的朋友，讓保羅傷害她。不，我覺得太丟臉，不敢面對媽媽。我不能回家，也不能去圖書館，那裡的人都愛瑪格麗特。她說得很清楚，她再也不想看見我。這意味著如果我還在圖書館工作，她就不會去圖書館，她就會失去所有的朋友與她的人生使命。

不久之前，我還會用懷疑的目光望向讀者，心想是哪種人才會寫那些告密的烏鴉信件，現在我曉得答案了，就是我這種人。**親愛的局長先生，瑪格麗特・聖詹姆斯是英國人，膽敢愛上德國士兵。我甚至還親手將控訴內容交給一位警察。**

我啟程跨越塞納河，手裡握著皮帶頭，皮革像鞭子一樣甩來甩去。我靠在圍欄上，看著河水。我是個衣冠禽獸，就跟保羅一模一樣。我扯掉婚戒，扔進河中。好了，他再也不是我丈夫了，我們離婚了，我們再也不會交談了。離婚，離婚女子比墮落女子更不堪。「鄰居會怎麼想？」媽媽會問這個問題。我的媽媽才不會關心我為什麼離婚，她只會把我趕出去，就跟卡洛琳阿姨一樣。

一小時前，我才慶祝了自己的未來，現在只剩一片黑暗。我不曉得該怎麼自處。我緩步走在香榭麗舍大道上，經過露天咖啡廳的用餐情侶，經過排隊看電影的人，繼續前進，不曉得我要去哪裡，直到我抵達了美國醫院。我繞過車道上的救護車，一名護士說：「太棒了，妳回來了，我們正需要援手。」

瑪格麗特不想與我有任何瓜葛，但我可以照顧這邊的傷員。我可以留在醫院，員工跟志工有小床可以睡，就跟戰爭剛開始的時候一樣。我不用面對我的家人與朋友，保羅也找不到我。我鬆了口氣，癱坐在後門的水泥門廊上。

瑪格麗特說得對，當她侮辱雷米那種士兵、當她影射小小的哀悼只是在演戲的時候，我很生氣，但我都不肯坦承自己在生氣。我永遠不會承認自己嫉妒她光鮮亮麗的生活。我悶住自己的怨懟，就像一瓶一點五公升的大容量香檳被人搖了搖，而黏稠的情緒就要爆發一樣。在這種時刻，我只想懲罰她，而只要一刻就能摧毀人生，瑪格麗特與她女兒的人生。

一名拄著拐杖的美國大兵蹣跚而來。「哈囉，小姑娘。」

我吸了吸鼻子，他溫柔地拿出一條手帕。

「怎麼了？」

我緊咬嘴唇，擔心開口，擔心整個故事就會自己竄出來。

他坐在我身邊。「怎麼了？」

「我做了可怕的事。」

「哎啊，這種事大家都能理解。」

他的目光好專注，我必須轉向他的注意力。「你來自哪一州？」

「蒙大拿。」

「那裡怎麼樣？」

「宛如天堂。」

肯塔基州的讀者也這麼說他們家鄉，英國肯特與加拿大薩斯喀徹溫的大兵也都這麼說。「你得說服我才行。」

「蒙大拿是全世界最漂亮的地方，這說明了一切，咱們坐在這個宜人的巴黎。我原本只想離開我那鄉村老家，但我現在是運氣夠好才能回去，我發誓我永遠不會離開那裡。那裡的人很正直。我原本以為那樣很無聊。」

「無聊也許就是不錯的改變。」

「妳英文怎麼說得這麼好？」

「我小時候在美國圖書館學的。」

「這裡有美國醫院，**還有**美國圖書館？」

「別忘了美國散熱器公司以及美國教會！我們一位讀者德奈西亞先生曾開玩笑說，美國人偷偷殖民了巴黎！」

他大笑起來。「什麼讀者？」

「我是圖書館員，啊，我曾經是。」

「我很想看看妳的圖書館，也許妳可以帶我去。」

我皺起眉頭。

「妳是對的。」他揉揉大腿。「拖著這條瘸腿，我該乖乖待著，但我想多跟妳相處。」

隔天下午，我們在門廊野餐。他拿配給的香菸換了火腿跟長棍麵包。他說蒙大拿的田地很像拼布方塊。他告訴我，那裡寬闊的天空上一片雲也沒有，他告訴我，我必須嘗嘗他媽媽做的燉牛肉。兩天後，他向我求婚。

我想離開，不要再見任何我認識的人，重新開始，成為別人，更好的人。我會想念我的父母，但他們沒有我比較好。我會想念我的同事還有我的常客，但我離開，瑪格麗特才能留下來。我愛圖書館，但瑪格麗特對我來說更重要，我必須向她證明這點。

「小姑娘？」巴克用體諒的目光望著我，我覺得我可以向他傾訴一切，但，不知怎麼著，我又感覺他都已經理解了。

「我當然會嫁給你。」

他把我拉近，我感覺到他胸膛的溫暖，以及柔軟的棉布襯衫。我覺得很安全。

從布列塔尼回來那天，我把行李箱擺在圖書館。天剛亮，圖書館只有園丁在的時候，我回去拿行李以及最後一批我偷走的烏鴉信件。小小座位上擺滿孩童的圖畫、黏黏的筆，還有她最喜歡的茶杯，沒有人用這個杯子，因為它有缺口。我寫下，**親愛的小小：請仔細照顧瑪格麗特，告訴爸媽我沒事，告訴他們我很抱歉。請照顧好教授的手稿。我愛妳，如同姊妹，如同我的雙胞胎。歐蒂兒。**我在圖書館裡漫步道別。先是期刊室，一切開始的地方。然後是參考資料室，我在這裡學到的跟讀者一樣多。最後是「下輩子」，我用手摩挲書本的書脊，讓它們知道，我不會忘記它們。然後，我最後一次離開圖書館。

第四十六章·莉莉

蒙大拿弗羅伊德，一九八九年一月

從瑪麗·露易絲家回來路上，歐蒂兒問我原本想跟基斯說什麼。

「沒什麼。」

「莉莉。」她用責備的口氣說。

「她背著基斯跟一個季節收割工在一起。」

「這不關妳的事。妳為什麼要說？」

「我不知道！」

「哎，想一想。」

「我想要她回到我身邊。」

「妳是不是在生她的氣？」歐蒂兒問。

「也許吧。」

「她真正的罪名是什麼？」

「我不想談。」

「脾氣真硬！」

我知道她會追問下去。「我沒有男朋友，她卻有兩個。這幾個月，她都忘了我的存在。」

「我明白。」歐蒂兒說。

聽到這句話，感覺很好。胃酸消失了。

「如果瑪麗．露易絲做了什麼傷害妳，妳要直接告訴她。」她繼續說：「別悶著不講，也別以為她不快樂，妳就會感覺好一點。瑪麗．露易絲的心很大，有足夠的空間容得下妳跟基斯。」

我們走上歐蒂兒家的車道，她說：「妳之後也會有男朋友的。」

「嘿啦，最好是。」

「相信我。」在星星之下，我看到她嚴肅的神情。她繼續說：「愛情來來去去，但還會再出現。如果妳有幸能夠交到真正的朋友，妳要珍惜她，別放開她。」

她說得對，我需要珍惜瑪麗．露易絲，但我該怎麼向瑪麗．露易絲坦白我差點說出什麼話？我相信她之後再也不會想理我。

歐蒂兒開了家門，我們癱坐在她的沙發上。「我想跑走。」

「別跑。」歐蒂兒說。

「為什麼不跑？」

「我可以告訴妳為什麼，因為我就是逃跑過的人。」

「什麼？」

「我跟妳一樣覺得很丟臉。我逃離我的父母、我的工作，還有我的丈夫。」

「妳離開巴克？」

「不是啦，我的第一任丈夫，我的法國丈夫。」

我一頭霧水。

「天底下不是只有妳一個人嫉妒妳最好的朋友。」歐蒂兒坦承。

「妳？」

「我背叛了她。」她伸手去摸氧化變黑的皮帶頭。「瑪格麗特說她再也不想見到我。我跟她的社交圈完全重疊，我們都愛圖書館，但對她來說，那是愛的事業，她無私奉獻，擔任志工，一點回報都不要。」

「妳怎麼能離開？」

「如果我留下，她就會失去一切，特別是她作為歸宿的地方。我愛圖書館，但我更愛瑪格麗特。我覺得很羞恥，沒辦法跟家人朋友解釋真相，也害怕說了的後果，我跟巴克結婚，沒有道別就直接離開法國。我沒見過哥哥的墳墓，只希望我爸媽能夠領回他的遺體。」她深吸口氣。「我跑了。這些話在妳之前，都沒人知道。」

我伸手環抱她，但她沒有抱我。「我永遠都無法原諒自己。」她低聲地說。

「原諒妳對瑪格麗特做的事？」

「原諒我拋棄她。」

「是她叫妳走的。」

「有時，那就是妳該留下來的時候。」

她的話讓我訝異不已，我望向窗邊的蕨類植物、排得整齊的唱片、我們愛書的架子。

經過這颶風般的自白後，我有點期待這些東西統統砸在地上。

「但……但妳總知道該說什麼正確的話。」

「因為我這輩子已經說錯太多話。」

「妳真的重婚喔？」

「巴克死了，所以不算。」

我們笑了起來，彷彿這話有多好笑一樣，但的確是有點好笑。

「妳做了什麼？真的這麼糟嗎？」

歐蒂兒說起她的故事，瑪格麗特與她的情人，保羅與他的黨羽攻擊她，說完之後，失落的拼圖終於歸位，我才看清事情的全貌。

「就算是妳說的是真的……」

「是真的。」她尖銳地說：「他們打斷了她的手腕。」

「這也不是妳的錯，妳根本沒有打斷誰的骨頭。」

「我還是有責任的。我是這樣聽說的。」

「每個人都要替自己的行為負責。」

「通常我會同意這個說法，但這裡並不是。風險太高了。我置瑪格麗特於危險之中。我從來沒有跟任何人提過這些事，就連巴克也不知道。」她直直望著我的雙眼。「但我告訴妳這些，是因為我不希望妳犯下同樣的錯誤。控制妳的嫉妒，不然嫉妒會控制妳。」

真希望我能用我的真實感受說服歐蒂兒，那就是，她絕對不會傷害任何人。

「妳有沒有好奇過瑪格麗特最後怎麼樣了？妳覺得她會為了女兒回英國嗎？妳有沒有

試過聯絡她，看看她是否安好？」

歐蒂兒打開一個抽屜，抽出一張一九八〇年六月的《先驅報》剪報，我望向瑪格麗特．聖詹姆斯的照片，上頭寫著：

我們失去愛人、家人、朋友、生活的方式。許多人拾起過往生命的碎片，但許多碎片已經永遠失去。我們必須自己重新創造。

我認識一個人，面對這些失落時會打破東西。砸到地上的破裂碗盤是她尋求慰藉的方式。也許她希望在事物摧毀她之前，先摧毀它們，但這種毀滅讓我不安。在巴黎貧困的日子裡，配給制度持續到戰後。我們還是飢餓，還是疲憊。

我請朋友的女傭把碎片帶給我，以為我能修補，但那些東西已經無法修理。我把碎片拼在一起，用來妝點女兒破掉的衣服。圖書館讀者喜歡這些胸針。我開始販售，巴黎女性開始穿戴我的作品。巴黎的時尚沒多久就席捲全球。

看到瑪格麗特活得好好的，還成了時尚大師，真是開心。「妳確定她失去女兒的監護權了嗎？」

「她很確定她……」

「根據這篇報導，她女兒跟她一起住耶。」

歐蒂兒看了看剪報。「我不會這樣解讀。」

「也許瑪格麗特最後也沒有那麼糟。這裡有她巴黎精品店的地址。」我指著報紙。

「妳可以寫信給她。」

「她也許不想我這麼做。」

「妳該試試看。」

「我想尊重她的感受。」

「妳擔心她不回。」

「這也是。」

「寫信給她！」也許這就是我像媽媽的地方，打游擊的樂觀主義者。我覺得歐蒂兒跟瑪格麗特應該要有歡喜結局，我全心全意這麼想。**愛情來來去去，但還會再出現。要珍惜真正的朋友，別放開她。**

「我考慮考慮。」

我們走過黑暗的道路，伴隨著負面的情緒，但她見過我最糟的一面，她還是愛我。我親吻她兩邊臉頰，道了晚安。歐蒂兒再次拯救了我。

第四十七章・歐蒂兒

蒙大拿弗羅伊德，一九八三年

又一個獨自度過的生日，電視上播著田徑賽，因為巴克與馬克喜歡看體育比賽。我記得我們三人會一起看電視，巴克會把電視調成靜音（「反正該死的播報員也沒啥好話可說。」），這樣我才能聽音響播放的巴哈。

也許我一直活在過去。簡單得很，我的回憶都很甜美。我回憶起我與巴克的新婚夜，有點訝異再次找到喜樂的感覺。**「愛如同大海，是會動的，但又可以寧靜下來，能夠承接交會的海岸形狀，遇到不同的海岸，就會有不同的形狀。」**八一三，《他們眼望上蒼》。

當然，還是有難受的時刻。見到巴克的父母，在他們家，感覺要以他們的方式來。

「爸、媽，這是我跟你們說過的驚喜。她是我的小姑娘，歐蒂兒（Odile）。」巴克得意地說，把我拉到身邊。

「很高興認識你們。」我像公爵夫人一樣把每個字說得很清楚。

「一場交易（A deal）？」他爸說。

「是『磨難』（Ordeal）。」他媽糾正道。

「**喔—蒂兒**跟我在法國結婚了。」巴克說。

他父親小心翼翼地望著我。他母親淺淺的笑容成為酸溜溜的噘嘴。「我們不在，你怎麼可以結婚？」她問。

「那珍妮呢？」古斯塔夫森先生問。

「她就跟我們的女兒一樣。」古斯塔夫森太太說：「你……不在的時候，我們都一起過節。」

不在？巴克不是去歐洲泡溫泉耶，他是去打仗。

「大家都以為你跟珍妮達成共識。」她又說。

我望向巴克。「她是我的高中女朋友。」他解釋道：「我沒要她等我。我已經不是小孩子了。這場戰爭……她永遠無法理解，妳卻很清楚。這裡有這麼多人，卻只有妳一個人明白。」

的確，我跟巴克經歷過戰爭，他媽甚至無法說出「戰爭」這兩個字，但時間繼續往前走，我跟他擁有了更多東西——家庭、兒子、幸福的生活。

我的姻親對我始終冷淡，但馬洛尼牧師人很好。他雇用我當教堂的秘書，我很喜歡寫教堂通訊報，還在門廳整理出一個小小的圖書館。要鎮民原諒我從巴克高中女朋友手裡「偷」走他的確需要時間，但大家對我愈冷淡，巴克就愈貼心。當我讓巴克看巴黎美國圖書館的庭院照片時，他種下一排牽牛花，就跟圖書館一樣。透過他在東方的軍中同袍，他找到了法文書，我的書架上有了柯恩教授的書，戰後她在埃及寫的書。雖然她託付給我的手稿還是沒有出版，但我喜歡想像那份手稿安然擺在圖書館裡。巴克從來不會抱怨我花錢訂閱巴黎版本的《先驅報》，也從來不會抱怨那些新聞已經晚了一個禮拜。「某些女人想要珠寶，妳卻需要報紙。」他說：「我娶妳的時候就知道了。」

我讀著每一則巴黎美國圖書館的專欄，因此，我曉得芮德女士回國會圖書館工作了，魏德小姐從拘留營獲釋，繼續擔任圖書館的簿記員，小小升為副館長，伯爵夫人出版了自傳，波利斯退休了。得知圖書館繼續經營，真令人高興。這幾年間，我看到我的父親接受訪問，談起巴黎出現的毒品問題，還在人物介紹的報導裡看到瑪格麗特。我想念他們，特別是瑪格麗特。

現在我在屋裡亂走，如同沒人可以糾纏的鬼魂。我一個人吃飯，一個人睡覺，我已經受夠一個人了。我在更衣室抬頭望起我的珠寶盒，我把燒不掉的告密信塞在裡面。我犯錯，我學習，但速度永遠不夠快。如果我的人生是一本小說，章節裡滿是無聊與興奮的情節，痛苦與有趣的故事，還有悲劇與愛情戲碼，現在這本書應該要在最後一頁反思。我很寂寞，如果我的故事可以結束，如果我夠勇敢，就能一了百了闔上這本書。

巴克的獵槍立在角落。瞄準器上積了灰塵。真不曉得槍裡有沒有子彈，但以我對巴克的理解，肯定是有的。**妳是槍，保羅是扳機**。不，瑪格麗特不是這樣說的，**保羅是槍，但妳扣了他的扳機**。妳扣了扳機，拿起那把槍，扣下扳機。我拿起獵槍。

門鈴響了。我不在乎。門鈴又響了。我的手指輕輕靠在扳機上。有人走進屋，說：「有人嗎？」我認得這個聲音，是住在隔壁的女孩。我把獵槍放回原本的位置。

「有人在家嗎？」

我恍恍惚惚走進客廳。

「我要寫妳的報告，我是說，妳國家的報告。也許妳可以來我們家。」

看到有人站在我家客廳，感覺好奇怪。
「這裡看起來好像圖書館。」她又說。
上次有人進來已經是四年前的事了，葬儀社的人來帶走巴克的遺體。
女孩轉身要走。
「什麼時候？」我問。
她回頭。「現在怎麼樣？」
生命似乎又給我一篇終章。

第四十八章．莉莉

蒙大拿弗羅伊德，一九八八年五月

彌撒結束後，歐蒂兒對我說：「大學會成為妳生命的全新篇章，全看妳要不要將它寫成刺激的章節。」有可能，我申請上了哥倫比亞大學，瑪麗．露易絲錄取紐約藝術學院。謝天謝地，因為我無法想像沒有她的生活。基斯申請上比尤特的科技大學，承諾會寫信給她。羅比待在老家。蒂芬妮會去念西北大學，還是東北大學？我對同學產生了一股意料之外的懷念感，甚至是我不喜歡的人，我都有點捨不得。

進了廳堂，每張桌子上都特別點綴了畢業班顏色的紅白花朵。在過濾式咖啡壺前，男人談起雷根的狡猾，在莫斯科召開高峰會。我們女人則排隊領酥皮點心。

「莉莉一定讓妳覺得很驕傲。」艾弗斯太太對歐蒂兒說。

「我猜她大學畢業回來時，一定比我們都聰明了。」上了年紀的梅朵太太說。

「她已經比一些人聰明了。」歐蒂兒說，然後意味深長地望著其他女士，她們走開了。

我想起法文裡的envoyer balader，字面上的意思是讓某人去散步，但真正的含義是趕走對方。「她們只是想跟妳聊天。」我告訴歐蒂兒。

「誰？」

「那些女士，她們會說『天氣真好』或『佈道真順利』，然後妳請她們走開。」

「她們對我很壞耶。」

這任性的口氣讓我訝異，她自己也很訝異，我在她眼裡看到真相大白的神情。

「她們想要補償過去。」我說：「妳是不是該給她們一個機會？」

歐蒂兒望著那些去倒咖啡的女士。她加入她們在滲濾式咖啡壺附近的行列，拿起一壺鮮奶油。

「今天的佈道真振奮人心。」她對她們說。

艾弗斯太太露出燦爛的微笑。「的確如此。」

「牧師的確很會啟發人。」梅朵太太如是說，還拿起杯子。歐蒂兒替她加入鮮奶油。

畢業典禮當天早上，我戴上貝雷帽，穿上岡恩．薩克斯的洋裝，拿了我的演講稿直奔歐蒂兒家。草坪上有知更鳥在地面啄食。**妳差點就叫羅萍，要勇敢**。噢，媽，我盡力了……

對於畢業，歐蒂兒跟我一樣興奮。她甚至將老舊的紅色皮帶換成時髦的黑皮帶。

「真漂亮（Très belle）。」我說。

她脹紅了臉。「講稿讀來聽聽。」

我假裝是在臺上，開始：「大家都說青少年不會聽別人講話。

其實我們會聽。我們聽得到你說的話，以及你的弦外之音。有時，我們需要建議，但不會永遠要人建議。當人家叫你別去煩某人的時候，別聽，請伸出手，成為對方的朋友。人不見得永遠曉得該做什麼、該說什麼，不要因為這樣就埋怨他們，你永遠不曉得一個人心裡怎麼想。別害怕與眾不同。堅守你的立場。困難的時候，記住沒有什麼能夠永遠不變。接受一個人原本的樣貌，而不是你所期待的樣子。盡量穿起別人的鞋子，或是按照我朋友歐蒂兒的說法，披上對方的皮，也就是多設身處地替對方著想。」

她喜孜孜地望著我。「妳把很多人都放在心上。」

我擁抱她。她感覺好小，好像蜂鳥。

小艾帶著相機過來，歐蒂兒堅持要補完口紅才要跟我一起擺姿勢拍照。時間到了，兩個男孩想跟歐蒂兒一起坐在旅行車的「最後面」，小艾跟珍珠外婆坐在中間那一層。爸讓我開車，他甚至沒有叮囑平常的建議，好比說**別輾過路邊玩耍的小孩之類的**。

到了學校，瑪麗．露易絲已經穿好長袍，戴好學士帽，她將黑色流蘇綁在我的貝雷帽上。進了體育館，我們這一屆五十名學生坐在前面幾排。如同小麥沉重低頭的稻穗在採收之前竊竊私語，大家的低語也漣漪般傳開。我望著後方，看著來支持我們的朋友與家人。這個鎮總在我們身後支持我們，他們永遠都在我們後面。這是再見，這是哈囉。我這邊的任務完成了，我可以離開了。多年來，我夢想的就是離開，但是呢……

上臺致詞的時候，我的聲音顫抖起來。望向觀眾，我看到爸爸驕傲的神情，於是我加了：「最後，身為銀行家的女兒，我有個忠告要提醒各位，找到你的熱情，但確保你有足以支付帳單的工作。」大家都笑了。樂團演奏起旅程樂團的〈只有年輕人〉。校方一一喊起每個學生的名字，我們在講臺前領到畢業證書。之後，大家興奮尖叫，我們將學士帽拋向空中。我跟瑪麗．露易絲擁抱。一扇門已經大大敞開。

到了家，喬、班吉還有我跳下車，大人跟在後頭。朋友都來參加我的派對，小艾招呼他們進屋。「卡洛．安做了蛋糕，當然是巧克力的，你知道莉莉的！」
我望著歐蒂兒。「法文課？」
「短短的一堂。」
進了她家廚房，我很慶幸能夠跟平常一樣，與歐蒂兒獨處。她給我一個信封，裡頭是一張前往巴黎的機票，以及一張黑白明信片。我擁抱她。「真不敢相信！」我看了看機票，只有一張。
「妳的呢？」我問：「妳不去嗎？」
「這次不去。」
我看著明信片上的字：「莉莉，送給妳的夏天，獻上我所有的愛。」巴黎
感覺好難想像。我要住哪裡？相較之下，有宿舍安排與新生訓練的紐約還容易點，但巴黎？我誰都不認識，我要去哪裡認識人？
當我把明信片翻過來的時候，看到了照片，答案非常明瞭。那是一棟雄偉的老宅邸，卵石小徑兩旁有三色堇，也許是牽牛花。站在裡頭望向窗外的是一個身穿白色的女人，大大的帽簷遮住了她的臉。底下寫著「巴黎美國圖書館，全天候開放」。

作者的話

二〇一〇年，我在巴黎美國圖書館擔任專案經理，我的同事娜達．坎卓克．考蕭（Naida Kendrick Culshaw）與賽門．蓋羅（Simon Gallo）告訴我二戰時期英勇的工作人員讓圖書館持續開放。娜達策劃了二戰時期與戰後的圖書館展覽，諮詢了遠至愛達荷州波夕的圖書館員。她很明智，我覺得她就是我的芮德女士。賽門在這裡工作了五十年，圖書館的歷史都如數家珍。除了分享知識外，他也替本書裡出現的書本標出杜威十進位分類號。他使用的是我們今日用的分類法，不是一九三九年的版本。他說每間圖書館都有自己分類書籍的方式。

二戰時期巴黎美國圖書館館員的英勇與奉獻讓我讚嘆，這些特質在今天的工作人員身上還找得到。替小說做研究耗時多年，這段期間，館長奧黛莉．謝布（Audrey Chapuis）與副館長阿比蓋兒．奧特曼（Abigail Altman）都很支持，分享故事、文件與聯絡窗口。我與波利斯．奈榭夫的孩子艾蓮與奧利格見面。從他們口中，我才得知波利斯從軍的經歷，以及家人的訊息。波利斯的太太安娜的確是女伯爵，未出嫁前，她是葛瑞博女伯爵，波利斯雖然沒有頭銜，但他的祖先都是王子或伯爵。安娜與波利斯離開俄國時，他們拋下了一切。本書提及艾蓮，蓋世太保闖進、對她父親開槍時，她也在公寓裡。她寫道：「童年時期，我經常待在美國圖書館裡……我才幾個月大，爸爸就帶我去圖書館……我還記得有人走得很快的時候，漂亮的拼花地板會發出的咯唧聲，還有書本的味道，其他的細節諸如大人不准我進去的緊閉房間。我很好奇原因，直到今天我還是懷疑當時有人躲在後頭……」圖書館善用每一寸空間，所以艾蓮的意見讓我懷疑起圖書館員是否在戰爭期間藏匿猶太讀者。

波利斯在圖書館工作直到他六十五歲。一九八二年，他在八十歲時過世。艾蓮說他increvable（堅韌或刀槍不入的意思），除了蓋世太保曾對他的胸口開過三次槍外，他還每天抽一包吉坦香菸。

當桃樂絲・芮德女士回到美國時，她在佛羅里達州替紅十字會募款、推廣。之後在哥倫比亞波哥大的國家圖書館工作，然後才重新回到國會圖書館。多虧美國圖書館協會的檔案紀錄，芮德女士戰爭時期在巴黎生活的秘密檔案得以在線上公開。我很感謝該機構的卡拉・博川（Cara Bertram）與莉迪亞・譚（Lydia Tang）及她們的幫助。閱讀芮德女士的信件，且能在本書裡向各位分享的確是一大樂事。我最喜歡的是她寫給同事海倫・費克威勒（Helen Fickweiler）的信。「我做過最困難的事情是請妳與彼得離開圖書館回家。無論如何，我知道這是唯一正確且公正的決定，等到我知道他們平安回到紐約的那天，我的腦袋跟我的心才會輕鬆一點。」

「文字無法表達我對妳在如此辛苦艱難時刻跟我們在一起的忠誠與付出。妳的工作表現一直都很傑出，少了妳的知識與效率，我懷疑我們能否繼續支撐下去。」

芮德女士提到海倫回到紐約後還會收到一筆來自圖書館的資金，一百元，相當於一個月的薪水，也提到之後還會替海倫撰寫推薦信。館長的信以下列文字作結：「至於妳，無論我之後在哪，只要我需要人手，妳一定是我找的第一人選，親愛的海倫，我該如何感謝妳，或與妳分享我的心情？」

海倫．費克威勒與彼得．奧斯汀諾夫回到美國就結婚了。普羅維登斯公共圖書館的凱特．威爾斯（Kate Wells）分享了一九四一年六月十九號於《晚間公報》上的一則報導：「費克威勒小姐在納粹占領的巴黎瘦了六公斤，她說自己這輩子再也不想吃到大頭菜，因為她被迫吃了各種形式的大頭菜料理……」海倫與彼得的孫女艾莉西寫道：「海倫曾替巴黎的反抗運動工作，在該處邂逅彼得。他也是盟軍的一分子，之後繼續替美國、法國與俄國軍方工作。海倫成了紐約化學家俱樂部的圖書館員，之後又在佛蒙特大學圖書館工作。」

簿記員魏德小姐離開拘留營後回圖書館工作，直至退休。我有她在退休派對上的照片，她容光煥發，別著胸花。伊凡潔琳．騰布爾（Evangeline Turnbull）與女兒都在圖書館工作直到宣戰。她們身為加拿大公民，被視為英籍人士與外國敵人。她們在一九四〇年六月回到加拿大。

圖書館保衛者赫曼．福克斯博士負責法國、比利時、荷蘭遭到占領地區的思想活動，戰後他回到柏林，繼續擔任圖書館員。洗劫巴黎斯拉夫圖書館的人並非福克斯博士，而是懷斯博士與萊龐特博士，最後這位專門負責東歐國家。法國圖書館專家馬汀．布蘭（Martine Poulain）寫道：「福克斯博士扮演的角色依舊難以界定。考慮到他在戰前與戰時與戰後對法國同僚的善意，但他又無疑介入許多納粹惡行，參與程度遠超過一般大眾印象所允許的程度。」福克斯博士在一九四四年八月十四日與德國部隊一起離開巴黎。他寫信給一位法國同事：「我走的時候如同我來的時候，我是法國圖書館與法國圖書館員的朋友……一開始我聽命於溫克先生，後來成了圖書館服務的負責人，我已經盡全力維繫讓我們團結在一起的連結了。我想做的事情不見得每次都會成功，而我無法一一幫助所有開口的人。通常，狀況遠超過我的能力所及，通常軍方會逼迫我放棄我已經展開的行動。只有你們法國人能夠評斷我的作為。」

在克拉拉．德錢布倫的回憶錄《陰影延長》（*Shadows Lengthen*，一九四九年由Charles Scribner's Sons出版）中，她寫道福克斯博士的確警告過巴黎美國圖書館工作人員，因為蓋世太保正埋下陷阱，之後也找過她，向她解釋館藏包含反德國的書籍。伯爵夫人也描寫到一位讀者曾經威脅要舉發圖書館。當時舉報信非常猖獗。一個資料來源宣稱當時總共寄出三百萬到五百萬封匿名信，另一個資料說十五萬到五十萬封。關於圖書館的舉報信是我捏造的，但這些信是參考法國的大屠殺博物館資料檔案。歐蒂兒在她父親辦公室裡找到的信則是真的。那些信件充滿憎恨與憤怒，實在讓人讀不下去。許多信件充滿暴力與不理智，多為匿名信，批判起家族成員、朋友與同事，其他還有舉報猶太人的信，指控從聽英國廣播公司電臺、說德國人壞話、丈夫成為戰俘的女人偷情，一直到在黑市買賣都有。

本書內容依據真實人物與事件改編，但我更動了幾個細節。在真實世界裡，陪伯爵夫人前往納粹總部應見福克斯博士的人是秘書弗利卡特小姐。說出「只有書能夠提供神秘的感官，讓我們以他人的視角看待事物。圖書館就是文化之間的書籍橋梁」的人是芮德女士，她當時正在宣傳送書給軍人的服務。而且，我也濃縮了芮德女士首次與福克斯博士見面的時間。伯爵夫人當時前往她在鄉間的住所。她與芮德女士與工作人員幾個月後才開會。

我寫這本書的目的是想分享這鮮少人知的二戰歷史，保留住抵抗納粹之英勇館員的聲音，他們協助讀者，分享對文學的熱愛。我想探索讓人之所以為人的關係，同時探究起我們如何彼此合作，又是怎麼妨礙彼此。語言是我們可以在其他人面前敞開或關閉的柵門。我們使用的文字形塑我們的認知，如同我們讀的書，如同我們說給彼此聽的故事，如同我們說給自己聽的故事。圖書館裡的外國工作人員與讀者被視為「外國敵人」，多人遭到監禁。猶太讀者不允許進入圖書館，許多人在集中營裡遭到殺害。一位朋友相信，讀二次世界大戰為背景的故事，我們就會自問，如果是我們，我們又會怎麼做？我想現在該問的好問題是，我們該如何確保每個人都能接觸到圖書館與學習資源，而我們又如何能以尊嚴及同理心對待每一個人。

致謝

無盡感謝我傑出的經紀人海瑟・傑克森（Heather Jackson）的慷慨，且幫本書找到最完美的家，也感謝她的同事琳達・卡普蘭（Linda Kaplan）讓全球經紀人與編輯注意到本書。

非常感謝Atria的團隊，我的編輯崔絲・陶德（Trish Todd），她第一句話就說服我：「杜威十進位分類法一出現就迷住我了」。感謝莉比・馬奎爾（Libby McGuire）、琳賽・沙奈特（Lindsay Sagnette）、蘇珊・唐納修（Suzanne Donahue）、莉・海斯（Leah Hays）、馬克・拉弗勒（Mark LaFlaur）、安娜・佩瑞茲（Ana Perez）、克莉絲汀・法斯勒（Kristin Fassler）、莉莎・尚布拉（Lisa Sciambra）、溫蒂・夏寧（Wendy Sheanin）、史都華・史密斯（Stuart Smith）、伊莎貝爾・達希瓦（Isabel DaSilva），以及黛娜・川克（Dana Trocker）的支持與熱情。由衷感謝英國Two Roads出版社的莉莎・海頓（Lisa Highton）與凱瑟琳・博東（Katherine Burdon）。替負責審稿的崔西雅・卡拉罕（Tricia Callahan）與茉拉格・里優（Morag Lyall）掌聲鼓勵，她們替我注意到所有的細節。

感謝我的丈夫、手足與父母，同時也感謝讀過初稿的朋友與同事，她們的鼓勵支持我繼續走下去：蘿瑞・札克曼（Laurel Zuckerman）、黛安・瓦迪諾（Diane Vadino）、克里斯・法尼爾（Chris Vanier）、溫蒂・沙爾特（Wendy Salter）、瑪麗・桑・德奈西亞（Mary Sun de Nerciat）、亞蒂蕾・帕隆（Adélaïde Pralon）、安娜・波隆尼（Anna Polonyi）、瑪姬・菲利浦（Maggie Phillips）、艾蜜莉・摩納哥（Emily Monaco）、潔德・梅特（Jade Maître）、安卡・麥提歐（Anca Metiu）、阿蘭娜・摩爾（Alannah Moore）、莉茲・克蘭默（Lizzy Kremer）、凱倫・基榭（Kaaren Kitchell）、瑞秋・科索曼（Rachel Kesselman）、瑪麗・胡賽爾（Marie Houzelle）、歐蒂兒・艾利葉（Odile Hellier）、克萊德特與查爾斯・德古（Clydette and Charles de Groot）、吉姆・葛拉迪（Jim Grady）、蘇珊・珍・吉爾曼（Susan Jane Gilman）、安瑞娜・杜勒米（Andrea Delumea）、瑪黛林娜・卡瓦秋迪（Maddalena Cavaciuti）、阿曼達・波斯多—西耶加（Amanda Bestor-Siegal），以及梅麗莎・阿姆斯特（Melissa Amster）。

我在討喜的圖書館與書店中成長。我們現在比以往更需要這些空間，我感謝書店工作人員與圖書館員，打造出這些文學天堂。

書評・滾燙掙扎求救的攻擊欲

作家　盧郁佳

你會在班級小圈圈霸凌排擠中，學會閃避別人的惡意。或是成年後仍頻繁在社交媒體上被意外挑釁激怒、驚跳反擊去激怒別人，不堪其擾又難以脫身。處理這艱難的人我拉鋸，《巴黎圖書館》展現情深義重、真摯寬宏的珍貴理解。青少年行俠仗義，意外重傷別人。有人學會把它看成上帝的惡作劇，陷阱避不掉只能踩雷。有些人卻用此後的一生嚴厲懲罰自己。世界為何不准我們隨心所欲做自己認為對的事？我們該為意外後果負全責嗎？

☆

珍娜．史嘉琳．查爾斯的成長小說《巴黎圖書館》，第一重故事，是圖書館游擊對抗納粹的英勇史詩。巴黎少女歐蒂兒天真熱情，當了圖書館員，開始實現夢想，要讓巴黎的美國圖書館英語藏書繼續成為每個天涯飄零人的溫暖歸宿。然而二戰猝起，圖書館不屈不撓，寄了數萬本書到戰場給士兵，要讓每個人讀到想讀的書。

巴黎迅速淪陷，納粹占領劫掠藏書、禁書（海明威！）、文字獄、禁止猶太人進圖書館。圖書館又毅然把借書走私到猶太人家裡。風聲鶴唳，歐蒂兒的好友，貴婦志工瑪格麗特，為圖書館跑腿送書，撞上當街臨檢。搜出夾帶不屬於她的書，瑪格麗特就被押進大牢，為脫身而當了納粹軍官的情婦。讀者被黑函檢舉，也可能被捕甚至殺害。當局撒網收網，執拗耽讀的書蟲們一一落網。接連傳來的可怕訊息，像數百顆鋼黑的砲彈，佈滿灰黯壓低的雲層，紛紛墜落在街上、在花園裡、在翻開的書頁上、在枕頭上。

書竟像毒品一樣受管制，真實歷史的驚悚，原本難以想像。但五月臺灣疫情剛爆發時，想查一本絕版書，卻發現圖書館一週前防疫關閉，已不可得。像這樣愕見疫情影響無所不在，有人全家確診；有師傅不知情來裝冷氣也染疫；有護士確診後丈夫騎機車急送手機到醫院給愛妻，還沒來得及想到自己也得隔離……在這人人措手不及的背景下，小說中戰時巴黎的危殆不安撲面而來。我家附近超市泡麵貨架被掃空，雞蛋也缺了一陣子，乍見補滿蛋架，有如失散手足悲喜重逢，先搶一盒再說。再讀到書中二戰時巴黎糧荒，雞蛋每人一個月只能吃上一顆。此時想像那空虛焦躁，分外眼熱。

☆

然而再往下看，峰迴路轉。戰爭帷幕後，深沉展開第二重孩童天真幻滅的失樂園悲劇，在亡國陷落後，更為悲哀的，人性的陷落。警網收緊，歐蒂兒從她警察局長父親桌邊的檔案發現，原來是警方屢收黑函舉報館員、讀者，所以到處抓人。歐蒂兒冒險偷走黑函銷毀，譴責父親助紂為虐。然而，如果警察不抓人，下個被抓的就是警察，警方也是人人自危。

無論今昔，女兒們都被訓斥「你的歲月靜好，是因為有人替你負重前行」，因父親為家庭犧牲、加入體制，所以邪惡體制庇護女兒。女兒辯解說，我從沒要父親為我犧牲。但是別人告訴她，她不必開口，就能得到別人得不到的特權，因為她是父親的女兒。

就像亞當和夏娃在伊甸園無憂無慮，卻吃了禁果開眼，發現自己裸體而感羞恥，被逐出樂園。歐蒂兒第一階段原本天真快樂不知有罪，看到黑函借刀殺人，震撼發現人心可以多惡毒，挺身以正義對抗邪惡納粹。繼而第二階段發現自己並非純潔無辜，而是受體制罪惡所庇護，才免於像同儕死的死、逃的逃、傷的傷，她是共犯。

後來第三階段，戰後巴黎民眾當街把納粹情婦撕衣、剃光頭洩憤，腥風血雨中，歐蒂兒不慎洩漏瑪格麗特曾與納粹軍官外遇，導致警方暗巷圍毆瑪格麗特致重傷。歐蒂兒發現自己竟和寫黑函者同罪，形同主謀。她驚慌逃離巴黎這個伊甸園，自我流放到美國蒙大拿小鎮贖罪，不和人來往，活在千夫所指的內心煎熬中，長達半世紀。

是戰爭的錯，納粹的錯，暴民的錯，警察的錯？歐蒂兒被迫承認自己也有一份。體制的罪惡，若沒有眾多告密者合作，也無法遂行。第一重故事中對納粹的批判，在第二重故事中，批判矛頭轉向自己內在。每當你凝視深淵，深淵也凝視你。歐蒂兒辯稱無意傷害瑪格麗特，但她反省承認嫉妒瑪格麗特華服美食的生活，認為這是原因。人就是見不得別人好，嫉妒、攻擊別人是天性。

真的嗎？

☆

獨居老婦歐蒂兒埋入塵埃的秘密，因鄰家莽撞的少女莉莉闖入而重見天日，又轉化為第三重個體獨立的溫馨成長劇。莉莉母親癌逝，父親再婚又生兩子。繼母艾蓮諾產後憂鬱症不能視事，父親甩手不管育兒，理所當然由祖孫承擔照顧兩幼弟。所以莉莉嫉妒繼母滿衣櫃的真絲洋裝，反觀莉莉自己卻沒身材、沒衣服、沒男友、沒人愛，青春年華作灶下婢虛度。莉莉的死黨瑪麗．露易絲，則嫉妒姊姊安潔兒是舞會皇后、比基尼洗車女王，偷拿姊姊的絲巾，和莉莉一起偷翻姊姊的抽屜玩胸罩、嗟呼張揚有避孕藥。

繼母、歐蒂兒得知莉莉跑去鄰家翻人抽屜，大驚。繼母教莉莉要有同理心，己所不欲，勿施於人，莉莉反嗆：「要搜請便，我沒有秘密。」歐蒂兒要莉莉尊重別人隱私界線，莉莉回嘴：「安潔兒有避孕藥，為什麼聽妳們說教的人是我？」

繼母倒抽一口氣，莉莉感到滿意。這段戲太經典，寫活了青春期衝突，也預埋伏筆暗示結尾高潮：瑪麗盛裝美豔由男友接去畢業舞會，沒身材、沒衣服、沒男友的莉莉妒火中燒，衝動向瑪麗男友揭發瑪麗劈腿。

莉莉覺得自己又沒有做錯，錯的是安潔兒不該婚前有性行為、瑪麗不該劈腿。讀者滿滿既視感，只要媒體報導外遇緋聞、裸照外流，總有無數個莉莉留言「敢做就不要怕人知道」、「做壞事就不要出名」。都覺得自己沒有惡意、也沒有要攻擊任何人，誰叫你自己要犯錯，犯錯就應該虛心檢討、接受懲罰。如果有人留言問他們，是否想要這樣被人對待，他們會自豪不做虧心事，「我沒有秘密。」總言之，我跟犯錯的人不一樣。

這些留言者仍住在伊甸園裡，享受鳥語花香、萬物一體。

第二重故事的黑函，讓讀者記起國片《返校》中，長期遭家暴崩潰的妻子誣告丈夫通匪，女兒也照樣檢舉情敵。好像借刀殺人是白色恐怖時期的專利，而第三重故事讓讀者發現任何時代都可以借刀殺人，壓抑的怒火自會找到出路。

小說《什麼荒謬年代》中，白人網紅貴婦發現，她孩子的年輕黑人保母，竟然跟貴婦的前男友交往中。貴婦嫉妒前男友愛保母不愛她，憤而把保母不想讓別人知道的事情上網廣傳。不需要警總幫忙，靠網路獵巫就能報復。

小說《聊天紀錄》中，貴婦得知丈夫外遇，慈悲大度開示年輕情婦「既然妳讓他過得開心，他就對我好，那我歡迎妳加入」。情婦才放下心中大石。不料後來貴婦爆料挑撥，毀掉情婦。情婦驚怒找她理論，貴婦回嗆：「那妳幹嘛上我老公？」我又沒有做錯，錯在妳做了虧心事，才會怕人知。

它們都試著警示讀者，那連本人都難以察覺的攻擊欲。

☆

《巴黎圖書館》可以寫成宮鬥互撕，但取斜角迴避了兩女搶一男，又埋伏奇襲、鐵騎突入嫉妒的核心。莉莉氣繼母取代亡母的地位，其實不是亡母沒人愛，是莉莉喪母後就沒人愛了。一開始寫繼母處處要強，執著鞭策自己家務育兒都要比照亡妻高標準，不顧超載，生怕輸給亡妻。讀者不懂她幹嘛跟自己過不去，瘋的嗎？後來小說揭露瘋的不是繼母，其實是父親總抬出亡妻壓她，說「妳看她都自己洗尿布，所以妳不能用紙尿布」，只是想省錢省在太太的頭上罷了。

小說中的錯位是，瑪格麗特對歐蒂兒其實並不重要，歐蒂兒種種小心思都花在準嫂子小小身上。讀第一遍，歐蒂兒背叛瑪格麗特的張力會蓋過姑嫂的敘事線，第二遍會發現歐蒂兒和小小的關係起伏是全書關鍵，也是最好看的。歐蒂兒從小跟雙胞胎哥哥雷米形影不離，習慣眾女追求她哥。第一次看到哥哥主動示好，竟然是對圖書館童書區的故事姊姊，紫藍雙眸的小小。歐蒂兒覺得自己遭到遺忘，又勸慰自己「他倆不是故意撇下我」。但看他倆深情互望，歐蒂兒覺得痛，呼吸都要停了。

決裂在歐蒂兒發現哥哥重視女友勝過家人。哥哥希望爸爸承認他不是娘砲，宣布從軍參戰。歐蒂兒發現哥哥居然不告訴她，反而事先跟小小商量過，更不可饒恕的是小小居然支持他去送命，哥哥都是被她帶壞。從此歐蒂兒把帳算在小小頭上，每天跟小小比賽誰比較愛哥哥、哥哥比較愛誰。戰場的哥哥先寫信給小小，她就又輸了。怒而無視小小，用力摔書。

哥哥告訴歐蒂兒：「小小說，長大某種程度就是理解父母也有自己的生活，自己的慾望。」他說的是父母嗎？是哥哥。歐蒂兒的獨立，是接受哥哥有自己的生活。但要做到，談何容易。志工瑪格麗特教歐蒂兒反省，借書者柯恩教授要歐蒂兒珍惜小小情同姊妹，圖書館長命令她去醫院做志工，看人傷病才會懂惜福。歐蒂兒只覺得館長不公平，奧客在書裡擤鼻涕才該被館長趕走，「我又沒有做錯什麼」，怎麼可以趕我走。

☆

館長想把歐蒂兒轟出伊甸園，而歐蒂兒在罪惡感壓迫下，也跟小小和解，手握手一起擔憂哥哥的安危。天真的成長小說會到此為止，當讀者以為安全了，本書來個回馬槍：歐蒂兒內心的怪物其實沒死，只是休眠。權威施壓維穩，既是設下界線，看似改善；有時也會讓怒火發酵、怪物茁壯，在意想不到的時刻破土而出、踏毀全城。

歐蒂兒為什麼會踢爆瑪格麗特的致命秘密？因為歐蒂兒哥哥戰死，瑪格麗特卻說小小假哭，遲早會愛上別的男人。歐蒂兒崩潰否定，男友警察保羅要她接受。歐蒂兒認為他褒揚瑪格麗特、貶低小小會背叛哥哥，所以舉證瑪格麗特外遇納粹，證明瑪格麗特很賤。

這一筆寫活了歐蒂兒孩童的自戀。因為相信自己是絕對、唯一的，所以哥哥的存在也是絕對的。不會是相對的，不會是小小歷屆男友的分母之一。瑪格麗特和男友先後重傷了歐蒂兒的自戀，逼迫她承認哥哥已經不存在了。對歐蒂兒就成了威脅，迫使她不顧一切反擊。

歐蒂兒認為「男友在瑪格麗特和小小之間做比較，作出不公正的判決」，她要上訴。其實不是男友在瑪格麗特和小小之間做比較，而是歐蒂兒和外界無常力量在角力，輸了，她的世界就會崩潰，男友卻不支持她。

第一次，和小小爭奪哥哥。對手是小小，裁判是哥哥，結果不公平。

第二次，和小小爭奪圖書館長。對手是小小，裁判是圖書館長，結果不公平。

第三次，和瑪格麗特爭奪男友的認可。對手是瑪格麗特，裁判是男友，還是不公平。

下次還有新的對手和裁判，尋求認可之路永無止境。歐蒂兒就像一團森林野火，轟轟焚城燒向身邊每個人，不燒不行。

莉莉的繼母同樣不是和丈夫亡妻在比賽，而是丈夫以亡妻否定她，讓她的世界崩潰。她努力跟上亡妻的服務水準，只是保護自我免於分崩離析。

莉莉、歐蒂兒因為嫉妒而踢爆好友秘密，並不是因為人都會嫉妒。「嫉妒是天性」只是為嫉妒開路的話術。人都會嫉妒，但都從中學會認出自己在嫉妒，學會和嫉妒安然相處，不急於擺脫，嫉妒便可免於變成攻擊。這些都是用身體去感受被傷害的痛苦，從犯錯中學會同理別人。歐蒂兒毀滅所有人際關係逃出海外，其實只是上了第一課而已。

☆

傷害了別人，關係要走下去，少不了認錯，失衡之處才能平衡。但若沒有足夠的基本安全感，就無法承認自己傷人，或是承認自己犯錯仍有資格活下去。心理資源的匱乏，比戰爭缺糧、禁書還要嚴酷，關係斷了就斷了，失敗就一輩子無法翻身。老婦歐蒂兒，其實是真人圖書館，將自己人生在少女莉莉面前慷慨展卷，把莉莉原本沒有的支持帶給她。歐蒂兒犯過錯、吃過苦頭，她蒼老斑駁雙手的溫度，撐開了安全的空間，容許莉莉體內的憤怒炸彈炸死別人時，免於炸死自己。圖書館小說之海的陪伴，原來是隱喻人的陪伴，穩穩托住莉莉面對危機，失敗了可以重來，死黨決裂可以復合，這是多麼奢侈的祝福。

小說可以帶給讀者的，有時不是「應該這樣、不應該那樣」；而是感受本書的寬厚體諒，如款待貴客般款待讀者。歐蒂兒包容莉莉，因而學會了原諒自己。這堂課或許走了一生之久，但痛苦沒有一秒是虛擲的。儘管道阻且長，但都在指引受苦的人，走回自己空洞的核心，在廢墟中重做新主人。

國家圖書館出版品預行編目資料

巴黎圖書館 / 珍娜．史嘉琳．查爾斯 (Janet Skeslien Charles) 著；楊沐希譯．-- 初版．-- 臺北市：皇冠文化出版有限公司，2021.07
面；　公分．--（皇冠叢書；第 4954 種）(Choice ; 345)
譯自：The Paris Library.
ISBN 978-957-33-3749-2（平裝）

874.57　　110009374

皇冠叢書第 4954 種
CHOICE 345

巴黎圖書館

The Paris Library

作　　者—珍娜・史嘉琳・查爾斯
譯　　者—楊沐希
發 行 人—平　雲
出版發行—皇冠文化出版有限公司
台北市敦化北路 120 巷 50 號
電話◎ 02-27168888
郵撥帳號◎ 15261516 號
皇冠出版社（香港）有限公司
香港銅鑼灣道 180 號百樂商業中心
19 字樓 1903 室
電話◎ 2529-1778　傳真◎ 2527-0904
總 編 輯—許婷婷
美術設計—嚴昱琳
著作完成日期— 2020 年
初版一刷日期— 2021 年 7 月
初版二刷日期— 2023 年 10 月
法律顧問—王惠光律師

讀者服務傳真專線◎ 02-27150507
電腦編號◎ 375345
ISBN ◎ 978-957-33-3749-2
Printed in Taiwan
本書定價◎新台幣 480 元 / 港幣 160 元

DATE
ISSUED TO
The Paris Library